KB232242

내가 없는 나의 세계

내가 없는 | 나의 세계

HOW TO BE REMEMBERED

마이클 톰프슨 지음 | **심연희** 옮김

문학수첩

제가 글을 쓸 수 있도록 격려해 준

엄마와 아빠에게 그리고

글쓰기를 가능하게 해준 샨에게 이 책을 바칩니다

낡은 집에서 셔츠 세 장과 속옷 네 장을 껴입고 땀을 주룩주룩 흘리고 있다니……. 토미는 원래 마지막 밤을 이렇게 보낼 생각이 전혀 없었다. 하지만 그전까지는 계획이란 걸 세운 적이 없었으니 어쩌겠나. 적어도 이런 식의 계획은 없었다.

계획을 세울 때 시원하게 버틸 방법까지 생각해 두었더라면 좋았으련만. 오목한 등허리에는 땀이 고였고, 돈은 벌써 피부에 찰싹 달라붙은 느낌이었다. 양말과 주머니, 속옷 사이에 겹겹이 넣은 지폐들이 불룩했다. 지금 자신의 꼴이 어떨지 생각하자 웃음이 났다. 하지만 키득대는 쓸쓸한 웃음은 소리 없이 새어 나왔다. 지금 혼자 앉아있는 좁은 방은 벽이 얇았고, 텁텁하고 찌는 듯한 열기 때문에 무슨 소리든 더욱 시끄럽게 들리는 것 같았으니까. 한밤중에 웃는 소리를 듣고서 누가 자신의 방을 두드리는 상황은 원치 않았다. 누가 보기라도 하면 어떻게 설명할 건가.

그래서 토미는 소리를 죽인 채 어서 잠들기를 기다렸다. 만약 계획이 성공한다면, 어깨를 혹사하고 손에 굳은살이 박여가며 번 돈을 지킬 수 있겠지. 그보다 더욱 중요한 이유가 하나 있었다. 어쩌면 그녀를 찾아낼 수 있을지 몰랐다. 토미는 알고 있었다. 그녀가 떠난 후, 자신은 그녀의 머릿속에 한 번도 떠오른 적이 없다는 것을. 그건 그녀 잘못이 아니었다. 하지만 그녀가 자신을 사랑했었다는 사실을 알리고 이해시키기란 정말이지 너무나도 어려울 것이다.

토미는 어두운 방 안을 찬찬히 둘러보았다. 이곳에서 산 지도 17년 가까이 되어가지만, 그렇다고 이곳이 그립지는 않을 것이다. 이 계획이 통한다면 말이다. 자신은 해가 뜨기 전에 떠날 것이고, 떠난 자리에는 아무것도 남지 않을 것이다. 다른 사람들이 겨우 일어나 하루를 시작할 때쯤이면 토미가 여기 있었다는 사실을 누구도 기억하지 못할 것이다.

뭐 하러 기억하겠는가?

이제껏 한 번도 기억한 적이 없었던 것을.

＊

1

레오 파머는 파티 자리에서 선보일 법한 묘기가 하나 있었지만, 그게 별 재미가 없다는 사실을 본인도 알고 있었다. 그의 묘기란 차량 정체와 날씨를 비롯한 여러 복잡한 변수를 감안해 475번 버스가 시내 중심가에서 잉글비 정류장까지 오는 데 걸리는 시간을 정확히 계산해 낸다는 것이었다. 물론 다른 노선버스로도 이런 계산은 가능했다. 하지만 본인도 별 흥미를 느끼지 못하는 일이었으니 남들은 말해 무엇 하겠나.

회사 크리스마스 파티에서 레오가 이 묘기를 선보인 적이 한 번 있긴 했다. 그 자리에 가득 모인 회계사들이 이런 걸 좋아하리라고 생각해서였다. 동료들은 이렇다 할 반응을 보이지 않았지만, 회계사들은 원래 별 반응이 없는 사람들이니 이상할 건 없었다. 레오 역시 그런 반응에 딱히 개의치 않았다. 그가 좋아하는 건 숫자였고, 사람은 사실상 관심 밖이었다.

아, 물론 모든 사람에게 관심이 없는 것은 아니었다. 레오가 그 어떤 숫자보다도, 대차대조표나 475번 버스 시간표보다도 더 아끼는 사람이 둘 있었으니, 바로 그의 아내와 어린 아들이었다. 이 두 사람은 레오 파머의 우선순위 중 1순위였고, 그가 의사 결정권을 가진 한 그 순위는 언제나 변함이 없을 예정이었다.

솔직히 말해서, 이 모든 건 그다지 특별할 게 없었다. 숫자를 좋아하는 회계사라니, 참으로 정상적 아닌가. 아내와 아들을 사랑하는 가장 역시 마찬가지다. 사실 레오의 삶은 아주 평범했다. 그리고 바로 그 점이 중요했다. 레오와 엘리스 파머는 너무 보통의 사람이었다. 그들은 앞으로 벌어질 일의 원인이 될만한 특이한 행동을 한 적이 없다. 그냥 흔하디흔한 사람이었다.

물론 평범한 부부들이 으레 그러듯 이들도 부부싸움을 했다. 침실이 하나 딸린 집의 임대계약서를 작성한 그날에도 두 사람은 싸웠다. 콘크리트 길의 갈라진 틈 사이로 민들레가 무릎 높이까지 자라있는, 벽돌이 닳아있는 건물의 1층 앞에서였다.

"세상에, 당신 진짜 구두쇠구나."

엘리스는 새집을 바라보며 소리쳤다. 반쯤은 농담으로 한 말이었으나 남편은 눈을 흘겼다.

"알고서 결혼했잖아."

그는 양손으로 민들레 한 줄기를 잡아당기며 쏘아붙였다. 마침내 풀이 뽑히자, 그는 한쪽으로 잡초를 던지면서 만족스럽게 씩 웃으며 덧붙였다.

"여기서 영원히 살자는 게 아니야. 그냥 '계획'대로만 하면, 우리는 괜찮을 거야."

"그놈의 '계획'."

엘리스도 쏘아붙였지만 어쩔 수 없이 웃고 말았다. ‘계획’이란 말은 엘리스의 머릿속에 언제나 강조형으로 떠올랐다. 그만큼 레오에게 중요한 것이었으니까. 이 ‘계획’은 오랫동안 논의한 것으로, 1단계는 잉글비에서 5년을 살면서 레오가 두 번 승진하고 세 번 연봉이 오른 뒤에 타지로 이사하는 것이었다. 2단계는 완전히 새로운 집을 구하는 것으로 뒷마당이 있고 화장실 두 개, 차고에 넣을 차 두 대, 방 세 개짜리 집과 그 집을 채울 아이를 둘 정도 갖는 것이었다.

그런데 셋집에서 산 지 1년이 좀 넘었을 때 아들이 태어났다. 이 아이는 ‘계획’에 대해 들어본 적도 없었으니, 자기가 1단계를 망쳤다는 사실도 당연히 몰랐다. 엘리스는 임신을 알았을 때도 놀랐지만 그보다 훨씬 더, 비할 데 없이 놀라웠던 점은 레너드 파머가 이 변화를 반갑게 받아들였다는 사실이었다. 이 세상에는 장차 커서 아빠가 되기 위해 태어난 사람들이 있는데, 레오도 바로 그런 사람이었다. 그는 계획을 기꺼이 수정하여 뺨이 포동포동한 금발 아기를 잉글비의 방 한 개짜리 집에 들였다. 또한 5년짜리 1단계를 3년으로 단축하여, 현재 거실에 있는 유아용 침대의 거주자가 곧 거실에서 나와 자신만의 방을 갖게 하려는 계획을 새로 세웠다. 뒷마당을 포함해서 평범한 가족을 이루는 데 필요한 모든 사항도 추가되었다. 그것이 바로 ‘정상’이었으니까.

◔

엘리스는 이웃집 문을 세차게 두드렸다. 예의 바른 행동이라기에는 좀 큰 소리였지만, 일흔이 넘은 모리슨 부인은 텔레비전 소리도 거의 듣지 못했다. 하도 소리를 크게 키워놓는지라 덕분에 엘리스의 귀에는 매일 밤 옆집 텔레비전 소리가 들렸다. 그래도 그녀는 괜찮았다. 소리를 듣고 있으면 본인 할머니가 떠올라서였다.

이윽고 문이 빼꼼 열리더니 문틈 사이로 주름살에 둘러싸인 그렁그렁한 회색 눈망울이 보였다.

"안녕하세요, 모리슨 부인."

엘리스가 명랑하게 대답하자 문이 활짝 열렸다.

"미안하구나, 얘. 넌 줄 몰랐어. 들어와라."

모리슨 부인은 이렇게 대답하고서 엘리스를 안에 들인 다음 문을 다시 닫았다. 그리고 엘리스의 옆구리께에 편안하게 자리 잡은 아기를 바라보았다.

"아이고, 우리 귀한 꼬마. 그새 엄청나게 자랐구나!"

엘리스는 얼굴을 찌푸렸다. 허리에 이는 둔통 때문이었다. 모리슨 부인은 그 표정을 알아채고 대답했다.

"얘, 아기를 내려놔. 애는 아직도 못 걷니?"

엘리스는 깨끗한 리놀륨 바닥에 아들을 내려놓았다.

"아직 못 걸어요. 곧 걷겠지요. 같이 노는 또래 중 제일 느리네요."

할머니는 아기 앞에서 허리를 굽히고는 마치 새에게 모이를 뿌리려는 듯 손을 내밀었다. 아기를 꾀어 일어서게 하려는 것이었지만 당연히 아기는 꿈쩍도 하지 않았다. 엄마와 아빠를 위해서도 그 통통한 다리를 일으켜 세우지 않았는데, 옆집 할머니를 위해 굳이 그럴 리가.

모리슨 부인은 허리를 펴며 고개를 절레절레 저었다.

"좀 기다려 줘. 우리 마크도 두 살이 되어서야 걸음마를 시작했거든. 애는 아직 한 살도 안 됐잖아?"

"내일이면 한 살이 돼요! 여기 온 것도 그래서예요. 혹시 내일 바쁘지 않으시다면 오후에 케이크 드시러 오실래요? 3시쯤 어떠세요? 물론 시간이 되신다면요."

모리슨 부인은 미소를 지었다. 그녀는 옆집에 가족이 산다는 것이 좋았다. 특히 이 가족이 자기를 끼워주려고 노력하는 모습이 마음에 들었다. 그들이 이사 오기 전까지는 본인처럼 옛날 방식을 고집스레 고수하며 사는 사람이 이젠 아무도 없다는 기분이 들었기 때문이었다. 그러다 자기 아들이 떠오르자 미소가 서서히 옅어졌다. '마크도 참 귀여운 애였는데. 참 좋은 남자였는데. 이렇게 되어버린 건 그 애 잘못이 아니었어. 그 친구들 때문이었어. 이런 동네에 살아서 그랬어' 같은 생각들이 그녀의 머리를 스쳐 지나갔다. 이제 모리슨 부인은 누군가 문을 두드릴 때마다 분명 경찰일 것이라고, 매번 나쁜 소식을 전하러 온 것이라고 생각했다.

"밤에 문 잘 잠그고 자고 있지?"

"그럼요, 모리슨 부인."

"40년 전에는 이렇지 않았는데 말이야."

할머니는 미안하기까지 한 기색으로 중얼거렸고, 엘리스는 이제 어떻게 될지 말하지 않아도 알았다. 옆집 할머니는 매번 대화마다 이런 말을 꺼냈기에 다음에 무슨 말이 나올지 알고 있었다. 그래서 할머니의 희멀건 회색 눈망울이 눈물로 그렁그렁해지기 전에 얼른 화제를 바꿔야 했다.

"내일 3시에 봬요. 우리 가족 셋이랑 부인만 모이는 거예요. 레오가 무려 병가를 내기로 했어요.”

이건 대단한 일이었다. 원래의 ‘계획’에 있지도 않은 일이었음은 물론이었다.

옛 생각에 잠겼던 모리슨 부인은 다시 정신을 차리고 말했다.

“케이크 말인데, 그 집 오븐 아직 고장 난 거 안 고쳤지? 원한다면 우리 집 오븐을 써.”

엘리스가 대답했다.

“괜찮아요. 케이크는 벌써 만들어 뒀어요. 온도조절기만 고장이 나서요. 가장자리가 약간 타긴 했는데, 아이싱을 잔뜩 바르면 돼요. 그러면 못 알아챌 거예요.”

엄마의 발치에 선 아기는 문 고정 장치가 마치 로켓인 양 갖고 노는 중이었다. 엘리스가 아기를 들어 올리자, 아기는 옆집의 상냥한 할머니에게 통통한 손을 흔들어 댔다. 집을 나서는 모자에게 손을 흔들어 인사하는 모리슨 부인은 자신이 할머니의 자리를 채웠다는 자부심에 가슴이 벅차올랐다. 그리고 방 안을 둘러보며 아이의 생일 선물로 뭘 포장해서 줄지 곰곰이 생각했다.

하지만 사실 그럴 필요는 없었다. 모리슨 부인은 오후의 차 모임에 가지 않을 테니까. 레오 파머도, 엘리스 파머도 모임을 열지 않을 것이다. 그 누구도 앞으로 일어날 일이 무엇일지 몰랐다.

레오는 어두워지고 나서도 한참 뒤에야 퇴근했다. 열쇠가 잠금 장치에 들어가는 소리가 나더니, 이어서 두 번째 잠금쇠로 들어가

는 소리가 들렸다. 그는 살금살금 까치발로 집에 들어와 입구에 널린 장난감 위를 춤추듯 조심조심 조용히 피해 갔다. 발끝으로 살짝만 건드려도 거실 벽에 붙은 아기 침대에서 자는 아들이 깰 것 같아서였다. 레오는 엄지를 입에 물고서 가슴을 슬쩍슬쩍 들썩이며 꿈나라에 있는 아들을 바라보았다. 저 너머 방에서 나오는 불빛에 아기 침대의 철제 봉이 희미하게 반짝였다.

엘리스는 자그마한 더블베드에 비스듬히 누워 베개에 몸을 기댄 채로 책을 들고 있었다. 분명 책을 읽는 중이었겠지. 침대 옆 협탁에는 책 무더기가 쌓여있었다.

레오가 나직하게 말했다.

"늦어서 미안해. 오늘 큰일이 있어서. 감기 기운이 있어서 말이야. 어쩌면 내일 출근을 못 할 수도 있어."

그가 윙크하자 엘리스는 미소를 지었다.

"잠깐 나갔다 올게. 케이크 확인하고 싶어서."

레오는 이렇게 말한 다음 살금살금 냉장고로 갔다. 문을 열자 맥주병이 덜컹거리는 바람에 그는 숨을 참았다.

하지만 아기 침대에서는 아무 일도 일어나지 않았다. 소소한 기적이었다.

레오는 냉장고 안을 보며 엘리스의 솜씨에 감탄했다. 평범한 버터케이크 두 개가 〈토마스와 친구들〉의 캐릭터 '토마스'로 대단히 멋지게 변신했다. 생일을 맞은 아들이 가장 좋아하는 프로그램이었다. 두툼한 파란색 아이싱은 달콤하니 맛있어 보였다. 물론 레오는 저 아이싱이 케이크 시트 가장자리를 가리고 있는 게 아닐까 하고 의심했지만. 그는 이내 씩 웃었다.

'그건 온도 조절기 잘못이겠지. 언제나 그랬으니까.'

거실 탁자에 놓인 자그마한 꽃병 옆으로 그는 살금살금 다가가 자신이 고른 선물을 슬쩍 보았다. 엘리스가 꼼꼼하게 포장한 선물은 이제 신난 아이가 마구 뜯어볼 차례만 남아있었다. 그는 침대로 눈길을 돌려 아들의 모래빛 금발과 부드럽고 고운 살결을 애틋한 시선으로 내려다보았다.

"잘 자라, 아들. 내일이면 한 살이구나."

그는 자신도 들릴락 말락 할 만큼 나직한 목소리로 속삭였다.

그리고 살금살금 방으로 돌아갔고, 엘리스는 불을 껐다.

◔

"레오!"

그는 뒤척였다.

엘리스는 그의 가슴을 팔꿈치로 치면서 다시 다급하게 속삭였다.

"레오!"

"으음?"

그는 졸린 목소리로 중얼거렸다.

"일어나! 밖에 누가 있어!"

그녀의 목소리가 공포로 갈라져 나왔다.

레오는 곧바로 눈을 번쩍 떴다. 온몸에 아드레날린이 확 도는 기분이었다. 그리고 움직이지 않은 아내를 이토록 괴롭힌 원인이 뭔지 귀를 기울였다.

저기 들렸다.

마치 쿵쿵대는 듯한 작은 소리가.

그러다 소리가 멎었다.

하지만 다시, 소음이 났다. 이번에는 바스락거리는 소리였다.

분명히 거실에서 나는 소리였다.

레오는 이사 온 첫날부터 이런 일이 일어날 가능성을 인지하고 있었다. 불법침입자는 '계획'에 없는 일이었지만 집세를 줄일 때 고려해야 할 암묵적인 위험 요소로서 언제나 각주처럼 달린 것 아니던가. 이런 일이 닥치면 싸워야 할까, 아니면 도망쳐야 할까. 가끔 고민하기도 했다. 세 번째 선택지도 있긴 있었다. 겁쟁이가 되는 것이다.

하지만 막상 이 상황이 닥치니 의식적으로 고를 수가 없었다. 레오는 아무 생각 없이 침대에서 벌떡 일어나 거실로 통하는 문에 서서 귀를 바짝 기울였다.

그는 심호흡을 한 다음 구석으로 손을 뻗어 조명 스위치를 눌렀다. 노란 불빛이 방을 순식간에 채우자 그는 문밖으로 확 달려들었다. 그러다 순간 눈을 멍하니 깜빡이며 멈춰 섰다.

그리고 침묵이 이어졌다.

엘리스는 덜덜 떠는 목소리로 그를 불렀다.

"레오? 아직 있어?"

엘리스의 심장이 어찌나 세차게 뛰던지, 그녀는 레오에게 (그리고 거실에 있는 사람이 누군지는 모르겠지만 그쪽에게도 역시) 자신의 심장소리가 분명 들릴 것이라고 생각했다.

그러다 마침내, 남편이 대답했다. 그의 목소리에는 긴장감이 서려있었다. 심지어는 어리둥절하게 들리기도 했다.

“이리 나와. 빨리.”

8분 후, 경찰차 한 대가 도착했다. 경광등이 번쩍이는 가운데 차에 탄 운전자는 서두르거나 신경 쓰는 기색 없이 허름한 건물 앞에 차를 세웠다. 사실, 제임스 엘리엇 경관은 여기서 두 블록 떨어진 곳에 있었지만, 자신이 서둘러 온 것이라 사람들이 생각하게 둘 마음은 추호도 없었다. ‘그러는 게 이미지에 좋아’ 하고 속으로 생각하면서 저층 건물을 올려다보았을 뿐이다.

그러다 전에 여기 와본 적이 있음을 깨닫자 그는 떨떠름하게 웃었다. 10여 년 전, 그가 입사한 지 사흘째 되던 날이었다. 그때만 해도 훈장과 명예, 승진으로 이어지는 빛나는 경력을 쌓을 것이라고 믿어 의심치 않았다(이제껏 그 생각은 틀렸다). 그때 자신의 상관은 바로 지금 이 자리에 경찰차를 세우고는 차에 앉아서 젊은 수습 순경이 긴장한 채 주택의 1층 문을 향해 한결같이 발을 질질 끌며 가는 모습을 지켜보았다. 그건 신입이 처음으로 누군가의 사망 소식을 유족에게 전하는 신고식이었다. 엘리엇은 노파의 눈에 고인 눈물을 기억하며 얼굴을 찌푸렸다. 그때 그는 노인에게 아드님이 근처 집에서 자다가 죽었다는 소식을 전했다. 하지만 그 아들이 자기 토사물에 목이 막혀 죽었다는 사실 그리고 마흔네 살이나 먹어서 인간쓰레기 셋과 시궁창 같은 집에서 사는 건 좀 아니지 않느냐는 본인의 의견은 전하지 않았다.

엘리엇은 그 노인네가 아직도 살아있는지 잠시 궁금했고, 조금

후에 답을 얻었다. 갈라지고 잡초가 무성한 길을 따라 건물로 향하자 모리슨 부인의 집 문이 몇 센티미터쯤 열렸다. 할머니는 느릿느릿 화장실에 가다가 경광등 불빛을 본 것이다. (지금은 새벽 2시가 다 된 시각이었고, 그 연세의 할머니가 밤새 소변을 보지 않고 버틸 수는 없었다.)

"여긴 왜 왔어요?"

그녀는 문틈으로 경계하며 물었다. 경관이 자신에게 무슨 안 좋은 소식을 가져왔느냐는 투였다.

"제길, 맞네."

엘리엇 경관은 나직하게 혼잣말하고서 물었다.

"아이 때문에 전화하셨어요?"

그의 목소리는 고요한 밤중에 울려 퍼졌다.

할머니는 그를 멍하니 바라보았다.

"여기에 애가 살아요?"

그가 물었지만, 할머니는 여전히 멍한 눈빛이었다.

"집에 들어가세요."

그가 지시하자 모리슨 부인은 말을 따랐다. 정말로 화장실에 가야 했으니까.

"망할 노인네."

엘리엇은 혼잣말로 투덜대며 수첩을 확인했다. 그리고 계속 고개를 절레절레 저으며 모리슨 부인의 옆집 문을 두드렸다.

키가 크고 숱 많은 금발의 남자가 문을 열고서는 레너드 파머라고 자신을 소개했다.

"실종 아동 때문에 전화한 분 맞으시죠?"

경관이 묻자, 레오가 대답했다.

"아, 네, 일단은 그렇기는 한데요."

"그게 무슨 말씀이죠?"

엘리엇이 쏘아붙였다. 벌써 그의 인내심이 떨어져 버리고 말았다.

'10초 만이네. 신기록일지도.'

그는 속으로 생각했다.

"우리 애가 실종된 게 아니라서요. 우리는……. 그러니까, 실종 아동을 찾아낸 겁니다."

레오가 천천히 대답했다.

◑

레오와 엘리스는 경찰관에게 세 번 이야기를 전했다. 한 번은 아기 침대 옆에서 그리고 두 번은 식탁에 마주 보고 앉아서였다. 엘리엇은 그때마다 서로 다른 표정을 지으면서 세 번의 이야기를 모두 미친 듯이 휘갈겨 썼다.

"알겠습니다. 그러니까 아기를 두고 간 게 누군지는 몰라도…… 아기 침대까지 설치하고 갔다는 거죠?"

엘리엇의 말에 부부는 고개를 끄덕였다.

"두 분이 주무시고 있는 동안에요."

부부는 다시 고개를 끄덕였다.

"그러면 왜 깨신 겁니까?"

"소리가 났어요."

엘리스는 창백하고 핼쑥한 얼굴로 대답했다. 그녀는 평소에 아침 식사를 하던 식탁에서 조사를 받는 이 상황이 아직 이해되지 않는 표정이었다.

"아기 침대를 두고 간 사람의 소리였습니까?"

"아뇨, 쟤요."

그러면서 엘리스는 꼬마를 가리켰다. 아이는 이불에 다리를 감은 채로 서있었다. 이 소동에 넋이 빠진 듯한 꼬마는 침대 곁에 모인 세 사람에게 호기심 어린 눈빛을 번갈아 던졌다.

"그래서 경찰에 신고하는 거군요. 애가 엄마랑 아빠를 깨웠다는 이유로요."

엘리엇 경관은 한숨을 쉬고서는 나직하지만 다 들리는 소리로 덧붙여 중얼거렸다.

"제길."

레오는 입을 열어 무어라 말하려 했지만, 엘리스는 남편의 팔을 잡았다. 레오는 마음을 가라앉히고 차분히 말했다.

"말씀드렸잖습니까. 쟤는 우리 애가 아니라고요. 우린…… 우리는 애가 없어요. 언젠가는 낳겠지만."

그는 아기란 '계획'의 현 단계에선 해당 사항이 아니라고, 2단계가 되어야 한다고 말하고 싶었지만 경찰이 그 부분까지 신경 쓸 것 같지는 않았다.

그리고 그 생각은 옳았다.

제임스 엘리엇 경관은 두 사람을 다시금 빤히 쳐다보더니 마치 몰래카메라가 설치된 건 아닌가 하는 과장된 태도로 방을 휙 둘러보았다. 이곳은 뭔가 석연치 않았다.

"이거 장난치는 거죠?"

하지만 부부는 고개를 저었다.

"다 알겠다니까요. 그래서 이거 무슨 촬영이에요?"

엘리스와 레오는 어리둥절한 채로 서로를 쳐다보았다.

"지금 뭐 찍으시는 거냐고요."

엘리엇 경관이 물었다. 그는 답답하다는 기색을 숨기지도 않고 한숨을 쉬더니 말했다.

"이보세요, 세상에 남의 아파트에 무단 침입해서 애를 두고 나오는 사람이 어디 있습니까? 이게 무슨 상황인지 내가 말해줘야 해요? 선생님 두 분은 대체 무슨 일인지는 몰라도 오늘 하루가 참 고단하셨던 거겠죠. 그래서 돌봐야 하는 애가 있다는 걸 깜빡 잊어버리고 새벽 2시에 나 같은 경찰한테 전화를 해서 시간 낭비를 시켜야겠다고 작정한 거겠죠. 내 말이 틀립니까?"

하지만 스스로 말을 하는 와중에도 엘리엇은 확신이 서지 않았다. 그러나 그걸 이 사람들이 보는 앞에서 인정할 수도 없었다. 이들은 마약중독자 같지는 않았다. 그러니까…… 어휴, 굳이 말하자면 수학여행을 인솔하다가 한밤중에 침대에서 어쩔 수 없이 일어나서는 애들에게 "어서 자라"고 말하는 교사들 같아 보였다. 게다가 거실의 공기에서도 오래된 대마초 냄새 따위는 나지 않았다. 공기에서 나는 냄새만 보자면, 그래, 여기에는 아기가 살고 있는 냄새가 났다. 기저귀와 베이비파우더의 냄새 그리고 분유 냄새가 난단 말이다.

엘리엇은 왼쪽 관자놀이를 자그마한 망치로 맞은 듯한 두통을 느꼈다. 밖에서 보기에 낡아 보였던 집은 막상 안에 들어오니 아주 깔끔했다. 바닥은 깨끗했고 가구는 좋은 것이었으며 책이 줄줄이 꽂힌 선반이 이어졌고 벽에는 사진들이 걸려있었다. (사실 벽에 사진 액자가 걸린 집을 본 적이 무척 드물었다. 엘리엇이 가봤던 집의 절반은 기껏해야 포스터나 한두 장 붙어있었다. 벽에 난 구멍을 가리는 너덜너덜한 헤비메탈 밴드 포스터 같은.) 아기 침대 옆 탁자에는 분홍색과 흰색 꽃이 꽂힌 자그마한 꽃병 말고는 아무것도 없었다.

"우리는 뭘 촬영 중인 게 아닙니다. 우리도 이게 무슨 일인지 모르겠어요. 이상한 소리처럼 들리시겠지만……."

레오가 계속 주장하자 엘리엇 경관이 말을 잘랐다.

"아, 그러세요? 그렇게 생각하신다는 거죠?"

그때, 꼬마가 울기 시작했다. 레오와 엘리스는 다시금 서로를 바라보았지만 움직이지는 않았다.

엘리엇 경관은 머릿속에서 자그마한 망치질이 더 거세진 느낌이 들었다.

"애 안 보실 겁니까?"

남자애가 커다랗게 울자 엘리엇이 물었다. 저 소리를 멈추고 싶은 마음뿐이었다.

엘리스는 자리에서 일어나 아기 침대로 다가가서 아이를 들어올렸다. 그리고 불편한 기색을 하고 팔 아래로 아기를 든 채 그저 가만히 서있었다.

'그것참 이상하군. 인간쓰레기들도 자기 애는 안고 다니는데 말이야.'

엘리엇은 속으로 생각하며 지시했다.

"여기서 기다리세요. 신고할 테니까."

10분 후. 엘리엇은 나쁜 소식을 들은 얼굴로 돌아왔다. 그게 아니면 여기에 있고 싶지 않다는 표정이었을 것이다. 어쩌면 그 둘 다일지도 모르고. 이제 남자애는 울음을 그치고 소파에 앉은 엘리스의 무릎 위에 자리 잡고서는 오동통한 손으로 그녀의 머리카락을 비틀며 노는 중이었다.

"두 분은 직업이 있습니까?"

엘리엇은 아무렇지 않다는 듯 질문했지만, 실은 두 사람이 매일 마약을 복용하는 중독자라는 자신의 짐작을 확인하고 싶은 마음이 점점 간절해졌다.

엘리스가 대답했다.

"당연히 있지요. 레오는 회계사고 저는 영어 교사예요. 고등학교에서 일해요. 음…… 하지만 대학 강의도 할 수 있어요."

그녀는 자기 능력을 증명이라도 하고 싶은 듯 어색하게 덧붙였다.

"그렇군요."

엘리엇 경관은 손사래를 쳤다. 뭔지는 모르겠지만 뭔가 이상했다. 이 사건을 얼른 다른 사람에게 넘기게 될 순간을 기다리며 그는 시간을 세고 있었다.

"그러면 이제는 말이죠, 곧 아동복지국에서 사람이 올 겁니다. 그분들이 두 분 애를 두고 이야기할 거고요."

"애는 우리 애가 아니라고……."

"그쯤 하세요. 두 분은 마약 검사를 받게 될 겁니다. 그리고 왜 출생신고를 안 했는지도 대답하셔야 할 거고요."

"그게 무슨 소립니까?"

레오가 물었다.

"애가 여기 살았다는 기록이 없잖습니까."

레오와 엘리스 둘 다 언성을 높이자, 엘리엇은 두 손을 들어 말을 막았다.

"이보세요, 이런 일은 엄연히 일어날 법한 일입니다. 적어도 이 동네에서는 분명히 있는 일이라고요."

엘리스가 벌떡 일어났다. 본인이 아이를 안고 있다는 걸 잊은 모양이었다. 무릎에서 놀던 아이는 그만 바닥으로 떨어져 통증이 느껴질 것 같은 쿵 소리를 냈다. 이어서 귀가 찢어질 듯 아이의 비명이 들려와서 엘리스와 레오는 얼굴을 찌푸렸다.

엘리스는 아이를 다시 안아 들었고, 엘리엇은 목 놓아 우는 아이보다 더 크게 고함을 쳤다.

"애 좀 조용히 시킬 수 없습니까? 어떻게 하는지는 몰라도, 우유 같은 거나 좀 주면 안 돼요?"

레오가 냉장고를 열자 문 안쪽 선반에 둔 맥주병이 덜컹거렸다. 거기에는 우유가 없었다. 사실, 맥주와 치즈 한 봉지 또 접시에 담은 소시지 세 개뿐이었다.

"됐습니다. 관두세요."

경관이 말했다. 이윽고 노크 소리가 들려왔다.

"난 이제 가겠습니다."

아동복지국 직원 둘이 들어와서 인사했다. 남자와 여자는 둘 다 정장 차림으로, 구겨진 셔츠 위로 넥타이를 매지도 않았다. 지금 출동하리라고는 예상하지 못한, 당직을 서던 근무자들의 차림새였다.

제임스 엘리엇 경관은 문가에 서서 소파에 앉은 부부를 가리키며 직원들에게 재빨리 사건을 설명했다. 이제 아기는 레오가 안고 있었는데, 그 역시 아까 몇 분 전에 아내가 지었던 것처럼 멍하고 어리둥절한 표정이었다.

엘리엇은 밖으로 성큼성큼 나가면서 생각했다.

'내가 언젠가 애를 키우게 되면 적어도 뭘 어떻게 해야 할지 아는 시늉이라도 해야겠어. 저 인간들은 아무것도 모르네. 애한테 장난감 나부랭이라도 쥐여줘서 주의를 돌려야 할 거 아냐.'

머리가 쿵쿵 울리는 가운데 차로 가다가, 그의 머릿속에 문득 떠오르는 게 있었다. 그 집에는 장난감이 하나도 없었다. 장난감 자동차도, 쌓기 놀이 블록도, 심지어 곰 인형도. 거실도 마찬가지였다. 마약중독자네 집에도 애가 있으면 장난감은 있었다. 주먹질에 뚫린 벽을 가리려고 붙여놓은, 레드 제플린이 눈을 시퍼렇게 뜨고 있는 포스터 아래로 애 엄마랑 아빠가 곯아떨어진 집이라도 애가 물고 빠는 더러운 장난감은 있기 마련이었다.

하지만 그 집에는 포스터 따윈 없었다. 그저 단정하게 액자에 끼워둔 사진뿐이었다.

엄마와 아빠 둘이 찍은 사진이었다.

아이 사진은 없었다.

2

먼지 덩어리다.

뭉친 먼지 덩어리들이 못해도 네 개나 있다. 머리카락과 먼지, 정체 모를 것들이 뒤엉켜 만든, 크고 보들보들한 덩어리였다. 미셸이 누운 자리에서는 희미한 불빛 아래로 침대 밑 어두운 틈새에 널려있는 동그란 먼지 뭉치들이 어렴풋이 보일 뿐이었다. 저것도 청소할 것 목록에 올려놓아야겠다고 머릿속으로 생각했지만, 그것이 실제로 청소를 꼭 한다는 의미는 아니었다. 미셸에게는 먼지 덩어리보다 더 급한 일들이 있었으니까. 자신이 신경 써주어야 할 아이들이 너무나 많았으니까. 하지만 그래도 미셸은 괜찮았다. 자신이 여기 있는 이유는 아이들을 돌보는 것이니까.

미셸의 허리와 어깨가 쑤셨다. 바닥에 담요를 깔아놓았어도 딱딱한 바닥은 여전히 배겼다. 마흔둘, 이제 조금 있으면 마흔셋이 되는 그녀는 바닥에서 자기에는 너무 나이를 먹었다. 하지만 이 또한 머릿속에 기억해 두어봤자 아무 소용 없었다.

적어도 메이지는 이제 울지 않았다. 마음을 저미는 낮은 흐느낌이 들려오자 미셸은 그 애 방으로 찾아가고 말았지만. 아이의 흐느낌은 점차 나직한 칭얼거림으로 변하더니 지쳐 잠드는 새 결국 고요하게 가라앉았다. 열두 살 난 메이지는 이곳에 들어온 지 얼마 안 된 아이로, 어린애가 응당 감당해야 할 고통보다 훨씬 더 큰 아픔을 품고 있었다. 깨지 않고 쭉 잠드는 날도 있었지만, 오늘처럼 그러지 못하는 날도 있었다. 미셸은 메이지를 안아주거나, 손을 잡아주거나, 아이가 잠들 때까지 그 작은 방의 침대에 같이 누워주고는 했다. 하지만 그 이상으로 뭔가 자신이 할 수 있는 게 있었으면 좋겠다며 안타까워했다. 그러나 메이지는 유방암에 시달리며 느리고 고통스럽게 삶을 마쳐가는 엄마를 지켜보며 살았고, 결국 아무도 돌봐줄 사람이 없게 되어 이곳에 왔다. 그러니 시간이 좀 걸릴 것이라고, 그때까지는 자신이 그 공백을 메꿔주자고 미셸 채플린은 굳게 다짐했다. 전에도 그런 적이 있었으니까. 그리고 이 아이들이 자신의 인생에 생긴 공백을, 마흔두 살의 나이인 자신에게 이제 전통적인 방식으로는 채워질 수 없을 것 같은 그 공백을 아이들이 채워주지 않을까 생각했기 때문이었다.

아침이 되면 아이의 눈은 빨갛게 통통 부어있을 것이다. 그녀는 시계를 보았다.

'아니, 몇 시간 있어야 하는구나.'

그녀는 생각을 바로잡았다.

다시 귀를 기울여 보았다. 덜덜 떨던 거친 숨소리가 잦아든 후, 이제 메이지는 조용히 숨을 쉬고 있었다. 들이쉬고, 내쉬고, 또 들이쉬고, 내쉬는 숨소리. 잠든 게 분명했다.

미셸은 조용히 일어서서 복도로 살그머니 나갔다. 자신의 방은 복도 저 끝에 있었다. 그녀는 돌봐주어야 할 다른 아이들의 방을 지나며 속으로 다짐했다. 나머지 애들이 전부 깨기 전에 한두 시간 선잠이라도 자야겠다고.

그녀는 베개에 머리를 대자마자 잠이 들었다. 하지만 몇 분만 더 깨어있었더라면, 낙농장의 기다란 진입로를 따라 길에 깔린 자갈 위를 바스락대며 다가오는 자동차 타이어 소리를 들었을 것이다.

새로운 아이가 오고 있는 소리였다.

이름이 낙농장이라지만, 사실 이곳은 젖소를 키우는 농장은 전혀 아니었다. 애초에 농장인 적이 없었다. 사실, 이곳 반경 20킬로미터 이내에는 젖소 한 마리조차 없었다. 예전 집주인은 정문 표지판에 '밀크우드 하우스'라는 으리으리한 이름을 붙였는데 사람들이 낙농장이라는 별명을 붙여 부르는 것뿐이었다. 그 이름이 붙여지기 전에 이 건물은 성 테레즈 수녀원 소유였고, 90여 년 동안 가톨릭 제국은 이곳을 경치 좋은 활동 기지로 썼다. 이 건물은 목재와 석조로 지어져 처음에는 수녀원으로 쓰였다. 긴 복도를 따라 양편으로 방이 쭉 늘어섰고, 식당과 벽을 따라 늘어선 책장이 있는 공용 공간이 있었다. 하지만 수녀원을 이용하는 사람이 줄어 들자 대주교는 이 건물을 매각하라는 명령을 내렸고, 진입로 끝부분 단단한 흙바닥에 '건물 판매합니다'라는 팻말이 박혔다. 부동산 중개 사무소의 창문에 붙은 광고문에는 이곳을 '도시에서 아주

가까운 곳에 있는 특이한 전원 매물. 오늘 당장 둘러보세요!'라고 설명해 놓았다.

둘러보는 건 한 번으로 족했다. 데클런 드리스컬은 부자였고 그의 집안은 훨씬 더 부유했는데, 그가 고용한 회계사 네 명 모두 보육원을 운영하는 건 훌륭한 투자이며 도시에서 엎어지면 코 닿을 곳에 있는 부동산은 실패할 리가 없다는 결론을 만장일치로 내렸다.

하지만 사실 밀크우드 하우스는 도시에서 엎어져서 코가 닿기는 힘든 곳이었다. 숫자를 자유자재로 다루는 레오 파머였다면 도심에 있는 역에서 어퍼 리치 역까지 가려면 기차로 한 시간 22분이 걸리며 급행열차를 탔을 때도 정거장을 정확히 열한 개 거쳐야 한다는 사실을 알았을 것이다. 하지만 레오 파머는 급행열차를 탄 적도, 어퍼 리치 역에서 내린 적도 없었고 더구나 낙농장이라는 별명으로 알려진 밀크우드 하우스에 가본 적도 없었다.

하지만 그의 아들은 그곳에 가게 되었다.

미셸 채플린이 일어났을 때는 한창 아침 식사 중이었다. 닫힌 문틈으로 위층에서 아이들이 왁자지껄 웃는 소리가 흘러들었다.

갑자기 문에서 소리가 났다. 누군가 살며시 문을 두드리고 있었다.

미셸이 문을 열자마자 존 루엘린이 말을 줄줄 늘어놓았다.

"깨워서 미안해요. 메이지가 밤에 잠을 못 자서 당신이 힘들었다는 거 알아요. 하지만 나올 준비가 되면 내 사무실로 와주겠어요?"

15분 후, 미셸은 작은 방에서 밀크우드 하우스의 원장과 마주 보고 앉았다. 이 방에 오면 언제나 폭풍이 휩쓸고 간 자리가 연상되었다. 책상과 바닥 위로 흩어진 종이, 서류함 서랍에서 쏟아져 나올 것 같은 온갖 문서들. 서랍장 맨 위에는 V 자 안테나가 달린 작은 텔레비전이 켜져서 윙윙거렸는데, 지금은 1월 첫째 주인데도 안테나에는 크리스마스 반짝이 줄이 칭칭 감겨있었다. 존이 앉은 뒤쪽 창문으로 아침 햇살이 밝게 비쳐들어왔고, 나무가 드문드문 선 널찍한 잔디밭 위로 그의 그림자가 졌다. 그 뒤로는 수북한 관목이 자란 울타리가 쭉 늘어섰다.

미셸은 궁금하다는 기색으로 존을 바라보았다. 자기가 뭘 잘못한 일이 있는 것도 아닌데, 대체 왜 이른 아침부터 오라고 했는지는 도통 알 수가 없었으니까.

두 사람은 공통점이 참 많았다. 일단 둘은 나이대가 엇비슷했다. (존은 미셸보다 몇 살 위로, 낙농장에서 일한 다음부터 운동 부족에 시달리는 바람에 어딜 봐도 나이보다 젊어 보이지는 않았다.) 두 번째로, 둘 다 직업이 교사였지만 그들이 밀크우드 하우스에서 가르치는 건 부모가 자녀에게 가르칠 법한 것들이었다. 아이들은 그 외의 배워야 할 것들을 모두 어퍼 리치 초등학교 수업에서 들었고, 졸업 후에는 바로 옆 동네에 있는 고등학교에서 배웠다.

가장 중요한 공통점은 세 번째로, 바로 둘이 서로를 말없이 사랑하고 있다는 점이다. 하지만 둘은 절대로 그것을 공개적으로 인정한 적 없었다. 대신, 다른 곳이었다면 구애로 여겨졌을 법한 중년 남녀의 추파를 서로 주고받았다. 만약 나이 많은 아이들이 그걸 봤더라면 아마 징그럽다고 생각했을 것이다.

하지만 오늘 아침에는 그런 추근거림이 없었다. 덩치 큰 잉글랜

드인인 존 루엘린은 큰 소리로 잘 웃는 경향이 있었는데, 그것도 오늘은 아니었다. 오늘 그는 걱정스러운 얼굴 위로 영문을 모르겠다는 기색을 띠고 있었다.

"오늘 아침에 또 왔어요."

그는 다짜고짜 말했다.

"뭐가 또 왔는데요?"

미셸이 물었다. 그녀의 나직한 목소리는 속삭임에 가까울 정도라서 아이들이 금세 마음을 여는 이유가 되기도 했다.

"아이가 또 왔어요."

존이 대답하자 미셸 채플린은 앞으로 몸을 숙이며 눈살을 찌푸렸다.

"예정에 없던 아이인가요?"

그녀가 묻자 원장은 고개를 끄덕였다.

"아동복지국에서 새벽 5시쯤 데려왔어요. 시내에 있는 보육원으로 데려가려고 했는데 자리가 꽉 찼다네요. 그래서 3번 방에 데려다 놨어요. 아마 하루 종일 잘 거 같네요. 불쌍한 꼬마."

"꼬마라고요? 얼마나 어린데요?"

미셸은 무슨 대답을 듣게 될지 두려워졌다. 존 루엘린은 한숨을 쉬었다.

"내가 보기엔 한 살쯤 된 거 같아요."

그는 잠시 생각에 잠겼다가 덧붙였다.

"그래요, 12개월쯤 된 게 확실해요."

그는 자신의 말이 옳다는 사실을 알 리 없었지만, 실제로 현재 아기의 나이는 정확히 12개월 하고도 몇 분이었다.

미셸은 눈을 감았다. 이토록 어린 아기를 맡은 적은 많지 않은데.

"그 애는 무슨 사정이 있어요?"

묻는 말에 서류철 하나가 무릎에 내려앉았다. 미셸은 눈을 뜨고서 아동복지국에서 보낸 서류 첫 장을 넘겼다. 양식 자체는 늘 보던 표준 서류였지만, 이렇게 텅 빈 채로 온 적은 처음이었다.

이름: 빈칸

생년월일: 빈칸

병력: 빈칸

어머니 이름: 빈칸

아버지 이름: 빈칸

서류를 훑어보던 미셸은 눈에 걸리는 한 항목을 발견했다. '최근 상황'이라는 제목 아래에는 경찰관 한 명의 설명이 적혀있었다. 젊은 부부가 본인들 아파트에서 아기를 발견했다고 주장하는 내용이었다. 미셸은 아파트 주소를 보고는 눈살을 찌푸렸다.

"이 부부는 분명히 뭔가 약물에 중독된 모양인데요?"

"나도 그렇게 생각했어요. 그래서 사람들이 이 부부에게 약물검사를 하고 있어요. 하지만 아동복지국에서 이상하다는 말을 했거든요. 약물중독에서 나타나는 명백한 증상이 하나도 없다고요. 어쩌면 조현병에 걸린 거려나요? 모르겠네요……."

존의 말꼬리가 잦아들었다.

"비스킷 먹을래요?"

그는 이렇게 물으며 책상 서랍에서 비스킷 한 봉지를 꺼냈다. 존의 말씨는 마치 차와 크림, 설탕까지 곁들여 간식을 내오겠다는 듯이 꽤 그럴듯하게 들렸다. 하지만 그는 비스킷에 발린 초콜릿이 다 녹아버려 자칫 이 자리를 완전히 엉망진창으로 만들 가능성이 높다는 걸 알고 있었다. 이토록 더운 여름날에는 만사가 힘든 법이다. 1월이 이토록 덥다니, 언젠간 적응할 날이 오기는 할까. 몇 년 전 남반구로 이사 오기로 마음먹었을 때는 아무도 존에게 이런 상황을 미리 경고하지 않았다. 물론 경고했다 해도 그를 말릴 수는 없었을 테지만.

미셸은 비스킷을 보자 고개를 저으며 생각했다.

'이게 아침 대신일 수는 없지.'

존은 비스킷을 두 개 먹었고 미셸은 미소를 지었다. 그가 어쩔 수 없다는 걸 미셸은 알고 있었다. 그는 입안 가득 초콜릿 부스러기를 우물거리며 말했다.

"이렇게 해서, 또 밀크우드가 찼네요."

존은 이곳을 도저히 낙농장이라고 부를 수 없었다. 이제껏 그런 적은 한 번도 없었다. 부하 직원 하나가 이곳 주인이 복지제도를 젖 짜듯 착취한다고 선언하며 낙농장이라는 별명을 붙였다 해도 말이다.

"맙소사."

그 직원은 장부를 들여다보고 정부 지원금 현황을 살펴보더니 말했다.

"밀크우드라는 멋진 이름을 붙여놨으면 애들한테 잘해줘야 할 것을. 이 애들은 빌어먹을 젖소나 다름없는 돈줄이라고. 드리스컬은 여기를 차라리 낙농장이라고 이름 붙였어야 했어요."

그는 이렇게 선언했고, 안타깝게도 그 말을 한 명도 아닌 두 명의 젖소 같은 돈줄이 듣고 말았다. 그 후로 그 직원은 오래지 않아 이곳을 떠났다. 하지만 별명은 계속 남아 이어졌다.

"이제 애들이 열두 명이네요."

미셸은 존이 아니라 본인에게 들려주는 마음으로 말했다. 하지만 존도 어쨌거나 고개를 끄덕였다. 이제 아이들은 한 살부터 곧 성인이 되는 아이들까지 나이대가 다양했다. 아이들은 18세가 되면 밀크우드에서 더는 살 수 없게 되었다. 지원금이 끊기면 이곳을 떠나 세상에 나가 알아서 살아야 했다.

물론 다른 애들보다 손이 더 많이 가는 애들이 있었다. 메이지의 슬픔은 결국 사라질 것이고, 그럴 시간은 충분했다. 그 아이는 겨우 열두 살이었으니까. 그리고 아홉 살이지만 열세 살처럼 보이는 알렉스도 그랬다. 그 애는 작년에 급우들을 괴롭혀 돈을 뺏는 행실로 어퍼 리치 초등학교에서 수많은 경고장 세례를 받았다. 아홉 살짜리가 갈취범이 되다니.

그리고 리치. 미셸은 리치를 잊고 있었다. 세 살, 이제 곧 있으면 네 살이 되는 리치는 가장 어렸다(지금은 새로이 어린 애가 왔지만). 그래도 학교에 가기에는 너무 어린 나이라 매일 미셸의 보살핌을 받고 살았다.

"앞으로는 글렌다가 리치를 맡아야겠군요."

존은 미셸의 마음을 읽다시피 알아챘다.

"아, 리치가 좋아하지 않겠는데요."

"글렌다도 좋아하지 않겠죠."

존이 대꾸했다. 그 말 역시 옳았다. 글렌다 라일리는 밀크우드

하우스의 세 번째 직원이었고, 안타깝게도 동정심도, 유머 감각
도, 아이를 좋아하는 마음도 없이 태어난 사람이었다. 그런 사람
이 어쩌다가 사회복지계에 들어와 부모 없는 아이들을 위한 시설
에서 일하게 되었는지는 아무도 모를 일이었다. 아이들은 미셸을
모두 '미셸 선생님'이라고 불렀다. 미셸이 이곳에서 일하기 시작한
순간부터 다들 그렇게 불렀고, 그녀는 그 호칭이 좋았다. 하지만
글렌다는 '라일리 씨'라고 불렸다. 그리고 글렌다는 애들이 본인에
게 말 거는 일 따위는 없기를 바랐다.

"새로 온 애 물건은 어디 있어요?"

미셸이 묻자, 존은 어깨를 으쓱였다.

"그 애랑 같이 온 물건은 다 방에 놨어요. 아기 침대랑 입고 있
는 잠옷이죠. 사실 그것 말고는 없어요."

미셸은 일어서며 말했다.

"알았어요. 내가 가봐야겠네요."

해야 할 일이 생겼으니 그녀는 이제 찾아내야 할 것들을 죄다 목
록으로 만들기 시작했다.

'옷가지, 장난감, 아, 제길. 칫솔도 있어야겠네.'

깜빡거리는 텔레비전을 뒤로하고서 미셸은 고개를 저었다.

"아침에 저걸 본 거예요?"

그녀는 존에게 물으며 미소를 지었다. 손짓으로 가리킨 화면에
서는 만화영화가 흘러나오고 있었다.

"미안해요. 그 꼬마가 잠들기 전에 좀 진정시켜야 했거든요. 애
가 짜증을 좀 내더라고요. 하지만 걔가 어찌나 〈토마스와 친구들〉
을 열심히 보던지 당신도 봤어야 했어요. 눈 한 번 깜빡이질 않더

라니까요."

미셸은 서글프게 웃다가 문가에서 멈춰 섰다.

"그 애를 뭐라고 불러야 할까요? 이름이 있었나요?"

존은 미간을 좁히고서 대답했다.

"이름 없이 왔는데요."

그는 잠시 생각하다가 텔레비전을 휙 바라보았다.

"그럼 토마스라고 부르죠. 아니, 토미가 낫겠군요. 적어도 그 애부모가 제정신을 차리고 아들을 데리러 올 때까지는요."

◐

미셸은 문을 등지고 선 채로 헌 옷이 든 가방을 뒤지고 있었다. 그래서 아이가 얼마나 오랫동안 이쪽을 보고 있었는지 전혀 감이 없었다. 한 살배기 애가 입을 옷은 많지 않았다. '시내로 나가봐야겠는데'라고 생각하며 미셸이 고개를 돌린 순간이었다.

"미셸 선생님, 뭐 해요?"

리치가 천진난만하게 묻는 소리에 미셸은 깜짝 놀라 몸을 벌떡 일으켰다.

리치에게는 뭔가 살짝 묘한 면이 있었다. 물론 어딜 봐도 귀여운 애이긴 했다. 짙은 갈색 머리카락은 새카맣다시피 했고, 진파랑 눈은 아이답지 않아 보였지만 말이다. 미셸은 이 애가 네 살이 되려면 한 달쯤 더 있어야 한다는 걸 다시금 떠올려야 했다. 그만큼 아이는 생김새도, 말투도 성숙했다.

"옷을 좀 찾고 있었어, 리치. 우리랑 같이 살 새로운 애가 왔거든."

리치의 얼굴에 호기심 어린 기색이 스쳤다가 금세 사라졌다. 리치도 지난 생일을 보낸 지 얼마 되지 않았기 때문이었다. 이 애 역시 아동복지국이 데려다 놓은 아이였지만, 그래도 애의 부모가 누군지는 사람들이 알고 있었다. 아빠는 가출했고, 엄마는 무장 강도죄로 징역 18년을 선고받고 복역 중이었다. (미셸은 형량이 좀 가혹한 것 같다고 생각했지만, 그 사랑스러운 리치의 엄마가 계산대를 열지 않으려던 점원의 목을 베려고 했다는 사실은 몰랐다. 칼 솜씨가 없던 덕분에 18년형에 그쳤지 자칫 종신형을 받을 수도 있었다.)

리치는 놀라울 만큼 빨리 이곳에 적응했다. 여기가 본인에게 더 나은 곳임을 알고 있는 것 같았다. 미셸은 리치가 다정하다는 걸 알았다. 자신에게만 그러는 것이라도 말이다. 나머지 애들은 리치를 피했고, 리치는 받은 만큼 상대에게 돌려주었다. 왜 그런지 미셸은 알 수 없었다. 아마도 눈빛 때문이 아닐까. 그녀가 봐도 확실히 이 애의 눈빛은 어딘가 불안했다. 리치는 그저 지켜보면서 모든 걸 남김없이 받아들이고, 알고 있는 듯했다.

'하지만 애는 아직 꼬마잖아. 참 많은 일을 겪긴 했지만.'

미셸은 그렇게 생각했다.

"자, 리치. 이리 와."

미셸은 쪼그려 앉고서 리치에게 팔을 벌렸다.

아이는 기꺼이 다가왔다.

"새 아이가 왔어. 토미라고 하는데, 아직 아기야. 그러니 네가 형이 되어주어야 해. 할 수 있지?"

리치는 아무 말도 하지 않았다.

"나는 토미와 좀 같이 있어줘야 해. 하지만 너한테 내가 필요할 때는 여기 계속 있을 거야. 이제부터 너는 라일리 씨와도 재미있게 지내게 될 거야."

미셸은 이 말이 거짓말처럼 들릴 거라는 걸 알고 있었다. 글렌다 라일리와 재미있게 지낸 사람은 아무도 없었으니까.

리치는 말없이 고개를 끄덕였다.

미셸은 아이를 꼭 안아준 다음, 창고에서 같이 나와 계단을 도로 올라갔다. 그들이 향한 곳은 여러 연령대의 아이들로 붐비는 휴게실이었다. 미셸은 토미가 잠에서 깨기 전에 어퍼 리치에 가서 아기가 쓸 물건을 구해야 해서 휴게실에 있을 수가 없었다.

그녀는 계단 아래로 내려가서는 잠시 걸음을 멈추고 '3호실'이라는 글자가 새겨진 놋쇠 명패가 달린 문을 바라보았다.

그 방에서 토미는 자고 있었다. 사실, 아기는 첫 번째 생일 내내 잤다. 그리고 엄마와 아빠의 꿈을 꾸었다. 그들이 토미의 꿈을 꾸지 않았을지라도. 잠에서 깬 토미는 엄마와 아빠를 찾아 울었다. 하지만 그들은 오지 않았다.

3

토미는 낙농장 앞 잔디밭에서 첫걸음을 떼었다. 지난 두 달 동안 매일 아침 9시가 되면 미셸 채플린은 새로 온 아기를 데리고 밖으로 나갔다. 그리고 햇살이 점점이 비쳐드는 커다란 나무 그늘에 놀이 공간을 펼쳐놓았다. 거기에는 그네도 있었다. 물론 지금은 오랫동안 비바람을 맞아 철제 다리에 얼룩덜룩 녹이 슬어있긴 했지만. 미셸은 그네 옆에 체크무늬 피크닉 매트를 깔고 헝겊 장난감과 책을 늘어놓았다. 그녀는 자기 아이가 있었다면 해주었을 만한 일을, 다시 말해 아이의 부모라면 응당 자녀에게 해주었을 일을 토미를 위해 하기로 마음먹었다. 토미는 미셸의 손가락이 가리키는 책의 단어를 바라보았고, 미셸이 인형을 들고서 꾸며낸 목소리로 말을 걸면 까르르 웃었다. 미셸은 자신이 이 애를 점점 좋아하고 있다는 걸 깨달았다. 그리고 토미가 그네의 얼룩덜룩 녹슨 다리에서 손을 떼고 한 걸음, 두 걸음, 세 걸음째 뒤뚱뒤뚱 풀밭을 걷는 모습을 바라보자, 어머니가 가질법한 자부심에 차서 외쳤다.

"잘했어, 토미!"

미셸은 토미를 덥석 안았다. 칭찬을 들은 꼬마의 창백한 얼굴이 환하게 밝아졌다.

"루엘린 아저씨한테 말하고 올 테니 잠시만 기다려. 아저씨도 너를 참 장하다고 생각할 거야."

그 후에도 두 번 더 해보았지만 아이는 아까처럼 걸음마를 떼는 건 실패했다. 그래도 미셸은 이제부터 시작이라는 걸 알고 있었다. 두 달 동안 그녀를 고집스레 놓지 않으려던 아이가 마침내 손을 떼었으니까. 이 장면을 부모가 봤다면 얼마나 좋았을까.

아동복지국은 토미를 데려오고 나서 일주일 후에 다시 밀크우드 하우스를 찾아왔다. 그때 왔던 남자와 여자 둘이 또 방문했는데, 이번에는 좀 더 깔끔한 차림새였다. 낮 근무 시간이었으니까. 직원들은 존 루엘린과 함께 원장실에서 흩어진 서류 파일에 둘러싸여 있었고, 그날 오후 존은 미셸에게 들은 정보를 전해주었다.

"좋은 소식이 아니에요."

미셸은 좋은 소식 같은 게 있으리란 생각은 안 했다. 아동복지국에서 낭보를 들고 온 적은 이제껏 한 번도 없었다.

"토미가 발견된 집에 사는 부부는 약물검사를 깨끗하게 통과했어요. 약도 없었고요. 정말로 아무것도 없었대요. 그리고 부부를 상담한 정신과 의사는 그 사람들의 정신 상태가 온전하다고 했어요. 둘 다 직업도 좋았고요."

"그게 어떻게 좋은 소식이 아닐 수 있어요? 그러면 다시 토미를 데려갈 수 있다는 거잖아요."

미셸의 물음에 존은 한숨을 쉬었다.

"그게 문제예요. 거기가 애 집이라는 증거가 없어요. 그 부부는 토미가 자기 애가 아니라고 맹세했고, 정신과 의사도 그게 거짓말이 아니라고 했어요. 그리고…… 그게, 애가 거기 살았다는 기록이 없어요."

존은 토미의 출생 기록도 없다는 말까지 하지는 않았다. 병원 진료 기록도, 개인 조산사와 낳은 기록도, 그 어디에도 아이에 대한 언급이 없었다. 그건 이상한 일이었다. 물론 전례가 없는 일은 아니었다. 혼자서 사회적 접촉 없이 사는 사람도 있으니까. 하지만 아주 드문 일임은 분명했다.

"그러면…… 저는 잘 모르지만, DNA 검사 같은 건요? 그런 검사를 시작하진 않았고요?"

미셸이 묻자 존은 고개를 끄덕였다.

"검사를 시작했죠. 그쪽 말로는 우리가 애를 데리고 시내에 가서 피를 뽑아야 한다고 하더라고요. 불쌍한 녀석……. 채혈을 별로 좋아할 거 같지는 않은데. 거기 말에 따르면 혈액 샘플을 해외로 보내야 하는데, 우리 차례가 오기까지 시간이 오래 걸릴 거래요."

물론 아동복지국에서 정확히 그렇게 말하지는 않았다. 순서를 기다리는 혈액과 정액, 타액 샘플이 수영장 물만큼 많아서 토미의 검사는 살인범이나 강간범, 유산 상속이 걸린 친자확인검사보다 한참 뒤로 밀릴 거라고만 했다. 그러면 못 해도 몇 년 넘게 걸릴 수도 있다고.

"토미가 그 부부 아이가 아니라는 사실을 인정해야 할 거 같아요, 미셸. 토미는 공식적으로 실종 아동 명단에 올라가 있긴 하지만, 잃어버린 게 아니라 찾아낸 아이로 등록돼 있죠. 실종된 쪽은 오히려 부모예요."

"그러면 토미는 이제 어떻게 되는 건가요?"

미셸이 물었다.

"토미는 이제 완전히 여기서 지내게 되었다는 거죠. 친부모가 찾아오지 않는 한. 그리고 왜 다른 집에 무단 침입해서 자기 아이를 두고 갔는지 이유를 알 수 없는 한."

그건 말도 안 되는 소리였다. 존도, 미셸도 그걸 잘 알고 있었다.

그리하여 낙농장 앞 잔디밭에서 토미와 놀아주던 미셸은 알게 되었다. 자신이 제아무리 토미의 부모가 찾아와 아들이 첫걸음마를 떼는 모습을 보아주길 바라더라도, 그럴 일은 없으리라는 사실을.

하지만 부모 대신 그 걸음마를 봐주는 사람이 있었다. 낡은 2층 집 안에 있던 어떤 아이가 침대 가장자리에 앉아서 파랗고 커다란 눈망울로 창밖을 지그시 보고 있었다. 겉보기로는 대여섯 살 정도로 보이지만 이제 네 살이 된 리치 샤프였다. 지금 그 애는 목이 따갑고 쓰라린 증상과 더불어 급성 질투심을 앓고 있었다. 리치는 창문으로 다른 아이들을 바라보았다. 토미를 제외한 아이들은 자갈이 깔린 진입로를 터덜터덜 걸어 시내로 가는 버스에 오르는 중이었다. 그 버스를 타고서 어린 애들은 초등학교에 가고, 큰 애들은 기차역으로 갔다. 어퍼 리치는 공식 인구가 3,600명뿐이라서 중등학교를 갖출 요건이 되지 못했다. 그래서 마을에 사는 10대 아이들은 옆 마을인 모틀레이크까지 단체로 기차를 타고 서쪽으로 향했다. 낙농장에 사는 아이들은 나이가 차면 모틀레이크에 있는 학교로 진학하는 것이 순리였다. 처음에는 어퍼 리치 초등학교, 다음에는 모틀레이크 중고등학교 그리고 졸업한 다음에는 "이제 네 인생을 마음껏 살아보렴, 얘들아"라는 말을 듣는 것이다.

다른 아이들이 떠나자 리치의 방문이 휙 열리더니 라일리 씨가 작은 쟁반을 들고 들어왔다. 그녀는 키가 크고 여위었으며 못된 여자였다. 리치는 그녀를 좋아하지 않았다.

"아프다면서."

그녀는 무미건조하게 말했다.

리치는 대답하지 않았다. 대답하지 않아도 저 사람은 신경 쓰지 않으니까.

"입 벌려."

리치가 시키는 대로 하자, 체온계가 입으로 쑥 들어갔다. 라일리 씨는 체온계를 살펴보고는 리치가 거짓말을 하지 않았음을 깨닫고서 눈살을 찌푸렸다. 거짓말을 했다면 어떻게 되었을까. 리치는 궁금해졌다. 분명히 뺨을 맞았겠지.

"이거 삼켜."

그녀는 쟁반에 있던 알약 두 개를 들어 내밀었다.

리치는 고개를 저었다. 미셸 선생님은 알약을 먹으라고 준 적이 한 번도 없었다. 언제나 달콤하고 끈적한 분홍빛 약을 작은 컵으로 재어주었는데.

"내가 뭐 하나 말해줄까?"

라일리 씨가 말했다. 그건 질문이 아니었다.

"먹든 말든 솔직히 내 알 바 아니야. 창밖으로 던져버려도 알게 뭐니. 나한테는 달라질 게 없거든. 넌 어쨌든 며칠 후엔 나을 테니까. 오늘 약 좀 안 먹는다고 큰일 나지 않아."

라일리 씨는 이렇게만 말하고 방을 나가더니 문을 닫았다. 리치는 알약을 살펴보고는 혀끝을 살짝 대었다. 그리고 약 맛에 구역질하고는 창문을 돌아보았다. 바로 그때, 미셸 선생님이 새로 온 애, 바로 그 아기를 그네 옆에서 일으켜 세우는 걸 보았다. 이번에 아기는 곧바로 넘어졌고 리치는 미소를 지었다. 하지만 선생님이 토미의 무릎을 털어주고 꼭 안아주자 그 미소는 찌푸림으로 변했다.

리치는 엄마를 잘 기억하지 못했기에, 머릿속으로 엄마의 모습을 미셸 선생님과 똑같이 설정했다. 물론 리치의 엄마는 그렇게 생기지 않았다(비디오 가게 점원은 그 점을 기꺼이 증언해 줄 것이었고, 실제로 재판에서도 말했다). 하지만 그건 리치에게 중요하지 않았다. 오랫동안 친엄마를 볼 수는 없으리라는 걸 알고 있었으니까. 여기에 처음 왔을 때, 사람들은 리치에게 그 점을 (물론 부드럽게) 설명해 주었다. 처음 낙농장에 보내진 리치를 맞아준 이는 미셸 선생님과 루엘린 씨였다. 미셸은 리치의 손을 잡고 탁자와 의자가 있는 방으로 데려가 아이스크림을 주었다. 그것도 아주 많이. 그날 밤, 미셸은 아이를 침대에 눕혀주고 이마에 입을 맞추었으며, 다음 날 아침에 일어났을 때도 옆에 있어주었다. 미셸은 몇 달 동안 리치에게 책을 읽어주고 같이 놀아주었기에, 여기서 80킬로미터 떨어진 법정에서 리치의 사랑스럽고 상냥한 엄마에게 징역 18년 형을 선고하는 판사 봉이 떨어질 무렵, 리치는 어머니에 대한 기억과 자상하고 사랑 넘치는 선생님의 모습을 완전히 하나로 합쳤다.

리치는 다시 침을 삼켰다. 목이 너무 아파서 어서 잠들고 싶었다. 아이는 베개에 머리를 파묻었다. 자고 일어나 보면 새로 온 아이가 사라져 버렸을 수도 있을 테니.

하지만 아기는 사라지지 않았다. 대신 리치가 자는 동안 다른 일이 벌어졌다.

'내 미셸 선생님이 토미랑 내 나무 아래에서 내 깔개를 깔고 놀고 있잖아.'

그 모습을 본 리치의 분노는 깊어졌고, 그래서 다시 잠에서 깨어났을 때 그 감정은 네 살짜리가 아는 단어 중에서 가장 격한 단어로 변해있었다.

"미워, 미워, 미워."

리치는 나직하게 그 말을 입 밖으로 내보았다. 그 소리가 마음에 들었지만 방을 나가서는 말할 수 없었고, 라일리 씨가 근처에 있을 때는 절대로 안 되었다. 이곳 아이들은 '미워, 바보, 멍청이' 같은 말을 해서는 안 되니까. 리치는 혼자 있을 때만 그 말을 나직하게 해보았다. 그리고 그건 사실이기도 했다.

그리하여, 리치 샤프는 토미를 미워하기로 마음먹었다.

그 후로 몇 달 동안 밀크우드 하우스에 사는 아이들과 직원들의 삶은 잔잔하게 흘러갔다. 편도선염으로 사흘을 앓아누웠던 리치는 다시 예전처럼 보육원 생활로 돌아갔다. 나이 많은 아이 중 몇몇은 라일리 씨를 '스마일리 라일리'라고 불렀다. 그 이유는 누구나 다 알고 있었다. 열두 살인 메이지는 이제 열세 살이 되어 지금은 밤에 깨지 않고 쭉 잤다. 열네 살 하고도 여섯 달이 된 마커스는 다른 아이들보다 보육원을 많이 거쳐왔다는 수상쩍은 기록이 있었지만, 6주 동안 모틀레이크 고등학교에서 단 한 번도 방과 후에 남는 벌을 받지 않는 기록을 세웠다. (물론 그때 동안 마커스가 아무런 잘못을 저지르지 않았다는 건 아니다. 다만 증거를 은닉하는 데 아주 능숙해졌을 뿐이다.) 이곳에서 가장 나이 많은 학생인 케일라도 생일을 맞이하여 아무 장식 없는 초콜릿케이크에 초를 열여덟 개 꽂고서 낙농장에서 보내는 마지막 날을 축하했다. 케일라는 작년에 마지막 시험을 그럭저럭 치르고는 일자리를 찾는 중이었다. 그러던 중 뜻밖의 인물이 일자리를 물어다 주었다. 바로 라일리 씨였다. 모틀레이크의 부동산 중개업자가 여동생이 사무실에서 접수원으로 일하다 퇴사해서 새 사람을 찾고 있다는 것이었다. 케일라는 그 여동생의 자리에 앉게 되어서 학교 친구 한 명과 함께 살려고 이사를 했다. 밀크우드 하우스의 직원과 아이들은 모두 건물 앞 계단에 모여 케일라를 배웅했다. 그게 낙농장의 전통이었다. 존 루엘린은 케일라의 소지품을 죄다 담은 가방 두 개를 차에 싣고서 직접 그 애의 새집까지 가져다주었다. 그리고 이 애가 잘 살 수 있으리라는 예감과 함께 케일라를 두고 왔다.

다시 낙농장 소식을 보자면, 이제 꼬마 토미는 도움 없이도 걸을 수 있게 되었다(비록 느릿느릿한 걸음마에 무릎엔 멍을 달고 살았지만). 두어 달 있으면 두 번째 생일을 맞이하는 토미는 말도 늘어서 자신의 이름과 음식 몇 가지를 말할 수 있게 되었고, 업어주기를 원할 때 '업'이라고 말할 뿐만 아니라, '어마'와 '아바' 같은 말도 할 줄 알았다. 미셸 채플린과 존 루엘린 둘 다 이럴 때마다 이 어린 꼬마에게 닥친 현실을 잔인하리만큼 떠올리게 된다고 딱해했다. 두 사람은 서로에게 반한 것은 물론 부모도, 가진 것도, 이름도 없이 이곳 문가에 다다른 저 꼬마애에게 홀딱 반해있었다.

어느 날 저녁, 존은 미셸과 글렌다 라일리에게 말했다.

"요즘 분위기가 많이 안정되었다는 생각 안 들어요? 이 집에 아장아장 걷는 아기가 있으니 나쁘지 않은 거 같네요. 여자애들은 모두 그 애를 무척 좋아하고요."

그들은 식당의 작은 탁자에 앉아서 저녁을 먹는 중이었다. 아이들은 옆에 있는 커다란 테이블 둘에 나눠 앉아있었는데, 식기 소리와 애들이 꽥꽥 지르는 소리가 어찌나 시끄럽던지 어른들은 서로의 말이 잘 들리지 않았다.

미셸은 고개를 끄덕이면서, 아이들에게 다정한 눈길을 주는 존을 바라보며 샘솟는 애정을 느꼈다. 가끔 그녀는 문득 자신과 그의 우정이 언젠가는 다른 것으로 발전할 수 있지 않을까 하는 생각에 잠겼고, 분명 그렇게 되도록 하자고 마음먹었다. 하지만 만사가 영화처럼 이루어지지는 않을 것이다. 날이 저문 후에 몰래 돌아다니거나 거창한 몸짓 혹은 사랑 고백 같은 건 없으리라. 그들은 너무…… 음, 둘 다 너무 수줍어했다. 또 일을 크게 벌이기에는 둘 다 본인들의 직업을 너무 중요하게 생각했으니까. 아니, 미셸은 확실히 감이 왔다. 만약 운명이라면 그리고 자신은 운명을 확실히 믿으니까, 그들은 점점 가까워지다가 자연스럽게 더는 떨어질 수 없다는 결론에 이르게 될 것이라고 말이다. 좀 지루할 수도 있을 것이다. 하지만 앞날을 생각하면 미셸의 마음이 따스해지면서 어느새 만족하게 되었다. 급할 건 없는 법이다.

“맞아요. 그렇다고 생각해요.”

미셸이 대답했지만, 글렌다 라일리는 아니라며 코웃음을 쳤다. 그녀는 자신이 맡은 업무나 동료들을 대하는 태도가 한결 같았다. 글렌다가 보기에 저 두 사람은 너무 진지했다. 게다가 수줍은 눈빛을 주고받으며 조용히 차를 마시는 광경이라니. 솔직히 말하자면 (그리고 라일리 씨는 솔직함 빼면 시체였기에) 라일리는 저 둘이 함께 있는 생각만 해도 구역질이 났다.

“글렌다, 나는 진지하게 하는 말이에요. 저 애들을 봐요.”

존이 재차 말하면서 방 저편으로 손짓했다. 그곳에는 꼬마애가 아기 의자에 앉아있었다. 메이지는 아기 저녁밥을 먹이면서 토미의 입가를 부지런히 닦아주며 아기가 커스터드크림을 다 먹었는지 확인했다. 다른 애들 두엇도 아기가 숟가락을 떨어뜨리자 탁자 앞으로 몸을 숙이거나 메이지에게 잔소리를 하면서 돕고 있었다. 물론 메이지는 그 소리를 귓등으로 흘렸다.

그러다 어른들과 가까운 쪽 탁자에서 평소 식당에서 들려오던 소음의 수준을 넘는 고성이 터졌다. 최근 학교에서 무사히 지내고 있던 마커스가 두 살 위인 선배 찰리에게 소리를 지르고 있었다. 들어보니 별것 아닌 일 같았.

“안정되었다고 말하기엔 많이 일렀군요.”

존은 고개를 저으면서 자리에서 일어서더니 두 남자애를 떼어놓았다. 그렇지만 존은 마커스 옆옆 자리에 앉아있던 리치 샤프를 보지는 못했다. 그 애는 계속 강렬한 눈빛으로 방 저편의 아기 의자를, 또 그 의자에 앉은 아기를 돌보는 몇몇 아이들을 노려보고 있었다.

식당에서 싸움을 벌인 마커스와 찰리는 저녁 시간 내내 격리되었다. 다른 아이들은 저마다 방에 들어가 숙제를 하거나, 휴게실 한쪽 구석 책장에 놓인 책을 읽거나, 낡은 보드게임을 했다. 메이지를 중심으로 한 아이 셋은 모노폴리에 푹 빠져있었다. 모든 부품과 카드 말이 다 있는 게임은 그것뿐이기 때문이었다.

그보다 어린 애들은 저녁 식사가 끝나자마자 자러 갔다. 미셸 선생님은 토미를 목욕시키고 반소매 잠옷을 입혔다. 봄이 되어 낮이 점점 길어지고 밤이 따스해져서 다행이었다. 토미가 아래층 침대에 누워 굿 나잇 키스를 하는 동안, 위층에서는 리치가 라일리 씨를 따라 방으로 들어가고 있었다. 라일리 씨는 지금이 목요일 밤이니까 하루만 더 자면 주말이라는 생각에 온통 정신이 팔려있었다. 잠옷으로 갈아입는 리치를 힐끔 본 다음 그녀는 불을 끄고 방을 나갔다. 제대로 닫히지 않은 문틈으로 가느다란 빛줄기가 어둠을 뚫고 비쳐들었다. 라일리 씨는 리치가 침대에 눕기도 전에 스위치를 꺼버렸기에, 리치는 여전히 매트리스 가장자리에 앉아 생각했다.

'방금 나간 여자, 너무 싫어.'

아이는 자신의 소지품이 든 수납장, 그러니까 휴게실 책장에서 가져온 동화책 몇 권과 색연필 그리고 성장한 아이들에게서 몽땅 물려받은 것이나 다름없는 옷으로 가득 찬 서랍이 있는 가구를 빤히 바라보았다. 그리고 다시 문을 바라보며 아래층 침대에 누운 꼬마, 바로 미셸 선생님을 빼앗아 버린 남자애를 떠올렸다. 리치에게 이곳을 집으로 만들어 준 단 한 사람을 훔쳐 가버린 그 애를.

'미워, 미워, 미워.'

리치는 침대에서 슬그머니 나와 문으로 다가갔다. 그리고 잠시 멈춰서 귀를 기울였다. 휴게실에서 목소리가 흘러나왔다. 빚진 돈이 얼마인지 장난스럽게 다투는 소리, 모노폴리 하는 애들에게 지금 설명서를 읽고 있으니 입 다물라고 핀잔주는 소리였다. 리치는 복도를 살금살금 지나 휴게실을 지난 다음 계단으로 향했다. 그리고 계단을 내려와 맨 아래 층계에서 멈춰 서서 다시금 귀를 기울였다. 사방은 고요했다. 그 애는 문 가장자리로 슬그머니 고개를 내밀어 식당을 들여다보았다. 미셸 선생님이 루엘린 씨 옆에 앉아있었다. 사이드테이블에 둔 라디오에서 은은한 음악이 흘러나오는 가운데, 두 사람은 찻잔을 앞에 두고 대화에 푹 빠진 채였다. 라일리 씨는 아무 데도 보이지 않았다. 그래서 리치는 기분이 좋아졌다. 아이는 살금살금 복도를 따라 걷다가 어떤 문 앞에 멈췄다. 그 문에는 '3호실'이라는 작은 금속 명패가 달렸다.

리치는 손잡이를 돌려보았고, 문이 열렸다. 낙농장에서는 문을 잠그는 법이 없었다. 사실, 어른들 방문에만 잠금장치가 달려있었다(다른 애들은 훔칠만한 물건을 가지고 있지 않았으니까). 그 방은 위층에 있는 리치의 방과 같은 구조였지만, 침대 대신 놋쇠 살로 둘러진 아기 침대가 있었다. 리치는 몰래 살짝 미소를 지었다. 복도에서 들어오는 빛으로 방이 환해지자 아기 침대에 누웠던 아이가 일어나 앉았다. 그 애는 방에 쳐들어온 리치를 향해 미소를 지었다. 리치는 침대로 가서 몸을 기대어 위쪽 난간에 턱을 괴고 섰다. 그렇게 토미를 마주 보았다.

리치는 가만히 서서 어쩔 줄 모르는 채로 꼬마를 바라보았다. 리치 샤프 역시 밀크우드 하우스에서 두 번째로 어린, 다섯 살도 채 되지 않은 애였다. 아무런 계획도 없이, 그저 자신의 경쟁자를 보러 온 것뿐이었다.

리치는 침대 모서리 기둥에 손을 얹고 있었는데, 갑자기 몸을 기댄 침대 난간이 쑥 내려앉았다. 자기도 모르게 침대 옆쪽의 잠금 장치를 건드려서 옆 난간 전체가 스르르 내려간 것이었다. 리치는 금속성 소리에 숨을 죽였다. 자기가 말썽을 피웠다는 걸 깨달아 버린 아이는 라일리 씨가 아니라 미셸 선생님이 자신을 발견해 주기만을 바랐다. 리치는 꼼짝도 하지 못한 채로, 발소리가 복도를 따라 들려오다 문 앞에 그림자가 드리워질 순간을 기다렸다.

하지만 아무도 오지 않았다. 그제야 아이는 한숨을 내쉬었다.

토미는 여전히 리치를 향해 방실방실 웃고 있다가, 이제는 통통한 손을 뻗어 리치의 얼굴을 만지려 했다.

리치는 물러서면서 씨근대었다.

"만지지 마."

꼬마가 말했다.

"어버!"

그 말에 리치는 확 짜증이 났다. 그리고 지금 자신이 뭘 하는지도 모른 채, 꼬마의 옆구리를 덥석 잡아 아래로 끌어 내렸다. 토미가 반쯤 미끄러지고 또 반쯤은 떨어지다시피 내려오면서 무게를 싣는 바람에 리치는 힘겨워졌다. 이제 토미의 손을 잡은 리치는 그 애를 데리고 방에서 나와 복도를 걸어갔고, 꼬마는 뒤뚱대는 짧은 다리로 애써 따라왔다. 식당 앞을 지나면서 리치는 입술에 손가락을 얹었다. 이 꼬마가 무슨 뜻인지는 알기는 할까? 안에 있는 두 어른은 아직도 둘만의 대화에 푹 빠져 고개를 들지 않았다.

두 아이는 이제 현관에 다다른 것도 모자라 급기야 정문으로 나왔다. 문은 잠겨있지 않았다. 존 루엘린은 매일 밤 잠자리에 들기 직전에 마지막으로 문을 잠갔기 때문이었다. 단단한 목재 문은 녹슨 경첩을 따라 움직이며 자그맣게 삐거덕거렸을 뿐이었다. 토미는 질질 끌려가며 넘어지다시피 하면서 정문 계단을 내려와 진입로에 서서 형을 올려다보았다. 오른편에는 많이 봐온 커다란 나무가 있었다. 그 나무는 두 소년 모두 미셸 선생님과 시간을 보냈던 나무였다. 그 앞으로는 진입로가 살짝 경사를 이루며 아래로 뻗어나가 도로와 이어졌다. 리치는 그곳이 아닌 왼편으로 갔다. 이윽고 두 소년은 건물 옆을 돌아 직원들이 차를 주차하는 낡은 헛간을 지나 뒷마당에 도착했다. 이곳에는 경계를 따라 나무가 쭉 심어진 가운데, 아이들이 그 너머 덤불로 들어가지 못하도록 철조망이 쳐져있었다.

토미는 걸음을 멈췄다. 선생님 없이 밖에 나온 게 싫었고, 어두운 밤에 밖에 나온 건 더더욱 싫었다. 꼬마는 리치에게 잡힌 손을 꼼지락거리며 빼려고 했지만, 형의 손은 자신의 손보다 두 배는 더 컸다.

리치는 쪼그려 앉아 토미와 눈높이를 맞추었다.

"왜 그래?"

묻는 말에 토미는 아무런 대답을 하지 않았다. 그저 눈가에 굵은 눈물이 한 방울 맺히더니 뺨을 따라 주르르 흘렀을 뿐이었다.

"너한테 보여줄 게 있어."

리치는 이렇게 말하고서 일어서더니, 토미를 잡은 손을 놓지 않은 채 나무를 향해 계속 걸었다. 토미는 마지못해 따라갔다. 무서운 데다 혼자 남겨지고 싶지 않아서였다. 울타리에 다다르자 검은 머리에 진파랑 눈동자를 빛내며 리치가 멈춰 섰다. 리치는 바닥 쪽 철조망을 발로 밟고 위쪽 철조망을 들어올렸다. 큰 아이들이 철조망을 쉽사리 빠져나가는 방법을 보고서 그대로 따라 한 것이었다. 그렇게 토미가 통과할 만큼 커다랗게 틈을 벌렸건만, 꼬마는 무서워하며 끝끝내 서있기만 했다.

"이리 와, 토미. 미셀 선생님이 이리로 오랬어."

리치는 그를 꾀었다. 좋아하는 사람의 이름을 들은 토미는 주저하며 앞으로 발을 떼었다. 꼬마는 너무 작아서 고개를 숙일 필요도 없이 틈을 지났다. 리치는 허리를 굽혀 토미 뒤를 따라 슬며시 철조망을 통과한 다음, 다시 꼬마의 손을 잡고 나무와 덤불 사이를 지나갔다. 작은 수풀을 헤치며 나아가는 아이의 맨팔이 나뭇가지에 긁혔다.

몇 분 후에 리치는 멈췄다. 아직도 계획은 없었다. 그저 차갑고 잔혹한 본능에 이끌려 왔을 뿐. 사방을 둘러봐도 삼면을 둘러싼 나무밖에 없었고, 저 뒤로 낙농장은 아스라하게 보였다. 달은 이제 완전히 차올랐다. 낙농장의 불빛 반경에서는 벗어나 있었기에, 리치의 눈에 보이는 자신의 그림자는 나뭇잎 사이로 비치는 달빛이 드리운 것이었다. 두터운 천장처럼 나뭇잎이 하늘의 별을 가리고 있어서 그림자는 훨씬 짙었다. 리치는 자신이 지금 하는 짓이 무언지 몰랐지만 그래도 하나는 확실했다. 더는 가고 싶지 않았다. 그 역시 아직 어린 꼬마였고, 어둠을 두려워해야 한다는 걸 제대로 알고 있었다.

리치는 다시 돌아서서 토미를 보았다. 꼬마의 얼굴 위로 눈물이 주룩주룩 흘러내리고 코는 온통 콧물투성이였다. 리치는 그게 마음에 들지 않았다.

"넌 여기 있어. 난 미셸 선생님을 불러올게."

토미는 속눈썹에 눈물을 그렁그렁 달고서 리치를 올려다보았다. 무슨 말인지는 모르겠지만 미셸의 이름은 다시금 알 수 있었다.

리치는 토미의 손을 놓고서 낙농장 쪽으로 돌아섰다. 그리고 쏜살같이 나무 사이를, 철조망 울타리 아래를 지나 있는 힘껏 빠르게 달려 안전한 불빛이 비치는 집으로 향했다. 집에 다다르기 전에 어둠 속에서 무언가 자신을 확 잡아채지는 않을까, 너무나도 두려웠다.

그러다 집 앞 계단에 다다라서야 속도를 줄였다. 정말로 선생님을 데려와야 할까? 그렇게 한다면 토미를 밖에 데려간 걸 인정해야 했고, 자신도 모르는 상황을 왜 그랬는지 설명해야 했다. 게다가 선생님이 그 애를 돌봐주려고 서둘러 밖에 나간다면 라일리 씨에게 맡겨져서 다시 자야 할 텐데. 그건 더욱 끔찍한 일이었다.

지금까지의 결정은 대부분 본능적이었다. 그것도 네 살 반 된 꼬마가 가질법하기엔 부자연스러운, 불쾌한 본능에 따라 내린 것이었다. 하지만 이제 내리는 결정은 고의였다. 리치는 정문 계단을 살금살금 올라가서 아무도 몰래 다시 집 안으로 들어갔다. 식당을 슬쩍 엿보니 루엘린 씨가 여전히 문 쪽으로 등을 돌리고 앉아있었다. 미셸 선생님은 보이지 않았다. 위층에 올라가자 모노폴리 게임은 여전히 시끌벅적 이어졌다. 누가 돈을 가져야 하느냐 하던 다툼은 이제 해결되었고, 조금 있으면 메이지가 승리할 예정이었다. 밖에 나갔다 온 지 몇 분밖에 되지 않았건만, 리치가 느끼기에는 몇 시간은 있다 온 기분이었다. 아이는 맨발로 복도를 걸으며 확신했다. 곧 있으면 금방 들키겠지.

하지만 리치는 들키지 않았고, 곧 자기 방으로 들어와 조용히 문을 닫을 수 있었다. 거칠게 숨을 몰아쉬며 아이는 침대에 누워 기다렸다. 이제 어떻게 될까. 잠이 먼저 올까, 아니면 밖에서 자신이 저지른 문제가 먼저 발견될까. 알 수 없었다.

●

리치가 다시 침대에 올라갔던 그때, 아직 두 살도 안 된 꼬마 토미는 걸음마가 힘겨운 나이대 애들만 아는 아주 특별한 공포에 사로잡혔다. 조금 전만 해도 아기 침대에 누워있었건만 어느새 어떤 형이 방에 들어오고, 지금은 또 바깥에 홀로 나와있다니. 여기는 너무 어두웠고, 형과 같이 있을 때도 무서웠지만 혼자 있으니 정말로, 심하게 무서워졌다. 바람에 스산하게 흔들리는 가지들을 쭉 뻗은 채 우뚝 솟은 나무들에 둘러싸인 토미는 꼼짝도 안 하고 서있었다. 바닥에 드리워진 나뭇가지 그림자들은 성난 거인이 금방이라도 할퀴려는 듯 쭉 뻗은 손 같았다.

토미는 비명을 질렀다. 순수한 공포에 질린 고음의 비명이었다.

집 안에 있던 어른 셋은 그 비명을 들었다. 그들은 하나같이 그 비명이 뭔지 알았다. 어린애가 악몽에서 깨어났을 때, 아직 꿈과 현실을 구분하지 못해 공포에 질려 지르는 비명이었다. 존과 차를 한잔 마시고 주방에서 요리사와 뒷정리를 함께하던 미셸은 막내가 자고 있던 방으로 곧장 들어갔다. 문을 확 열어젖히고 토미가 보이지 않자 그녀는 깜짝 놀랐다.

"토미가 없어졌어요!"

그녀는 절망 어린 목소리로 소리치며 아래층을 찾아다니기 시작했다. 위층에서는 라일리 씨가 휴게실을 확인했다. 거실에 앉아 있던 존 루엘린은 벌떡 일어나다가 남은 차를 엎지르고는 곧장 정문으로 달려갔다. 현관에 있던 수납장을 연 존은 비상용 손전등을 쥐고서 단번에 현관 계단을 뛰어 내려갔다.

혹시 토미가 도로를 배회하고 있을지도 모른다는 생각이 덜컥 든 존은 진입로를 달려갔다. 이쪽 길은 통행량이 많은 고속도로는 아니었지만 그래도 차들이 여전히 많이 다녔다(게다가 아주 빠른 속도로 달리기도 했다). 진입로의 중간쯤에 다다랐을 즈음, 아까와 비슷하지만 성량은 그리 크지 않은 두 번째 비명이 들려왔다. 존의 뒤쪽, 건물 반대편에서 들려오는 소리였다. 그는 홱 돌아서서 왔던 길을 되돌아가기 시작했다. 숨이 차오르면서 가슴이 헐떡이는 가운데 존은 후회했다. 자신은 왜 몸뚱이가 이토록 망가지게 두었나. 지금은 100미터도 달리지 못하고 괴롭게 신음이나 흘리고 있다니.

집 부근으로 와서 뒷마당에 도착한 존은 걸음을 늦추고 귀를 기울였다. 그래, 저기 울타리 너머를 지나 한참 떨어진 곳에서 나직한 흐느낌이 들렸다. 손전등을 비추자 잔디밭 너머로 불빛이 나무 사이에 퍼졌다. 하지만 존의 눈에는 그저 덤불만 보일 뿐이었다. 그러다 두 줄로 철조망이 쳐진 울타리에 다다른 그는 아래쪽 철조망을 발로 밟고 위쪽 철조망을 잡아당겼다. 낙농장의 고학년 애들 몇 명이 자신이 감시하지 않는다고 생각하고서 이런 짓을 하는 걸 본 적 있었으니까. 허리를 굽히고 육중한 몸집을 사이로 욱여넣은 다음, 다시 몸을 쭉 편 존은 울창한 수풀로 얼른 들어갔다. 허리에 이는 통증도 아랑곳하지 않은 채, 그는 나무줄기와 관목을 헤치고 저 앞에서 작게 들려오는 아이의 울음소리를 계속 따라갔다.

"괜찮아, 토미. 지금 간다."

아이가 아직 보이지 않았지만 존은 소리쳤다.

그러다 나무를 돌아선 순간, 하마터면 존은 아이와 부딪힐 뻔했다. 꼬마는 환한 빛에 눈을 깜빡여 댔다. 토미는 아까 버려졌던 자리에 뿌리라도 박힌 듯 겁에 질려 그대로 서있었다. 존은 아이를 얼른 들어 올려 꼭 안았다. 토미는 존의 어깨에 머리를 기댔고, 안도감에 휩싸이자마자 이제껏 칭얼대던 소리가 곧바로 대성통곡으로 변했다. 존이 애써 숨을 돌리며 토미를 어르자, 꼬마의 울음소리는 점차 수그러들었다. 토미를 안고서 나무 사이를 지나며 존은 이 애가 밀크우드 하우스에 처음 도착한 아침을 떠올렸다.

'그때도 토미를 이렇게 안고서 사무실로 들어갔었지. 엊그제 일 같은데 벌써 이만큼이나 컸구나.'

방 창문에서 존의 손전등 불빛을 알아본 미셸은 울타리 옆으로 와서 둘을 기다리고 있었다. 존은 철조망 위로 토미를 그녀에게 넘겨준 후 몸을 숙여 사이를 비집고 들어갔다. 그리고 안으로 들어와 몸을 일으킨 순간, 갑자기 앞으로 고꾸라졌다. 미셸은 그렇지 않아도 묵직한 토미를 힘겹게 안고 있었지만, 얼른 존을 잡으려고 팔을 뻗었다. 하지만 그녀의 손길이 미처 닿기도 전에 존은 그만 바닥에 세차게 부딪혔다. 그의 얼굴이 메마르고 울퉁불퉁한 바닥에 쭉 미끄러졌다.

"존! 괜찮아요?"

평소 미셸의 목소리는 아주 나직하고 부드러웠지만, 지금은 걱정 가득하게 높다란 고음이 나왔다.

그는 아무런 대답이 없었다.

아무런 움직임도 없었다.

닷새 후 존 루엘린의 장례식이 열렸다. 그는 동맥이 세 군데 막힌 채로 토미를 찾아 급하게 달리다 긴장을 견디지 못한 심장 때문에 죽었다.

미셸 선생님은 장례식 전날, 밤샘이 시작되기도 전에 시내를 떠났다. 그녀는 존이 죽은 날 밤부터 무감각한 상태였다. 그래도 다음 날 아침에는 거울에 비친 자신의 창백하고 핼쑥한 얼굴을 보면서 미셸은 스스로에게 다짐했다.

'꿋꿋이 버티자. 아이들을 위해서.'

하지만 토미를 볼 때, 아니면 메이지나 마커스를 비롯한 다른 아이들을 볼 때, 미셸은 마음이 흔들리기 시작하는 기분이었다. 제아무리 숨기려고 해도 감정이 바이러스처럼 퍼져나갔고, 어떤 아이가 눈물을 터뜨리기 시작해 다른 아이까지 울음이 전염되고 말자, 미셸은 도망쳐야 한다는 걸 깨달았다. 아이들을 위해서 그리고 자신을 위해서도. 잠깐이라도.

"난 언니를 보고 와야겠어요. 머리를 좀 비워야 해서요."

그녀는 라일리 씨에게 말했고, 라일리 씨는 별 신경을 쓰지 않았다. 지금 그녀는 밀크우드 하우스의 소유주인 데클런 드리스컬이 곧 도착한다는 사실에만 온통 신경 쓰고 있었으니까. 겉으로는 혼란 속에서 이곳을 수습하러 온 것처럼 보였지만, 데클런 드리스컬은 사실 자신의 자산을 보호하러 온 것이었다.

6주 동안 낙농장은 혼란과 슬픔의 안개에 휩싸여 있었다. 낯선 이들이 계속 몰려와 이곳을 괴롭혔다. 소란스러운 와중이라 그 누구도 어린 토미가 밀크우드 하우스에 도착한 지 1년이 되어간다는 걸, 바로 그날이 이 꼬마의 두 번째 생일이라는 걸 깨닫지 못했다. 물론 토미도 그 사실을 몰랐다. 그렇게 아이는 생일 전날 밤, 미셸 선생님을 대신해 고용한 임시 직원의 보살핌 가운데 잠이 들었다.

토미가 두 살이 되던 날 밤, 오래된 건물은 밖에서 보기에 딱히 이상한 일이 벌어지는 것 같지 않았다. 수녀원으로 쓰이던 시절부터, 어른들이나 사용하는 '밀크우드 하우스'라는 화려한 이름의 보육원용 건물로 다시 거듭나기까지, 그 오랜 세월 동안 건물은 변한 게 없었다. 다만 창백한 달빛에 페인트칠이 벗겨진 모습이 보일 뿐이었다. 모든 게 아주 정상으로 보였지만, 시곗바늘이 자정을 넘어가자마자 더할 나위 없이 비정상인 일이 벌어졌다. 사람들이 모두 잠든 사이, 어떤 꼬마에 대한 모든 지식과 기억, 인식이 그들의 머릿속에서 지워지고 경찰 서류부터 DNA 검사지까지, 그 애가 이 세상에 있었다는 증거들마저 전부 지워져 버렸다.

다른 아이였다면 선물과 관심을 한 몸에 받을 두 번째 생일날 아

침, 토미는 자신을 알았던 모든 이들에게 다시금 낯선 이가 되고
말았다.

$$*$$

4

토미를 받아준 존 루엘린이 죽은 뒤에도, 아주 특이한 현상으로 존재가 규정된 아이의 인생치고는 토미의 삶은 놀라우리만큼 순탄하게 이어졌다. 토미의 가장 큰 지원군은 정부 기관과 공무원으로 이루어진 괴물 같은 시스템, 바로 관료제였다. 국가의 보호 아래 있는 아이들을 이름과 숫자가 적힌 서류 한 장으로 취급하는, 바로 그 관료제 말이다. 그리고 토미의 경우 달력이 1월 4일에서 1월 5일로 넘어가면서 그 서류가 싹 지워졌다.

그다음 날 아침엔, 매년 똑같은 일이 똑같은 방식으로 되풀이되었다. 토미는 조금 나이가 들자 그게 기막힐 정도로 정확하게 되풀이되리라는 걸 예측할 수 있었다. 처음에는 아장아장 걷던 꼬마로 시작해 어린이가 되고 다음에는 호리호리한 청소년이 되어갔어도, 그는 생일이 되면 항상 똑같은 상황 가운데 깨어났다. 전날 밤 있었던 너덜너덜해진 동화책도, 자라면서는 물려받은 책가방에 넣은 공책과 펜도, 벽에 붙은 포스터 한두 장 같이 몇 안 되는 소지품들까지 싹 사라졌다. 없어진 물건과 텅 빈 벽에 붙어있던 포스터는 대체 어디로 간 걸까. 토미는 알지 못했다.

그다음에 방에서 나오면 토미를 발견한 직원이 누구든 똑같은 과정을 반복했다.

"아."

직원들이 이런 반응을 보이는 게 바로 1단계였고 항상 이렇게 시작했다. 하지만 직원들은 낯선 아이를 보고 놀랐던 마음이 사그라지면 토미를 놀라게 하려나 문밖으로 쫓아내지는 않으려는 듯한 부드러운 목소리로 말을 걸었다. (글렌다 라일리만이 목소리를 낮추지 않았다. 그녀는 분명 토미가 도망치기를 바랐을 것이다.)

"이름이 뭐니?"

그들은 한결같이 이렇게 물었다. 이쯤에서 직원들은 토미가 밤새 문가에 남겨진 아이라고 추측했으니까(이 시설의 목적을 생각하면 그럴듯한 가정이었다).

제2단계는 분노였다. 아동복지국에 전화를 걸어서 왜 말도 없이 아이를 새로 보냈느냐며, 왜 서류나 인적 사항 같은 것도 없느냐며 따지기가 시작되었다.

제3단계는 수용이 이루어졌다. 여기서 관료제가 도움이 되어주었다. 아동보육원 관련 시스템상에 있는 온갖 사무실에 여섯 번 전화해 보았지만 아무도 뭘 아는 게 없더라는 사실을 수용하는 것 말이다. 사회복지사들은 이 아이가 어디서 온 건지 알아보겠다고 약속했지만, 어쨌든 토미는 자신이 여기 머물게 되리라는 걸 알고 있었다.

이런 반복되는 과정에서 유일한 예외였던 날은 바로 토미가 두 살이 되던 아침이었다. 그날은 존 루엘린이 죽고 미셸 채플린이 없는 상태라서 어느 아이가 여기 있어야 하고 누가 없어야 하는지 모르는 임시 직원들이 대부분이었다. 그래서 아무도 어디에다가 전화를 걸지 않았다. 하지만 존 루엘린의 사망을 마음속으로 받아들이고 나서 복귀할 계획이었던 미셸이 마침내 돌아오면서 질서가 회복되었다. 어쨌든 밀크우드 하우스는 미셸의 집이었고, 온 마음을 다해 사랑했던 남자가 없더라도 그녀는 아이들을 돌볼 책임이 있었다. 그녀는 여전히 존의 마지막 순간이 어땠는지 떠올리며 수없이 시간을 보냈다. 정문이 닫히는 동안 진입로 위로 쓰러지던 그이의 모습. 그때 자신이 있어주었다면, 그래서 도와주거나 손이라도 잡아주었다면, 그래서 존이 혼자 죽지 않았더라면 얼마나 좋았을까.

미셸은 그날 밤을 이렇게 기억하고 있었다. 존 루엘린이 집 뒤편 울타리에서 흙먼지를 뒤집어쓰고 쓰러져 있던 동안, 토미가 자신의 품에서 어리둥절한 채로 마구 울어대었던 끔찍한 기억은 싹 지워졌다. 미셸은 존이 죽었을 때 바로 그 자리에 있었건만, 꼬마 토미의 기억이 지워지면서 그래도 존의 마지막을 함께 할 수 있었다는 사실에서 받을 위안도 부수적으로 같이 없어진 것이다.

미셸이 돌아오자 토미와 리치 모두 안심하게 되었지만, 그렇다고 그 애들이 서로 이야기를 주고받은 건 아니었다. 리치는 아무와도 이야기하지 않았고, 토미는 솔직히 너무 어려서 자신이 왜 리치를 좋아하지 않는 건지도 곧 잊어버리고 말았다. 남은 건 상대를 볼 때마다 느끼는 불쾌한 감각, 어린이의 두려움에서 비롯된 씁쓸한 뒷맛뿐이었다.

미셸 선생님은 돌아온 첫날 아이들을 모두 휴게실에 모으고서 아주 좋은 소식을 하나 전해주었다.

"얘들아, 잘 잤니?"

그녀는 나직하게 말했다. 적어도 하루는 울지 않았건만, 미셸의 눈은 여전히 살짝 그렁그렁했다.

"너희들 모두 다시 봐서 좋구나. 지금 처음 보는 아이도 있고 말이야."

그녀는 토미를 바라보며 덧붙였고, 토미는 이게 무슨 일인지 알 수가 없었다. (어쨌거나 아이는 겨우 두 살이었으니.)

"이제 존이, 그러니까 루엘린 씨가 더는 안 계시니까, 내가 밀크우드 하우스를 운영하게 될 거란다."

그때 당시 토미는 몰랐지만, 이건 부모가 기억을 싹 잊어버린 두 살배기 꼬마에게 일어날 수 있는 일 중 가장 좋은 일이었다. 앞으로 토미가 아무것도 없이 삶을 시작해야 할 때마다 미셸 선생님이 필요한 걸 챙겨줄 수 있다는 뜻이었으니까. 그녀는 토미를 위해 남은 옷가지 상자를 뒤지며 나직하게 욕을 뱉기도 했고, 찾아도 없는 물건은 자기 사비를 털어 마련해 주곤 했다.

토미가 어퍼 리치 초등학교에 입학하는 첫날, 아이의 조막만 한 손을 꼭 잡고 교문을 같이 들어가 준 사람도 미셸 채플린이었다. 정문을 통과할 때만 해도 성큼성큼 걷던 토미의 발걸음은 교실에 다가갈수록 점점 느릿해졌다. 미셸은 아이를 안심시켜 주었다.

"괜찮아, 토미. 내가 오늘 오후에 종이 치면 여기로 데리러 올게. 넌 아주 재미있게 지낼 수 있단다. 정말이야."

그리고 토미의 등록 서류에 빠진 부분이 있다는 걸 알게 된 학교

측의 전화를 받은 사람도 바로 미셸 선생님이었다.

"성 없이 학교에 입학할 수는 없어요. 이름이 불완전한데 서류에 뭐라고 써야 할지 알 수가 없잖아요?"

학교 서무 직원은 퉁명스럽게 말했다.

미셸 채플린은 낙농장 사무실 책상에 앉아 초콜릿비스킷을 먹고 있다가 이 전화를 받았다.

"알겠습니다."

그녀는 주저하다가 접시 위 과자 부스러기와 컵 바닥에 뭉친 찻잎을 바라보며 대답했다. 다른 때 전화가 왔더라면 다른 선택을 했을지도 모른다. 하지만 '지금 이 순간'에는 이게 옳은 결정 같았다. 그리고 토미를 알게 된 지는 몇 주 되지 않았지만, 똑똑한 아이라는 건 이미 알 수 있었다. 이 이름을 제대로 또박또박 말할 수 있는 다섯 살배기가 있다면 바로 토미겠지.

"성은 루엘린(Llewellyn)이에요."

미셸이 이렇게 대답한 순간, 슬픔이 살며시 떨려왔다. 하지만 어쩐지 존은 괜찮아했을 거라는, 그이라면 어린 토미를 무척 좋아하지 않았을까 하는 확신이 들었다.

그 후로 몇 년 동안, 생일날 아침 아무것도 없는 방에서 나온 토미는 자기를 싹 잊어버린 친구들에게 자신의 이름을 토미 루엘린이라고 말해주었다. 하지만 처음으로 그 이름을 들은 미셸 선생님의 눈망울이 고통으로 번쩍이는 건 전혀 눈치채지 못했다.

토미는 친구를 쉽게 사귀는 아이였고 그래서 참 다행이었다. 매년 1월 5일마다 다시 친구를 사귀어야 했으니까. 처음에는 다른 아이들에게 자신을 알지 않느냐고 애써 설득하기도 했다. '내가 누군지 알면서 왜 이토록 이상하게 쳐다보는 거야?' 하고. 하지만 매년 토미는 변함없이 무표정한 아이들의 인사를 받게 되었다. 그러다가 열 살쯤에는 그냥 자기소개만 한 뒤 조용히 자리를 찾아갔다. 그러면 수상한 전학생이라며 몇 시간 동안 우스꽝스러운 눈초리 속에서 자신을 향한 수군거림을 피할 수 있다는 사실을 깨달았다. 물론 토미는 궁금한 게 있었다. 아주 많은 게 궁금했고, 대부분 '왜'라는 질문이었다. 하지만 미셸 선생님은 토미에게 도움이 되지 못했다(사실 미셸은 토미가 대체 무슨 소리를 하는 건지 제대로 이해하지 못했다). 그래서 모든 게 좀 이상하긴 했어도, 토미는 그냥저냥 본인 삶을 살아가려고 했었다.

하지만 토미가 열네 살이 되던 해, 너무나도 평범한 일이 그에게 일어나고 말았다. 물론 토미의 상황이 아주 특이했기 때문에 평범한 일이라도 얼마든지 문제가 될 수 있었지만.

토미 루엘린은 사랑에 빠졌다.

토미는 매일 아침 낙농장에서 가장 먼저 아침 식사를 하는 사람이었다. 기억이 뚜렷해질 만큼 자란 후로 오랫동안 그는 일찍 아침을 먹었다. 작은 대대 규모라 할 만큼 많은 보육원 아이가 들이닥치기 전의 고요한 식당 분위기를 좋아했기 때문이었다. 어느 수요일 아침, 토미는 빈 의자들을 양옆에 둔 채 토스트 두 조각과 책 한 권을 식탁에 내려놓고 앉았다. 위층 휴게실 책장에는 어린이용 그림책과 더불어 혼자 책을 읽을 수 있는 아이들을 위한 소설이 가득했다. 토미는 오래전 그림책을 떼고 곧바로 활자책으로 넘어갔고, 이어서 손에 잡히는 모든 책을 읽었다. 그리고 가끔 미셸 선생님은 모틀레이크에 있는 가게에 가서 중고책을 새로 한 묶음씩 들여왔다. 토미가 지금 땅콩버터 통에 세워둔 책이 바로 그렇게 들여온 책이었는데, 독서에 푹 빠진 나머지 누가 왔다는 것도 알아차리지 못했다. 숟가락이 떨어지고 누군가 나직하게 욕을 하는 소리가 나서야 그는 고개를 들었다.

열일곱 살 먹은 캐리 프라이스는 토미가 생각하기로 이제껏 본 사람 중에서 가장 아름다웠다. 그는 캐리보다 그리 어리지 않았다. 겨우 세 살 차이였으니까. 일부러 세본 건 아니지만. 그러나 캐리에 비하면 자신은 아직도 그림책이나 읽어야 할 것만 같았다. 캐리 프라이스는 특별했다. 기다란 꿀빛 금발에 더없이 부드러워 보이는 크림색 피부를 가진 사람이었다.

그녀가 토미 맞은편에 앉아 한숨을 쉬자, 그는 설레는 마음으로 캐리가 이미 등교할 옷차림이라는 걸 알아보았다. (그해 초, 토미는 모틀레이크 고등학교에 가서 가장 좋은 점이 바로 이것이라는 결론을 내렸다.) 하지만 캐리가 하얀색 교복 블라우스 위로 카디건을 입어서 실망했다. 그는 캐리의 몸매를 두고 정말 오랜 시간을 머릿속으로 상상했으니까(열네 살이 할법한 짓이다). 하지만 캐리를 몸매 때문에 좋아하는 건 아니었다. 아니, 그건 딱히 좋은 건 아니었다. 토미는 캐리가 착했기 때문에 좋아했다.

"안녕, 캐리."

토미는 수줍은 목소리로 말하며 뺨을 엷게 물들였다. 캐리가 낙농장에 온 후로 여섯 달 동안, 심지어 둘이 친해진 다음에도 캐리와 말할 때마다 그는 매번 얼굴이 붉어졌다. 남자애가 좋아하는 사람에게 경외심을 품으면 그렇게 되는 법 아니던가. '얼굴이 빨개지지 않았다면 얼마나 좋을까' 하고 토미는 속으로 바랐다.

"안녕, 토미."

캐리는 시리얼 그릇에서 눈길을 들며 대답했다. 플레이크 한 조각이 나직하게 바사삭 부서지는 소리가 고요한 식당에 울렸다. 마치 벽난로에서 자그맣게 타닥대는 장작 소리 같았다.

"어디 안 좋아?"

토미가 물었다. 캐리의 눈이 핏발 선 채로 부어있었다.

"괜찮아. 오늘 덥대. 물병 잊지 말고 챙겨."

그녀는 다시 시리얼 그릇을 가만히 바라보았다. 플레이크가 부서지는 소리에 홀린 듯한 기색이었다.

"정말 괜찮은 거 맞아? 운 것 같은데."

토미가 계속 묻자, 캐리는 눈치 없는 그의 말에 미소를 짓더니 다시 대답했다.

"괜찮아. 난 그냥……."

그녀는 여기 둘만 있는지 확인하려고 주변을 둘러보았다. 그러다 주방으로 이어지는 문틈으로 리가 보였다. 리는 깔끔한 백발 머리에 인자한 얼굴을 지닌 아저씨로, 냉장고 앞에서 허리를 숙이면서 오늘 식단을 짜고 있었다. 오랫동안 리는 이곳에서 모두의 식사를 챙겨온 분이라, 지금은 미셸 선생님과 같이 낙농장의 붙박이 직원이었다. 그리고 한쪽 귀가 들리지 않았다(그래서 리는 식사 시간마다 남몰래 다행이라고 생각했다).

캐리는 화제를 돌렸다.

"있지, 토미. 난 진짜 괜찮아. 그런데 말이야, 어제 학교 끝나고 내가 누굴 봤는지 알아? 맥시를 봤어!"

"말도 안 돼!"

토미가 대답했다. 맥스 쿠퍼는 밀크우드 하우스에서 최근에 나간 퇴소자로, 몇 달 전 열여덟 번째 생일을 맞은 이후로 이곳에 한 번도 찾아오지 않았다.

"그러게. 맥스는 지금 집 짓는 일을 돕고 있대. 트럭도 샀대. 말로는 가끔 들르겠다는데……."

캐리는 계속 이야기했고, 토미는 어느새 머릿속으로 딴생각을 하고 있었다. 캐리가 하는 말을 듣다 말고 그녀가 지금 입은 옷 생각을 했고, 그다음에는 자신 같은 사람에게 과연 캐리가 관심이나 있을까 하는 생각이 흘러갔다. 재밌다고, 매력적이라고, 아니면 그 비슷하게라도 여겨줄 수는 없을까 하고. 그러다 문득 캐리 프라이스와 키스하면 어떨까 궁금해졌고, 순간 자신의 얼굴이 또 빨개졌다는 사실을 깨닫고 겁이 확 났다. 캐리가 이걸 알아보지 못했으면 좋겠는데. 토미는 앞에 둔 토스트만 뚫어져라 보며, 뜨거워진 뺨을 모른 척했다. 이러는 건 전혀 매력적이지 않다는 기분이 들었으니까. 그는 약간의 애정 어린 호의에 만족하긴 했지만, 그것만 받아도 과연 충분한지는 여전히 답이 나오지 않았다. 모틀레이크 고등학교에는 기를 쓰고 캐리에게 다가가려는 남자애들이 있었기 때문이다. 쉬는 시간마다 그녀에게 말을 걸어보려고 슬그머니 다가오는 애들이 토미의 눈에 보였다. 모든 고학년 남자들이 마찬가지였는데, 단 한 명 예외는 바로 리치 샤프였다. 리치의 짙은 색 머리카락은 어릴 적보다 더욱 숱이 많고 굽슬굽슬해졌다. 그리고 예전에는 나이에 비해 너무 조숙해 보였던 짙푸른 눈망울은 커가면서 어울리지 않는다는 느낌이 사라졌다. 참 묘하게도, 그의 이목구비가 그 눈에 맞게 변했기 때문이었다. 리치는 어깨도 넓어지고 키도 컸기에 여자애들은 그가 마치 자석인 양 끌려갔다. 하지만 리치는 그런 관심을 무시하고 주로 도서관에서 시간을 보냈다. 낙농장에서는 자기 방에 들어가서 나오는 법이 거의 없었다. 리치는 똑똑하다 못해 아주 총명했고, 다른 아이들과 어울리는 것보다는 책에 묻혀 지내는 게 더 편해 보였다. 그런 그를 토미는 신경 쓰지 않았다. 리치는 언제나 그에게 불편한 존재였으니까.

하지만 리치를 경쟁자로 보지 않더라도, 토미는 캐리와 이어질 가능성이 자신에게 많다고 보지는 않았다. 적어도 지금은 아니었다. 물론 토미도 성장기를 맞이해 나름 키가 커졌지만, 아직도 몸의 비율이 제대로 맞지는 않았기 때문이다. 여섯 달 전에는 아직 앳된 티가 났었고, 앞으로 여섯 달이 지나면 남자의 체격을 갖추게 될 예정이었으나, 지금은 본의 아니게 그 중간 단계에 갇혀 몸집이 어중간한 시기였다.

하지만 그 역시 중요한 게 아니라는 점을 토미는 알고 있었다. 캐리 프라이스 꿈을 꾼다 한들, 특히 뺨이 빨개지는 꿈을 꾼다 한들 무엇하겠는가. 애초에 자신 같은 사람에게는 불리한 점이 한도 끝도 없었다. 일단 자신은 너무 어렸고, 너무 미숙했다. 휴게실 책장에 꽂힌 책들에는 온갖 역경을 이겨내고 여성을 구하는 영웅담이 가득했다. 토미는 용과 악당을 비롯한 온갖 것들을 물리치고 승리하는 이야기를 가장 좋아했다. 그럼에도 그는 자신이 극복할 수 없는 장애물이 있다는 걸 알고 있었다. 바로 자신의 인생에 들어온 모든 것은 유통기한이 있다는, 아주 특이한 사실 말이다. 식당에 들어와 너무나 아름답고 너무나 상냥한 캐리 옆에 앉아있는 지금, 그 깨달음은 토미의 뱃속으로 쓰라리게 내려앉았다.

다가오는 1월 5일이 되면, 캐리는 토미가 누구였는지 싹 잊어버릴 것이었다.

수업 종이 울리자 캐리는 치맛자락을 잡아당겼다. 이 치마가 조금만 더 길었다면 얼마나 좋을까. 3센티미터, 아니 5센티미터만 더 길었다면 좋았을 텐데. 아니면 아예 바지였다면 더 좋고. 오늘 벌써 속으로 백번도 더 한 생각이었다.

"안녕, 캐리."

복도 뒤편에서 누군가 부르는 소리에 캐리는 뒤를 휙 돌았다. 학생들이 양편에서 연이어 지나가고 있었다.

"아. 안녕, 캠."

캐리가 대답해 준 캐머런 블랙은 좋은 아이였다. 둘은 지리 수업을 같이 들었다. 경제 수업도 같이 들었던가? 그녀는 기억이 나지 않았다. 요즘 들어 모든 게 너무…… 혼란스러웠다.

"주말 잘 보냈어?"

캠은 어색하게 물으며 그녀와 발걸음을 맞추었다. 오늘은 수요일이라 주말 이야기를 묻기에는 너무 늦은 타이밍이었다.

캐리의 가슴이 덜컥 내려앉았다. 전에도 이런 식의 소소한 질문을 들어본 적 있었기 때문이었다. 여기에 대답하면 질문이 계속 이어지게 마련이었고, 그건 캐리가 듣고 싶지 않은 질문일 게 뻔했다.

"잘 보냈어. 고마워."

캐리는 애써 가볍고 명랑한 목소리로 대답했다. '친근하게 대하자' 하고 속으로 생각하며 그녀는 말을 이었다.

"넌 잘 보냈어?"

"응? 어, 잘 보냈지. 음, 있잖아, 캐리."

아, 이런. 시작이구나.

"나랑 같이 점심 먹지 않을래? 그러니까, 오늘?"

그녀는 이제 빠르게 걸음을 옮겼다. 어서 교실로 들어가고 싶었다. 거기서라면 맥그리거 선생님이 질문하지 않는 한 아무도 말할 수가 없으니까.

'하지만 로즈와 어맨다와 스테파니를 막을 수는 없겠지.'

그런 생각이 든 순간 캐리는 걷는 속도를 늦추었다. 그 애들과 같이 있느니 캠과 있는 게 낫지 않을까. 적어도 캠은 친근하게 행동했다. 자신한테 소 울음소리를 낸 적도 없었고.

"음……."

캐리가 주저하자 캠은 눈을 둥그렇게 떴다. 그의 이마에서는 반짝반짝 윤기가 흘렀고, 턱에는 듬성듬성 조악하게 수염이 났다. 그는 어떻게든 그 수염을 멋지게 길러볼 작정이었다.

"미안해, 캠. 오늘은 안 돼. 하지만 다음은 괜찮을지도. 자, 가자. 늦겠다."

캐리 프라이스는 캐머런 블랙을 비롯한 모틀레이크 고등학교 남

학생들과 같이 점심을 먹을 생각이 전혀 없었다. '점심을 먹는다'
는 건 정확히 말 그대로, 같이 앉아서 집에서 가져온 샌드위치를
먹는다는 소리였다. 하지만 모틀레이크 고등학교에서 그런다면
머리 위에다 거대한 네온사인으로 '우리 이제 사귄다'라고 번쩍번
쩍 광고하는 것이나 다름없었다. 그리고 캐리는 남학생 그 누구와
도 사귈 마음이 없었다. 그렇지 않아도 여자애들이 자신을 엄청나
게 싫어하고 있었다. 그저 얼른 집으로, 낙농장으로 가고 싶었다.
거기라면 다들 자신을 내버려두니까.

　하지만 남학생을 통틀어 캐머런이 가장 친절한 아이인 건 확실
했다. '상황이 이렇지만 않았다면' 캐머런과 사귀었을지도 몰랐다.
그런데 정확히 어떤 상황이었다면? 지금까지 있었던 모든 사람 중
에서도 가장 강했고, 대단했으며, 아름다웠던 여자인 엄마가 죽지
않은 상황? "어떻게 사람이 독감에 걸렸다고 죽을 수가 있어요?"
라며 캐리가 병원 의사에게 이렇게 물었을 때 의사는 어깨를 으쓱
이기만 했다. 어깨를 으쓱였다니! 대체 무슨 짓거리였을까? 캐리
는 의사를 한 대 치고 싶었다. 그 멍청하니 하얀 이빨에 주먹을 날
리고 싶었지만, 새아빠는 캐리를 팔로 감싸 바깥으로 데려갔고 그
녀는 일주일 동안 울었다.

　'상황이 이렇지만 않았다면.' 새아빠가 변하지만 않았다면…….
글쎄. 그 후로 이상해지지만 않았다면. 그러니까, 캐리에게 아빠
가 필요했을 때 그 사람이 이상해지지 않았다면? 새아빠도 분명
슬퍼하고는 있었다. 학교 상담사가 그렇게 설명했을 때 캐리도 이
해했다. 바보가 아니었으니까. 하지만 새아빠는 캐리를 이상하게
바라보기 시작했다. 물론, 건드렸다는 소리는 아니다. 다만 바라

보는 눈빛이 아주 달라졌다. 그는 캐리를, 음…… 밉다는 듯 쳐다보았다. 마치 복권 당첨이 됐는데 1등이 아니라 아깝게 2등이 된 듯한 사람 같다고나 할까. 1등은 바로 독감으로 죽은 아내고, 2등은 이제 자기 아내가 아닌 여자애, 그저 자신이 뺏긴 게 뭔지 계속 떠올리게 되는 존재, 게다가 이젠 '어쩔 수 없이' 같이 살아야 하는 여자애라는 식이었다.

그 눈빛. 마치 캐리를 역겨운 무언가로 보는 듯했다.

거실에 들어오면 자신을 쭉 훑는 그의 눈빛이 느껴지는 게 싫었다. 다리를 쳐다보는 눈빛에는…… 혐오감이 서렸던가? 엿이나 먹으라지. 캐리는 바지와 카디건을 입기 시작했고, 날씨가 덥다 해도 옷을 껴입으면 대단한 만족감을 느꼈다.

'개자식아, 이젠 볼 것 없지.'

하지만 그녀는 여전히 밤이 되면 울었다.

'상황이 이렇지만 않았다면.' 하지만 그중 바꾸고 싶지 않은 상황은 바로 새아빠가 죽은 것이었다. 그는 창고에서 개 사료 캔을 나르던 지게차에 깔려 죽었다. 그 죽음은 정당해 보였다. 지역 신문에서는 캐리의 엄마와 새아빠가 1년 안에 둘 다 죽은 비극에 관해 기사를 쓰고자 했다. 캐리는 기자에게 엄마는 성녀고 아빠는 쓰레기라고 말했다. 하지만 그 말은 기사에 실리지 않았다.

그녀의 낙농장 방에는 아직도 그 기사가 있었다. 이곳에서 그녀는 몇 안 되는 공식적인 고아였다. 다른 아이들은 대개 부모가 둘 다 감옥에 있거나, 엄마가 가출했거나, 아빠가 있어도 생일이나 크리스마스 같은 날조차 나타나지 않았다. 하지만 캐리는 태어난 직후 친아빠가 세상을 떠났기 때문에 엄마와 두 아빠가 모두 사망

한 '삼진 아웃'으로 진짜 고아가 되었다. 정말 대단한 결과 아닌가.

아, 그리고 새아빠의 이름도 캐머런이었다. 이 역시 캐리가 교실 밖에 자신과 함께 서서 그저 희망 가득한 눈망울로 빤히 바라보는 남자애와 사귈 수 없는 이유였다. 물론 그 눈망울에는 희망 말고 남성호르몬도 좀 있었고.

"알았어."

캐머런은 자신을 휙 지나치는 캐리에게 대답하고서는 교실로 슬그머니 들어갔다. 맥그리거 선생님은 강에 형성되는 삼각주의 특징을 벌써 설명하고 있었다. 캐리는 그를 따라 딱 하나 남은 자리에 앉았다. 그 뒤로 여학생 두 명이 앉아있었는데, 그들은 캐리가 자리에 앉자 눈을 가늘게 떴다.

"안녕, 캐리?"

한 여학생이 나직하게 속삭였다. 아주 작은 소리라서 맥그리거 선생님은 돌아보지 않았다.

캐리는 그 말을 무시했지만, 이어서 들릴 소리를 기다렸다.

아주 작아서 얼핏 들으면 숨결이나 다름없는 소리가 들려왔다. 하지만 결코 숨결이 아닌 소리가.

"음매에에에."

◑

"최악은 뭐였는지 알아? 그걸 식수대 아래에 넣으면 씻어질 거라고 생각했다는 거야. 근데 아니더라. 물로는 버터가 씻기지 않더라고. 그걸 어떻게 알았겠어? 결국 반바지에 누런 얼룩을 묻힌 채로 수업에 들어가야 했지. 근데 또 뭐가 있었게? 콕스 선생님이 날 보고 뭐라고 한지 알아?"

"뭐라고 했는데?"

토미가 물었다. 그는 이미 너무 웃어서 옆구리가 결렸다. 숀 바커와 친구가 되면 흔히 벌어지는 부작용이었다.

"선생님은 내가 실수한 거 아니냐고 했어. 내가 지랄 떠는 애처럼 오줌을 지렸다고 생각하더라니까!"

숀은 낙농장 식탁을 쿵쿵 치면서 웃음을 터뜨렸다. 토미도 같이 웃었고 심지어 캐리도 미소를 지었다. 다만 식탁 저편에서 리치 샤프만이 홀로 앉아 눈살을 찌푸렸다.

열여섯 살인 숀은 캐리와 비슷한 나이였고, 토미가 바라는 만큼이나 숀 역시 캐리와 친구를 넘어선 사이가 되기를 바랐다. 토미는 숀을 좋아했고, 캐리도 숀을 좋아했다. 숀은 2년 전, 할머니가 돌아가신 후 온 아이였다. 할머니는 숀을 갓난아기 때부터 키워주셨지만(숀은 부모에 대해 말한 적이 없었고, 토미도 그에 대해 묻지 않았다), 유난히 추웠던 어느 겨울날 타르로 가득 찬 폐가 결국 망가지고 만 할머니가 세상을 뜨자 그는 낙농장으로 오게 되었다. 토미는 숀의 할머니가 요리를 잘하셨을 것이라고 생각했다. 그분이 돌아가신 지 2년이 지났는데도 숀은 여전히 잘 먹고 자란 티가 났기 때문이었다. 거기다 사춘기성 여드름까지 꽤 났던지라 토미는 숀이 학교에서 자기는 여학생들이랑 잘 지내는 운이 없다고 불평하는 이유를 알 수 있었다.

이윽고 캐리가 일어섰다. 그녀는 아침에 입었던 헐렁한 회색 카디건을 아직도 입고 있었다. 토미는 그녀가 저녁 식사를 다 먹지 않은 걸 알아보았다.

"난 가봐야겠어. 오늘 밤에 에세이를 한 편 써야 하거든."

"잘 가, 캐리."

토미가 말하자 이어서 숀은 그녀에게 과장된 손짓으로 경례를
붙였다.

"'잘 가, 캐리.'"

숀은 캐리가 떠난 후에 새된 소리로 토미의 말을 따라 했고 토미
는 그의 팔을 툭 쳤다.

"맙소사, 토미. 그냥 가서 결혼하자고 하지그래?"

숀의 말에 토미는 좀 더 세게 그를 때렸다.

"그런 거 아니야!"

토미는 언성을 높였지만 빨개진 뺨을 보면 속내를 들킨 것 같았다.

캐리가 일어선 후 토미도 곧 자신의 방으로 돌아갔다. 그에게도
해야 할 숙제가 있었으니까. 하지만 토미는 작은 목제 책상에 앉
아 교과서를 펼쳐놓는 게 싫지 않았다. 수학은 재미있었다. 공부
하면 어쩐지 마음이 차분해졌기 때문이었다. 모든 게 납득이 가는
학문이라서다. 그리고 책을 무척 사랑하는 토미의 특성을 보자면
학교 공부를 위해 읽는 책은 전혀 귀찮지 않았다. 사실 토미는 한
때 무척 자신을 사랑했으나 지금은 존재를 까맣게 잊어버린 부모,
그러나 참 다행히도 약 100킬로미터 떨어진 곳에 아들이 살고 있
다는 걸 전혀 모르는 부모의 특성을 완벽히 물려받았다. 현재 레

오와 엘리스는 지금 두 자녀와 함께 아주 멋진 집에서 살고 있었으며[공동 수영장이 딸린 듀플렉스하우스(duplex, 하나의 땅에 지어 두 가족이 살 집을 나란히 짓고 마당을 공유하는 주택의 형태—옮긴이)였다], 레오는 지금 수석 감사였고 엘리스는 일주일에 네 번 대학에서 강의했다. 말하자면, 파머가는 레오의 '계획'을 충실히 이행 중이었고 사실상 아주 멋진 삶을 살고 있었다. 거기에 토미가 없다 하여 그들에게 뭐라 할 수는 없었다. 그 가족 잘못이 아니었으니까.

밀크우드 하우스의 다른 방에도 토미의 방과 비슷한 책상이 있었고, 그 책상에도 공책이 펼쳐져 있었다. 하지만 그 방의 분위기는 근심 걱정이 가득했다. 캐리의 왼쪽 눈썹 위로 둔한 두통이 일기 시작했다. 이제껏 쭉 더웠던 대로 오늘 밤도 더운 가운데, 그녀는 이제껏 계속 카디건을 걸치고 있었다. 지금은 그 옷을 문 옆에 아무렇게나 벗어둔 채, 캐리는 눈앞에 펼쳐진 빈 종이를 멍하니 바라보았다. 써야 할 에세이는 아직도 안 썼다. 대신 수업 시간에 여자애들이 나직이 중얼거리던 소리가 머릿속에서 계속해서, 거듭해 맴돌 뿐이었다.

'낙농장이라니. 왜 하필이면 여기 이름은 낙농장일까?'

캐리 프라이스는 똑똑했다. 자신이 똑똑하다는 사실도 알고 있었다. 하지만 지금은 대학에 들어가 법학을 전공하고, 돈을 많이 벌어서 엄마의 장한 딸이 될 수 있는 직업을 갖는다는 목표가 너무나도 막연하게 느껴졌다. 마치 고속도로에서 차들이 점점 멀어지는 광경을 바라보는 것처럼, 그 꿈 역시 시시각각 아스라이 멀어지기만 했다. 학교 운동장에 발을 내딛는 순간부터 자신을 싫어하기로 마음먹은 여자애들이 킥킥 웃고 수군대는 소리가 뒷좌석에서 들려오는 가운데, 자신은 제대로 달리지도 못하는 자동차 안에 완전히 갇혀서 무기력하게 지나가는 차를 바라보는 기분이었다.

캐리는 불을 끄고 침대에 누웠다. 책상에는 여전히 공책이 빈 페이지로 놓였고, 귓가에는 나지막한 속삭임이 계속해서 맴돌았다.

아래층 방에 있는 토미는 자기 전에 소설을 몇 페이지 더 넘기며 독서에 몰두했다. 가끔 캐리가 머릿속에 떠올랐지만 그녀가 괴로워하고 있을 줄은 전혀 몰랐다. 물론 날이 더운데 너무 더워 보이는 회색 카디건과 손도 안 댄 음식이 가득한 접시를 보긴 했다.

'하지만 캐리는 매일 그 카디건을 입잖아. 또 배가 안 고파서 안 먹었나 보지. 무슨 의미가 더 있겠어?'

토미도 결국 이렇게밖에 생각 못 하는 열네 살짜리 소년이었다.

토미가 '재시작(항상 강조형으로 쓴다)'이라고 여기게 된 깨끗한 새출발을 하려면 아직 몇 달이 남았다. 하지만 그의 인생은 곧 바뀔 예정이었고, 그 여파는 열다섯 번째 생일 이후에도 쭉 이어질 운명이었다.

5

오래전부터 토미는 자신이 어딘가 다르다는 걸 알고 있었다. 다섯 살, 여섯 살 무렵부터 이미 분명해진 사실이었다. 우리는 친하다고 우겼을 때 다른 아이들이 자신을 쳐다보던 눈빛이 어땠던가. 아, 확실히 가슴을 후벼 팠었다. 여덟 번째 생일을 맞고서 이틀 후, 밤늦은 시간에 토미는 미셸 선생님에게 물어보았다. 식당에서 홀로 차를 한잔 마시며 생각에 잠겼던 미셸은 옆에 나타난 토미를 보고서 깜짝 놀랐다. (그녀는 아이들을 참 좋아했지만, 애들이 어른 옆에 슬그머니 나타나는 재주를 부리는 데는 아무리 해도 적응하지 못했다.) 무엇인가 새로 온 아이를 좀먹고 있는 듯한 낌새에 그녀는 팔을 뻗어 아이를 끌어안고서 입을 열기를 기다렸다.

"왜 사람들은 날 기억 못 해요?"

토미는 작은 목소리로 물었다.

"어느 사람들 말이니, 아가?"

"다른 사람들이요."

아이는 이렇게 대답하더니 눈물을 터뜨렸다.

미셸은 토미를 꼭 안아주었다. 그녀의 가슴은 아이 때문에 미어지는 듯했다. 낡고 빛바랜 여름 잠옷을 입고 맨발로 선 토미의 몸이 그녀에게 폭 안기면서 덜덜 떨렸다. 미셸은 자신이 틀렸기를 바랐지만, 그녀의 눈에는 위험 신호가 들어왔다. 방임과 학대, 혹사를 당한 흔적이었다. 불과 이틀 전에 여기 온 토미가 그전에 어디에 있었는지 뻔히 보였다. (사실 미셸의 생각은 틀렸고, 토미가 이틀 전에 여기 처음 온 것도 아니었지만 대체 그녀가 어떻게 그걸 알겠는가?)

그날 밤, 눈물을 그렁그렁 매달고 묻던 토미의 질문에 미셸은 아무런 대답을 할 수 없었다. 그래도 토미는 그녀와 함께 있으면서 모든 걸 다 털어놓는 것만으로도 기분이 한결 나아졌다. 토미는 궁금한 게 너무 많았고, 그것들은 모두 중요한 질문이었다. 하지만 여덟 살이 되어서도 그 대답을 밀크우드 하우스에서 얻을 수는 없으리라는 걸 꼬마는 알 수 있었다.

밀크우드 하우스에서 보내는 어린 시절 동안 그 중요한 질문은 토미에게 여러 번 돌아왔다. 그렇다고 해서 장점이 하나도 없었던 건 아니었다. 토미는 다른 아이들이 느끼기에 다가가기 힘든 진입 장벽이 없었기 때문에 '재시작'이 된 지 얼마 되지 않아 다시 집단으로 받아들여졌다. 또한 토미는 (좀 드문 타입이긴 했지만) 공부해서 성취감을 느끼는 걸 좋아했다. 그래서 수학이나 글쓰기, 지리에 시간을 많이 쏟았다. 그래서 상황이 특수하다는 비관에 빠져

허우적대는 시간이 적었다. 그리고 모든 게 바뀌어 버렸던 열네 살 때는, 머릿속에 다른 중요한 일이 또 생겼다. 바로 캐리 같은 존재 말이다.

연말이 가까워지자, 토미는 드디어 캐리를 걱정하기 시작했다.

캐리는 휴게실의 책장에 서서 손가락으로 머리카락을 배배 꼬고 있었다. 지금 뭘 보려고 찾는 건지 자신도 알 수가 없었지만, 어쨌든 더는 교과서를 볼 수가 없었다. 머릿속을 둔탁하게 울리는 두통은 지난 6주 동안 가라앉지 않았다. 또 교과서를 보고, 모의고사를 치르고, 끝도 없는 에세이를 계속 썼다간 미쳐버릴 것만 같았으니까.

하지만 저 기름지고 엉킨 머리카락을 보는 토미도 덩달아 미쳐버릴 것 같았다.

"캐리."

그는 머뭇대며 입을 열었다. 캐리가 휴게실에 들어오는 순간 토미는 고개를 들어 그녀를 보았다. 여기에는 그들 둘뿐이었는데, 이런 상황은 지금이 아니면 또 없어 보였다. 캐리는 방에서 좀처럼 나오는 법이 없어서였다.

"저기…… 괜찮아?"

그녀는 고개를 끄덕였다.

"응. 괜찮아, 토미."

캐리는 얼굴에 억지 미소를 지었다. 잿빛이 된 안색 위로 그 표정은 좀 으스스해 보였다.

"정말 괜찮은 거 맞아?"

토미는 어린 티를 벗지 못한 자기 목소리가 싫었다. 이건 마치 안심하길 바라며 어른에게 정말이냐고 묻는 어린애 같았다. 물론 캐리는 괜찮다고 말할 것이다. 어른들은 자기 문제 때문에 애들을 신경 쓰이게 하지 않으니까.

하지만 놀랍게도 캐리는 토미 옆 소파 자리에 털썩 앉았다. 이어서 그녀의 가슴에서 다 들리도록 폭 한숨이 흘러나왔다. 캐리는 벌써 잠옷 차림이었다. 긴 소매에 긴 바지로 이루어진 잠옷이었다. 토미는 그녀의 축 늘어진 머리카락과 눈 아래 다크서클을 보다가 깨달았다. 마지막으로 캐리가 '웃었던' 게 언제였지? 기억나지 않았다.

그녀는 괴로운 신음을 내뱉었다.

"어서 끝났으면 좋겠어."

"뭐가?"

토미가 물었다. 지금 그의 눈에는 캐리가 평소와 다르다는 것만 들어왔을 뿐, 진짜 원인은 여전히 파악할 수 없었다.

"전부 다! 시험이랑, 올해랑, 학교랑, 전부 다 끝났으면 좋겠어. 내년 이맘때면 난 여기 없을 거야. 어쩌면 법학 공부를 하고 있을지도."

'정말로 그럴 리는 없겠지만' 하고 캐리는 생각하며 말을 이었다.

"파리나 뉴욕이나, 아니면 뭐, 부다페스트 같은 데 갔을 수도 있겠지. 지구 반대편에. 어딘가 먼 곳에."

그녀는 벽 위로 벗겨져 너덜대는 페인트 조각을 빤히 바라보았다. 저걸 떼어내면 거기에 지평선 너머 가고 싶은 먼 곳이 있다는 듯한 눈빛이었다. 학교에서, 이 바보 같은 멍청한 여자애들에게서 멀리멀리 떨어진 어딘가로. 옛집에서, 자신을 돌봐주어야 했던 남자의 잔인함 때문에 기억 속에서 영원히 더럽혀진 집에서 멀리멀리 떨어진 어딘가로. 이윽고 캐리는 부르르 떨면서 소리 없이 울기 시작했다.

토미는 잔뜩 겁먹은 채로 그녀를 바라보았다. 꼼짝도 할 수가 없었다. 그러다 미셸 선생님이 자신에게 해주었던 대로, 토미도 캐리에게 해주었다. 두 팔로 그녀를 감싸안았다.

몇 분이 지나고 떨림이 멈추더니 캐리는 벌떡 일어났다.

"토미, 부탁인데 아무한테도 말하지 마. 알았지? 난 그냥 스트레스가 너무 심해서 이런 거야. 시험 때문에, 머리가 너무 복잡해서 그래."

토미는 고개를 끄덕였다. 여전히 어안이 벙벙했다.

'지금 내가 캐리 프라이스 옆자리에 앉아서 팔로 안아주었다니.'

"고마워, 토미."

그녀는 울고 난 뒤에 한 번 거칠게 숨을 내쉬었다. 그리고는 토미를 똑바로 바라보았다.

"넌 좋은 애야."

캐리는 몸을 숙여 그를 안아주고는 자리를 떴다. 그리고 방으로 돌아가 이제 일주일 후에 닥칠, 코앞에 온 시험을 준비했다.

토미는 무릎에 둔 책은 잊은 채로 머릿속으로 방금의 대화를 되돌려 보았다. 손에게 말해주고 싶었다. 캐리가 자신을 안아줬다고, 방금 이 두 팔로 캐리를 몇 분간 안고 있었다고. 선생님에게도 말해주고 싶었다. 캐리가 안 좋다고, 지금 힘들어하고 있다고, 압박감 때문에 꿀 같은 금발이 죄다 엉겨 붙었고 매끄럽고 부드러운 피부가 창백해졌다고.

하지만 그는 캐리에게 아무 말 않겠다고 약속했다.

그건 토미의 인생에서 가장 큰 실수가 될뻔했다.

캐리 프라이스는 첫 시험을 이틀 앞두고 사라졌다. 흔히 말하는 '실종'은 아니었다. 그녀는 짐을 싸지도 않았고, 메모를 남기거나 어딘가 차를 타고 떠나거나 낙농장을 삼면으로 둘러싼 울창한 수풀 사이에서 길을 잃은 것도 아니었다. 그냥 있어야 할 곳에 없었던 것뿐이었다. 그리고 그걸 알아차린 사람은 토미뿐이었다.

캐리가 있어야 할 곳은 학교가 끝난 후 돌아오는 기차였다. 모틀레이크에서 출발하여 어퍼 리치로 오는 기차 말이다. 그리고 그 후에는 낙농장으로 돌아오는 버스를 탔어야 했다. 토미와 숀은 보통 같이 앉았고, 캐리는 언제나 그 근처에 앉았다. 아는 얼굴들이 있는 안전한 반경 안에서 혼자 조용히 더 공부하기 위해서였다.

그런데 평소 그녀가 앉던 자리가 비었다.

"캐리가 없네."

토미의 말에 숀은 어깨를 으쓱였다.

"캐리는 요새 스트레스 많이 받잖아. 혼자만의 시간을 주자고. 분명 학교 친구들과 함께 있을 거야."

하지만 토미는 고개를 저었다. 캐리의 친구는 자신과 숀이 전부였다. 다른 친구는 없었다. 이건 뭔가 잘못되었다는 뜻이다.

"내가 캐리 찾아볼게."

그가 말하자 숀은 씩 웃었다.

"야, 캐리는 분명 다른 남자애랑 있을 거야. 이름이 뭐더라, 제이였던가. 분명히 그 녀석도 이 기차를 탔을걸. 하지만 뭐, 네 맘대로 해."

토미는 일어서서 객차 사이를 빠르게 달렸다. 한 걸음씩 내디딜 때마다 속에서 걱정이 두 배로 얽히는 기분이었다. 그는 본능적으로 알 수 있었다. 지금 캐리는 최근 자신에게 반한 남자와 함께 어퍼 리치로 돌아가는 기차를 탄 게 아니라는 걸.

이윽고 그는 기차의 마지막 칸에 도착했다.

캐리는 없었다.

토미는 옆에 보이는 사람에게 도움을 청하려고 돌아섰다가, 그만 다시 돌아설 뻔했다. 바로 옆에는 리치 샤프가 있었으니까. 토미는 그에게 물어보기로 했다.

'이건 다 캐리를 위해서야.'

"리치, 혹시 캐리 봤어?"

그의 물음에 리치는 눈도 깜빡이지 않고 토미를 빤히 바라보더니 어깨를 으쓱였다. 고양잇과 동물이 보일법한 무관심한 표정이 드러났다.

리치가 앉은 곳에서 두 자리 뒤로 낙농장 학생이 또 있었다. 그는 열세 살의 니콜 프랫으로, 진갈색 머리카락에 언제나 남들보다 몇 데시벨은 큰 목소리를 내는 아이였다. 토미는 대신 니콜에게 물어보았다.

"니콜, 캐리가 안 보여. 혹시 캐리 봤어?"

"아니."

니콜은 열차 안에서 '이 정도쯤은 내도 괜찮겠지' 싶은 크기의 목소리로 대답했다. 그래도 너무 큰 목소리였다.

"점심시간 이후로 못 봤어. 어떤 여자애들이랑 말하던데. 근데 캐리가 어디 있는지는 왜 궁금해?"

니콜은 수상쩍다는 듯 눈썹을 치켜뜨며 물었다.

토미는 니콜을 무시하고서 필사적으로 캐리가 어디 있는지 알아내려 했다. 학교를 일찍 마치고 집에 갔을지도 몰랐다. 그것만이 말이 되었다.

마침내 기차가 어퍼 리치에 도착하자 낙농장 아이들은 이제 버스로 갈아탔다. 캐리는 여전히 보이지 않았고, 낡은 버스가 굉음을 내면서 시내에서 나가며 다른 아이들을 차례대로 내려주었다. 토미에게는 그 시간이 너무나 느릿느릿 가기만 했다. 어서 집에 가서 캐리의 방을 확인하고 괜찮다는 걸 확인해야 했다. 선생님에게 말해야 했다. 그분이라면 어떻게 해야 할지 아실 테니까.

드디어 버스가 밀크우드 하우스라고 적힌 금속 명패 앞에 멈추자, 토미는 출발 신호를 기다리는 단거리 달리기 선수처럼 버스 문앞에 섰다. 이윽고 그는 소리도 거의 내지 않은 채 자갈 덮인 진입로를 쏜살같이 달려갔고, 다른 아이들은 저 뒤에서 멀찍이 그 모습을 재밌게 바라보았다. 현관 앞 계단에 다다라서야 토미는 속력을 늦추었다.

그리고 멈춰 섰다.

진입로를 정신없이 달렸을 때는 몰랐는데 지금 토미에게 멈춰서, 이리 좀 보라고 손짓이라도 하듯 시선을 확 끌어당기는 무언가가 있었다.

커다랗고 낡은 건물 뒤편에는 비바람을 피해 농기계를 보관하는 커다란 창고 한 채가 있었다. 옆으로는 자그마한 양철 구조물을 지어놓고 문을 달아두었다. 농기계 헛간은 현재 쓰이지 않아서(안 쓰인 지도 꽤 되었다), 지금은 직원들이 차를 넣어두는 곳이 되었다. 두 개의 작은 양철 창고에는 갈퀴와 삽, 잡초 제거용 분무기 등 원예 도구들이 있었지만, 그중 유일하게 햇빛을 보는 도구는 운 나쁜 아이가 벌을 받아 몇 주에 한 번씩 잔디를 깎을 때 사용하는 잔디깎이뿐이었다.

토미가 집에 도착할 때면 매일 같은 광경이 펼쳐졌다. 창고는 외따로 조용히 자리 잡은 곳으로 직원 외에는 들어갈 수 없었다. 뱀과 거미, 독성 물질과 날카로운 도구들이 있었기 때문이다. 안 지킬 이유가 없는 규칙이었기에 다들 출입하지 않았다. 헛간을 거들떠보는 이는 없었다.

하지만 오늘은 무언가 달랐다. 토미는 그 낌새를 하마터면 놓칠 뻔했지만, 이제는 왔던 길을 되돌아가 창고 건물을 바라보았다. 미셸 선생님의 먼지 덮인 하얀 캠리, 라일리 씨의 해치백 그리고 새로 온 엘모어 씨, 낙농장의 나이 많은 아이들보다 기껏해야 몇 살 더 많아 보이는 젊은 직원의 자그마한 SUV까지. 거기다 요리사인 리가 주말마다 타는 낡은 야마하 오토바이가 전부였다. 모두 제자리에 있고 이상한 것은 없었다.

아니, 다른 창고에서는 뭔가 달라 보였다. 평소에는 굳게 닫혀 있던 작은 창고 두 곳 중 큰 곳의 문이 살짝 열려있었다. 그리고 어두운 안쪽에서 불쑥 튀어나온 새파란 무언가의 일부가 차분한 뒷마당의 색조와 대비되어 부자연스럽게 환했다.

그건 캐리가 교과서를 넣고 다니던 가방과 같은 파란색이었다.

토미는 바짝 마른 갈색 잔디밭을 마구 달려 입구로 달려들려다가 문 앞에 나뒹구는 캐리의 가방에 발이 걸려 넘어질 뻔했다. 안으로 들어간 그는 작열하는 오후 햇살에 익숙했던 눈을 깜빡이며 희미한 창고 안 빛에 적응했다. 헛간 안쪽에 창문 없는 긴 벽을 따라 한쪽에는 작업대가 있었고, 그 위로 낡은 공구들이 먼지로 뒤덮인 섬처럼 솟았다. 토미의 오른편에는 낡은 잔디깎이가 있었는데, 빈티지로 여겨질 만큼 연식이 오랜 것이었다. 그 옆에는 유통 기한이 한참 지난 비료 포대가 있었다. 벽 위로는 다양한 굵기와 길이의 호스와 철사 뭉치가 걸렸고, 높다란 선반에는 어린이 보호용 마개가 달린 플라스틱 병이 쭉 늘어섰다. 제초제와 살충제였다. 하지만 토미에게는 이 광경이 눈에 전혀 들어오지 않았다. 헛간 저 안쪽으로 그에게 등을 돌린 채 선 캐리가 있었기 때문이다.

"캐리!"

그가 불쑥 외치자, 깜짝 놀란 캐리가 돌아섰다.

"토미? 여기서 뭐 해?"

그녀의 목소리에는 긴장감이 서렸다.

"찾고 있었어."

그가 대답했다. 그런데 창고에서 이상한 냄새가 났다. 화학물질과 기름, 그 밖의 무언가가 뒤섞인 불쾌한 냄새였다.

"다행히 찾았네. 미셸 선생님한테 경찰에 신고하라고 말하려던 참이었어. 집에는 어떻게 온 거야?"

캐리는 그 말에 대답하지 않았다.

"캐리?"

"집에 가, 토미. 제발, 그냥 가줘."

캐리의 말에 토미는 순간 깨달았다. 캐리는 울고 있었다. 어두운 헛간 안쪽으로 뺨을 타고 내리는 눈물이 보였다.

"왜 그래?"

이렇게 말한 토미는 다시금 자기 목소리가 너무나 어리게 들려서 움찔 놀랐다. 정말 철없게 들렸다. 이 순간만큼은 간절히 나이 들기를 바랐다.

"토미, 제발. 가라고."

캐리는 목소리를 가다듬으며 다시 말했다.

"왜 가라는 거야?"

어리둥절해진 토미가 물었다. 캐리에게 한 걸음 다가가자, 그녀는 몸을 살짝 움직였다. 뒤에 있는 작업대에 놓인 뭔가를 숨기려는 것 같은 몸짓이었다.

"캐리, 뭐 하는 거야?"

그녀는 대답하지 않았다. 그저 고개를 살짝 저으면서 더는 가까이 오지 말라고 경고할 뿐이었다.

캐리를 찾아냈다는 안도감은 이제 사라져 버렸다. 지금은 가슴 한구석에 불쾌한 느낌이, 이건 자기 힘으로는 감당할 수 없는 일이라는 무력한 느낌만 남아있었다. 그는 손을 뻗어 캐리의 손을 잡으려 했지만 그녀는 물러섰다.

"제발, 토미. 나 좀 혼자 있게 해줘."

그녀의 말은 속삭임 수준이었다. 하지만 그 말투를 듣자 토미는 온몸이 오싹해졌다. 그 목소리에 밴 피곤한 결심 같은 감정과 슬픔이 사무치게 들려왔다. 그는 단번에 캐리가 지금 위험하다는 걸 알아차렸다.

'뭔가 이상해. 뭔가 끔찍하고 심각…… 아. 제길, 제길, 제길,

제길, 제길…….'

　공포에 사로잡힌 토미는 앞으로 확 달려 나가 캐리의 손목을 잡아채 자신에게 끌어당겼다. 그녀는 저항하지 않았고, 그는 잔뜩 겁에 질린 채로 캐리가 숨기려 했던 뒤편 작업대를 바라보았다.

　더러운 컵이 보였다. 비료 통에서 비료를 퍼낼 때 쓸 것 같은 컵이 단단한 플라스틱 병과 함께 작업대 위에 놓여있었다. 병 라벨은 때가 덕지덕지 끼어서 토미는 그게 제초제라는 걸 겨우 알아보았다. 하지만 어두운 창고 안에서도 병에 붙은 노란색 경고 라벨은 마치 그 부분만 누가 깨끗이 닦은 것처럼 선명하게 보였다. 위험하다는 걸 확실히 알려주기 위해서.

　병뚜껑은 어디 가고 없었다.

　"나 못 하겠어. 시험 못 보겠어. 그리고…… 제길, 난 그게 너무 싫어."

　캐리는 토미 너머로 멍한 눈빛을 보냈다. 창고는 조용했지만, 토미가 문을 벌컥 열고 들어오기 전부터 공기 중의 자욱한 먼지 사이로 열두어 명의 멍청한 여자애들의 망령이 가득했다. 그 애들이 내뱉는 "음매" 하는 울음소리가 얇은 양철 벽에 부딪혀 튕겨 나와서는 앞뒤로, 위아래로 울려 퍼지는 것 같았다. 마치 이 비좁은 공간 안에 수백 마리, 수천 마리의 투실투실한 젖소들이 어쩔 줄 모르고 그득그득 들어찬 듯했다. 캐리는 아무 생각 없이 치맛자락을 끌어내렸다. 귀에 들리는 것이라고는 "음매" 하는 소리였다. 느껴지는 것이라고는 허벅지를 빤히 바라보는 죽은 남자의 시선이었다.

　'다들 역겨워.'

　"꺼져."

토미는 작업대를 계속 응시했다. 반쯤 비어있는 컵과 더불어 제초제가 흘러 먼지 낀 나무 상판에 웅덩이를 이룬 게 보였다. 역한 냄새가 콧속을 파고들어 입속까지 스멀스멀 번져왔다. 그는 토하고 싶었다.

"캐리."

그는 속에서 치솟는 두려움에도 불구하고 머뭇대며 물었다.

"무슨 짓을 한 거야?"

미셸 선생님이 여기 있었더라면. 그분이라면 무슨 말을 할지 알았을 텐데.

캐리는 그의 질문을 무시하고서 소맷자락으로 코를 닦으며 혼잣말을 중얼거렸다. 그 눈빛에는 초점이 없었다.

"캐리!"

토미는 다시금 소리치다시피 그녀를 부르면서 멍한 상태에서 끌어내려 했다. 하지만 목소리가 갈라져 나오자, 순간 화가 확 치밀었다. 너무 어린 자신에게 화가 났다. 이런 짓을 한 캐리에게 화가 났다. 이게 무슨 짓인지는 모르겠지만.

"무슨 짓을 한 거냐고!"

그는 날카로운 목소리로 따져 물었다.

캐리는 이제 그의 눈을 똑바로 바라보았다. 더는 초점 없는 눈빛이 아니었다.

"토했어. 전부 다. 무서웠던 거 같아."

그러자 토미는 또 다른 냄새가 무엇인지 알아차렸다. 이 밀폐된 창고에서 화학약품, 기름과 함께 뒤섞여 느껴지는 물질의 정체 말이다. 토사물이었다. 아래를 내려다보자 캐리의 신발이 액체 방울로 얼룩져 있었다.

"아플까 봐 무서웠어. 알겠지?"

토미는 알 수 없었다.

"난 아프고 싶지 않아. 그렇지 않아도 많이 아프다고."

그 목소리는 힘겨운 체념의 어조였다.

토미는 마른침을 꿀꺽 삼키고 말했다.

"같이 집으로 가자, 응? 선생님은 어떻게 해야 할지 아실 테니까. 아니면……."

토미는 뒷걸음질 치기 시작했다. 캐리에게서 벗어나려는 게 아니라, 도움을 청하러 가려는 마음에서였다. 적어도 출구에 서서 최대한 큰 소리를 질러 어른이 오도록, 그래서 캐리를 창고 밖으로 데려가도록 말이다. 여기서 나가야 했다. 여기서 캐리가……. 토미는 생각하고 싶지 않았다. 캐리가 자살하려 했다는 걸.

캐리는 바닥을 바라보고 있었다. 무어라 중얼거리면서.

"아니면 내가 가서 선생님을 데려올게. 내가 올 때까지 여기 있어. 그런 다음에……."

토미는 열려있는 문에 다다랐다. 비쳐든 햇살 한 줄기 사이로 먼지가 부드럽게 유영하며 그가 벌컥 열고 들어온 자리에 내려앉고 있었다. 그는 벌써 햇살에 따스해진 거칠거칠한 양철 벽에 한 손을 대고 있었다.

그 순간이었다.

토미가 갔다고 생각한 캐리는 작업대로 돌아서서 플라스틱 컵을 쥐었다. 오랫동안 제초제를 비롯한 독극물을 담아와 더러워진 컵이었다. 그동안 이 컵을 집은 사람들은 한 방울도 흘리지 않도록 조심해 왔다. 캐리는 그 컵을 입술에 대었다.

그다음 순간, 컵은 공중을 휙 돌았다. 토미는 상상을 능가하는 속도로 빠르게 되돌아와 필사적으로 컵을 쳐냈다. 컵에 든 액체는 두 사람 위로 튀었고, 컵은 바닥에 떨어져 한 번, 두 번 튀어 오르더니 옆으로 나동그라졌다. 제초제가 먼지투성이 바닥으로 한 방울 떨어졌지만, 캐리는 그걸 지우려고 움직이지 않았다. 대신 둘 다 서서 지독한 냄새를 풍기는 제초제를 뒤집어쓴 채 뚝뚝 흘렸다. 흥분과 긴장이 한꺼번에 몰려오는 가운데 토미는 부들부들 떨었고, 이내 캐리의 팔이 그를 감싸더니 머리가 그의 어깨로 내려앉았다. 그녀의 온몸은 거대한 흐느낌으로 부들부들 떨리며 들썩였다. 토미는 어쩔 줄 모른 채로 그저 캐리를 안아주었다.

3년 전, 닉이라는 아이가 토미에게 구급차 이야기를 해준 적이 있었다. 그 애는 자동차 대부분을 백과사전급으로 알고 있었으며, 특히 응급 상황 차량에 관한 지식이 해박했었다. 닉의 말로는 구급차가 환자를 병원으로 데려갈 때, 이송 속도뿐만 아니라 경광등과 사이렌이 울리는 정도까지 합쳐서 얼마나 위급 상황인지 판단할 수 있다고 했었다. 닉은 불빛을 번쩍이며 사이렌을 울리는 구급차가 낙농장 바깥을 쏜살같이 달리는 모습을 보면서 토미에게 소중한 지식을 알려주었다.

"저러면 당연히 죽는 거야."

닉은 자신만만하게 말했었다.

토미는 지금 캐리를 태운 구급차가 차분하게 진입로를 빠져나가는 모습을 지켜보고 있었다. 경광등을 켜지도, 사이렌을 울리지도 않을 것 같았다.

'사이렌도 없고 속도도 안 빠르네.'

토미는 낙농장 계단에 숀을 비롯한 몇 명의 아이들 그리고 라일리 씨와 함께 선 채로 생각했다.

미셸 선생님은 캐리와 함께 병원으로 갔다. 제초제를 전부 토해낸 건 아니라서 나머지 약물을 세척해야 했다. 다음 날 아침, 두 사람은 창고에서 있었던 일을 두고 긴 대화를 나눴다. 캐리는 토미 루엘린이, 이 멀대 같고 어색한 열네 살짜리가 자신의 목숨을 구했다는 사실을 확실하게 알고 있었다.

미셸 선생님은 병원 침대에 누운 초췌한 아이를 서글프게 바라보며 생각했다.

'끔찍한 실수를 저질렀구나.'

캐리의 마른 손목과 움푹 팬 뺨이 보였지만 그녀는 그 모습이 기말고사의 압박감 때문이라고 여겼다. 캐리가 병원에 입원해 있는 동안 급우들은 지금 시험을 치르고 있을 테니.

"이젠 어쩌죠?"

캐리가 말했다. 이미 여러 번 들은 말이었다. 병원에 와있는 한 시간 동안에도 여러 번 했고, 구급차 뒷좌석에서도 두 번이나 물었던 질문이었다.

"마지막 학년을 다시 다니겠니? 그러면 학점을 채울 수는 있을 테고……."

미셸은 부드럽게 물었지만, 캐리는 말이 끝나기도 전에 고개를 저었다. 모틀레이크 고등학교로 다시는 돌아가지 않을 것이다. 내년도 전혀 다름없는 똑같은 나날일 텐데. 어떤 별명과 잔혹한 말들은 처음 시작했던 사람이 없어진다 해도 오랫동안 살아남는 법이다. 캐리는 익숙한 절망감이 덮쳐오는 걸 다시금 느끼면서 울지 않으려고 창밖을 바라보았다. 하지만 미셸 선생님을 보고 있었더라면, 그녀의 눈에서 좋은 생각이 번뜩이는 기색을 알아보았을 것이다.

◐

나흘 후, 캐리 프라이스는 낙농장으로 돌아왔다. 토미는 손에 책을 들고서 침대에 앉아있다가 캐리가 활짝 열린 문을 두드리는 소리에 맞춰 인사를 건넸다. 하지만 "안녕"이라는 말을 지나치게 빨리 내뱉는 바람에 멋있어 보이기에는 실패하고 말았다. 속으로는 자신에게 욕을 했지만, 그래도 캐리가 침대 끝에 앉아주어 심장이 좀 더 빨리 뛰기 시작했다. 그 후로 겨우 며칠 지났을 뿐인데도 캐리의 머리카락에 생기가 돌고, 잠을 못 자서 드리워진 다크서클이 없다는 걸 토미는 똑똑히 알아보았다.

그녀는 눈을 내리깔고는 바닥에 대고서 말했다.

"고마워, 토미."

그러더니 다시 고개를 들어 말을 이었다.

"네가 해준 일 말이야……."

토미는 뭔가 센스 있고 재미있으면서 자신의 나이보다 세 살은 성숙하게 들릴법한 말을 필사적으로 찾았다. 하지만 실패하고서

97

그저 고개를 끄덕이는 걸로 만족해야 했다.

캐리는 계속 말했다.

"알려줄 게 있어. 좋은 소식이야."

그녀는 토미가 뭔가 무시무시한 소식을 듣게 되리라고 생각했다는 듯 빠르게 덧붙였다.

"선생님이 내 일자리를 알아봐 줄 것 같아. 도시에 있는 직장이야. 뭐, 엄청 좋은 곳은 아니지만, 그래도 엄연한 일자리지."

그녀는 보험회사에서 사무 보조로 일하게 될 거라고 말했다(물론 면접을 잘 봐야 한다는 조건이 있었지만). 그게 정확히 하고 싶은 일은 아니었지만 그래도 법무 팀에서 실무를 볼 수 있을 것이라고 확신한다고, 어쩌면 대학에 갈 방법을 찾을 수 있다고 설명했다. 캐리의 말은 급하게 흘러나왔고, 말이 다 끝나자 그녀는 다시 일어섰다.

그리고 캐리는 토미의 뺨에 키스한 다음 방에서 나갔다.

토미는 떠나는 그녀의 뒷모습을 바라보았다. 수척하고 많이 상했지만 여전히 너무나 아름다운 캐리의 모습을. 그리고 함박웃음을 지으며 침대에 털썩 누웠다. 토미는 사랑에 빠졌다.

캐리가 낙농장에서 들어온 지 1년도 되지 않았기 때문일지도 몰랐다. 캐리가 좀 더 일찍 도착했더라면, 그래서 토미가 아직 어릴 때 만났더라면 캐리는 그저 누나로 여겨졌을 수도 있었다. 하지만 캐리가 부모님을 잃었을 때 토미는 면도를 시작했고 변성기가 왔으며 캐리를 처음 본 순간 얼굴이 빨개졌어도 눈길만큼은 뗄 수가 없었다.

어쩌면 더 진지하게 봐야 할 것이었을까. 어쩌면 창고에서 일어난 일의 트라우마로 둘 사이에 유대감이 형성된 것이었을까(비록 그 유대감은 한쪽만의 일방적인 것이 되겠지만).

아니면, 알고 보면 그저 캐리가 착했기 때문이었을까.

이유야 어찌 되었든, 토미 루엘린은 캐리 프라이스를 전적으로, 돌이킬 수 없게, 영원히 사랑하게 되었다. 4주 후에는 그녀도 다른 이들처럼 토미를 잊겠지만, 그래도 캐리를 계속 사랑할 것이었다.

인생은 토미에게 잔인한 일로 가득했다. 하지만 이보다 더 잔인할 수는 없었다.

6

숨이 탁 멎을 만큼의 충격을 받으며 그는 깨어났다.

오늘은 1월 5일, '재시작'의 날이었다.

전날 밤 그는 캐리의 방문 앞에 머물면서 그녀가 새로운 직장과 집 이야기를 신나게 하는 걸 옆에서 들었다.

"선생님이 그러는데 정말 좋은 분들이래. 그분들을 아직 만나본 적은 없지만, 그래도 선생님이 좋다고 했으니까 틀림없이 좋겠지. 근데 젠장, 일을 시작하는 게 좀 걱정돼. 토미, 나 뭘 입어야 할까?"

행복하고 밝은 캐리의 목소리를 들으니 그저 좋았다. 그래서 그녀가 대답이 필요한 질문을 던지리라고는 예상하지 못했다.

"어…… 어쩌면…… 치마 같은 거나……."

그가 얼굴을 찡그리자 캐리는 웃었다.

"농담이야! 내가 알아볼게. 있지, 혹시 나 보러 올래? 기차 타면 되잖아. 미셸 선생님은 뭐라 하지 않을 거야."

그날 밤, 토미가 누구였는지 캐리가 기억했다면 괜찮을지도 몰랐다. 그래서 토미는 캐리의 방문 앞에서 오래 머물러 있었다. 그는 캐리가 자신을 그저 아무 사이도 아닌 좋은 애로 여기며 말을 걸던 목소리를, 자신을 알고, 신뢰하고, 둘 다 입에 올리지 않던 일을 함께 겪어낸 사람으로 바라보던 눈빛을 어떻게 내보였는지를 떠올리려 애쓰고 있었다.

그는 모두 다 기억하고 싶었다. 왜냐하면 이제 몇 시간 후면 모든 게 깨끗하게 지워질 테니까. 이제 캐리가 토미에게 말을 건다면 그건 모르는 사람이 되어서겠지. 그 순간을 자신은 과연 감당할 수 있을까.

토미는 침대에 누워 눈을 뜨지 않으려 했다. 눈을 뜨면 그게 진짜라는 걸, 그게 다시 일어나 버렸다는 걸 의미하니까. 그는 최대한 오랫동안 희망을 간직하고 싶었다. 스러져 가는 행복한 꿈의 기억을 살리고 싶기라도 한 것처럼.

어느새 잠들었다가 마침내 일어난 토미는 옷을 입으려고 수납장을 열었다. 매년 그랬듯이 그 안은 텅 비어있었다. 있는 것이라고는 현재 자신이 입은 잠옷뿐이었다. 언제나 그렇듯이.

물론 그건 캐리가 자신의 존재를 잊어버렸다는 뜻이었다.

절망한 토미는 문을 확 열고 벌떡 나섰다가 미셸 선생님에게 곧장 달려들었다. 미셸은 깜짝 놀라 뒷걸음질을 쳤다.

"넌 누구니? 이 방은 빈방인데."

그녀의 나직한 목소리에는 의심스럽다는 기색이 서려있었다.

"전, 저는…… 죄송해요. 놀라게 해드리려던 건 아니었고요."

토미가 말했다. 지금은 평소와는 달랐다. 보통 이럴 때마다 그는 좀 더 차분했었고, 어떻게 할지 준비도 다 되어있었건만.

"제 이름은 토미 루엘린이에요. 저는 지난밤에 여기 보호소로 보내졌어요. (이제야 말이 술술 나오기 시작했다) 아동복지국 말로는 저더러 여기에서 등록하라던데요. 그러면 오늘 안에 알아서 하신다고 하셨어요. (이제 다시 토미는 예정된 각본을 토씨 하나 틀리지 않고 마무리했다.)"

미셸은 미심쩍은 눈길로 그를 빤히 바라보았다. 이 비쩍 마른 낯선 남자애를 어떻게 하면 좋을지 알 수 없어서였다. 자고 일어나 모래빛 머리카락이 아직 헝클어진 애를.

"알았어. 전화를 좀 해봐야겠다."

미셸은 이렇게 말했다. 그녀는 망설이는 듯했고, 토미는 미셸이 자신의 이름을 다시금 중얼거리는 걸 본 것 같았다. 루엘린이라니. 그녀는 고개를 저었다.

"저쪽으로 가면 식당이 있어. 아침을 먹고 있으면 내가 금방 갈게."

토미는 고개를 끄덕였다. 이제 상황이 어떻게 될지 이미 알고 있었다. 선생님은 계속 전화기를 붙잡고 정부 부서와 답이 없는 메시지들의 연속선상에서 얽히고설켜 버릴 예정이었다.

토미는 식당으로 들어가면서 자기소개를 할 준비를 했지만, 동시에 캐리가 거기에 없기를 바랐다. 그녀를 마주할 준비가 안 되어서였다. 아직까지는 말이다. 게다가 이번에는 좀 다를지도 모른다는 희망도 품고 있었다. 그날 오후 창고에서 둘이 온갖 일을 함께 겪었는데, 화학약품 냄새가 자욱한 곳에서 그런 일이 있었는데, 캐리가 어쩌면 자신을 기억할 가능성이 있지 않을까? 물에 빠진 사람이 구명보트에 매달리듯 토미는 한 줄기 희망에 여전히 매달렸지만, 그 희망은 진짜가 아니었다.

손과 필이라는 남자애 그리고 얼마 전에 낙농장에 온 아홉 살인가 열 살쯤 된 첼시가 식당에 있었다. 토미는 그들에게 손을 내밀며 인사했다.

"안녕, 애들아. 난 토미라고 해."

먼저 대답한 건 숀이었다.

"만나서 반갑다, 토미. 얘는 필이고 옆은 첼시야. 둘 다 별 볼 일 없는 애들이지만, 난 여기서 나름 중요 인물이지."

"어, 그래, 퍽이나 중요하겠네."

필이 숀의 배를 손등으로 찰싹 때리며 끼어들었다. 숀은 웃으면서 말했다.

"꺼져, 필. 어쨌든 토미, 내가 도와줄게. 혹시 여자애들 꼬시는 법이나 피하고 싶은 사람이 생기면 말해. 기꺼이 상담해 줄게."

토미는 미소를 지었다. 그는 숀과 이미 두 번이나 이런 자기소개 과정을 겪었고, 그때마다 어째서 이토록 쉽게 친구가 되었는지 알 수 있었다. 토미는 아이들과 함께 앉아 시리얼을 그릇에 부어 먹었고, 그동안 숀은 낙농장의 모든 이들에 대해 토미에게 알려주었다. 물론 토미는 다 알고 있었지만, 그래도 숀이 계속 이야기하게 놔두었다.

"니콜을 보면 가장 먼저 알 수 있는 게 개 목소리야. 근데 목소리를 듣는 순간 다른 걸 더 알 수는 없게 돼. 그 목소리가 귀를 뚫고 뇌를 파고들면 넌 곧바로 콱 죽어버릴 테니까."

아이들은 숀의 설명에 모두 웃었다. 사실 놀라울 정도로 정확한 설명이었다.

"그리고 캐리라는 애가 있어. 개는 곧 열여덟 살이 돼. 어마어마하게 예쁘긴 한데, 이미 임자가 있어.”

숀의 말에 토미는 숟가락을 입에 대다 말고 떨어뜨렸다. 시리얼과 우유가 잠옷 셔츠에 튀자, 숀은 그를 어리둥절한 눈빛으로 바라보았다.

“미안해. 손이 미끄러졌네.”

토미가 더듬대며 말하자 숀이 대답했다.

“어이, 조심해. 네 잠옷 엄청 좋아 보이는데 망가뜨리지 말라고. 어쨌든 일단 캐리는 직접 보도록 해.”

그는 주먹을 깨무는 시늉을 하다가 첼시가 그를 탁자 아래로 걷어차고서야 겨우 멈췄다.

“징그럽게 굴지 마, 숀. 그리고 캐리는 남자 친구 없어. 그럴 리가 없잖아.”

첼시의 말에 숀은 미안하다는 듯 두 손을 들어 올렸다.

“그래, 알았어. 캐리는 엄연히 말하자면 임자가 없긴 한 거 같아. 하지만 누구를 만나고 있긴 하다는 건 딱 보면 다들 알잖아. 아, 혹시 궁금할까 봐 말해주는 건데 나는 아니야. 놀랍지? 나도 내가 아니라니 놀랍거든. 하지만 캐리는 오늘 오후에 떠날 테니까 같이 있을 시간은 얼마 없어. 직장을 구했거든. 곧 큰돈을 벌게 될 거야.”

토미는 캐리의 인생에서 이미 삭제된 상태였기에 예상은 하고 있었다. 하지만 그 자리에 다른 사람이 추가되었을 줄은 미처 몰랐다.

아침 식사를 막 마쳤을 무렵, 미셸 선생님이 그를 찾아왔다. 아동복지국에 전화해 보았지만 밤새 누가 토미를 데려다주었는지 정보가 없어서 모든 지역 사무소에 연락을 남겼다고 했다. (토미는 '지금까지는 한 치의 변화도 없이 각본대로 따라가고 있구나'라고 생각했다.) 그동안에는 얼마든지 머물러도 좋다고 했다. 그리고 갈 곳이 없어지게 되어도 미셸 선생님은 그를 외면하지 않을 터였다.

토미는 나직하게 고맙다고 말했다.

선생님은 식당을 나서는 토미의 뒤에 대고 덧붙였다.

"토미, 네 방에 옷가지 몇 벌과 물건을 좀 두었단다. 책도 있어. 진짜 집이 어디인지 알아내기 전까지는 여기를 네 집이라고 생각하렴."

이런 점 때문에 토미는 '재시작'을 할 때마다 미셸 선생님을 좋아했다.

토미는 캐리가 낙농장을 떠나기 2분 전에야 가까스로 그녀를 만날 수 있었고, 예상대로 그 이별은 고통스러웠다. 모든 아이는 캐리를 배웅하려고 현관 계단에 모여 선생님 차 옆에 반원을 이루어 섰다. (캐리는 낡은 하얀색 캠리를 타고 기차역에 갈 예정이었고, 도시로 가는 급행열차는 오후 2시 20분에 있었다.) 캐리는 모인 아이들 앞을 쭉 지나며 어린 남자애들과 하이파이브를 했고, 니콜과 숀 그리고 요리사 리까지 꼭 안아주었다. 토미의 차례가 되자, 그녀는 망설이다가 손을 내밀었다.

불과 몇 주 전, 글리포세이트가 담긴 플라스틱 컵을 쥔 채 파르르 떨었던 바로 그 손을 잡으며 토미는 캐리의 눈을 바라보았다.

'혹시 나를 알아보는 눈빛을 보여주진 않을까' 하고. 하지만 그의 눈에는 자신이 누군지 전혀 모르는, 다정하고 친절하며 아름다운 여자애가 들어왔을 뿐이었다. 토미는 울고 싶어졌다.

"만나자마자 작별 인사를 하게 됐네! 난 캐리라고 해. 넌 이곳이 좋아질 거야."

그녀가 명랑하게 말했다.

"고마워. 나는 토미야."

그는 나직하게 말했지만, 캐리는 벌써 다음 아이에게 인사하러 자리를 떴다.

숀은 토미의 귓가에 대고 커다랗게 속삭였다.

"어이, 친구. 무슨 말인지 알겠지? 끝내주게 예쁘다니까."

그는 토미에게 윙크했고, 토미는 멍한 표정으로 그를 바라보았다.

마침내 캐리는 모여 선 이들 중 마지막 사람인 리치 샤프에게 다가갔다. 오후의 햇살에 눈을 가늘게 뜬 리치는 여기 있고 싶지 않다는 표정이었다. 토미는 옆구리를 슬쩍 치는 숀의 팔꿈치를 느꼈고, 이어서 속삭이는 소리가 들려왔다.

"저기 좀 봐. 다들 모인 앞에서 하려니 어색한가 봐. 안 그래?"

토미는 어리둥절한 채로 캐리가 리치를 꼭 안아주는 모습을 바라보았다. 리치는 그 포옹에 이렇다 할 반응을 보이지 않았다. 하지만 이어서 뒤로 물러선 캐리는 고개를 돌리더니 리치의 뺨에 부드럽게 키스했다. 그녀가 아직 토미를 기억하고 있을 때, 침대에 앉아있던 토미에게 했던 그대로 말이다. 그 입맞춤은 정말 잠깐이었지만 무슨 뜻인지 알려주기엔 충분히 길었다.

이제는 토미가 속삭여 묻게 되었다.

"쟤는 누군데?"

그는 애써 무심함을 가장하며 숀에게 물었다.

"쟤는 리치야. 대체로 자기 방에 틀어박혀 있어. 캐리가 한동안 쟤를 좋아했어. 몇 주 전에 뒤쪽 창고에서 일이 있었는데, 정확히 무슨 일이었는지는 나도 몰라. 캐리가 자살 시도를 했다고는 들었어. 그래서 며칠 동안 병원에 입원했는데, 퇴원하자마자 와서는 리치 이야기만 하더라고. 리치가 자기를 구해줬다면서."

숀은 고개를 저으며 말을 이어갔다.

"리치는 이상한 놈이야. 학교 여자애들이 죄다 쟤를 좋아하는데, 정작 본인은 거들떠보지도 않아. 내가 보기엔 말이지, 캐리는 쟤를 좋아해 봤자 시간 낭비만 하는 거야. 캐리한테는 자기가 얼마나 좋은 기회를 잡았는지 아는 사람이 있어야 해. 내가 리치를 대신할 수만 있다면 불알 반쪽이라도 내놓겠는데 말이야. 안 그래?"

그는 씩 웃었지만, 토미는 그 웃음을 보지 못했다. 숀이 창고 이야기를 꺼냈을 때부터 더는 듣고 있지 않았다.

그 순간 캐리가 캠리 조수석에 타고서 마치 왕실 마차를 탄 것처럼 손을 흔들자, 토미는 낡은 집의 계단을 올라가 안으로 들어갔다. 그리고 방으로 가서 문을 닫고 침대에 몸을 웅크린 채 울었다. 캐리가 자신을 잊어서가 아니었다. 그녀가 다른 사람을 사랑해서도 아니었다. 그 다른 사람이라는 게 리치여서도, 캐리가 자해하려던 날 무슨 일이 있었는지 전혀 관심이 없던 인물이어서도 아니었다. 토미가 운 건 이게 다…… 너무해서였다. 물론 너무하다는 말로는 부족할 만큼 억울한 상황이었지만, 토미는 그걸 뭐라 표현할 수가 없었다. 자신의 삶이, 자신의 인간관계가, 자신의 경험이 이랬다. 그게 좋든 나쁘든, 그는 제 것을 두고도 무어라 전혀 주장할 수 없었다.

◔

미셸 채플린은 기차역에서 돌아오자마자 새로 온 아이를 찾아갔다. 하지만 해줄 말은 많지 않았다. 지역 사무소 몇 군데에서 전화가 왔지만, 토미 루엘린이라는 애는 들어본 적도 없고, 미리 공지도 없이 누군가를 낙농장에 데려다준 적도 없다는 이야기뿐이었다.

"하지만 얘, 가끔은 이런 일이 일어나기도 한단다. 그리고 말이지, 적어도 비 맞지 않고 잘 곳은 있잖아?"

그동안 미셸은 몇 가지 질문을 했지만, 토미가 고개를 두 손에 파묻고 앉은 모습을 보자 지금은 캐물을 때가 아닌 것 같았다. 그래서 그녀는 토미의 옆에 앉아 팔로 그를 감싸주었다. 하지만 아이는 움찔 놀라지도 않았다.

벌써 50대 중반이었지만 로레알 염색약의 도움으로 40대처럼 보이는 미셸 선생님은 밀크우드 하우스에서 일하는 동안 온갖 일을 겪었다. 게다가 그전에 공립학교에서 일했던 세월까지 더한다면 놀라운 일이란 많지 않았다. (한번은 정신없는 교실에서 어떤 여학생이 친구의 뺨을 색연필로 찌르는 광경을 본 적도 있었다. 어쩌다가 그 둘의 싸움이 그쳤는지는 기억이 나지 않지만, 그때 색연필이 연파랑이었던 기억은 났다. 묘한 일이었다.) 그녀는 이 애도 이제껏 자기가 겪어왔던 수많은 아이와 다르지 않다고 여겼다. 자칫 부서지기 쉽고,

별안간 말도 없이 두 동강이 나버릴 수도 있는 그런 위태한 아이, 지금은 그저 안아주어야 하는 아이 말이다.

그들은 거의 30분 동안 아무 말 없이 같이 앉아있었다. 그러다 갑자기 토미가 일어섰다.

"죄송해요. 전 그냥……. 지금껏 갑자기 너무 많은 일이 일어나서요. 그래서 정신이 없었어요."

토미의 말에 미셸 선생님은 부드러운 목소리로 대답했다.

"괜찮아, 토미. 해야 할 이야기가 좀 있지만 네가 매우 힘들어 보이는구나. 일단 좀 잔 다음에 이야기하자."

토미는 고분고분하게 고개를 끄덕였고 그녀는 방에서 나왔다. 하지만 그는 침대에 눕지 않았다. 대신 창가에 서서 진입로를 바라보았다. 새로운 삶을 시작하려고 차를 타고 떠나버린 캐리를 마지막으로 본 곳이었다. 그녀가 지닌 토미 루엘린의 기억이라고는 그저 낙농장을 영영 떠나기 직전에 처음 만난 깡마르고 낯선 10대 소년이라는 것뿐이었다. 그리고 그 기억마저도 다음번 '재시작'에서 사라질 것이다.

분노와 자기 연민이 덩어리져서 토미의 머릿속에서 요동치다 빙빙 돌기 시작했다.

토미는 자신이 어딘가 다르다는 걸, 무언가 독특하게…… 잘못되었다는 걸 알고 있었다. 평범한 아이들은 살아가면서 매년 낯선 존재가 되어 깨어나는 법이 없다. 마치 매일 아침 학교에 가면 어제 교실 칠판에 써놨던 내용이 싹 지워진 것처럼, 자신의 존재가 이 세상에서 깨끗이 지워지는 법이 없단 말이다. '하지만 칠판과 나는 다르지' 하고 토미는 생각했다. 적어도 학생들은 어제 칠판에 무슨 내용이 적혔는지 기억은 하니까. 하지만 그가 '재시작'을 거치면, 마치 자신이 이전에는 존재하지 않았던 것처럼 다른 이들의 삶에 그가 남긴 구멍이 벽지로 덮이거나 다른 사람의 존재로 깔끔하게 채워져 있었다.

'물론 그 공백을 메운 건 리치일 거고. 친구 하나 없는 외톨이를 이용한 거야. 그래야 아무런 꼬투리가 없고, 뒤끝이 적을 테니까.'

그는 분한 마음으로 생각했다.

토미는 침대 위에 털썩 누웠다. 그리고 마지막으로 한 살 때부터 사용해 온 방의 텅 빈 벽을 바라보고서 눈을 감았다. 방은 그가 도착한 첫날처럼 아무것도 없이 텅 비어있었다.

7

누군가 저 위에서 아래를 내려다보면서 열네 살의 토미 루엘린과 열다섯 살의 새로운 토미 루엘린을 비교해 본다고 가정하자. (왜 위에서 보냐고? 그야 지구에 사는 사람들은 아무도 이런 식으로 비교할 수가 없으니까.) 그렇다면 몇 가지 차이점을 확인할 수 있을 것이다. 일단 비쩍 말랐던 체격이 (드디어) 변해서 몸집이 좋아졌다. 하지만 변화는 그뿐만이 아니었다. 달라진 건 또 있었다. 항상 열심이었던 남학생은 이제 태도가 살짝 풀어졌다. 항상 제시간에 숙제를 해오던 토미는 이제 숙제 따윈 귀찮게 해가지 않았다. 전혀 관심이 없어 보였다.

토미는 다른 사람이 되어 새 학기를 시작했다. 만약 사람들이 작년의 토미를 기억할 수 있었다면, 어깨는 축 처져서 무기력한 모습을 보았을 테고, 그는 교장에게 불려가 왜 이렇게 변했냐는 물음을 받아야 했을 것이다. '혹시 마약을 했니?' 그럴 리가. 토미는 낙농장 아이였고, 그곳은 규칙을 엄격하게 지켜야 하는 곳이었다.

'그러면 여자 문제니?' 그럴지도. 아니면 사춘기의 막바지에 치닫고 있어서 짜증과 변덕이 심해진 것일 수도 있겠다. 하지만 아무도 그의 변화를 알아채지 못했고, 토미는 되는대로 살기 시작했다.

그래도 토미에게 좋은 일이 생기기는 했다. 바로 리치 샤프가 낙농장을 떠난 것이었다. 리치는 아직 열여덟 살도 되지 않았지만 (그는 생일이 언제나 2월 중순이라고 했고, 축하 파티 따위는 하지 않았다) 예고도 없이 일찍 보육원을 떠났다. 사실, 토미는 리치가 떠난 지 2주가 지나서야 사실을 알아챘다. 호기심이 생긴 그는, 목소리가 드릴처럼 귀를 후벼 파는 니콜에게 리치가 어디 갔는지 아느냐고 물었다. 니콜의 방은 리치의 옆방이라서, 리치에 대해서 많이 아는 사람을 꼽아야 한다면 그나마 니콜이었다.

"리치는 어마어마한 공부벌레잖아. 그래서 대학에 갔지. 하지만 리치는 나한테 대학 이야기를 전혀 하지 않았어. 난 리치 옆방에서 오래 살았잖아. 정확히는 몰라도 한 8년쯤 살았는데 그동안 리치와 주고받은 말은 열 마디도 안 될걸. 학교에 있는 여자애 중에서는 리치가 섹시하다고 생각하는 애도 있더라고."

니콜은 열심히 설명하고는 시무룩한 얼굴을 했다. 토미는 그 여자애들 생각이라는 게 사실은 니콜의 생각이라는 걸 믿어 의심치 않았다.

이 모든 이야기를 니콜은 평소의 우렁찬 목소리로 전하다가, 갑자기 목소리를 확 낮췄다. 이건 좀처럼 없는 일이었다. 그녀는 토미더러 귀를 가까이 대라고 손짓했다.

"내가 듣기로는 리치가 엄청 화를 내며 떠났대. 미셸 선생님하고 사이가 틀어졌거든. 선생님이 리치더러 크리스마스 때도 돌아오지 말라고 했다나 봐."

토미는 미소를 지었다. 그럴 리 없다는 티가 좀 역력하게 났다. 하지만 니콜은 계속 우겼다.

"아니, 진짜라니까. 내가 직접 들었다고. 리치는 진짜 막돼먹었더라. 어딘가 조용히 공부할 곳이 필요하다고 말했는데, 내가 보기엔 리치가 선생님을 사랑하는 거 같았어. 으, 정말 소름 끼친다니깐."

그녀는 짧게 웃음을 터트렸고 토미는 히죽 웃었다. 니콜의 말이 옳다면 (확률은 기껏해야 반 정도겠지만), 리치는 선생님의 거절에 큰 충격을 받았을 것이다. 그러니 급히 떠난 것도 당연했다. '잘됐네'라고 토미는 생각했다. 이건 예전의 토미였다면 절대 하지 않을 생각이었을 것이다. 하지만 예전의 토미는 '재시작'을 거치며 캐리를 잃어버렸고, 토미가 있던 공백을 채우려고 리치가 들어왔다. 리치도 따지고 보면 원치 않게 대역이 되긴 했지만, 그래도 그의 얼굴은 토미가 충분히 미워할 만했다.

○

예전의 토미가 잠깐 등장한 순간도 있기는 있었다. 그해 중반의 어느 날 아침, 줄리 루이스라는 영어 교사는 학교 종이 울리기도 전에 종이 네 장을 들고서 모틀레이크 고등학교 교무실로 들어왔다. 종이에 쓴 이야기는 그녀가 전날 밤 불을 끄고 자기 전까지 마지막으로 읽었던 것이었고, 잠자리에 들어서도 그녀는 천장을 한두 시간은 족히 바라보며 잠을 이루지 못했다. 줄리는 그 종이를 다른 교사 앞에 내려놓았다.

"래리, 이것 좀 읽어줘요. 부탁이에요. 그리고 어떻게 생각하는
지 말해줘요."

래리는 시키는 대로 했다.

"정말 잘 썼네요. 진짜 훌륭한 글이에요. 누가 썼어요?"

래리는 종이 위에 적힌 이름을 보려 했지만 이름은 없었다.

줄리가 그에게 이름을 말했다.

"토미 루엘린이라."

래리는 그 이름을 되풀이하며 맞는 얼굴을 떠올려 보려고 애를
썼다. 작년에 분명히 토미를 가르친 적이 있는 사람이었는데도 그
랬다.

"누군지 모르겠는데. 새로 온 학생입니까?"

"맞아요. 그 애는 글을 쓸 줄 알더라고요. 오랫동안 본 애들의
글 중에서도 단연 최고예요. 어쩌면……. 그 누구더라? 로렌 뭐
였는데. 테일러던가? 지금 걔가 뭐 하는지 혹시 알아요?"

줄리의 말에 래리는 어깨를 으쓱였다.

"그렇지만, 애 점수는 C예요."

줄리의 말에 래리가 외쳤다.

"세상에! 너무한 거 아니에요? 얘가 뭘 그렇게 잘못했는데요?"

"어제 겨우 숙제를 냈거든요. 3주 전 숙제를."

하지만 점심 식사 후 래리는 교직원 게시판에 붙어있는 네 장의
복사본을 발견했다. 사본 앞에는 분홍색 포스트잇으로 '이것 좀 읽
어보세요!!!!'라고 써 붙여놓았다. 복사본 페이지에는 구멍이 여섯
개 뚫려있었다. 동료 교사들이 포스트잇이 시키는 대로 한 모양이
었다.

토미의 에세이 복사본이 교무실에 돌려지는 동안, 토미는 커다란 빨간색으로 C가 쓰인 원본을 받아 들고 마지막 장을 넘겨보았다. 거기엔 단정한 빨간색 글씨로 선생님이 써놓은 말이 적혀있었다. '아주 멋진 생각이고 훌륭한 글인데 늦어도 너무 늦게 냈어.' 그는 에세이 종이를 옆으로 던져놓았다. 이건 캐리와 비슷한 여자애를 상상해서 쓴 헛소리에 불과했으니까. 이걸로 C를 받든, A를 받든, 아니면 아예 F를 받든 무슨 소용인가? 어차피 1월 5일이 지나면 모두 싹 사라질 텐데.

밀크우드 하우스에서도 토미의 태도 변화를 눈치채지 못했을 수도 있었다. (예전에는 태도가 어땠는지 아무도 모르고 있으니까.) 하지만 토미가 전반적으로 낮은 학업 성취도를 보이는 바람에 그만 미셸 선생님의 레이더망에 포착되고 말았다. 아직도 미셸은 그들 앞에 신비하게 나타난 남자애를 어떻게 할지 고민 중이었다. 게다가 그녀는 존 루엘린과 함께 앉아 초콜릿비스킷 한 봉지를 뜯어놓고 앉아있었다면, 그래서 우연이라도 존과 성이 같은 이 애를 어떻게 해야 하나 함께 상의할 수 있었다면 얼마나 좋을까 생각한 적이 많았다. 본인은 그리 많이 생각하지 않았다고 굳게 믿었지만 말이다.

하지만 그럴 수는 없었기에 미셸은 토미의 중간고사 성적표를 혼자 바라보았다. 만약 작년도 성적표와 비교할 수 있었다면 모범생이 어째서 학업 부진을 겪게 되었는지 사례연구를 할만한 사안이었을 것이다. 하지만 물론 미셸은 토미의 성적표(영어: B⁻. 수학: C, 역사: C, 체육: F)를 보면서 그가 작년과 얼마나 달라졌는지, 얼마나 미셸의 도움이 필요한 상황인지 알 길이 없었다.

토미는 자신이 왜 불려왔는지 몰랐지만, 그다지 걱정하지는 않은 채로 미셸 선생님의 방문을 두드렸다.

"들어오렴, 토미."

토미는 미셸이 책상 위에 펼쳐놓은 성적표를 보았다. '아, 저것 때문이구나' 하고 토미는 이해했다. 여기서 눈에 보이는 서류란 성적표뿐이었다. 나머지 서류들은 전부 서류철에 담겨 캐비닛 한쪽에 들어갔거나 책상 서랍에 가지런히 정리되어 있는 등 모두 제자리를 찾아갔다. 미셸은 그 서랍 중 하나를 열었다.

"비스킷 먹을래?"

그녀는 토미에게 밀수품을 건네듯 포장지 귀퉁이를 보여주며 물었다. 존 루엘린은 죽었을지 몰라도(그리고 이 비스킷이 죽음에 일조했을지 몰라도), 어떤 면으로 그의 존재감은 계속 살아있었다.

토미가 고개를 젓자, 미셸은 서랍을 닫았다.

"토미, 너 괜찮니?"

그녀는 이렇게 묻고서 대답을 기다렸지만, 아무런 대답을 듣지 못했다.

"너는 여기에 온 지, 그러니까 다섯 달, 이제 여섯 달이 되어가는구나. 하지만 네가 방에서 나오는 걸 본 적이 거의 없어. 다른 애들과 어울려 놀지도 않고, 밀크우드에 오기 전에 어디서 살았는지 말도 안 해주었잖니. 난…… 난 말이다……."

그녀는 주위를 둘러보며 적당한 말을 찾아보았다. 마주 앉은 과묵하고 우울한 아이의 마음을 뚫고 들어갈 만한 말이 있을 텐데.

그녀는 성적표를 다시 정리하고는 책상 한쪽으로 밀어두었다.

"아니, 이런 질문은 그만하자. 토미, 무슨 문제 있니?"

순간, 토미 안에서 거의 폭발에 가까운 충동이 치밀어 올랐다. 미셸에게 '모든 걸' 다 털어놓고 싶어졌다. 작년에도, 재작년에도, 그전에도 나를 알고 있었지 않으냐고. 그는 캐리에 대해서도 고백하고 싶었다. 캐리를 참 사랑했다고, 비록 나는 아직 어리고 캐리는 어딘가로 일하러 떠났지만, 그녀는 어른이 되어 어른의 삶을 산다는 걸 알지만. 캐리를 구해준 건 리치가 아니라는 말도 하고 싶었다. 그리고 이유를 묻고 싶었다. '왜 이런 일이 나한테 일어날까요?'라고. 하지만 미셸은 지난번에도 대답해 주지 못했다. 질문 자체를 이해하지 못하기도 했다. 그래서 토미는 아무 말도 하지 않았다.

나중에 식당에 간 토미는 숀에게 미셸의 사무실에 불려 간 적이 있느냐고 물었다. 그러자 숀은 피식 웃었다.

"성적표를 받을 때마다 가. 그게 아니라도 가끔 가고."

숀은 기억을 떠올리며 씩 웃더니 물었다.

"얼마나 먹었어?"

토미는 영문을 모르겠다는 얼굴로 숀을 바라보았다.

"비스킷 말이야. 초콜릿비스킷 내놓지 않았어?"

토미는 고개를 끄덕였다.

"비법은 말이지, 미셸에게 앞으로의 진로에 대해 물어보는 거야. 그러면 미셸이 한동안은 계속 말하거든. 애매한 직업에 대해서 물어보면 말이 더 길어져. 한번은 내가 고래 연구자가 되는 게 어떨까 물어봤어. 그리고 이야기를 하면서 그놈의 비스킷을 한 봉지 다 먹어 치웠지."

이제는 토미가 피식 웃을 차례였고, 이어서 숀도 키득거리기 시작했다. 이내 그 웃음은 커다란 폭소로 이어져서, 곧 두 소년은 뺨에 눈물을 주르르 흘릴 지경이 되었다.

토미는 생각했다. 다음 해가 되어 숀이 퇴소하게 되면 얼마나 그리울까. 자신은 '재시작'을 할 때마다 숀과 친구가 되었고, 거의 모든 일에서 재미있게 농담할 거리를 찾아내는 숀의 능력이 참 그리울 것 같았다.

하지만 숀은 토미를 전혀 기억하지 못하게 될 예정이었다.

모틀레이크 고등학교 교사 줄리 루이스 역시 미셸처럼 토미 루엘린에게 흥미를 느꼈다. 지금은 9월이었는데 벌써 네 차례나 토미에게 방과 후에 남는 벌을 내렸기 때문이었다. 숙제를 제때 제출하지 않아서 두 번, 수업 중에 소란을 일으켰다는 이유로 한 번. 그리고 가장 심각한 교칙 위반인 무단결석을 해서 한 번. 이렇게 이유도 다양했다.

사실 토미는 영어 수업에 들어갈 마음은 분명히 있었다. 하지만 어쩌다 보니 수업이 아니라 어퍼 리치로 돌아가는 기차를 잡아타고 있었다. 함께 기차를 탄 친구는 케일럽이라는 이름으로, 그해 새로 전학 온 아이였는데 결국 필연적으로 토미의 친구가 되었다. 다른 애들은 모두 이미 친구를 사귄 상태였기 때문이었다.

대부분 교사들은 토미가 가망이 없는 애라고 말해댔다. (교장은 그 애를 가리켜 '밀크우드 출신의 문제아 중 하나'라고 했다). 하지만 루이스 부인은 그게 옳은 소리라고 생각하지 않았다. 토미는 글을 쓸 줄 알았고, 수학도 곧잘 했으니까. 그런데 너무 집중을 못 해서 그 재능이 썩어가는 걸 보고 있자면 화가 났다. 어느 날 교무실에서 교사들끼리 토론을 벌이다 나온 이야기가 있었다. 혹시 정학을 내리면 토미에게 좋을까 하는 것이었다. 2주 동안 학교를 쉬면 규칙을 지키는 법을 배울 수 있지 않을까. 루이스 부인은 그 생각에 큰 소리로 반대하며 아직도 게시판에 꽂혀있는 답안지 서류를 가리키며 말했다. 결국엔 루이스 부인이 이겼지만, 그 보답으로 토미의 행동이 달라지거나 한 건 아니었다. 마침내 점심시간 종이 울리자, 그녀는 종이 치면 토미에게 돌아와 있으라고 전해주었다.

"토미, 무슨 일 있지?"

반 아이들이 모두 없는 교실에서 그녀가 물었다. 하지만 토미는 별것 아닌 듯 대답했다.

"아무 일도 없어요, 루이스 선생님. 전 괜찮아요."

"헛소리 말고."

교사의 말에 토미는 움찔했다.

'좋아. 정곡을 찔렀군.'

그녀는 생각했다.

"넌 이보다 더 잘할 수 있잖아. 난 네가 쓴 글을 봤어. 넌 할 수 있다고. 그런데 왜 아무것도 안 하려고 하니?"

"전 그냥…… 전 귀찮은 게 싫어요, 선생님."

토미가 대답했다. 그건 진실이었고, 둘 다 그렇다는 것도 알고 있었다.

루이스 선생님의 목소리에는 답답함이 그득했다.

"음, 토미. 내가 한마디만 하마. 오늘 내리는 결정으로 네 평생이 바뀔 수 있어. '귀찮다고' 아무런 노력도 안 하고 그냥 멀거니

있기만 하면, 뭐, 어쨌든 네가 알아서 할 일이긴 하지. 하지만 그
건 어리석은 행동이라고 봐. 너는 능력이 있어, 토미. 그걸 낭비하
지 마. 인생에 다음 기회란 별로 없어."

'아뇨, 선생님 말씀은 틀렸어요. 저한테는 다음 기회밖에 없다
고요.'

토미는 생각했다.

루이스 선생님의 훈계가 끝난 후, 토미는 도서관 바깥에서 땅
콩버터샌드위치를 먹고 있는 케일럽을 보았다. 케일럽은 토미를
처음 만난 이후로 매일 같은 샌드위치를 점심으로 싸 왔다. 아침
마다 직접 샌드위치를 만들어 가야 하는데, 본인이 너무 게을러
서 다른 메뉴로 바꿀 수가 없다고 털어놓은 적이 있었다. 케일럽
은 루이스 선생님이 보기엔 같이 어울려서 좋을법한 아이는 아니
었지만, 그렇다고 절대로 같이 놀아서는 안 될 아이도 아니었다.
사실 그는 친구가 이런저런 걸 하자고 하면 흔쾌히 따르는 성향이
라, 몇 주 전에 수업을 빼먹자는 말이 나왔을 때도 기꺼이 따라갔
다. 물론 아버지한테 들키지 않는다는 전제하에서였다. 케일럽의
아버지는 약간 구식인 사람이라, 벌 받아야 할 일이라고 생각하면
커다란 버클이 달린 가죽 허리띠를 휘둘러 아이를 훈육했다. 케일
럽은 지금이 1950년대가 아니라고 아버지에게 알려주고 싶었지
만, 그런 말을 입 밖에 낼 정도로 멍청하진 않았다. 대신 속으로만
생각하며 이를 악물고 맞았을 뿐이다.

"무슨 일이었어?"

케일럽이 물었다. 토미는 옆에 앉아 그날 아침에 리가 만든 샌드
위치를 뜯으며 대답했다.

"평소랑 똑같은 말을 들었어. 내가 게으르대."

"그래서, 정말 너 게을러?"

토미는 웃었다.

"응, 그렇지. 당분간은 수업을 못 빼먹겠어. 지난번에 학교에서 날 정학시키고 싶어 했다고 말했거든. 그래서 수업을 또 빼먹으면 난 2주 동안 집에 있어야 해."

토미가 케일럽에게 솔직하게 말하고 싶지 않았던 얘기, 그 누구에게도 인정하고 싶지 않았던 것이 하나 있었다. 사실은 모틀레이크 고등학교에서 받은 최후통첩을 그는 기꺼이 따를 마음이었다. 마음속 깊은 곳에는 아직도 예전의 토미가 잠들어 있었으니까. 만약 자신이 2주 동안 정학을 당해야 했다면, 미셸 선생님의 얼굴에 나타난 실망감을 보며 그나마 자신에게 남았던 것이 죄다 무너졌을지도 모르는 일이었다.

◐

하지만 새해가 돌아올 무렵에도 토미의 태도는 별로 달라지지 않았다. 원래도 삶에 뚜렷한 목적이 없었는데, 거기에 진한 쓰라림까지 눌러앉은 셈이었다. 몇 주 동안 그는 '왜 나에게'와 '대체 어떻게'만 붙든 채 고민했고, 이 질문들은 방에 틀어박혀 지내는 시간이 길어질수록 점점 더 커지고 어두워지는 것만 같았다.

그는 침대에 누워 책을 펼쳐 들었지만, 사실 읽고 있는 건 아니었다. 순간 어떤 아이디어가 반짝 떠올랐는데, 열두 달 전의 토미 루엘린이었다면 절대로 떠올렸을 리 없는 생각이었다. 하지만 세상 때문에 너무나 짜증 났던 토미 루엘린은 마음속으로 되뇌었다.

'1월 5일에 내 기록이 싹 사라진다면…… 내가 1월 4일에, 아니면 3일에 무슨 짓을 하든 누가 알 게 뭐야?'

그걸 깨닫자 아찔한 전율이 온몸을 확 감쌌다.

순간, 누군가의 노크 소리가 정적을 깼다. 숀이었다.

"어이, 친구. 놀러 가자."

토미는 침대에 일어나 앉았다.

"놀러 가자니, 무슨 소리야? 밖은 너무 더워. 난 안 나갈래."

실제로 그랬다. 오후의 햇살이 얼마나 뜨겁던지 앞마당 가운데 있는 커다란 고목나무 그늘조차도 시원하지 않았다.

"아니, 친구. 여기 말고. 수영장에 갈 거야. 수영복이나 챙겨."

어퍼 리치에는 공공 수영장이 있었다.

토미는 침대에서 스르르 내려와 서랍을 뒤졌다. 사실 수영복은 하나도 없었지만, 예전에 즐겨 입던 반바지를 가져가면 그걸로 충분했다. 굳이 따지자면, 내가 이걸 물려받은 다섯 번째 애일까? 아니면 여섯 번째? 알렉스, 맥시, 필 말고 또 누가 입었지? 토미는 반바지를 입으며 복도에 있는 숀에게 가기까지 계속 속으로 이름을 떠올렸다.

"그런데 입장료는 어디서 나서?"

숀은 대답 없이 그저 윙크를 했다. 토미는 숀이 어디서 돈을 슬쩍했거나 도박을 해서 땄을 것이라고 짐작했지만, 어느 쪽이든 그냥 아무 말 말아야 한다는 점도 알고 있었다.

둘은 밖으로 나갔다.

"또 같이 가는 사람 있어?"

토미가 묻자, 숀은 고개를 저었다.

"없어. 나 5달러밖에 없거든. 그러면 너랑 나만 딱 갈 수 있어."

토미는 진입로를 따라 걷기 시작했다. 벌써 목이 따가울 정도로 햇볕이 뜨거운데, 이 더위를 무릅쓰고 수영장에 갈 가치가 있나? 그는 숀에게 물어보려고 고개를 돌렸지만 친구는 옆에 없었다.

숀은 여전히 건물 계단 밑에 선 채로 한 손에 무언가를 달랑달랑 들고 있었다. 그건 낡은 건물 한쪽에 있는 농기계 창고에 주차된 차, 바로 먼지 낀 하얀 도요타 캠리의 열쇠였다.

토미는 조수석에 앉았고 숀은 운전대를 잡았다. 아직 속이 약간 울렁거렸고, 의자를 좀 조정하고 나서야 숀은 이제 편안히 운전할 준비가 되었다고 말했다. 그가 뒤로 몸을 젖히자, 캠리는 자갈 깔린 진입로를 슬그머니 나아가기 시작했다.

"대체 어떻게 설득했기에 선생님이 차를 빌려줬어?"

토미가 묻자, 숀이 대답했다.

"아, 그거 말이지? 안 물어봤어. 하지만 내가 직접 물어봤어도 미셸은 괜찮다고 했을 거야. 중요한 건 지금 미셸이 차를 쓸 일이 없다는 거지. 우리는 차가 없어졌다는 게 들통나기 전에 다시 돌아올 거야."

"차를 훔쳤다고?"

"야, 토미. 그러지 마, 친구야. 날씨가 덥잖아. 더위를 식혀야지. 게다가 내가 한 바퀴 쭉 둘러봤는데 다들 낮잠 자고 있더라. 괜찮을 거야."

그들은 잠시 말없이 운전했다. 그러다 토미는 퍼뜩 무언가를 떠올렸다. 숀에게는 운전면허가 없다는 사실이었다. 낙농장 아이 중에서 운전 연수를 받은 사람은 아무도 없었다.

'맙소사. 우리가 차를 훔친 거네. 게다가 숀은 운전을 한 번도 해 본 적 없고.'

"숀."

"응, 왜?"

"너 뭔가 있지?"

그는 숀을 바라보았다. 숀은 앞 유리창 너머로 도로를 똑바로 응시하기만 했다.

"난, 어, 그게, 그냥, 빌어먹게 더워서 그래."

숀이 대답했지만, 토미는 그의 뺨이 달라진 걸 알아보았다. 이제 여드름이 완전히 없어졌지만, 여전히 옅게 흉터가 남은 숀의 뺨은 약간 홍조를 띠었다.

"만나는 여자 있지?"

토미가 다그쳐 묻자, 숀은 얼굴에 커다란 미소를 지으며 대답했다.

"아, 알겠다고! 그래, 만나는 애 있어. 해나라는 애야. 어쩌면 개가 나 숀으로 해줄지도 몰라."

토미는 웃으면서 고개를 저었다. 숀의 기대와 현실은 매번 너무나 달랐으니까.

두 소년은 공공 수영장 밖에 주차한 다음 개찰구 옆에 있는 작은 매표소에 돈을 냈다. 숀은 그곳에 모인 사람들을 쭉 훑어보았다. 수영장은 근처 온갖 동네에서 온 애들로 바글바글했다. 다들 물에 뛰어들고, 물장구를 치고, 물속에서 서로를 밀치며 즐겁게 놀고 있었다. 선크림과 소독용 염소 냄새가 자욱한 가운데, 토미의 눈에 화학물질 때문에 눈을 마구 깜빡여 대며 수영하는 사람들이 들어왔다. 숀은 주변 울타리까지 이어지며 수영장을 빙 두른 시멘트를 따라 깔린 잔디밭을 빤히 바라보며 무언가를 찾았다. 잔디밭 주위로 군데군데 나무가 서있는 가운데, 그늘에는 수영복 차림의 청소년들이 수건을 깔고 누워있었다.

"저기 있네."

숀은 이렇게 말하고는 토미를 바라보며 덧붙였다.

"두 시간쯤 있다가 여기서 보자. 어때? 행운을 빌어줘."

이제 숀은 슬렁슬렁 달려가기 시작했다. 그가 뛸 때마다 커다란 체격이 불쑥불쑥 솟아올랐다. 토미는 수건 위로 팔꿈치에 몸을 기대고 있는 비키니 차림의 예쁜 여자애에게 다가가는 숀을 믿을 수 없다는 눈길로 바라보았다. 여자애는 숀을 보며 미소를 지었고, 숀은 그 애 옆 잔디밭에 냉큼 앉았다.

토미는 티셔츠를 벗고 물속으로 슬그머니 들어갔다. 그리고 시원한 물속에서 몸을 이리저리 흔들며 안도의 한숨을 쉬었다. 숀이 해나에게 최선을 다해 몰두하는 동안 앞으로 두 시간을 어떻게 보내야 할까. 그때 누군가 옆쪽에서 수면 위로 솟아오르더니 그에게 "음매!" 하고 소리쳤다.

"낙농장에서 외출 허가를 내줄 줄은 몰랐네."

케일럽의 말에 토미는 눈을 흘겼다. 그리고 둘은 잠시 서로에게 물을 튀기며 놀다가 물 밖으로 나온 다음, 숀을 따라 하듯 자신감을 품고 근처에 모여 수다를 떨던 여자애들에게 다가갔다. 하지만 신속하고도 잔혹하게 거절당했다.

"여기서 나갈래?"

토미는 케일럽에게 물었다. 거절의 아픔이 여전히 쓰라렸다.

케일럽은 어깨를 으쓱였다. 어두워질 때까지는 집에 가지 않을 예정이었으니까. 두 사람은 개찰구를 밀어젖히고 나와 큰길로 나갔다. 때는 늦은 오후였고, 상점은 대부분 문을 닫고 있었다. 자그마한 슈퍼마켓(따지고 보면 대형 편의점에 가까웠다)은 아직 문을 열었지만, 약국은 문을 닫았고 어퍼 리치 우체국을 겸하는 철물점(우체국과 철물점이라니, 이상한 조합이었지만 주인들은 어떻게든 돈을 벌어야 하는 법이었다)도 문을 닫았다. 가끔 수영장으로 아이들을 데리러 오는 차 말고는 거리에는 아무것도 없었다. 두 소년은 그저 정처 없이 걸었다.

그러다 그 동네의 유일한 술집이 있는 로열 호텔에 도착했다. 그곳은 건물을 두른 커다란 베란다도 있었다. 어퍼 리치의 아이들에게 수영장이 있다면 어른들에게는 이곳이 있었다. 시원한 맥주와 더불어 속도 조절을 할 수 없는 천장형 선풍기가 설치된 곳이어서 수은주가 온도계 윗부분을 살짝 넘나들 정도로 더운 날에 갈 수 있는 유일한 공간이었다. 베란다에는 하루 종일 술에 취한 여섯 명의 남자가 보였다. 그들 앞에는 빈 맥주잔들이 쭉 늘어섰다.

"저기 가본 적 있어?"

토미가 케일럽에게 물었다.

"아니. 너는?"

"나도 없어. 한번 가볼래?"

케일럽은 가고 싶지 않았다. 아버지와 가죽 허리띠가 머릿속을 스쳐 지나갔기 때문이었다. 하지만 토미는 벌써 계단을 올라가고 있었다.

베란다의 높다란 테이블에 기대선 남자들이 두 소년을 지켜보았다. 그들 중 하나가 잔을 내려놓더니 냅다 소리를 질렀다.

"꺼져!"

그러자 옆에 있던 사람들이 킥킥 웃었다. 그 말은 일그러진 입술 한쪽에서 나왔다. 그 노인네는 맥주를 잔뜩 들이켰는지 한마디를 해도 힘이 잔뜩 들어가 있었지만 그래도 사람들의 시선을 끄는 재주는 있었다.

"꺼지라니까."

그는 술잔을 집어 들면서 다시 버럭 소리를 쳤다.

"이 개새끼들아."

웃음이 이어졌고, 토미는 얼굴이 빨개졌다.

그는 계단을 도로 내려왔고, 케일럽은 친구의 뒤를 바짝 따랐다. 로열 호텔에 들어가 안을 보려던 희망은 죄다 사라졌다. 둘은 급히 모퉁이를 돌아 술꾼들의 시야를 벗어났다.

"그래, 잘못된 결정이었다고."

케일럽이 말했지만, 토미는 대답하지 않았다.

로열 호텔 근처에는 술을 파는 드라이브스루 가게가 있었다. 차에서 내리기에는 너무 바쁜 사람들이 진입로로 들어와서 여섯 캔들이 맥주 묶음을 주문하면 가져다주는 곳이었다.

'차에서 내리지도 못할 정도로 바쁜 인간이 어퍼 리치에 대체 얼마나 있다고?'

토미는 멍하니 이런 생각을 하다가 문득 어떤 충동에 사로잡혔다. 주류 가게 종업원이 다시 안으로 들어가자, 토미는 진입로를 쏜살같이 달려가 계산대가 놓인 작은 창구로 다가갔다. 선반에는 와인과 증류주가 쭉 늘어서 있었는데, 토미는 아무 생각 없이 가장 가까이에 있던 병을 휙 집어 든 다음 케일럽이 입을 떡 벌리고 선 곳으로 달려왔다.

"튀어!"

토미가 씨근대었고, 두 소년은 거리를 있는 힘껏 달렸다. 그렇게 술집을, 주류 가게를 떠났고 수영장에서는 한참 떨어진 곳으로, 나머지 가게도 보이지 않는 곳으로 달려 모퉁이를 돌아 차선을 따라 달렸다.

그러다 둘은 멈춰 서서 건조하고 뜨거운 더위 속에서 허리를 숙이고는 헉헉거렸다.

"마실래?"

토미는 잡고 있던 병을 들어 보이며 물었다.

"대체 이게 무슨 짓이야, 토미? 우리 아빠가 알면 어쩌려고?"

케일럽의 말에 토미는 친구를 구슬렸다.

"아, 그냥 마셔보자. 나도 술은 한 번도 마셔본 적 없어."

그건 사실이었다. 그날 오후 전까지는 토미는 도둑질조차 해본 적이 없었다. 하지만 무슨 상관일까. 며칠 후면 자신의 죄는 죄다 잊힐 텐데.

둘은 자그마한 놀이터로 갔다. 토미는 미끄럼틀에 앉았다가 허벅지가 델 것 같은 금속의 열기가 느껴져 벌떡 일어섰다. 그는 미끄럼틀 아래 가느다랗게 난 그늘에 앉았고, 케일럽은 그 옆에 웅크려 앉아 함께 병을 자세히 살펴보았다.

"조니워커 레드 라벨 블렌디드 스카치위스키."

토미가 소리 내어 읽었다. 병에 든 술은 진한 꿀빛이었다. 병뚜껑을 비틀어 열자 봉인이 갈라지며 뜯어졌다.

토미는 병을 입에 대고 기울여서 한 모금 들이켰다. 목구멍에 확 치솟는 불길에 비하면 아까 다리를 태울 듯 달궜던 미끄럼틀은 아무것도 아니었다. 그는 콜록콜록 기침하며 병을 케일럽에게 내밀고는 숨을 헐떡이며 말했다.

"너도 마셔봐. 별거 아냐."

토미는 정신을 차리고서 미소를 지었다.

케일럽은 머뭇대며 병을 받아 들고는 살짝 들이마셨다. 그도 역시 기침하기 시작했지만, 콜록거림은 이내 미소로 바뀌었다. 그는 다시 병을 토미에게 주었다. 해가 점점 기울어 가는 동안 두 소년이 병을 주고받으며 기침하는 횟수는 점점 줄어갔고, 병 속의 술도 어느덧 반이 사라졌다.

"아, 이런!"

토미가 갑자기 소리치며 일어섰다. 머리가 금속 미끄럼틀 아래판에 세게 부딪혔지만 제대로 알아차리지도 못했다.

"숀이랑 만나기로 했어."

그는 병을 들고 있는 케일럽을 내버려두고는 전속력으로 공원을 달려 나왔다. 케일럽은 술병을 옆으로 기울이고서 마른 땅으로 꿀렁꿀렁 쏟아지는 술을 지켜보았다.

토미는 차도를 따라 전력으로 질주했다. 머리가 빙빙 돌고 뛸 때마다 속이 뒤집혔다.

'숀이 엄청나게 화내겠지. 아, 근데 걔가 손으로 해주는 거 받았으려나?'

머릿속이 이리저리 널을 뛰었다.

'제길 엄청나게 덥네.'

위스키가 뱃속에서 출렁이는 소리가 들리는 것만 같았다.

'선생님이 눈치채지 못했으면 좋겠다.'

출렁, 출렁, 출렁.

'로열 호텔 근처로는 가지 말아야지.'

출렁, 출렁, 출렁.

'여기서 건너야 해.'

차는 도로 한가운데에서 토미를 들이받았다. 둘 다, 거기 있어서는 안 되는 순간이었다.

토미는 녹슨 스테이션왜건에 부딪혀 나동그라지더니 뜨거운 아스팔트 위에 축 늘어졌다.

운전자는 앞 유리창 너머로 눈을 가늘게 떴다.

"방금 뭔 지랄이었지?"

그는 잇새로 중얼거리고는 어깨를 으쓱였다. 이래서 로열 호텔에서의 술자리를 파한 것이었다.

'이젠 헛것이 다 보이네. 이게 환각이라는 건가? 알 게 뭐야.'

그가 천천히 차를 모는 동안 두 번째로 무언가가 부딪쳤지만 느낌이 거의 없었다. 그래서 갈비뼈가 부서지는 소리도 당연히 듣지 못했다. 운전자는 조심스레 도로 한가운데에 그어진 선을, 그래서 집으로 이어지리라 생각한 선을 따라 달렸다.

다음 날 아침, 끔찍한 숙취를 느끼며 일어난 그는 제 집 문 앞에 찾아온 경찰을 만났다. 차에 치인 남자애에 관해 물으러 온 경찰이었다. 그리고 다음 날이 되자, 술에 취한 운전자와 경찰 모두 이틀 전의 일은 녹슨 스테이션왜건이 그저 울타리 기둥과 충돌했던 사고라고만 기억하게 되었다.

8

손 바커는 본인을 여러 분야에 통달한 전문가라고 여겼지만, 사실 그가 옮기는 정보란 상당수가 근거 없는 뜬소문에 불과했다. 숀이 낙농장에 도착하기도 전에 여기에 근무하기 시작했던 젊은 사회복지사 칼리 엘모어가 어퍼 리치의 약국에서 일하는 여자와 바람을 피운다며 숨도 안 쉬고 말하고 다녔던 때처럼 말이다. 숀은 신빙성 있는 증거를 전혀 내놓지 않았지만, 어찌나 확신에 차서 선언하던지 소문이 사실이 되고 말았다. 물론 그건 사실이 아니었다. (사실을 말하자면 칼리 엘모어는 약국 직원이 아니라 주인과 내연 관계였고, 주인은 자기 결혼 생활이 끝난 것이나 다름없다고 칼리에게 호언장담을 했다.) 하지만 숀은 뜬소문을 그럴듯한 소식으로 만들어 내는 재주가 있었다.

그러니 겁에 질린 숀의 전화를 받고 미셸 채플린이 대체 이 말을 어디까지 믿어야 하는지 확신하지 못했던 것도 당연했다.

"진정하렴, 숀. 너 지금 어디야?"

131

그녀는 참을성 있게 말했다. 미셸의 사무실 문가에 있던 아이 몇 명이 조용해졌다. 뭔가 흥미로운 일이 생긴 것 같아서였다.

"로열 호텔이요. 사람들이 허락해 줘서 전화하는 거예요. 여기 좀 오셔야 해요."

평소 조용하던 미셸의 목소리가 몇 데시벨 커지자, 문밖에 있던 아이들이 가까이 다가왔다.

"거기서 너 뭘 하는⋯⋯."

"토미가 차에 치였어요. 도로에서요."

숀은 숨 가쁘게 말했다. 당시 그는 개찰구에 서서 거리를 지켜보며 토미를 기다리는 중이었다. 숀은 토미와 약속했던 시간보다 상당히 늦었는데, 당연히 못된 짓을 하다가 걸려서였다. 그러다 토미가 모퉁이를 돌면서 달려오는 모습이 보였고, 그다음엔 어떻게 되었느냐면, 숀은 자신의 눈앞에서 친구가 죽어가고 있다고 확신했다.

◕

그날 밤의 사건들은 미셸에게 그저 흐릿하게 지나가는 것만 같았다. 먼저 그녀는 자동차 키를 집으려 했지만, 현재 그 키는 로열 호텔과 어퍼 리치의 중심 거리 한복판에 누워있는 토미 루엘린 사이를 불안하게 오가는 숀의 주머니 속에 있었다. 그래서 그녀는 엘모어 씨의 차를 빌려서 이제껏 몰아본 적 없는 속도로 운전해서 시내로 갔다.

구급차가 도착하기까지는 한 시간 가까이 걸렸다. 미셸은 토미 옆에 앉아 그 애의 가슴이 계속 오르락내리락하는지 눈을 떼지 않은 채 지켜보며 장장 57분을 고통스레 기다렸다. 구급대원들은 미안해하면서 설명을 늘어놓았다. 그날 오후 어퍼 리치와 모틀레이크를 비롯한 주변 마을 두 군데를 돌아야 했는데 구급차가 한 대뿐이었다, 이 더위에 심장마비를 일으킨 할머니를 병원에 데려다주느라 발이 묶여있었다는 이야기였다.

"그런데 결국 돌아가셨어요."

구급대원들은 미셸에게 말했다. 그녀가 굳이 알 필요 없는 이야기였다.

미셸은 토미와 함께 구급차를 타고 응급실이 갖추어진 병원 중 가장 가까운 모틀레이크 병원으로 갔다. 거기서 토미는 처치를 받고서 부상을 진단받았다. 코뼈가 부러지고 몸의 절반에 멍이 들었으니 누가 봐도 심각한 부상이었다. 하지만 보이지 않는 부상도 심했다. 갈비뼈 여덟 군데에 금이 갔고 비장이 손상되었으며 고막이 파열되었다. 전문의 수련의는 비장 수술을 해야 한다고 말했다.

"나머지는 자연 치유될 겁니다. 코가 곧게 붙지는 않겠지만, 좀 비뚤어져도 강인한 인상이 될 테니까요, 뭐."

미셸은 그 말에 웃지 않았다.

"오늘 밤 경과를 본 다음, 내일은 큰 병원으로 가서 수술받아야 할 겁니다. 여기서는 이런 수술을 못해서요."

수련의는 계속 설명했다.

그리하여 토미는 열여섯 번째 생일 전날인 1월 4일 오후, 태어나서 첫해를 살았던 바로 그 도시에서 수술대에 올랐다. 그는 부모님이 일과를 보내는 곳에서부터 일직선상으로 겨우 20킬로미터도 떨어지지 않은 곳에 있었지만, 그의 부모는 아들이 곧 수술받게 된다는 상황을 전혀 몰랐다.

스물네 시간 전 조니워커가 흘렀던 정맥에 이제는 마취제가 흘렀다. 구급차로 이송되고 수술이 진행되는 사이, 토미는 마취제 덕분에 깊은 혼수상태에 빠져있었다. 그 상황의 유일한 장점은, 처음 마셔본 술인데도 숙취를 겪지 않아도 됐다는 것뿐이었다. 미셸은 어지러운 밀크우드 하우스를 다잡으러 돌아가 봐야 했기 때문에, 토미가 수술을 받으러 갈 때 동행할 수가 없었다. 하지만 그녀는 의식이 없는 토미의 손을 잡고서 다음 날 차를 타고 보러 오겠다고 약속했다. 그때 숀을 데려오겠노라고, 가능하면 학교에서 케일럽도 같이 데려오겠다고 말했다.

하지만 토미에게는 안타깝게도, 오전 0시 1분이 된 순간 미셸 선생님은 그 엄숙한 약속을 잊어버리고 말았다.

다음 날 아침, 토미가 깨어났을 때 낙농장에서 온 이는 아무도 없었다.

소아청소년과 병동의 간호사 한 명이 물었다.

"14C 침대에 있는 애는 누구죠? 의식이 돌아오고 있는 거 같은데, 서류가 하나도 없네요."

인수인계를 감독하는 수간호사는 메모를 확인하면서 낮게 욕설을 뱉었다.

"맙소사, 대체 이런 꼴을 몇 번이나 봐야 하는 거야? 살려내고,

투약한 다음, 기록했어야지. 이 순서대로여야 하는데. 셋 중 한 가지도 빼먹으면 안 된다고."

하지만 수간호사도 어마어마한 양의 문서 작업이 조금 부담스럽다는 사실은 인정해야 했다.

"자, 에이미. 인식표 확인했어?"

간호사는 환자의 침대로 돌아가 손목을 들어 인식표에 적힌 이름을 읽었다.

"루엘린, 토마스. 15세."

수간호사는 간호사 스테이션으로 돌아와 기록을 훑어본 다음 소년의 이름을 컴퓨터에 입력했다. 사실 그녀는 무언가 나오리라고는 기대하지 않았다. 이 컴퓨터가 도입된 지는 얼마 되지 않았고, 기록을 전산화하는 건 참으로 고통스럽도록 긴 목록으로 존재하는 병원 일에 더해진 또 하나의 작업이었으니까. 하지만 컴퓨터에서 정보를 못 찾는 건 그렇다 쳐도, 종이에 작성된 기록도 전혀 없어서 놀랐다. 그녀는 '야간 근무 감독이 깨어나면 전화할 것'이라는 메모를 휘갈겨 썼다.

토미는 눈을 깜빡이며 신음을 흘렸다. 20대 후반인 금발의 간호사가 그를 내려다보고 있었다. 그녀는 토미의 손을 침대로 내렸다.

"진정해. 심하게 움직이면 안 돼."

그녀는 부드러운 아일랜드 억양으로 말했다.

"여기가 어디예요?"

토미가 물었다. 양쪽 눈에는 짙은 보라색 멍이 들었고, 코는 거즈로 막혀있었다.

간호사는 안심하라는 듯 미소를 지었다. 수술 후의 환자가 방향

감각이 없어지는 건 흔한 일이었다.

"여긴 병원이야."

"숀은 어디 있어요?"

토미가 중얼거리듯 물었다.

"누구? 다시 말해줄래?"

"숀이요. 걔랑 만나기로 했는데요."

"미안하지만 누군지 모르겠어. 하지만 곧 너를 면회하러 오는 손님이 있을 거야."

정말 그럴지 에이미는 몰랐지만, 그래도 아이가 입원해 있으면 조만간 방문객이 찾아오기 마련이었다. 하지만 그녀는 토미가 여타 아이들과 다르다는 사실을 몰랐다.

토미는 다시 눈을 감고 미동도 없이 누워서 이 통증이 어디서 오는지 따져보았다. 머리부터(대체 귀는 왜 울리지?) 가슴과 배에 이르기까지 온몸이 아팠다. 심지어 숨을 쉴 때도 마치 뜨거운 석탄을 삼킨 듯 가슴이 타들어 가는 것 같았다. 그는 다시 신음했다. 그러다 문득 드는 생각이 있었다.

'내가 얼마나 정신을 잃고 있었던 거지?'

그는 눈을 다시 뜨지도 않고 간호사가 아직 옆에 있기를 바라며 그녀에게 물었다.

"오늘이 며칠이죠?"

"화요일이야."

아일랜드 말투로 대답이 돌아왔다. 부드럽고 매끄러운 목소리가 다시 들렸다.

"자, 가만히 있어."

"아니, 요일이 아니라 날짜요. 오늘이 며칠이냐고요."

"오늘은······."

에이미는 잠시 멈추고 손목시계를 확인한 다음 대답했다.

"1월 5일이야."

토미는 베개에 머리를 푹 파묻었다. '재시작'이 이미 일어났구나. 하지만 분명히 의사와 간호사들은 자신이 여기 왜 있는 건지 알 것이다.

그러나 그들도 몰랐다.

"좀 당황스러운 일이 있기는 해. 네가 아니라 우리가 당황할 일인데, 지금 네 기록을 찾을 수가 없어서 너한테 무슨 일이 일어난 건지 내가 100퍼센트 알지는 못해. 복부에, 그러니까 네 배 쪽에 부상이 있는 것 같고, 겉으로 보기에는 다른 데도 다친 거 같아."

토미는 눈을 감고 있었지만, 어쨌든 에이미는 그의 얼굴을 가리키며 말했다.

그녀는 기록들이 사라졌다는 사실을 듣고서 아이가 놀란 표정을 짓거나 화를 낼 것이라고 생각했다. 하지만 그 애는 그저 한숨을 내쉴 뿐이었다.

'분명히 지쳤을 테지.'

"미안해, 토마스. 기록은 곧 찾을 수 있을 거야. 그럼 내가 회복 과정을 쭉 이야기해 줄게. 우리는 금방 너를 집에 데려다줄 거고."

토미는 눈을 번쩍 떴다.

"제 이름은 어떻게 아세요?"

맥박이 빨라지면서 모니터에서 경고음이 울렸다. 머리를 누가 잡고 마구 흔들어 혼미해진 것처럼 기진맥진해졌지만, 간호사가 이름을 부르는 소리가 그 틈을 쓱 뚫고 들어왔다. 오늘은 1월 5일, 자신의 '재시작' 날이었다. 그런데도 이 사람은 자신이 누군지 알았다. 어쩌면 저주에서 벗어난 걸지도 몰랐다. 아니면 뭔가 깨졌거나. 그는 차를 본 기억이 어렴풋이 떠올랐다. 그리고 통증이 이어졌었지.

'쾅 부서지고 쥐어짜는 느낌이 있었어. 그래서 뭔가 풀렸을지도 몰라.'

하지만 토미가 남들에게 기억될 방법이 있다 해도, 그건 맥주를 열네 잔이나 마신 입 거친 노인네의 차에 치이는 식은 아니었다.

젊고 친절한 간호사가 대답했다.

"네 손목 인식표에 이름이 적혔어. 네가 여기 입원했을 때 받은 거야."

순간, 너무도 분명한 사실 하나가 가슴을 쿡 찔렀다. 그 생각이 밀려드는 바람에 토미 루엘린은 그대로 무너져 버릴뻔했다. '재시작' 순간에 이미 손목에 인식표를 차고 있었으니 아무 영향도 받지 않은 것이다. 지금 입고 있는 병원 잠옷처럼. 하지만 다른 것들은 모두, 그러니까 낙농장에서의 모든 것들은 사라져 버리고 말았다.

울고 싶었지만 너무 피곤해서 눈물이 나지 않았다. 그래서 대신 토미는 깊은 잠에 빠져 꿈을 꾸었다. 뭔지 안 보이는 무언가에게, 어둡고 불쾌하고 가차 없는 무언가에게 쫓기는 꿈이었다. 숨을 돌릴만한 안전한 곳을 찾아가도 그때마다 괴물이 토미를 따라잡아서 다시 도망쳐야 했다. 어딘가 따스하고 고요하며 밝은 곳이 있을까. 그는 달리고, 달리고 또 달렸지만, 그러다 마침내 포기한 순간 괴물은 그를 집어삼켰다. 그제야 토미는 꿈꾸지 않고 잠에 빠져들었다.

◑

　토미가 다시 잠에서 깨어났을 때도 창에 친 블라인드 틈새로 햇살이 계속 비쳐들었다. 병실에는 다른 침상이 세 개 더 있었지만, 그는 운 좋게도 창가 자리를 차지했다. 밝은 빛에 눈을 깜빡이며 그는 얼굴을 찌푸리고는 이제 통증이 몰려들 것을 각오했다. 숨을 쉴 때마다 여전히 가슴이 타들어 가는 것 같았지만 그래도 귀와 코의 통증은 둔할 정도로 가라앉아서 안도했다.

　"안녕, 토마스. 몸은 좀 어떠니?"

　다른 환자가 있는 줄 알았던 커튼 쳐진 병상에서 금발의 간호사가 걸어 나왔다.

　토미는 뭐라 대답하려 했지만, 흘러나온 것이라고는 메마르고 갈라진 신음뿐이었다.

　"너 거의 스물네 시간을 잤어!"

　에이미는 물컵에 빨대를 꽂아 토미의 입에 물려주며 말했다.

　"네가 자는 동안 모르핀 양을 늘렸어. 통증이 좀 가실 거야. 하지만 갈비뼈는 여전히 아플 거고."

　토미는 메마른 사막 같은 입과 목을 부드럽게 적시는 물을 느끼고는 속삭였다.

　"고마워요. 그리고 저는 토마스가 아니라 토미예요."

　"아, 그래."

　에이미는 이렇게 대답하더니 머뭇거렸다. 뭔가 할 말이 있는데

139

선뜻 말을 꺼내지 못하는 것 같았다.

"왜 그러세요?"

토미가 묻는 목소리가 작게 나왔다.

"넌 지금 신원을 모르는 환자란다, 토미 루엘린. 윗선에서는 너의 입원 서류랑 수술 보고서를 전혀 찾을 수가 없어서 머리를 쥐어뜯고 있어. 스캔도 새로 해야 했고, 난 네 차트를 다시 만들고 있지."

그녀는 침대 끝에 달린 클립보드를 가리키며 말했다.

"심각한 사항만 아니었다면 재밌었겠지만, 야간 근무 팀에서는 네가 분명히 낮 근무 팀 시간에 들어왔다고 생각한 거야. 넌 누가 봐도 야간에 들어온 게 확실한데. 그런데 더 웃긴 건 뭔지 아니? 그쪽에선 이게 우리 잘못이라고 생각하고 있어. 하지만 내가 근무하는 동안 네가 들어왔다면 난 분명히 기억했을 거라고!"

토미는 속으로 웃었다.

'아뇨. 기억 못 했을걸요.'

에이미는 계속 말했다.

"어쨌든 넌 봉합 부위가 아물 때까지는 몇 주 정도 여기 더 있어야 할 거야. 그런 다음에는 집에 갈 수 있을 거고. 그런데 너희 집은……."

"어퍼 리치예요."

토미가 대답했다. 목소리가 점점 돌아오고 있었다.

"어퍼 리치구나. 난 가본 적 없는 곳이네. 그래도 마을 이름 예쁘다."

에이미는 이렇게 대답하고는 토미에게 미소를 지으며 물었다.

"혹시 뭐 더 필요한 거 있니?"

그는 고개를 끄덕였다. 하지만 자신의 요구를 어떻게 표현할지 방법이 잘 떠오르지 않았다. 어떻게 해야 낙농장으로 돌아갈 수 있을지, 어떻게 해야 미셸 선생님이 자신을 데리러 와서 그 삐걱대는 낡은 집의 3호실로 들여보내 줄지 알고 싶었다. 하지만 미셸은 토미가 존재하는 줄도 모르고 있는데.

"뭐 가져다줄까, 토미?"

에이미가 물었다. 지금 그녀는 열두 명쯤 되는 환자가 입원한 병실 세 곳을 맡고 있어서 계속 움직여야 했다. 하지만 에이미는 이 남자애가 어쩐지 안쓰러웠다. 그러니 초콜릿이나 책 같은 것이라도 건네 회복하는 걸 도와주고 싶었다. 어떻게 해서든 말이다.

"필요한 거 없어요."

토미는 대꾸하고는 눈을 감았다.

◑

다음 날 아침, 토미는 간호사가 바뀐 걸 알고서 놀랐다. 조금 불쾌하기도 했다. 새 간호사는 50대의 근엄한 여성으로, 여윈 얼굴에서는 유머 감각을 전혀 찾아볼 수 없었다. 토미는 그녀를 보고는 라일리 씨를 떠올렸다. 스마일리 라일리가 세상에 두 명이나 있다니, 몸서리가 쳐졌다. 나이 든 간호사가 토미의 수술 부위 드레싱을 갈아주는 동안 그는 에이미가 어디 있느냐고 물었다.

그러자 간호사는 눈을 흘겼다. 에이미는 젊은 남자 환자들에게 인기가 많긴 하니까. 대답은 불쑥 나왔다.

"오늘은 휴일이야. 난 네 담당이고."

하지만 다음 날에도 에이미는 오지 않았고 그날은 토미도 에이미를 찾지 않았다. 나이 든 간호사의 셔츠 주머니에 달린 명찰을 보니, 그녀의 이름은 재닛이었다. 그리고 토미를 침대에 일으켜 앉히는 동안 재닛은 소년과 대화할 기분이 아니었다. 그건 토미 역시 마찬가지였다. 부러진 갈비뼈가 서로 눌리는 바람에 통증에 겨워 소리를 지르지 않으려 참고 있었으니까. 하지만 앉아있으니 시야가 넓어지면서 병실의 나머지 부분을 더 뚜렷이 볼 수 있었다. 다른 세 개의 침대 중 하나에는 커튼이 쳐져있었고, 나머지 두 개는 자신보다 훨씬 어린아이들이 차지했다. 그 애들은 토미와는 달랐다. 다들 침대 옆에 가족이 와서 앉아 나직하게 대화를 나누었다. 토미는 혼자였고, 같이 있어주는 것이라고는 천장에 붙은 텔레비전뿐이었다.

그다음 날 아침, 토미는 일찍부터 뭔가 보려고 애를 썼다. 지금은 텔레비전 편성표를 거의 다 외울 수준이었고, 오전 7시에 재미있는 프로그램이 시작되기 전까지는 딱히 볼 게 없다는 걸 알았기 때문이었다. 그런데 그때, 에이미가 침대 옆으로 나타났다.

"안녕, 토미."

그녀가 명랑하게 인사하는 소리에 토미는 안도의 한숨을 쉬었다.

"왜 그래?"

그녀가 미소를 지으며 묻자, 토미가 대답했다.

"재닛과 이틀을 있었어요. 그분은 좀…… 거칠더라고요."

에이미는 토미의 봉합 부분을 확인하며 웃었다.

"잘 낫고 있네. 이제 곧 있으면 어퍼 리치로 돌아갈 수 있어."

처치를 끝낸 그녀는 나가려다 말고 뒤를 돌아 덧붙였다.

"아, 그래. 너 보러 온 손님이 있어."

그러고는 복도로 손짓하더니 누군가에게 엄지를 치켜 보였다.

토미의 심장이 마구 뛰었다.

'손님이라니. 그러면 미셸 선생님이겠구나!'

아니었다.

"미안하구나. 놀라게 하려는 마음은 없었어."

토미의 침대로 다가온 사람이 말했다. 그녀는 진갈색 머리를 한데 묶어 틀어 올린 40대 여성이었다.

"내 이름은 소니아란다. 소니아 윌리엄스. 이 병원 사회복지사야. 네가 그……."

그녀는 서류철을 들여다보며 덧붙였다.

"토미로구나."

토미는 고개를 끄덕였다.

"잠깐 얘기 좀 할 수 있을까? 몇 가지 물어볼 게 있거든. 걱정할건 없고, 이런 상황이라면 누구나 받을만한 질문이란다."

'뭐가 됐든 '기본' 같은 말을 갖다 붙이면 끝이지.'

토미는 속으로 생각했다. 그가 침대 옆 의자를 가리키자, 소니아는 의자에 앉아 메모 패드와 병원 기록이 담긴 서류철을 펼쳤다.

"언제든 통증이 너무 심해지면 알려주렴. 질문은 나중에 해도되니까."

"아뇨. 괜찮아요. 어서 시작하세요."

토미는 이 과정을 얼른 끝내고 싶은 마음뿐이었다.

"좋아. 그러면 먼저 당연한 질문을 해볼까? 너한테 무슨 일이 있었던 거니, 토미?"

"무슨 일이 있었냐니, 그게 무슨 뜻이에요?"

그는 소니아의 질문이 무슨 뜻인지 정확히 알고 있었지만, 일단 잠시 생각을 정리할 시간이 필요했다. 차에 치였지만, 자신의 이야기가 옳다고 증명해 줄 사람이 세상에는 한 명도 없었다. 가해 운전자 본인도 마찬가지였다. 그의 양심은 깨끗하게 닦여버렸으니까.

"넌 왜 여기 있는 거니? 수술을 받았고 뼈가 부러져 있지. 얼굴도 심하게 다쳤잖아. 어쩌다 이렇게 됐니?"

"모르겠어요. 어디서 떨어졌나 봐요."

그는 거짓말을 했다. 소니아는 수첩에 갈겨썼다. '자해함.'

"자, 토미. 심한 트라우마를 겪었던 사람들이 트라우마의 원인이 되는 사건을 기억하지 못할 때가 종종 있단다. 그래도 그 사건이 발생하기까지 어떤 기분이었는지 말해줄 수 있을까?"

그녀는 잠시 말을 멈췄다가 다시 물었다.

"혹시 우울했니?"

"뭐라고요? 아뇨!"

토미가 대답했다. 실은 정반대였다. 조니워커에 한껏 취해있었으니까.

"혹시 제가 자살하려던 거냐고 물으신다면, 전혀 아니었어요. 그냥 뭔가에 발을 헛디뎌서 넘어진 게 분명해요."

소니아는 살짝 고개를 끄덕이며 무언가를 더 적었다.

"그러면 그 당시에 누가 있었니? 엄마나 아빠가 있었니?"

토미가 웃자, 소니아는 어리둥절한 표정이 되었다.

"엄마, 아빠가 선생님 바로 옆에 있었다 해도 전 못 알아봤을걸요."

소니아의 눈빛에 걱정이 한층 더해지자, 토미는 그제야 자신이 제 무덤을 팠다는 걸 깨달았다. 사회복지사를 어서 내보내려면 훨씬 더 많은 정보를 주어야 했다. 그는 극적인 효과를 자아내려고 한숨을 크게 쉬면서 이야기를 꾸며내었다.

"전 엄마가 누군지 몰라요. 아주 어렸을 적에 돌아가셨거든요. 아빠가 살아있다는 말은 듣긴 했는데, 제가 세 살 때 고모에게 맡기고는 사라졌대요. 그때만 해도 괜찮았는데, 고모도 암에 걸려서 돌아가셨죠. 좀 기구하죠?"

소니아는 고개를 끄덕였지만, 아무런 말이 없었다.

"한두 해는 사촌이랑 보육원에서 지냈는데, 저랑은 안 맞더라고요. 무슨 말인지 아시겠죠? 그 후로는 길거리에서 지낸 지 한 3년쯤 됐어요."

토미는 이야기가 꽤 그럴듯하다고 생각했다. 소니아는 토미가 낙농장 출신인 필이라는 애의 인생사를 슬쩍했다는 사실을 알 리 없었다.

소니아는 이상한 표정을 짓고 있었다. 못 믿겠다는 기색과 동정심이 뒤섞인 얼굴로 그녀는 토미의 이야기를 따라잡으며 글을 휘갈겼다.

"고맙다, 토미. 그럼 다쳤을 때는 어느 거리에서 자고 있었니?"

'아, 제길.'

토미는 이 도시의 거리 이름은 하나도 몰랐다. 그래서 어깨를 으쓱였다.

"모르겠어요. 죄송해요. 전 여기저기 진짜 많이 떠돌아다녀서요."

소니아의 표정은 못 믿겠다는 기색으로 기울었다.

"좋아. 그러면 문제를 말해줄게. 네가 다시 거리로 나가서 떠돌아다니며 살 거라면 난 널 퇴원시켜 주도록 승인할 수가 없어. 정부에서 그걸 허락하지 않을 테니까. 그리고 넌 열다섯 살밖에 안 됐으니까……."

"이제 열여섯 살인데요."

토미가 끼어들었다.

"그래, 미안하다. 열여섯 살이구나. 하지만 그래도 보호자가 있어야 해. 그러니 널 돌봐줄 가족이 없다면, 너를 보육원에 보내야 할 것 같구나. 하지만 오래 있을 필요는 없어."

그녀는 급히 덧붙였다.

"네가 열여덟 살이 될 때까지만이야."

토미는 눈앞에 기회가 펼쳐진 걸 알아보았다. 아주 다양하고 솔깃한 기회였다. 그렇다면 해볼만한 가치가 있었다.

"음…… 예전에 친구 몇 명이 거쳐왔던 곳을 하나 알아요. 거기도 보육원 같던데요. 이 도시에서 조금 멀긴 해요. 혹시 거기에 갈 수 있을까요?"

그는 아무렇지 않은 척 소니아에게 시설 이름을 알려주었고, 그녀는 그 이름을 받아 적었다.

이윽고 소니아는 일어나더니, 토미에게 쉬라고 하면서 밀크우드 하우스에 대해 알아보겠다고 약속했다.

토미는 고개를 끄덕이고서 잠들었다. 얼마 후 다시 깨어났을 때는 식판에 담긴 점심 식사가 한쪽 테이블에 놓여있었다. 끈적한 덩어리를 이룬 밥 옆으로 뭔지 알아볼 수 없는 음식이 보였다. 토미는 그냥 안 먹는 게 안전하겠다고 판단했다.

"어디까지가 뻥이야?"

토미는 고개를 들었다. 내내 쳐져있던 맞은편 침대 커튼이 이제는 걷혀있었다. 그곳에 있는 소년은 토미와 비슷한 또래로, 이쪽을 똑바로 쳐다보았다.

토미는 본인 얼굴이 볼 것 없다고 여겼지만, 지금 보이는 저 애는 더 심하다는 생각이 들었다. 볼품이 없어도 너무 없었다. 그 애의 피부는 무시무시하게 노랬고, 눈의 흰자위도 색이 바랜 달걀노른자처럼 보였다.

"안녕."

토미는 인사를 하고서 자기소개를 했다.

"나는 조시라고 해."

맞은편 소년이 말했다.

"넌 여기 왜 입원했어?"

토미가 묻자, 조시가 대답했다.

"간이 망가져서. 새 간을 이식받고 싶지만 상황이 별로야. 간을 받으려면 일단 누가 죽어야 하거든."

그는 토미를 보며 말을 이었다.

"네 간은 어때? 혹시 누가 예약해 놨냐?"

둘 다 웃었다. 웃으니까 긴장이 풀리고 마음이 놓이며 기분이 좋았다. 조시는 베개를 괴어 몸을 좀 더 일으켜 앉았다. 그리고 방에 있는 나머지 두 환자가 듣지 못하도록 은밀하게 목소리를 낮추어 물었다.

"그래서 그 헛소리는 어디까지가 뻥이야? 사회복지사한테 한 말

말이야.”

토미의 얼굴에서 미소가 사라졌다. 그는 거짓말을 했다는 사실을 부인하려다가 이내 멈췄다. 어쩐지 이 아이는 믿을 수 있을 것 같아서였다. 물론 ‘재시작’ 이야기는 아무도 믿지 않을 것이다. 토미는 잘못 말했다가 자신이 왜 여기 있는지 다들 잊어버릴 때까지 열한 달을 정신 병동에 갇혀있기를 바라지는 않았다. 하지만 조시에게 사실을 조금 털어놓는 건 괜찮을 것 같았다. 애들은 같은 처지의 애를 고자질하지는 않으니까. 특히 곧 죽을 것 같아 보이는 애를 두고는 더더욱.

“거의 다 뻥이야.”

토미가 시인하자, 조시는 피식 웃었다.

“그럴 줄 알았어. 정말로 어디서 넘어진 거야? 꽤 심하게 넘어졌나 본데.”

“아니야. 난 차에 치였어. 난…… 술에 취한 상태였어.”

“길거리에서 산다는 이야기는? 너희 엄마가 돌아가시고 아빠는 사라지고 고모도 돌아가셨다는 건? 그건 사실이야?”

토미는 조시에게 미소를 지었다.

“아니.”

조시는 마구 웃으며 손뼉을 쳤다.

“진짜 끝내준다! 그런데 굉장히 세세하던데. 넌 진짜 헛소리를 지어내는 데 소질 있네. 그래서 실제로 사는 곳은 어디야?”

“그게 좀 복잡해. 근데 보육원에 대해 말한 건 거짓말이 아니야. 친구 몇 명이 간 데가 맞거든. 그래서 나도 거기 가고 싶어.”

토미의 말에 조시가 대답했다.

"알았어. 제길, 야. 너에 비하면 내 이야기는 완전……. 아, 죄송합니다."

저쪽에 있던 다른 아이의 부모가 두 소년을 노려보고 있었다.

"너에 비하면 내 이야기는 지루해서."

"그래?"

"사실 별것 아니야. 몇 년 전부터 아프기 시작해서 병원을 자주 오갔어. 사람들은 내가 암에 걸린 줄 알았지만 알고 보니 간 때문이더라."

"간이 왜?"

"제대로 작동을 안 해. 어쨌든, 약을 계속 먹고는 있는데 낫지 않아서 이식받을 때까지 여기 있어야 해. 이번 주 금요일이면 5주째야. 엄마랑 아빠가 가끔 보러 오기는 해. 물론 같이 오진 않지. 오전에는 아빠가 오고 오후에는 엄마가 와. 애가 병원에 입원하면 이혼했다 해도 합칠만하다고 생각하겠지만, 내가 이렇게 되었는데도 둘 사이를 좋아지게 할 수는 없더라."

조시는 말을 멈추고는 침대 옆에 있는 물을 마셨다.

"그러면 왜 커튼은 항상 쳐놓는 거야?"

"몰라도 돼, 토미. 진짜로. 커튼 쳐놓고 해야 하는 일 중에는 네가 절대 보고 싶어 하지 않을만한 일도 있거든. 내가 안 보여줘서 다행이라고 생각하게 될걸. 게다가 이렇게 있으면 그 섹시한 간호사 누나랑 둘만 좀 더 있을 수 있거든."

"재닛 말이지? 너 다 가져."

토미의 말에 조시는 다시 웃고는 눈을 감았다. 그 애는 피곤해 보였다. 토미는 일말의 죄책감을 느꼈다. 수술 후 깨어났을 때부터 자기 연민에 빠져 허우적대고 있었지만, 그래도 자신은 곧 퇴원할 예정이었다.

'하지만 쟤는 아니잖아.'

그는 조시에 대해 더 알고 싶었다. 학교와 친구 이야기를 듣고 싶었다. 그래서 물으려던 순간, 희미하게 코 고는 소리가 들려왔다. 질문은 나중으로 미뤄야 했다.

◑

에이미는 이젤 앞에 휠체어를 놓으며 고집을 부렸다.

"이건 회복 과정에 들어있는 거야. 그러니 꼭 해야 해."

"조시는 안 하잖아요."

토미가 우겼지만 에이미는 머뭇대면서도 말했다.

"그건……. 조시의 상황은 좀 달라. 걔는……."

"안 하겠다고 했다면서요. 걔한테서 들었어요."

토미가 선수를 쳤다. 조시는 그에게 이미 경고했었다.

"여기는 어린이 병동이거든. 네가 몸이 어느 정도 나으면 다른 애들이랑 같이 이것저것 뭘 하라고 시킬 거야."

"알았어. 뭘 시키는데?"

토미가 대답했다. 뭔지는 몰라도 나쁘지 않은 것 같았다. 조시는 어깨를 으쓱였다.

"글쎄. 난 한 번도 해본 적 없어. 사실 우린 어린애가 아니잖아? 난 그냥 여기 있으면서 잠만 잤다고. 아니면 뭘 읽거나."

조시는 침대 옆에 쌓여있는 잡지를 두드려 보였다. 토미는 잡지

표지를 바라보았다. 진흙투성이 파란색 트레일 바이크가 흙먼지와 돌멩이를 마구 튀겨내는 사진이 실려있었다.

"난 오토바이를 좋아하지도 않아. 하지만 아빠가 계속 이걸 가져와. 물론 가끔은 이런 것도 가져오고."

조시는 주위를 둘러보고서 저편에 있는 애들 부모가 아무도 이쪽을 보지 않는다는 점에 안도했다. 그러고는 그 아래에서 다른 잡지 한 권을 꺼냈다. 수영장에서 머리 젖은 여자가 벌거벗은 가슴을 손으로 가린 채 토미를 향해 새침한 표정을 짓고 있었다.

"나한테 주기 전에 아빠가 먼저 봤겠지. 뭐, 그런 생각은 안 하려고."

조시가 씩 웃었다.

하지만 에이미가 애원하는 표정으로 끈질기게 설득하는 바람에, 결국 토미는 침대에서 일어나 휠체어에 앉고 말았다.

"어디 가는데요?"

그가 묻자 에이미가 대답했다.

"놀이방."

토미의 귓가에 저편 침대 커튼 뒤에서 조시가 피식대는 소리가 들렸다.

그리하여 얼결에 토미는 놀이방에 있는 이젤 앞에 앉아 수채화 물감 같은 게 얹힌 팔레트와 두툼한 붓을 들게 되었다. 놀이방의 네 벽면에는 정글이 해변이 되고 이어서 산꼭대기가 되었다가 다시 해변으로 이어지는 화사한 벽화가 그려져 있었다.

토미는 옆에 있는 여자애를 슬쩍 보며 물었다.

"뭘 그리면 돼?"

“아무거나.”

여자애는 이렇게 말하며 종이 한가운데에 빨간 물감을 흠뻑 칠하더니 토미에게 물었다.

“이름이 뭐야?”

그 애는 열두 서너 살로 보였지만, 머리카락이 하나도 없었기 때문에 정확한 나이를 알 수는 없었다. 눈썹도, 속눈썹도 없었고 머리카락과 털이 있어야 할 자리에는 그저 매끈하고 하얀 피부뿐이었다.

“토미.”

토미가 대답했다. 여자애의 이름은 준이었다. 그리고 토미의 생각대로 그 애는 열두 살이었다.

“그림 그리는 날은 너무 좋아. 하지만 다른 거도 정말 많이 해. 어떤 날은 선생님이 악기를 잔뜩 가져오거든. 그러면 우리는 그걸 연주해. 날씨가 좋으면 바깥 정원에서 물놀이도 하고.”

빨간색 부분에 초록색이 더해지고, 또 파란색이 이어졌다.

그날 토미가 그린 그림은 준의 그림 옆에 걸린 채 말라갔다. 여섯 점의 그림이 쭉 늘어서 있었고, 준이 그린 그림이 단연 최고였다.

에이미가 토미를 데리러 왔을 때 다른 간호사도 준을 데리고 병실로 갔다. 하지만 준은 가기 전에 끝끝내 토미에게 내일 보자는 약속을 받아내었다.

“음악하는 날이야!”

준이 커다랗게 소리치자, 다른 아이들 두어 명도 손뼉을 쳤다.

“알았어. 음악하는 날에 보자.”

토미는 고개를 끄덕였고 다음 날에도 놀이방에 왔다. 이번에는 어제보다 오고 싶은 마음이 좀 더 있었다. 기다리는 동안 다른 아이들이 도착했다. 거기 온 어린 남자애 한 명은 아주 건강해 보였지만 팔에 링거를 달고 있었다. 준보다 몇 살 어린 여자애는 양팔과 한쪽 다리를 칭칭 감고 있어서 쥐어짜이는 것처럼 보였다. 그런데 아이들이 몇 명 더 들어온 후, 에이미는 누군가를 또 휠체어에 태워 데려왔다.

"나 걸을 수 있다니까요."

조시는 팔짱을 낀 채로 말했다.

"알아, 알지. 하지만 내가 직접 데리고 오지 않으면 솔직히 넌 여기 올 거 같지 않았어."

그녀는 조시의 휠체어를 토미 옆에 세웠다.

"더는 볼 잡지가 없어서."

조시의 말은 거짓말이었지만, 토미는 그냥 고개를 끄덕였다. 그리고 새로 온 친구를 준에게 소개했고, 준은 조시에게 다른 아이들을 모두 인사시켜 주었다. 조시가 갑자기 놀이방에 나타난 걸 두고 다들 더는 별말이 없었다. 심지어 토미와 조시가 다른 아이들보다 나이가 많다는 것까지도 다들 개의치 않았다. 놀이방 바깥, 병원 밖이었더라면 이 나이대 아이들에게 몇 살 차이란 마치 넘을 수 없는 벽처럼 느껴졌을 것이다. 하지만 여기서는 그렇지 않았다.

토미와 조시 둘 다 결국 탬버린을 집어 들었고, 몇 분 되지 않아 그들은 휠체어 팔걸이에 탬버린을 마구 두드려 댔다. 점점 격해지는 두드림이, 조시가 실은 즐겁게 놀고 있다는 사실을 감추어 주었다. 여기다 트라이앵글을 든 남자애와 북을 든 여자애가 합류하자 놀이방은 귀가 먹먹해질 정도의 폭음으로 가득 차기 시작했다. 악기를 나눠주었던 자원봉사자는 서글펐던 아이들이 여기가 어딘지도 잊고 웃으며 떠드는 상황을 통제하지 못한 채 어쩔 줄 모르고 우두커니 서있었다.

◖

"오늘은 좀 어떠니, 토미?"

사회복지사 소니아 윌리엄스가 토미에게 물었다. 그녀는 토미의 침대 옆에 자리를 잡고서 다시 서류철을 펼쳤다.

"너한테 무슨 일이 일어난 건지 떠오른 게 있니?"

토미는 고개를 저었다.

"여전히 넘어졌다는 생각밖에 안 들어요. 그게 맞을 거예요. 술을 한두 잔 마셨던 것도 같고요."

적어도 그건 사실이었다.

소니아는 담당 서류에 무언가를 휘갈겨 적더니 말했다.

"좋은 소식이 있어. 어제 오후에 네가 말했던 보육원 책임자와 전화했단다. 지금 남는 방이 하나 있는데, 네가 회복되는 대로 받아줄 준비가 되었다는구나."

순간 토미의 기분이 확 좋아졌다. 갈비뼈가 여전히 욱신거리고 귀에서 진물이 새지 않았다면 소니아를 안아주기라도 했을 것이다.

"재활치료는 하고 있니? 그래, 좋구나. 계속 열심히 하면 수업 일수가 모자라기 전에 어퍼 리치에 갈 수 있을 거야."

소니아가 나가자마자 에이미가 들어왔다.

"왜 이리 기분이 좋아 보일까? 내가 뭔가 모르는 게 있니?"

이렇게 묻는 에이미는 마치 웃음 포인트가 뭔지 다 파악했다는 것처럼 토미와 조시를 번갈아 수상쩍게 바라보았다. 토미는 그녀에게 말했다.

"좋은 소식이 있어서요. 제가 갈 집이 생겼어요."

맞은편 침대에서 조시가 에이미를 향해 뭔지 알 것 같은 몸짓을 하는 게 보였다. 토미는 웃음을 애써 참았다.

"정말 잘됐구나, 토미. 네가 떠나면 보고 싶을 거야."

에이미는 토미의 혈압을 측정하면서 말했다. 그러자 토미는 얼굴이 빨개졌고, 조시는 웃음을 터뜨렸다. 그는 웃음을 참으려고도 하지 않아서, 에이미는 어리둥절한 표정으로 고개를 들었다.

"쟤는 무시하세요. 바보라서 그래요."

토미가 말했지만, 그 역시 결국 웃음을 터뜨렸다.

에이미는 체온을 재고 맥박을 확인한 다음 병실에서 나가며 고개를 절레절레 흔들었다. 10대 남자애들의 유머 감각이란 정말 형편없지. 그녀는 자신이 그 애들의 관심에 으쓱했다는 사실을 인정하고 싶지 않았다.

◐

다음 날 아침, 잠에서 깬 토미는 어떤 남자가 조시의 커튼 뒤로 몸을 숨기는 모습을 보았다. 그 남자의 팔 아래에는 잡지 한 권이 끼워져 있었다. 이윽고 커튼이 확 젖혀지자 조시가 어른이 된다면 이렇겠구나, 싶은 남자가 토미의 눈앞에 나타났다. 조시와 똑같은 진갈색 머리카락은 뾰족뾰족하게 잘려져 있었고 코도 똑같이 길었다. 하지만 남자의 피부는 조금 더 자연스러운 색에 가까웠고(그야 당연히 그렇겠지만), 짧고 단정한 턱수염을 달고 있었다.

"아빠, 애는 내 친구 토미야."

조시의 말에 그의 아빠가 대답했다.

"안녕, 토미. 데이브라고 부르거라. 악수하고 싶기는 한데 네가 어디가 부러졌는지 몰라서 말이야."

그는 씩 웃더니 아들을 다시 보았다.

"미안하지만 오래는 못 있어. 볼일을 몇 개 본 다음에 일하러 가야 하거든."

"그러니까 내가 그 볼일 중 하나라는 거네. 멋지다, 아빠."

조시는 발끈하며 말했다. 토미는 애가 장난을 치는 건지 아닌지 알 수가 없었다. 하지만 이 말이 농담 같지는 않았다. 데이브는 한숨을 쉬었다.

"내 말뜻이 그런 게 아닌 거 알면서 그러냐. 여기 온종일 앉아있을 수는 없다는 거잖아."

조시는 토미에게 설명을 시작했다.

"우리 아빠는 술집을 운영해. 점심부터 열어서 늦게야 닫거든. 그래서 아침에만 오실 수 있어. 또 그런 이유로 엄마가 오후에 오는 거고. 두 분을 동시에 같은 곳에 둘 수가 없잖아, 아빠? 그러다 두 사람 등쌀에 내가 콱 죽을 수도 있으니까."

조시는 혀를 쭉 내민 다음 죽는 시늉을 했다.

데이브는 아들이 하는 짓을 무시하고서는 주려고 가져온 잡지를 훑어보기 시작했다.

그때, 에이미가 병실 저 끝에 나타나서는 다른 어린이 환자의 어머니에게 나직하게 말을 걸었다. 그리고 어린 소년의 침대에 기대어 다리의 드레싱을 갈아주었다. 소년이 무어라 말하자 둘이 키득키득 웃는 소리가 토미에게 들렸다. 이어서 에이미는 여전히 미소 띤 얼굴로 토미에게 다가왔다.

"쟤는 참 재밌는 애야. 자, 오늘은 좀 어떠니, 토미?"

토미는 솔직하게 대답했다. 평소보다 가슴이 더 아파서 진통제를 추가로 처방받고 싶다는 말이었다. 에이미가 몸을 숙여 봉합 부위를 확인하는 동안, 데이브는 보던 잡지를 살짝 내리고서 그녀를 슬며시 훔쳐보았다.

아버지가 자리를 뜨자마자 토미는 조시에게 말했다.

"너희 아빠 직업 멋지네."

그러자 조시가 대답했다.

"응, 그렇지. 너도 그 술집에 가봐야 하는 건데. 정말 끝내주거든. 아주 어둡고 밴드도 연주를 잘해. 게다가 구식 핀볼 게임기도 있다고. 여기서 그리 멀지 않아. 저쪽 헌트스트리트에 있어. 우리어서 여기서 탈옥해야 하는데. 모두 다 데리고 현장학습이나 가자고."

토미는 웃었다.

"애들 여덟 명이 술집에 간다라."

그는 잠시 말을 멈추었다가 이내 물었다.

"그런데 너희 아버지는 왜 같이 있어주지 않아? 아니면 엄마는?"

토미가 보기에 병실의 다른 애들 부모님은 언제나 함께 있었다. 그의 질문에 조시의 표정이 침울해졌다.

“두 분도 예전에는 그랬어. 음, 정확히 말하면 엄마는 있어줬지. 하지만 두 분은 내가 여기 오래 있을 거라고 생각하는 것 같아. 그래서 이젠 그냥 일을 하는 게 좋다고 본 거지. 게다가 나는 더 이상 어린애도 아니고. 엄마는 여기서 최대한 나랑 시간을 보내지만, 아빠는 좀 다르잖아? 몇 분 있다가 그냥 나가는 거지. 예전에는 그래도 매일 왔는데, 지금은 일주일에 두어 번 와. 내가 생각하기엔 에이미가 없다면 아예 안 올걸.”

토미의 반응을 보자 조시는 킥킥 웃었다.

“너도 봤잖아? 우리 아빠는 변태라고. 엄마랑 이혼한 거도 그래서일 거야. 아마도 엄마가 이걸 쌓아둔 걸 봤나 보지.”

조시는 침대 옆에 쌓인 잡지를 가리키며 말했다. 토미는 그게 흙투성이 오토바이 이야기가 아니라는 건 알고 있었다.

◐

다음 주에는 아이들 몇 명이 퇴원하고 또 몇 명이 새로 들어왔다. 토미 역시 어퍼 리치로, 낙농장으로 돌아갈 날이 점점 다가왔다. 귀를 울리는 소리는 사라졌고, 재채기할 때마다 갈비뼈와 부러진 코뼈에서 심한 경련성 통증이 일까 봐 무섭지도 않게 되었다. 의사의 말을 그대로 믿는다면 비장도 치유되는 중인 듯했다. 하지만 가장 큰 변화는 따로 있었다. 더는 에이미나 재닛 같은 간호사의 부축을 받아 휠체어를 탈 필요가 없게 된 것이다. 이제는 걸을 수 있었다. 기분이 좋았다.

“이제 곧 퇴원하겠네, 토미. 그래서 어떤 걸 고르려고?”

조시가 토미에게 말했다. 그들은 어린이 병동 바깥뜰에 나와있었다. 그곳은 칙칙한 콘크리트 공간이었고, 민무늬 회색 돛을 쳐서 그늘을 만들어 두었다. 누군지는 몰라도 정원을 가꾸는 게 애들에게 좋은 단체 활동이 되고 이곳 분위기도 밝게 만들 수 있으리라고 결정한 듯했다. 그래서 한쪽 벽을 따라 화분이 줄지어 놓여있었다. 흙이 가득 담긴 화분들은 가득 차서 식물을 기다리고 있었다.

토미는 쟁반에 담긴 작은 그릇을 가리켰다.

"선인장."

그러자 준이 얼굴을 찌푸리고서 물었다.

"왜 선인장을 골랐어? 별로 예쁘지 않잖아."

토미는 어깨를 으쓱였다.

"몰라. 그냥 이게 맘에 들어."

"네가 좀 괴짜라서 그런 건 아니고?"

조시가 속삭이는 말에 토미는 웃었다.

"그럴지도."

아이들은 하나씩 심을 식물을 골랐다. 어떤 아이들은 두 개를 고르기도 했다. 작고 하얀 개망초, 어느 정원에서나 눈에 띌만한 푸크시아, 화사한 주황색 봉선화 등이었다. 토미는 어린 소년을 도와 같이 구멍을 파준 다음, 식물을 잡아주어 아이가 흙을 담도록 했다. 하지만 아이가 뿌린 흙은 대부분 구멍에 들어가지 않았다. 토미는 한쪽 구석, 자신이 안 보이게 심은 선인장 주변 흙을 다졌다. 그리고 작업이 끝나자 모두는 한 발짝 물러나 아무렇게나 심어놓은 식물을 바라보며 감탄했다.

"정말 멋있다, 애들아!"

에이미가 소리치고서는 아이들을 다시 병실로 데려가기 시작했다.

병실에 가보니 소니아 윌리엄스가 토미를 기다리고 있었다.

"내일이구나, 토미. 밀크우드 하우스의 책임자, 그러니까 그분을 뭐라고 불러야 하나, 원장님인가? 어쨌든 그분이 내일 8시에 널 데리러 오실 거야."

"그분이 직접 오신다고요?"

미셸을 다시 볼 수 있다는 생각에 토미의 마음이 따스해졌다. 자신은 미셸 선생님에게 생판 남인데도, 선생님은 여전히 자신을 위해 발 벗고 나서고 있었다.

소니아는 고개를 끄덕였다.

"그분은 네가 기차를 타고 오는 걸 바라지 않았거든. 넌 몸이 좋지 않으니까."

그날 밤, 토미는 미셸과 함께 집으로 돌아간다는 설렘과 이제 조시와는 헤어지게 되었다는 슬픔 사이에서 기분이 널을 뛰었다. 친구에게 그 마음을 알려주지는 않았다. 대신 둘은 퇴원 후에 할 일에 대해서 이야기를 나누다가 성인이 될 날이 머지않았다는 걸 깨달았다. 곧 자기 인생에 대한 선택을 스스로 내려야 했다.

"난 최근에 앞날 생각을 많이 해본 적이 없어."

토미가 말했다. 그는 이제껏 떠돌아다니느라 정신이 없어서 미래를 생각할 겨를이 없었다.

"어렸을 적에는 글을 쓰고 싶었어. 기자 같은 걸 하면 어떨까 했었지. 텔레비전에서 날 볼 수도 있지 않겠어? 넌 어떻게 할 거야?"

그는 친구에게 씩 웃어 보였다. 사고를 당해 휘어진 코와 눈가에 아직 희미하게 남은 멍 때문에 토미의 모습은 살짝 무시무시해 보였다.

조시는 얼굴을 찌푸렸다.

"그냥 난 여기서 퇴원해서 다시는 돌아오고 싶지 않은 마음뿐이야."

그러더니 마른침을 삼키고는 다시 입을 열었다. 이번에는 목소리가 달랐다.

"너도 알지? 내가 여기서 죽을지도 모른다는 거."

두 사람 사이에서 처음 나온 주제였다. 이제껏 토미와 조시는 조시의 학교와 친구, 엄마랑 살기로 결정한 이유, 심지어 식탁 아래에서 개가 자꾸 오줌을 싸는 바람에 엄마가 개를 갖다 버리겠다고 했던 협박까지 온갖 주제를 두고 대화를 나누었다. 하지만 조시가 죽음을 언급한 적은 없었다.

토미는 불편한 기색으로 대답했다.

"그렇지 않을까 생각은 했었어. 하지만…… 그럴 리가 없잖아?"

"그럴 가능성도 있어. 간 이식 못 받으면 진짜 끝장이래. 하지만 의사가 나한테 직접 말한 적은 없어. 그냥 언젠가 의사가 엄마한테 하는 말을 들었을 뿐이야. 그러니까, 있잖아. 나는 어린애가 아니라고. 내가 죽어야 한다면 그걸 왜 당사자인 나한테 말을 안 하냐고. 난 죽기 전에 먼저 하고 싶은 게 있단 말이야."

"그게 뭔데?"

"야, 난 열여섯 살이야. 그럼 내가 뭘 하고 싶겠어? 엄마는 서두를 필요 없다고 하지만, 그야 엄마는 당사자가 아니니까 쉽게 말하는 거고."

토미는 뭐라고 답해야 할지 몰랐다. 조시가 진짜로 죽을 수도 있다고 고백하는 말을 듣자 충격을 받았다. (몇 주 후에 아니면 몇 달 후에? 그럼 남은 시간이 얼마나 되는데? 토미는 알 수 없었고 물어봐도 되는 건지 역시 알 수 없었다.) 하지만 그 충격에 더해 다른 감정이 올라왔다. 예상치 못한 감정, 말하자면 부끄러움이었다. 예전의 토미를 너무 오래 방치하고, 새로운 토미가 정처 없이 떠돌게 내버려두었다는 데 대한 부끄러움.

조시는 계속 말을 이어갔다.

"그래. 여자 친구를 사귀는 것 말고도 하고 싶은 건 또 있어. 아빠는 내가 열여덟 살이 되면 술집에서 같이 일해도 된다고 했거든. 난 꼭 할 거야. 가게 운영하는 법을 배워야지. 하지만 내가 뭐든 할 수 있다면? 그러면 난 내 가게를 차릴 거야. 아빠네랑 비슷하지만 더 좋은 곳으로 말이야. 나만의 가게를 차려서 돈을 벌 거고, 돈 좀 있다고 막되게 굴지도 않을 거야."

조시는 잠깐 말을 멈추었다가 다시 말했다.

"야, 우리 같이 하자. 병원 침대에서만 같이 있지 말고 동업자가 되자고. 생각만 해도 멋진 이야기 아니냐?"

토미는 그 말이 마음에 들었다. 아무도 자신을 미래의 계획에 넣어준 적이 이제껏 없었으니까. 단 한 번, 캐리가 이사를 나가며 '놀러 오라'고 말했던 때를 빼면 말이다. 그 후로 몇 분 동안 두 친구는 함께 운영할 술집을 두고서 아주 웃긴 아이디어를 주고받았다. 술집 한구석에 친구들 전용으로 로프를 친 VIP석을 만들어 두는 것부터 강아지용 특별 메뉴를 만들자는 것까지였다. 개 없이 술 마시러 오고 싶어 하는 사람이 어디 있다고?

"토미, 난 진심이야. 우리 꼭 같이 하자. 정말 재밌을 거 같지 않아? 제일 친한 친구와 함께 술집을 운영하는 거야. 너 가는 곳에서 출소하면 날 찾아와."

날 찾아오라니.

물론 그냥 하는 말일 것이다. 하지만 그 순간, 토미는 다른 식의 '재시작'을 겪는 중이었다. 목적 없이, 정처 없이 떠돌던 토미는 이 제 사라졌다. 매년 1월 5일에 사라진 자신의 소지품이 있는 곳으 로 가버렸다. 그리고 원래 있던 소년, 바로 진짜 토미는 그 동아줄 을 붙잡고 잡아당겼다.

"출소라니? 야, 내가 가는 데는 교도소가 아니야."

토미의 말에 두 사람은 한바탕 웃었다. 결국 같은 병실을 쓰는 다른 아이의 부모 한 사람이 그들을 조용히 시켰다.

조시는 얼굴을 찌푸렸다.

"물론 나는 이 간부터 고쳐야겠지. 근데 네 간을 빼가는 건 포기 했어. 하지만 또 모르지. 내가 오늘 밤에 널 숨 못 쉬게 죽어버릴 수도 있거든. 그러니 자지 마, 토미."

토미는 피식 웃었다. 그 소리에 다시금 주의를 받았다.

"죄송합니다."

토미는 낮은 목소리로 사과했다. 하지만 어두운 병실 건너편에 서 조시가 어린애처럼 베개에 얼굴을 묻고 키득대는 소리가 여전 히 들렸다.

오전 7시 55분에 토미는 에이미가 병원 기부 물품함을 뒤져 가져다준 셔츠와 바지, 신발을 신고서 침대 옆에 선 채로 미셸 선생님을 기다렸다.

조시는 아직 뒤척이는 기색이 없었고, 커튼은 밤새 쳐져있었다. 토미는 친구를 깨우고 싶지는 않았지만 그래도 작별 인사는 하고서 떠나고 싶었다. 마침내 그는 커튼 사이로 고개를 살짝 디밀었다.

하지만 조시는 없었다. 그의 침대는 싹 정리되어 있었다.

"조시는 수술 중이야."

뒤에서 들려온 목소리에 토미는 홱 돌아섰다. 에이미였다.

"간이 들어와서 곧바로 수술이 잡혔어. 장기이식은 항상 그렇단다. 여기서 멀지 않은 곳에서 교통사고가 일어났는데, 피해자가 조시랑 딱 맞는 사람이었어. 수술실에 들어간 지도 벌써 몇 시간 됐어. 수술이 끝나면 회복실로 옮겨져서 집중 치료를 받을 거야."

토미는 에이미를 보며 활짝 웃었다. 조시에게 간이 생겼구나. 에이미에게 묻고 싶은 게 정말 많았지만, 질문 대신 토미는 씩 웃었다. 그러다 병실로 다가오는 발소리를 들었다.

미셸 선생님과 악수를 하고 자기소개를 하려니 기분이 이상했다. 전에도 여러 번 해본 것이었지만, 이번은 느낌이 달랐다. 토미는 낡은 캠리에 타면서 몇 주 동안 자신의 집이 되어주었던 거대한 회색 원형 병원을 다시금 바라보았다. 그리고 병동과 복도, 수술실이 미로처럼 얽힌 공간 어디쯤 친구가 누워있는지 애써 그려보았다.

어쩐지 조시 손더스는 무사할 것이란 믿음이 있었다.

어젯밤 조시가 뭐라고 했는지 떠올렸다.

"날 찾아와"라고 말했다.

토미는 결심했다.

'그래, 그럴게.'

*

9

토미는 매번 미셸 선생님이 고개를 끄덕이기를 기다리며 라디오 방송국 주파수를 넘겼다. 그러다 마침내 미셸은 들려오는 옛 노래에 미소를 지었다. 토미가 예전에 들어본 적 있는 것 같지만 정확히 어디서 들었는지는 떠오르지 않는 곡이었다. 그는 좌석에 기대어 앉았다. 토미가 잘 알고 또 사랑하는 사람이지만 정작 그쪽에서는 날 모르고 사랑한 기억도 없는 사람과 두 시간 반 동안 차를 같이 타고 간다는 건 좋은 의미로 어색한 일이었다. 이제까지 대부분 토미가 '편안한 침묵'이라고 명명한 정적 속에서 이동했다. 그리고 마침내 그는 라디오를 켰다.

낙농장에 가까워지자 미셸은 토미에게 다른 아이들 이야기를 시작했다. 그녀는 토미가 그들과 친해지길 바랐고, 가능하다면 가족이라고 여겨주길 바랐다. 그러다 미셸이 숀을 언급하지 않았다는 사실을 깨달았다.

토미가 병상에 누워있는 동안 숀 바커는 열여덟 살이 되어 낙농장을 떠났고, 그 빈자리는 눈에 띌 정도로 컸다. 낙농장은 전보다 좀 조용해졌고 그만큼 재미도 없어진 듯했다. 하지만 토미는 다른 아이들이 숀을 이야기할 때까지 기다려야 했고, 그제야 자연스럽게 그가 어디로 갔는지 물어볼 수 있었다.

"응, 숀은 일자리를 잡았어. 모틀레이크에서 차를 팔아."

"지금 당장 차를 파는 건 아니야. 아직 견습생이라고. 숀이 곧바로 고객이랑 이야기하게 두지 않을걸. 절대 그럴 리 없어."

이렇게 말한 사람은 니콜이었다. 이제 열다섯 살이 된 니콜은 예전보다 살이 좀 빠졌지만 목소리는 더 커졌다. '폐가 더 커졌나 보네' 하고 토미는 생각했다.

"미셸 선생님이 숀을 쫓아내지 않고 데리고 있었다는 게 아직도 믿기지 않아."

니콜은 여기까지 말하고 긴장감을 자아내기 위해 잠깐 말을 멈췄다가, 토미에게 극적으로 말했다.

"선생님 차를 훔쳤거든."

"정말이야?"

토미는 이렇게 대답하며 니콜이 좀 더 말해주기를 바랐다.

"그래, 몇 주 전에 차를 훔쳐서 수영장에 갔거든. 여자를 만나러 갔다나 봐."

'그래, 그랬지.'

"한 세 시간인가 나갔다 왔거든. 근데 문제가 뭐였게? 숀이 자리

를 비우면 누군가는 결국 알아챈다는 거야. 있으면 엄청 시끄러우
니까.”

니콜은 지금 한 말이 자신에게도 해당한다는 건 전혀 모르는 눈
치였다.

“숀이 돌아왔을 땐 선생님이 기다리고 있었다고. ‘딱’ 걸린 거지!”

토미는 가만히 앉아 니콜의 말을 들으며 그 단순함에 감탄했다.
1월 3일 어퍼 리치에 갔을 때는 캠리에 두 사람이 타고 있었지만,
지금 듣는 이야기에서는 한 사람만 타고 있었다. 그렇게 이 우주
는 이틀 후 ‘재시작’을 하며 이야기에서 토미를 지워버렸다. 지나
치게 복잡하지도 않고, 정교한 배경을 세우지도 않은 채로 그저
자신만 싹 없앤 것이다.

몇 달 전이었더라면 이 말을 듣고 토미는 마음이 괴로웠을 것이
다. 사실을 말하자면 괴로운 것 이상으로 토미 루엘린은 계속해서
꼬리에 꼬리를 물고 빙글빙글 돌며 아무리 찾아도 답이 없는, ‘왜
나는 이래요?’라는 질문을 해대다 부서져 버렸을 것이다. 물론 지
금도 그 질문은 가만히 도사리고 있었지만, 토미는 그 질문을 계
속 치워두었다. 가뿐하게 치울 수 있었다.

‘날 찾아와.’

토미는 마지막 두 학년을 마치러 모틀레이크 고등학교에 돌아왔
다. 그를 기억하는 사람이 만약 있었다면, 그 옛날의 토미로 되돌
아온 변화가 두드러지게 나타났을 것이다. 하지만 아무도 작년에

아무렇게나 살던 음침한 소년을 기억하지 못했고, 재작년의 다정하고 친절했던 소년 역시 기억하지 못했다. 토미는 낙농장에서 온 새 전학생일 뿐이었다.

토미를 바로잡아 주려고 그토록 애를 썼던 줄리 루이스 선생님도 그 차이를 알아보지 못했다. 하지만 그녀는 머릿속에 다른 생각을 하는 중이었다. 점심시간에 그녀는 영어과 교무실 칠판에 붙어있던 이야기를 다시 읽었고, 그때부터 그 생각을 안 할 수가 없었다. 사실, 그녀는 몇 분 동안 여자 화장실에 갔다가 오면서 살짝 번진 마스카라를 동료 교사들이 눈치채지 못하기를 바라야 했다. 매번 그랬다. 줄리 루이스는 그 이야기를 스물다섯 부 복사한 다음, 점심 식사 후에 이어진 영어 수업에서 나눠주었다.

"이건 예전에 다닌 학생이 쓴 거예요."

그녀는 학생들에게 말했다. 그건 아주 짧은 단편소설이었다. 영어 교과 담당 교사 중에서는 이걸 누가 썼는지 확실하게 아는 사람이 아무도 없었다. (분명히 누가 제출한 과제였는데 이름이 없었고, 줄리는 이 글이 상당히 오래전 글이라 지금 있는 교사들이 아무도 모르는 것이라고 생각했다.) 어쨌든 교사들은 모두 이 글이 대단하다고 입을 모았다.

"읽어봐요. 그런 다음 수업에서 토론해 보자고요."

토미는 유인물 첫 줄을 보고서 단번에 글을 알아보았다. 그는 입이 떡 벌어졌다.

루이스 선생님은 토미에게 이 이야기의 진정한 의미가 무엇인 것 같냐고 물었다. 토미는 더듬더듬 대답을 했다. 이 이야기가 뭔지 정확히 알고 있었으니까. 자신과 캐리, 사랑과 불안을 비롯한 온갖 것에 관한 이야기였다. 하지만 지금 드는 생각이라고는 이것뿐이었다.

'대체 어떻게?'

토미가 존재했다는 흔적은 모두 싹 사라졌는데, 어떻게 이 이야기만 남은 걸까?

그러다 루이스 선생님이 글쓴이에 대해 이야기하고 있다는 걸 깨닫고는 다시 수업에 집중했다.

"그러니까 여러분이 이 글을 읽고서 에세이를 쓴다면, 작가를 언급할 때 '작자 미상'이라고 표시해야 해요."

선생님의 말을 듣고서 알아낸 것이 있었다.

'아, 이름을 안 썼구나.'

그리고 그걸 낙농장에 있는 털털대는 낡은 프린터로 인쇄했다. 그 프린터는 언제나 잉크가 부족했다. 그래서 출력물은 오래전 인쇄한 것처럼 보였고, 토미의 것이라는 연결고리가 될 손 글씨도 없었던 것이다. 이 복사본은 토미에게 별 의미가 없는 것인 데다가 그에게서 너무나 멀리 떨어져 있었다. 게다가 원본에 빨갛게 적힌 C 점수도 토미와는 거리가 멀었다. 그래서 완전히 '익명' 처리가 되어서 '재시작'이 일어났을 때 빠져버린 것이다.

수업은 끝났지만 토미는 계속 종이를 바라보았다. 지금 보고 있는 게 뭔지는 잘 몰라도, 여기에는 허점이 있다는 생각이 들었다.

바로 '재시작'을 속일 허점이었다.

그 후 6주 동안 토미는 오로지 하나만을 생각했다. 매일 밤 침대에 누워 숨겨서 남길 수 있는 게 뭔지, 자신이 발견한 틈새 사이로 슬며시 빠져나갈 만큼 애매한 것들이 뭔지 곰곰이 따져보았다. 하지만 막상 깊이 생각해 보니 예상보다 훨씬 어려웠다. 그가 떠올린 물건은 모두 자신과 직접적인 연관이 있었다. 책 표지 안쪽에 '토미 루엘린'이라고 단정하게 적어둔 교과서처럼 말이다. 아니면 자신에게 뜻깊은 의미가 있는 물건이었다. 이것들은 거의 100퍼센트 사라질 것이었다.

열일곱 번째 생일이 가까워질수록 토미의 좌절감은 커져만 갔다. '재시작'을 속여 넘겨서 무언가를 보관할 수 있다는 이론을 시험해 볼 기회가 왔건만, 토미는 무언가 찾아낼 때마다 이건 안 통하리라는 사실만을 깨달았다.

학교에서 받은 필통? 안에 이름이 있었다. 자신에게 쓴 편지? 너무 의미가 깊었다. 성적표? 그게 될 리가. 토미처럼 숫자에 천부적인 재능이 있는 아이에게는 턱도 없었다. 그건 '재시작' 특급 열차 편도 티켓이나 마찬가지였다.

생일 전날이 되자, 토미는 자신의 소지품을 뒤적이면서 그날 밤에 물건들이 싹 사라질 현상에 대비하여 마음을 다잡았다. 교과서와 야구 모자, 낙농장에 다시 온 후로 모은 옷가지들이 없어질 예정이었다.

그리고 병원 인식표 팔찌도.

미셸 선생님은 토미를 방으로 안내해 주면서 그의 손목에 달렸던 인식표를 가위로 잘랐다. 토미는 그걸 서랍에 넣어두었다. 그런데 이제, 그는 팔찌를 다시 들고 뒤집어 보면서 에이미가 자신을 토마스라고 불렀던 때, 간호사가 팔찌에 적힌 이름을 봤기 때문에 자신의 이름을 알고 있었다는 걸 깨달았을 때 얼마나 가슴이 미어졌는지 기억했다. 하지만 그 자그마한 플라스틱 팔찌 조각과 그 위에 인쇄된 자그마한 글자를 보자 무언가 궁금해졌다.

그는 교과서 한 장을 찢었다. 무척 잘못되고 폭력적인 행동처럼 느껴졌지만, 어차피 몇 시간 후면 책은 사라질 텐데 무슨 상관일까. 토미는 그 위에 단어를 몇 개 휘갈겨 썼다. 그리고 잠옷 주머니에 쪽지를 넣고서 잠자리에 든 다음 눈을 감았다.

◐

다음 날 아침, 쪽지는 그대로 있었다.

토미는 주머니에서 교과서를 찢은 쪽지를 꺼내 이불 위에 폈다. 그러자 교과서의 방정식 사이로 자신이 적어놓은 단어들이 보였다.

'이게 먹혔으면 좋겠어.'

그리고 정말로 성공했다. 처음에는 허점 하나만 알았는데, 이제는 허점을 두 개나 찾았다.

그리고 이번에 찾아낸 허점은 훨씬 컸다.

잠옷처럼, 병원 인식표 팔찌처럼, 그 자그마한 쪽지는 '재시작' 내내 토미의 것으로 남아있었다. 그러자 토미의 머릿속에 한 가지 아이디어가 생겼다. 연구해 봐야겠지만 그걸 시험해 보기까지는 1년이라는 시간이 남아있었다.

1년. 모틀레이크 고등학교에서 보내는 시간도, 낙농장에서 보내는 시간도 모두 촉박하게 흘러갔다.

조시는 저 바깥세상에 있다. 캐리도 저기 어딘가에 있다. 토미는 조시가 수술을 마치고 잘 회복했을지, 학교에는 다시 다니기 시작했을지, 아직도 아빠와 같이 술집에서 운영 요령을 배울 계획일지 궁금했다. 또 캐리가 대학에 갈 방법을 찾아냈을지도 알고 싶었다. 그리고 가장 궁금한 건 역시, 캐리에게 남자 친구가 생겼을지였다.

그들은 둘 다 저 바깥세상에 있었고, 자신은 이제 그들과 함께할 작정이었다.

'날 찾아와.'

그 아이디어는 1년 내내 토미에게 버팀목이 되어주었다. 씨앗 단계였던 아이디어는 싹을 틔우고 자라났다. 세세한 점을 더하고 조사하기 시작하자 아이디어는 머지않아 본격적인 계획으로 피어올랐다. 그 와중에 불쑥 모틀레이크 고등학교의 기말고사가 되었다. 하지만 이제 기말고사는 치러야 할 의례에 불과했다. 앞으로 할 일에 방해나 다름없는 시험이었지만 어쨌거나 그는 주어진 도전 과제에 몰두했다. 어느 정도는 자신이 성공할 수 있다는 걸 스스로에게 증명하고 싶은 마음이었다. 그는 부모 양쪽에서 재능을 물려받았고, 한때는 대학에 가서 언론학이나 금융을, 아니면 둘 다 공부한다면 어떨까 생각한 적도 있었다. 하지만 1월 5일이 되면 자신이 받은 모든 것들은 싹 사라지고 대신 본인보다 자격이 없을 게 뻔한 아이가 그 자리를 대신 차지하리라는 걸 알고 있었다. 토미는 애써 씁쓸한 마음을 다독였다.

'계획에 집중하자.'

시험이 끝나면 진짜로 일을 시작할 때가 다가온다. 갑자기 마감

일을 받게 된 것이다. 이제 '재시작'까지는 6주가 남았다. 만약 그 냥 포기하고 저 바깥에서 새롭게 시작한다면 그것도 괜찮았을 것 이다.

하지만 이번에는 '재시작' 때문에 모든 걸 잃게 되었을 때를 준비 해야 했다.

창문 아래 모서리에 태양이 나타날 즈음, 토미는 사무실 문을 두 드렸다.

"안녕, 토미. 일찍 일어났구나."

미셸은 책상에 앉아 말했다. 그녀는 하루의 이맘때가 좋았다. 밀크우드 하우스의 서류 작업을 잘 정리해 놓을 수 있는 시간이었 기 때문이다. 관리해야 할 서류가 어마어마했다. 이것저것 쓰라는 건 또 왜 이리 많은지. 믿을 수 없는 업무량을 앞에 두고 그녀는 고개를 절레절레 저었다.

"무슨 일로 왔니?"

"돈을 좀 벌어야 해서요. 저는 이제 6주 후면 열여덟 살이 되는 데, 도시로 이사를 하려면 현금이 필요해요. 그래야 먹고살죠."

그는 퉁명스레 말했고, 마지막엔 쓸데없는 말도 덧붙였다.

미셸 채플린은 의자에 등을 대고서 마주 앉은 젊은이를 바라보 았다. 토미 루엘린은 착한 아이였다. 루엘린이라. 그녀는 속으로 무심결에 이름을 되뇌었다. 그리고 아주 잠깐, '그이'가 여기에 있 다는 기분이 들었다. 그이의 사무실에 말이다.

'존이 있었다면 토미를 좋아했을 거야.'

"토미, 열여덟 살이 되어도 곧바로 나갈 필요는 없어. 물론 법적으로야 네가 여기 머무르면 안 되지만……."

'왜냐하면 더는 돈이 안 나올 테니까'라고 생각하면서 미셸은 말을 이었다.

"하지만 너는 몇 주 정도 그냥 손님으로 지내도 괜찮아. 아니, 한두 달도 상관없어."

이건 미셸이 리치 샤프에겐 베풀지 않았던 호의였다.

토미는 빙긋 웃었다. 그는 미셸의 마음씨를 어느 정도 예상하고 있었다.

"정말 감사합니다. 그래도 어쨌든 여기 오래 있을 수는 없잖아요. 자리를 잡으려면 정말로 돈이 필요해요."

그는 잠시 입을 다물었다 말을 이었다.

"그래서 제가 원장님께도 좋은 제안을 드리려고요."

토미는 자신의 계획을 대략 설명했고, 미셸은 살짝 고개를 끄덕이기도 하고 중간중간 질문도 하면서 귀 기울여 들었다. 토미가 정말 많이 조사했다는 걸 알아본 그녀는 미소를 지었지만, 그가 도서관 책과 잡지를 침대 밑에 잔뜩 쌓아두었다는 것까지는 미처 몰랐다. 그렇게 대화한 끝에 두 사람은 악수로 계약을 맺었다.

토미는 그날부터 작업에 들어갔고, 엘모어 씨와 함께 물품을 사러 모틀레이크에 다녀오기도 했다. 낡은 창고에 들어갔을 때는 캐리를 발견했던 날의 기억이 계속 떠오르는 바람에 몸서리를 쳤지만, 어쨌든 사다리를 찾아 끌어 내었다. 첫 번째 작업은 밀크우드 하우스의 외벽 칠을 벗기는 일이었다. 그가 처음 이곳에 온 아기였을 때부터 슬슬 바래던 페인트칠을 다 벗겨내자니 팔과 어깨가 아팠다.

다음 날 아침에 일어나고 보니 토미의 어깨가 심하게 굳어있었다. 책에서는 알 수 없던 현실적인 문제였다. 어쨌든 오전 7시가 되자 토미는 다시 사다리를 타고 올라가서 벽을 긁어내고 사포질을 했다.

매일 작업한 지 일주일이 지나자 낡고 거대한 건물은 잔디밭 한가운데 칠이 홀랑 벗겨진 채로 우뚝 서있었다. 토미는 물러나 서서 자신이 손수 한 작업을 뿌듯하게 바라보았다. 하지만 그 순간도 잠시, 몇 분 후 토미는 커다란 페인트 통 두 개를 들고 동쪽 벽으로 갔다. 귓가에서는 시간이 재깍재깍 흘러가는 소리가 들렸다. 계속 움직여야 했다. 할 일은 정말 많고, 마감일은 엄연히 존재했으니까.

칠을 벗긴 지 일주일도 되지 않아 그는 건물에 두 번이나 페인트를 칠했다. 그로부터 또 일주일 후에는 크림빛 벽과 초록색 테두리로 빛나는 집이 완성되었다. 토미는 선택의 여지 없이 떠밀려 온 아이들의 마지막 '정류장'을, 아이들이 진심으로 사랑할 수 있는 '집'으로 바꾸어 놓았다.

고개를 돌려 정원을 바라본 토미는 근 2년 전 병원 안뜰에서 식물을 엉망으로 심었던 일을 떠올리고는 피식 웃음을 터뜨렸다. 하지만 토미는 엘모어 씨와 모틀레이크의 보육원에 여러 번 오고 간 끝에 잡초만 무성하던 낙농장 정원에 단정한 화단을 만들었다.

"화원 아주머니가 그러더라고요. 내년 봄에는 모든 꽃이 한꺼번에 필 거라고. 그러면 집 둘레가 온통 화려하게 뒤덮이겠죠. 만약 그렇게 되지 않으면 그분한테 따지세요. 그땐 제가 여기 없어서 고칠 수도 없으니까요!"

미셸 선생님은 미소를 지었지만, 작약 사이에 심어진 자그마한 선인장을 발견하고는 의아한 듯 눈썹을 지그시 모았다.

토미는 가위와 톱을 들고서 뒤편 경계선을 따라 늘어선 나무들에 달려들었다. 그리고 금방이라도 떨어져 얇은 철조망 담장을 망가뜨릴 것 같은 나뭇가지를 가지런히 잘라냈다. 이 작업을 할 때는 낡은 창고에서 덜덜 떨었던 것 같은 트라우마는 없었다. 그 당시 토미는 너무 어려서 리치가 자기를 끌고 울창한 수풀을 헤쳐 나갔던 걸 기억하지 못했다. 또한 바로 이 울타리에 구멍을 내고, 어둠 속에서 자신을 구한 뒤 그 옆에서 죽은 존 루엘린도 기억하지 못했으니까.

다음으로 크리스마스에서 새해가 되기까지의 며칠 동안, 그는 문과 가구를 사포질하고 의자를 다시 칠하는 내부 공사를 시작했다.

그리하여 1월 2일, 토미는 모든 작업을 끝냈다. 공사는 마무리되었고, 미셸 선생님은 약속을 지킬 거라고 그는 생각했다. 지금은 자신의 계획이 성공하기만을 바랄 뿐이었다.

이어지는 1월 3일은 정산일이었다. 정오가 되어 머리 바로 위에 다다른 태양이 새로 칠한 페인트를 열심히 그을리고자 노력하는 동안, 토미는 미셸의 사무실 문을 다시 두드렸다. 언젠가 마당에 선 나무 아래 매트를 깔아두고 토미와 함께 오전 시간을 보냈던 미셸은 이제는 젊은이가 된 토미에게 앉으라고 권했다. 토미는 그녀를 바라보며 그 세월 동안 선생님이 참 많이 변했다는 걸 깨달았다. 곧 60세가 되는 미셸은 이제 자신의 관록을 자랑스레 얼굴에 드러내었다. 염색한 금발 머리보다 흰머리가 더 많았고, 눈꼬리부터 눈에 띄게 퍼진 주름이 얼굴에 더 많이 보였다. 하지만 그런 점 때문에 나이가 들어 보인다기보다는 오히려 미셸의 상냥하고 부드러운 품성이 더욱 돋보였다.

들려오는 미셸 선생님의 말이 토미의 상념을 깼다.

"정말 고생 많았다, 토미. 밖에서 보면 다른 곳에 온 거 같다니까."

"네, 여긴 진작에 공사를 해야 했죠."

토미는 미소를 짓다가 덧붙여 말했다.

"그렇다고 들었어요."

미셸 선생님은 책상 서랍을 당겨 안에서 작고 검은 상자를 꺼냈다. 그리고 주머니에서 열쇠고리를 꺼내 가장 작은 열쇠를 꽂았다.

"하루에 100달러로 합의했지?"

그녀의 말에 토미는 고개를 끄덕였다.

"그리고 크리스마스만 쉬었지?"

그는 다시 고개를 끄덕였다.

미셸은 상자에서 50달러짜리 지폐 뭉치를 꺼내어 세기 시작했다. 그리고 토미가 이제까지 본 목돈보다 더 많은 돈뭉치를 한 장씩 세기 시작했다.

마침내 그녀는 손을 멈추더니 지폐 뭉치에 고무줄을 감은 다음 두꺼운 흰색 봉투 속에 넣었다.

"안에 3,500달러가 들어있어, 토미."

그녀는 이렇게 말했지만 봉투를 건네지 않은 채로 말했다.

"그런데 정말 현금으로 받으려고? 그냥 내가 수표를 써줄게. 현금을 이렇게 들고 다니는 건 위험해 보이는데."

"아뇨, 고맙지만 괜찮습니다. 이상하게 들리실 수도 있는데, 제가 현금을 갖고 있는 편이 더 안전할 거예요."

미셸 선생님은 묘한 눈길로 그를 바라보았다.

"음, 그럼 잘 지키렴. 자, 그럼 보자, 네가 이틀 후면 이제 열여덟 살이 되던가? 그런데 너 정말 더 있다 갈 생각 없니? 적어도 네가 앞날을 좀 준비할 동안만이라도 있으면 안 돼?"

토미는 고개를 저었다.

"감사합니다만 전 가려고요. 제 생일에 떠날게요. 더 있다 한들 언젠간 떠나야 할 시간을 미루는 것뿐이니까요. 아직 세세한 계획은 없지만, 어디로 가야 할지는 대략 생각해 둔 게 있어요."

"그럼, 역까지만이라도 내가 태워다 주면 안 되겠니? 모두 현관에 나와서 널 배웅하도록 할게."

"그러면 좋겠네요. 고맙습니다, 미셸."

'그래요. 그러면 참 좋겠죠.'

하지만 1월 5일이 되면 현관 앞에서 자신에게 잘 가라고 말해주는 이는 아무도 없을 것이다. 아무도 토미가 누군지 모를 테니까.

너무나 긴장한 토미는 아침 식사에도 거의 손대지 않았다. 그동안 중노동을 해오며 식욕이 왕성했지만, 그릇에 담긴 시리얼이 눅

눅해지는 모습을 그저 눈썹을 치켜뜨며 바라볼 뿐이었다.

"왜 그래, 토미? 내일이면 한 살 더 늙을 게 걱정돼?"

식탁 저편에 앉은 여자애가 놀려대자, 토미는 어설프게 미소를 지으며 고개를 저었다.

"아니야. 그냥 좀 생각할 게 있어서 그래."

그는 이렇게 말하고 방으로 돌아갔다. 그리고 매트리스 아래에서 미셸 선생님이 전날 준 봉투를 꺼냈다. 벌써 열두어 번은 세어본 돈이었다.

'제발 이게 무언가의 출발점이 되어주었으면 좋겠어. 돈은 돈을 낳는다는 말도 있으니까.'

일단은 밤새도록 이 돈을 지켜야 했다.

그는 머릿속으로 다시 계획을 쭉 떠올렸다. 그렇게 여러 번 충분히 되풀이하고 나자 결국은 다른 생각을 할 만큼 여유가 생겼다. 보고 싶을 사람들에게 무어라 작별 인사를 할 수 있을까. 다들 오랫동안 자신 옆에 있었던 이들이었다. 물론 자신을 그저 열두 달 동안만 알고 지냈다고 생각하긴 했지만.

'그런데 어떻게?'

새로 칠한 페인트 냄새가 아직도 공기 중에 감돌자, 토미는 자신의 작업이 어쩌면 이곳에 남기는 작별 인사가 되리라는 생각이 들었다. 선생님에게 전하는 감사의 마음이자 이제껏 함께 살았던 아이들에 대한 고마움이 되어줄지도 몰랐다. 어쩌면 자신이 떠난 자리에 들어올, 힘들고 외로운 처지에 놓인 다른 아이들을 위한 선물이 될 수도 있었다. 지금 눈앞에 보이는 뿌듯한 집에 아동복지국 직원들이 차를 세우는 모습이 그려졌다. 밝고 깨끗한 침실이 있고 꽃으로 가득한 정원이 있는 집을 보게 되겠지. 그래, 이걸 이별 선물이라고 생각하니 괜찮아지는 듯했다. 아무도 토미가 남긴 선물이라는 걸 모르겠지만. 어쩌면 자신이 학교에서 썼던 이야기와 같을 수도 있었다. 토미는 새로 칠한 벽에 자신의 이름을 비롯한 그 어떤 것도 쓰지 않았다. 그저 페인트칠하고, 흙을 담고, 꽃을 심었을 뿐이지, 그 무엇도 토미를 떠올릴 만한 것이 아니었다. 어쩌면 '재시작'은 걸리적거리는 게 없도록 가장 단순한 방법을 선택할 수도 있다. 토미가 작업했다는 기억만 싹 지우는 방식으로. 다른 사람 이름으로 바꿔놓는 조작은 전혀 없이. 그렇다면 좋겠다. 희미하고 작은 유산 하나, 허점을 슬며시 빠져나가는 그런 흔적으로 남을 테니까.

그림자가 길어지며 낙농장의 복도가 어두워지자 토미의 긴장도 마침내 풀렸다. 이미 여러 번 이런 일을 겪었기 때문에 더는 뭘 할 게 없었다. 저녁 식사 때는 그저 조용히 앉아 친구들의 웃음소리를 즐겁게 들으며 어린 시절을 보낸 집에서 마지막 식사를 들었다. 아이들은 방으로 돌아가거나 위층 휴게실로 어슬렁어슬렁 올라갔다. 어쩌다 보니 그는 미셸 선생님과 둘만 남게 되었다.

"준비는 다 됐니, 토미?"

그녀가 접시에 남은 음식을 모으며 묻자 토미는 대답했다.

"된 거 같아요."

'지금쯤이면 되어있어야 하는데 말이죠.'

"9시에 출발하면 되겠다. 9시 반에 기차가 있거든. 그걸 타고 도시로 가면 네 친구네 집에 갈 시간은 충분할 거야."

토미는 친구 집에 머물 것이라고 말해놓았지만 그건 사실이 아니었다. 오늘 자신을 아는 사람이라 해도 내일은 분명히 모르게 될 테니까. 어디에서 자야 할지는 확실하게 말할 수가 없었지만 그래도 생각은 해두긴 했다.

"그러면 좋겠네요."

토미가 말하자 미셸이 대답했다.

"네가 없으면 보고 싶을 거야, 토미. 넌 모두에게 참 잘해줬어. 리모델링 작업뿐만이 아니라."

그녀는 손을 휘저으며 말을 이었다.

"너도 알겠지만 꼬마 애들 중에는 널 우러러보는 애들이 있어. 좀 이상한 소리 같지만, 널 좀 더 일찍 찾아냈더라면 얼마나 좋았을까 싶단다. 토미 루엘린이 여기에 몇 년 더 있었더라면 난 참 좋았을 거야."

토미는 아무런 말을 하지 않았다. 그저 미셸 선생님에게 한 걸음 다가가 꼭 안아주었다.

처음에 그녀는 놀랐지만, 이내 토미를 마주 안았다.

"토미, 너 괜찮니?"

그녀는 걱정스러운 기색으로 물었다.

"괜찮아요. 그냥…… 떠나려니 슬픈 마음 아시잖아요?"

토미는 선생님에게 모든 걸 말할 수 있다면 얼마나 좋을지 생각했다. 학교에 가기에는 아직 어렸던 시절, 앞마당에서 우리는 함께 책을 읽고 게임을 했었노라고, 아직 밤이 무서운 네 살 때 방에 살그머니 들어와 같이 자주지 않았느냐고, 일곱 살이 된 지 이틀째 되던 날 계단에서 넘어졌을 때 자신을 일으켜 주어서 고마웠다고, 캐리가 구급차에 실려 갔을 때 곁에 있어주어 고마웠다고 말하고 싶었다. 미셸이 병원으로 데리러 온 날, 자신을 다시금 새로운 아이로 낙농장에 받아준 그날, 차를 타고 오면서 라디오에서 나왔던 노래 제목이 무엇이었는지도 묻고 싶었다. 하지만 그럴 수 없었다. 선생님은 자신의 말을 믿어주지 않을 테니까. 그러면 함께하는 이 마지막 순간을 망치게 될 테니까. 그저 미셸 선생님을 이렇게 안아주고서 그리고 자신의 팔 위로 안심하라는 토닥임을 받고서, 토미는 돌아섰다.

다음 단계를 제대로 해내지 못한다면, 모든 게 허사가 될 테니까.

토미는 옷장을 열고 옷을 한 아름 꺼냈다. 작년에 물려받은 옷 중에서 가장 좋은 것들로, 바로 전에 있던 학생이 낙농장에 도로 기부한 파란색 긴팔 셔츠와 괜찮은 청바지 한 벌, 폴로셔츠, 연회색 티셔츠(구멍이 안 난 셔츠는 이것뿐이었다), 속옷 네 벌과 양말 두 켤레, 가장 편안한 신발(신발을 고르는 건 쉬웠다. 두 켤레밖에 없었으니까)를 꺼냈다. 토미는 옷가지를 모두 입고서 창문에 비친 자신의 모습을 바라보다가 비치는 형상에 깜짝 놀랐다. 책상 위에 놓인 스탠드 불빛을 받은 토미는 나이 들어 보였다. 떠날 준비가 된 것이다.

등줄기로 땀 한 방울이 흘러내렸다.

그는 숨겨둔 곳에서 봉투를 꺼낸 후, 돈을 빠르게 세어보고서 지폐를 옷 속에 욱여넣기 시작했다. 청바지 주머니에 반 접은 지폐를 넣고, 겹쳐 입은 속옷 사이에도 몇 장 넣었다. 그리고 양말 속에도 마찬가지로 끼워 넣었다. 어느덧 저녁 9시가 가까워져서 조금 있으면 소등이었다. 마지막 단계는 작년 내내 학교에 갖고 다니던 책가방을 챙기는 일이었다. 그는 가방을 한쪽 팔에 단단히 매고는 한쪽으로 둔 채 침대에 누웠다. 그리고 혼자서 나직하게 웃었다. 지금 누가 자신을 본다면, 이게 뭐 하는 짓인지 설명하느라 진땀깨나 뺄 것이다.

생각은 빠르게 흘러가 다시금 병원 인식표 팔찌와 교과서에서 찢어낸 종잇조각에 닿았다. 매년 1월 5일 눈을 떴을 때는 소지하고 있던 게 입은 옷과 깔고 잤던 침대 시트뿐이었다. 다른 것들은 전부 사라지고 자신이 이룬 업적도, 과오도 설명할 길 없는 우주의 힘으로 다른 사람의 것이 되었다. 그러니 자신이 잠옷 말고도 뭘 더 입고 잔다면 그리고 소지하고 싶은 걸 죄다 꼭 쥐고 있다면, 아침이 되어서도 여전히 존재할 수 있다는 결론이 났다. 적어도 토미는 그러기를 바랐다. 현금을 보자면, 음, 그건 그저 교과서 페이지와 별다를 게 없었다. 이건 도박이라는 걸 알고는 있었지만, 태어나면서부터 자신에게는 지는 패가 쥐여지지 않았던가. 그러니 이번만큼은 도박의 신이 자신의 편을 들어줄 때였다.

방 안 공기는 탁하고 무거웠다. 등에 맺힌 땀에 겹겹이 껴입은 옷이 살갗에 달라붙었다. 토미는 가만히 누워서 바깥에서 비쳐드는 희미한 달빛으로 어둠에 적응하며 방을 둘러보았다. 그립지는 않을 것이다. 이곳은 평범하고 소박해서, 자신의 흔적 따위는 너무나 쉽게 지워질 곳이었다.

이윽고 그는 눈을 감고 잠에 빠져들었다.

토미가 잠에서 깨었을 때는 이른 새벽이었다. 동쪽 하늘이 서서

히 밝아오면서 새까맸던 밤하늘은 이제 여명의 회색빛으로 부드럽게 변해갔다. 그는 오늘 아침의 의미를 잊은 채 가만히 누워있었다. 그러다 아드레날린이 확 치솟으면서 온몸을 돌자 정신을 차렸다. 심장이 두근거렸고, 순식간에 질식할 것 같은 더위가 느껴졌다. 전날 밤 셔츠에 묻었던 땀방울은 밤새 더 불어나서 지금 옷은 흠뻑 젖어있었다.

'내 옷이 그대로야!'

토미는 팔의 감각을 느꼈다. 면 소재의 소매 아래로 많은 옷이 겹겹이 느껴졌다. 그는 껴입은 옷에 파묻히다시피 한 모습으로 힘들게 똑바로 앉았다.

돈이 떠오르자 맥박이 다시금 빨라졌다. 옷이 남아주니 좋았지만 현금이 없다면 새로이 맞을 삶은 훨씬 더 힘들어질 터였다. 주머니에 손을 쑥 집어넣자 지폐 뭉치가 느껴졌다. 토미는 의기양양한 마음으로 침대에 털썩 누웠다.

두 번째 허점을 확인한 것은 물론, 그 허점을 정면 돌파해서 넘어선 것이다.

'난 할 수 있어.'

5분 후, 가감 없는 3,500달러가 매트리스에 쭉 펼쳐졌다. 토미는 다시 돈을 잘 모아 합친 후 속옷 차림으로 서서 상쾌하게 와 닿는 시원한 공기를 한껏 즐겼다. 하지만 이러고 오래 있을 수는 없었다. 창문 너머로 날이 점점 밝아왔고, 곧 해가 뜰 테니까. 토미는 '재시작' 다음 날 아침, 옷을 한 겹만 걸친 채 생전 처음 자신 앞에 다양한 선택지가 놓여있다는 사실에 감동하며, 팔을 뻗어 책가방을 찾았다.

하지만 가방은 없었다.

그는 시트를 확 펼치고는 무릎을 꿇고서 침대 아래를 들여다보았다. 역시 아무것도 없었다. 토미는 열심히 생각했다. 가방은 자는 동안 어느새 팔에서 벗겨져 나갔구나. 그리고 '재시작'이 닥쳤을 때, 가방은 분명 다른 소지품과 함께 사라진 것이다. 사라졌든, 소멸하였든, 재배열되었든 뭐든 됐겠지. 가방이 어디 있는지는 지금 중요한 게 아니었다. 토미에게 없다는 게 중요했다. 실망스러웠지만 큰일은 아니기에 토미는 나머지 옷가지를 접어 셔츠 안에 넣은 다음 둥글게 뭉쳤다. 그리고 살며시 웃었다. 여기에 기다란 막대기만 달면 동화 속에 나오는 여행자 같을 것이다. 그랬다면 정말 멋있어 보일 수도 있겠다.

현금을 양말에 싸서 주머니 깊숙이 넣은 다음, 토미는 마지막으로 방을 둘러보았다. 어젯밤과 달리 이제 방에는 남은 게 없었다. 옷이 가득 담긴 셔츠를 한 손에 들고, 또 한 손에는 신발을 들고 조용한 복도로 살금살금 나갔다. 그리고 앞마당 잔디밭에 있는 커다란 나무 아래에서 무릎을 꿇고 신발을 신었다. 다시 일어서서 뒤를 돌아 지난 17년간 살아온 거대하고 낡은 건물을 보았다. 창문은 모두 어두운 가운데 낙농장은 조용하고 평화로웠다. 햇살이 처음으로 건물 외벽과 정원을 비추자 토미는 자신이 해놓은 결실을 감탄하며 바라보았다. 마음 한구석으로는 자신이 잊힌 지금, 건물이 새로 단장된 걸 사람들이 어떤 식으로 설명하게 될지, 아니, 설명이 있기는 할지 궁금했다. (공교롭게도 미셸 선생님은 이 작업이 밀크우드 하우스의 주인인 데클런 드리스컬의 지시로 이루어진 것이라 생각했다. 그리고 데클런 드리스컬은 이 일에 대해 전혀 알지 못했고 솔직히 신경 쓰지도 않았다. 아이들은 어땠냐면, 음, 다들 자기들이 낙농장에 오기 전에 이루어진 일이거나, 학교에 갔을 때 누가 했거나, 아니면 별 관심을 두지 않는 동안 공사를 한 것이라 생각했다. 아직 페인트 냄새가 가시지도 않았는데 그렇게 생각하다니, 우스울 따름이었다.)

토미는 차도를 따라 터덜터덜 걸었다. 누군가 자신을 보기 전에 떠나야 했으니까. 주머니에 3,500달러를 갖고 보육원 마당에 서있는 수상한 남자라. 분명히 무단침입자로 체포될 게 뻔했다. 체포는 1월 5일 계획에는 전혀 없는 사항이었다. 아직은 해야 할 일이 너무 많았다.

✳

10

정각 9시, 시내 터미널에 도착한 기차에는 통근자들이 바글바글했고, 그 가운데 긴장한 채로 눈을 휘둥그레 뜬 젊은이도 한 명 있었다. 토미는 셔츠로 싼 옷 뭉치를 들고 있는 자신을 사람들이 죄다 쳐다보는 것만 같아서 승강장이 텅 빌 때까지 뒤로 물러서 있었다. 그런 다음 심호흡을 하고 표지판을 따라 출구를 통과해 도시의 거리로 나왔다. 출근길에 늦은 직장인들이 물밀듯이 밀려오는 길 한복판에 선 지금, 토미의 온 감각은 압도당했다. 쉴 새 없이 부릉대는 자동차 소리와 윙윙대는 대화 소리, 경적, 건너가도 좋다는 신호등의 다급하고 끈질긴 안내 방송 소리, 공기를 떠도는 매연과 구운 베이컨이 뒤섞인 냄새, 카페 창가에서 초조하게 기다리다가 커피 컵을 건네받고서 길 위의 무리로 합류하는 여자와 남자들까지. 자그마한 가판대에서 나는 냄새에 토미는 낙농장을 떠올렸다. 지금쯤이면 식당은 텅 비어있을 것이다. 친구들은 두어 시간 전에 벌써 아침 식사를 했을 테니까. 하지만 토미가 평소 앞

앉던 의자가 비었다는 건 신경도 쓰지 않았을 터였다. 뭐 하러 신경을 쓸까? 그들이 알기로 그 의자는 어제도 역시 빈자리였는데.

토미는 커피숍 카운터에 줄을 서서 앞에 선 남자가 주문한 대로 베이컨에그롤을 시키고는 돈을 건넸다. 그리고 주머니에 있는 현금으로 얼마나 버틸 수 있을지 생각해 보았다.

식사하는 동안 출근 인파가 줄어들었다. (토미는 그들이 숨 가쁘게 일터에 도착해 늦었다고 사과하면서 무슨 핑계를 댈지 상상했다. 기차가 늦었다, 사고가 났다, 애 때문에 그랬다…… 이런 이야기들.) 이윽고 그는 인파에 휩쓸리지 않고 걷게 되었다. 이제 토미에게 가장 필요한 건 일단 머물 곳이었다. 계획대로 한다는 건 다시 돈을 써야 한다는 뜻이었다.

토미가 아기였을 적 말고 도시에 가본 건 열다섯 살 때였다. 자기도 모르게 병실에서 열여섯 살이 되었을 바로 그때 말이다. 그는 미셸 선생님이 출근길 교통 체증을 뚫고 운전하는 동안 고층 빌딩을 올려다보며 '저 안에는 뭐가 있을까' 하고 그려보던 자신을 떠올렸다. 이제 그는 건물 앞 유리창에 인쇄되었거나 유리 회전문 옆 명패에 새겨진 간판을 읽고 있었다. 법률사무소, 은행, 또 은행, 보험회사. 그는 마지막 건물 바깥에 서서 위를 올려다보았다. 캐리 프라이스는 낙농장을 떠나며 보험회사에 일자리를 구했다고 했다. 혹시 여기 어디쯤 있을까. 책상에 앉아서 타자를 치고, 전화를 받으며, 무언가 중요한 일을 하고 있을까. 토미는 잠시 생각해 보았다. 바로 이 순간, 그녀는 저기서 도시의 전경을 내려다보고 있을지도 몰랐다. 토미가 이 아래 거리에 서있는 줄도 모르고, 토미가 누구인 줄도 모르고.

어떻게든, 토미는 그걸 바꿔볼 것이다.

철골과 유리로 이루어진 고층 빌딩 사이에는 그보다 작고 허름한 빌딩이 흩어져 있었다. 작은 건물들은 기껏해야 6층이었고, 대개 1층에는 상점이 들어섰다. 차양에 간판을 달아 인도 위로 드리운 상점가의 모습에 토미는 넋을 잃었다. 가게들을 세어보자 한 블록 안에 열한 개의 옷 가게와 세 개의 기념품 할인 매장이 있었다. 매장 유리창 너머로 티셔츠와 인형과 유리 진열장 안에서 반짝이는 보석들이 가득했다.

그러다 토미는 찾고 있던 간판을 발견했다. 그곳에서 나가던 젊은 부부가 토미를 위해 문을 잡아주었다. 안으로 들어가자 카운터 뒤로 30대 초반으로 보이는 여자가 앉아있었다.

"안녕하세요."

그녀는 토미에게 인사했다. 하지만 토미는 곧바로 인사를 받지는 않았다. 카운터 뒤편 벽에는 온갖 안내문이 덕지덕지 붙어있었는데, 죄다 겹쳐 붙였는지라 결국 전부 가장자리밖에 보이지 않았다. 가장 눈에 띄는 안내문은 '금연'이었지만, 누군가가 네임펜으로 그 앞에다 '실내'라고 덧붙여 써두었다. 다른 안내문들은 손 글씨로 쓴 것과 인쇄한 것이 뒤섞여 있었다.

귀중품 분실 시 책임지지 않습니다.
요금은 선불. 환불 불가.
여러분! 서로를 배려합시다! 자정 이후에는 조용히!

소액을 내고 헤어드라이어를 빌릴 수도 있었고, 근처 관광지 할인 티켓도 판매 중이었다. 토미는 안내문을 하나씩 읽어 내려가다가, 여자가 계속 자신을 바라보며 기다린다는 걸 알아챘다.

"아, 죄송합니다. 방을 하나 빌리고 싶은데요."

그녀는 사람 좋은 미소를 지으며 대답했다.

"우린 방이 없고요, 침대만 빌려드려요."

토미는 얼굴이 빨개진 채로 다시 말했다.

"아, 그러면 침대 하나 빌릴게요."

여자는 앞에 놓인 서류철을 펼치고서 펜을 들었다. 그녀가 손을 움직일 때마다 손목에 찬 구슬 팔찌가 덜그럭거렸다. 코에는 동그란 금색 링 피어싱이 달려있었다.

"얼마나 오래 있을 거예요?"

그녀는 펜을 든 채로 물었다.

토미는 그 말을 곰곰이 생각했다. 사실 자신도 잘 몰랐으니까.

"우선 한 달 반 있어볼게요. 필요하면 더 연장하고요."

그가 마음을 먹고 말하자, 카운터에 선 여자는 서류철 안에 무언가 쓰며 물었다.

"성함이 어떻게 되시죠?"

그는 루엘린이라는 이름의 철자를 알려주면서 ("처음에 L이 두 번 들어가요. 그리고 나중에도 또 두 번 이어지고요.") 문득 이런 생각이 들었다.

'지금 나는 모든 걸 다시 시작하고 있잖아. 그러니 이름으로 엘비스 프레슬리나 도널드 덕을 댈 수도 있어. 아무 이름이나 써도 된다고.'

하지만 토미는 그러지 않았다. 자신은 토미였다. 그리고 도망치는 것도, 숨으려는 것도 아니었다. 오히려 그 반대였다. 그는 숨지 않았다. 그는 찾아내고 있었다.

"여권 있어요?"

그녀의 물음에 토미는 고개를 저었다.

"그러면 운전면허증은요?"

그것도 없었다.

"신분증이 아무것도 없어요?"

토미는 어깨를 으쓱이고서 말했다.

"죄송해요. 아직 여권도 없고, 운전도 못 하거든요. 그래도 현금은 있어요."

그는 희망을 품고서 덧붙여 말했다.

여자는 눈썹을 치켜떴고, 그걸 본 토미는 이제 쫓겨나겠구나 싶었다. 하지만 그녀는 '여권'란에 무언가 숫자를 적었고, 이내 서류철을 덮었다.

"하룻밤에 15달러예요. 첫 달은 선불로 내야 해요. 그리고 추가 요금이 있는데……. 음, 신분증이 없어서 20달러 더 내야 해요."

그녀는 토미를 보며 씩 웃었다.

토미는 현금을 건네주며 속으로 남은 돈을 계산해 보았다. 그리고 추가로 낸 20달러가 여자의 딱 달라붙은 청바지 주머니로 사라지는 걸 보았다.

그녀는 활짝 웃으며 오른편 문을 가리켰다.

"선라이즈 백패커스 호스텔에 잘 왔어요. 계단을 올라가서 나오는 왼쪽 첫 번째 방에 빈 침대가 있어요. 화장실은 복도를 따라 오른쪽으로 쭉 가면 나와요. 그럼 잘 지내도록 해요, 토미."

토미는 짐을 들고서 그녀가 알려준 방으로 갔다. 이곳은 적어도 지금부터 6주 동안은 지낼 집이 되었다.

그런데 방을 열자 훅 끼쳐오는 냄새에 순간 숨이 멎을 것만 같았다. 빨지 않은 옷가지 냄새와 발 냄새, 후덥지근한 여름밤에 수도 없이 맥주를 마시고 땀을 흘린 체취가 뒤섞인 공기는 퀴퀴하고 끈적했다. 방에는 2층 침대가 네 개 있었고, 긴 쪽 벽에 둘씩 나란히 일렬로 붙어있었다. 방의 맨 끝에는 보안 창살이 달린 창문이 딱 하나 있었지만 무슨 이유에선지 굳게 닫힌 채였다. 머리 위로는 천장형 선풍기 하나가 느릿느릿 돌아갔다. 기계도 환기를 시킨다는 게 무의미하다는 걸 아는 듯했다.

토미는 옷과 가방으로 덮인 매트리스를 하나, 둘, 셋, 네 개까지 세어보았다. 창문에서 가장 가까운 아래쪽 침대가 깨끗해 보여서 토미는 거기에 임시로 가방처럼 만든 셔츠를 풀었다.

"맙소사. 야, 너 예산이 그렇게 부족했어?"

뒤쪽에서 누가 소리를 질렀다.

20대 초반쯤 보이는 젊은이 한 명이 건너편 2층 침대에 누워있었다. 토미는 그가 움직이지 않는 바람에 처음엔 옷더미려니 생각했다. 그 사람은 지저분하고 낡은 티셔츠 차림에 지푸라기 색 머리카락이 사방으로 삐죽빼죽 솟구쳐 있었고, 모습을 보아하니 최소 몇 주는 면도를 하지 않은 듯했다.

"내가 정말 돈이 없는 놈이라 생각했는데, 여기 더 심한 애가 있네. 그래도 난 소지품 넣을 가방은 있거든."

토미는 씩 웃었고, 젊은이는 2층 침대에서 내려와 손을 내밀었다.

"난 스튜어트야. 그냥 스튜라고 불러."

그는 영국식 억양으로 말했는데, 왜 그런지 약간 익숙하게 들렸다.

"난 토미야. 넌 어디 출신이야, 스튜?"

"리버풀."

그의 대답을 듣고서 토미는 깨달았다. 그 목소리에는 낙농장의 휴게실에 있는 낡은 텔레비전의 지직대던 스피커에서 흘러나오던 바로 그 억양이 담겨있었다. 다섯 살이 될 때까지 매일 오후 그는 〈토마스와 친구들〉을 시청했다. 스튜의 말을 한 마디만 들었는데도 바로 그 시절로 돌아간 것 같았다.

스튜는 좀 더 이야기를 나누고 싶어 했다.

"일주일에 5일 밤을 새우면서 선반에 물류를 적재해 여행 경비를 벌었어. 최악의 짐은 수프 캔이었어. 캔을 하나 떨어뜨려서 발가락을 찧었거든. 여기 봐."

그는 발을 뻗으며 덧붙였다.

"내 생각엔 발가락뼈가 부러진 것 같아. 보이지? 정상 같지 않잖아?"

토미는 얼굴을 찌푸렸다. 그러자 스튜는 짐짓 상처받은 척 소리쳤다.

"야, 그렇게 심하진 않잖아! 그냥 좀 구부러진 거라고."

토미는 살짝 얼굴을 붉히며 대답했다.

"그래서가 아니야! 그냥……. 네가 여기서 어떻게 잘 수 있는지 모르겠어. 여기 냄새가 꼭……."

토미는 애써 말을 골랐다.

"내 친구 중에 숀이라는 애가 있는데, 걔는 제 방 창문을 절대로 안 열고 살았거든. 걔 방에서는 3년 동안 발 냄새가 났어. 이거 열릴까?"

그는 침대 옆에 있는 지저분한 창문을 가리켰다. 스튜는 고개를 저었다.

"아니. 잠겼어. 혹시 단단히 낀 건가? 모르겠다. 하지만 여기 온 사람들은 첫날에 다들 저걸 열려고 하더라고. 내가 조언하자면, 요령은 이거야. 그냥 냄새를 못 맡게 될 정도로 맥주를 마시면 돼."

스튜가 이야기를 늘어놓는 동안, 토미는 잠금쇠를 자세히 들여다보았다. 스튜는 리버풀의 슈퍼마켓에서 일했던 이야기를 시작으로 이제는 이코노미 클래스를 타고 온 이야기를 아주 고화질로 생생하게 묘사하고 있었다.

"그랬더니 승무원이 계속 맥주를 가져다주는 거야! 그래서 난 이거 뭐, 팁이라도 줘야 하나 싶었다니까?"

"알았다!"

토미는 소리를 지르며 창문 잠금쇠에서 무언가를 빼냈다. 그리고 스튜에게 보여주며 말했다.

"볼트가 부러졌었어."

그는 창문을 부드럽게 밀어 올렸다. 따뜻한 공기가 안으로 밀려 들어 왔다. 방 안보다 그리 시원하지는 않았지만, 그래도 땀에 젖은 셔츠와 운동복 냄새는 나지 않았다.

"야, 토미. 이제 우리 뭐 해야 하는지 알아? 바로 다같이 축하하는 거야! 근데 너 몇 살이야?"

스튜의 물음에 토미는 주저하며 대답했다.

"열여덟 살. 사실 오늘이 생일이야."

"정말? 대박인데! 너는 오늘 창문도 열고 생일도 맞았네! 그러면 오늘 밤은 제대로 즐겨야겠는걸.”

토미는 불편한 듯 웃었지만 나중에 호스텔에서 스튜를 만나기로 했다. 하지만 그 전에 해야 할 일이 몇 가지 있었다.

침대 끝에 옷을 쌓아두고 머리를 빗은 다음, 토미는 다시 거리로 나갔다. 이번에는 호스텔 로비에 있는 선반에서 도시 지도를 집어 든 다음 뚜렷한 목적을 품고 걸었다. 자신이 관광객처럼 보이리라는 건 알고 있었다. 제아무리 평범한 관찰자라도 토미가 무언가 잘 있나 확인하는 것처럼 빈손으로 자꾸만 주머니를 만진다는 모습이 대번에 보였다. 그 주머니에는 3,500달러에서 기차표와 아침 식사 비용, 숙박비를 뺀 금액이 들어있었다. 너무 큰돈을 가지고 다니는 게 걱정되었지만 매트리스 아래 숨겨두는 것보다는 주머니에 두는 편이 안전하다고 생각했다. 스튜는 토미가 호스텔을 나서자마자 잠이 들었고, 전날 밤 맥주로 인한 숙취를 떨쳐내려 낮 동안 계속 잔 다음 다시 오늘 밤 토미와 술을 마시겠다고 선언해 둔 터였다.

목적지에 점점 가까워지자 토미는 지도에 나타난 도로 이름에 표시를 했다. 그러다 마침내, 헌트스트리트를 찾아냈다. 그곳은 주요 상점가보다는 조용한 거리로, 건물 대부분이 4층에서 5층 정도 되는 소박한 분위기였다. 건물 1층에는 주로 레스토랑과 카페가 들어서서 거리에는 탁자와 의자가 쭉 널려있었다. 이 길을 지나는 차는 거의 없었지만, 벌써 인도 거리는 관광객들과 직장인들로 붐볐고, 작은 테이블마다 사람들이 다닥다닥 모여앉아 시끄럽게 떠들어 대는 식당들로 가득했다.

음식 냄새에 토미의 배가 꼬르륵거렸다. 그는 빈속으로 접시를 바라보았지만 속으로 생각했다.

'나중에 먹자.'

헌트스트리트는 긴 거리라서 그는 아홉 블록을 걸어야 했다. 계속 걸을수록 희망이 사라져 가던 중, 그는 가능성 보이는 무언가를 발견했다. 이제껏 지나온 건물은 대개 커다란 창으로 햇빛을 들였지만 앞에 보이는 건물은 문 양편으로 두꺼운 널빤지를 붙여 놓아 빛을 차단한 어두운 건물이었다. 토미는 안을 들여다보려 했다. 입구에서는 아무것도 보이지 않았지만, 어쩐지 여기라는 생각이 들었다. 그는 가슴을 쭉 펴고는 심호흡을 한 후 안으로 들어갔다. 속마음이야 어쨌든 자신 있는 표정을 지어보았지만, 어두워서 앞이 안 보이는 바람에 술집에 있는 얕은 턱에 걸려 넘어지면서 자신감이 싹 사라지고 말았다.

"괜찮아요?"

옆에서 어떤 남자가 불쑥 나타났다. 그는 카운터 뒤에서 쏜살같이 달려와 토미를 부축하려고 했다.

"네, 괜찮아요."

토미의 말에도 남자는 아랑곳하지 않고 손을 내밀었고, 토미는 그 손을 잡았다. 뾰족한 갈색 수염과 기다란 코, 단정하게 다듬은 턱수염을 지닌 바텐더를 그는 단번에 알아보았다. 마지막으로 자신이 봤던 모습, 바로 병원에 있는 아들을 면회하러 온 데이브였다.

"정말 괜찮은 거 맞아요?"

데이브가 물었다.

토미는 고개를 끄덕였다.

"네, 저 턱을 못 봤어요."

“저것 때문에 넘어지는 사람이 좀 있어요. 그래서 경고판을 붙여놨거든.”

데이브는 벽을 가리켰다. 거기에는 포스트잇만 한 쪽지가 붙어있었는데, 작은 대문자로 ‘바닥 조심’이라 적혀있었다.

토미는 그걸 보고 웃었다. 그리고 어둠에 익숙해지자 조시가 생생하게 묘사하던 술집 풍경이 서서히 눈앞에 드러났다. 그곳은 건물 깊숙이 쭉 파고들어 이어진 기다란 공간이었다. 한쪽 벽의 절반에는 원목으로 바 테이블을 만들었고, 반대편 벽에는 가죽을 씌운 부스 자리들이 쭉 늘어섰다. 그 사이로는 작은 나무 테이블을 두었다. 내부 조명은 밝지 않고 은은했다. 토미가 몸소 헛디뎌 가며 배운 점이었다. 영화에서 봤음직한 구식 램프가 부스 자리마다 놓인 게 꼭 금주법 시대의 주류 밀매점 같은 분위기였다. 반면 바 뒤쪽으로는 아케이드 게임기 세 대가 놓여서 예스러운 분위기를 깼다. 핀볼 머신 두 대와 조이스틱이 달린 팩맨 게임기가 불빛을 번쩍이며 새된 소리로 음악을 흘렸다. 여기다 칵테일을 엎지른 냄새와 위스키 향기가 희미하게 났는데, 이 냄새를 맡으면 이곳에 계속 있고 싶을 것만 같았다. 마음이 약간 느슨해지니까.

“정말 괜찮은지 확인할 때까지 잠깐 와서 앉아요.”

데이브는 토미를 바 쪽 의자에 앉히고서 물었다.

“누구 만나러 왔어요?”

“음, 사실은요, 저는 여기 선생님을 만나러 온 거 같은데요.”

토미가 말했다(그는 이 순간에 모든 것이 걸려있음을 뼈저리게 느꼈다). 그러자 조시의 아버지는 놀란 얼굴이 되었다.

“나를요?”

“여기 매니저 맞으시죠?”

갑자기 토미는 스스로에게 자신이 없어졌다.

“음, 그래요. 내가 매니저요. 데이브, 데이브 손더스요.”

“저는 토미 루엘린입니다.”

“만나서 반갑군요, 토미 루엘린. 자, 내가 뭘 도와주면 되려나?”

“일자리를 구하고 싶습니다. 어떤 일이라도 괜찮습니다. 전 칵테일을 만든 경험은 많진 않지만 열심히 배우고 싶어요. 그리고 뭐든지 시켜만 주시면 열심히 하겠습니다. 유리잔을 닦든, 바닥을 청소하든, 뭐든지요.”

토미는 상당히 빠르게 말을 늘어놓았다. 멋있고 자신감 있어 보이기에는 말이 빨랐다는 걸 깨달았지만, 지금은 너무 늦어버렸다.

데이브는 미소를 지었다. 이 애가 맘에 들어서였다. 게다가 경험 없는 애들은 임금이 싼 법이다.

“왜 여기에 왔어요? 이 상점가에는 더 많은 걸 배울만한 곳이 널려있는데. 혹시 이력서를 들고 아무 데나 들어가는 건가?”

토미는 강하게 고개를 저었다.

“절대로 아닙니다. 제가 찾아온 건 여기뿐이에요. 그리고 전 이력서도 없고요. 친구가 몇 년 전에 여기 이야기를 해줬습니다. 여기서 일하고 싶다면서요. 그래서 저도 그 말에 꽂혔나 봅니다.”

데이브는 잠시 호기심 어린 표정이 되었다. 토미는 누가 이토록 이 술집을 극찬했느냐는 질문이 나오기를 기다렸다. 하지만 데이브는 다른 질문을 던졌다.

“아직 열여덟 안 됐죠, 토미?”

“아뇨, 열여덟인데요.”

토미는 이렇게 대답하고는 잠시 말을 멈추었다. 혹시 무례하게 들렸던 건 아닐까 걱정이 들었다.

"음, 사실 된 지 얼마 안 됐어요. 정확히는 오늘 됐습니다, 손더스 씨."

그는 공손하게 대답했다.

"그렇다면야. 일단 생일 축하해요. 하지만 나를 '손더스 씨' 따위로 부르면 안 돼요. 그런 소리를 들으면 늙었다는 기분이 들거든. 그냥 '데이브'라고 불러요."

데이브는 생각에 잠긴 채로 턱수염을 쓰다듬으며 말했다.

"자, 토미. 그러면 내일 오후 5시쯤에 다시 오면 어떨까요? 금요일이 제일 바쁜 날이라서 일손이 필요하거든요. 하루치 임금의 절반으로 일하게 해줄 테니까. 그리고 일을 잘하면 채용해 줄게요."

토미의 얼굴에 절로 미소가 퍼졌다. 데이브는 덧붙여 말했다.

"하지만 바에서 일할 수는 없고, 술잔을 수거해서 설거지를 하도록 하죠. 그래도 좋다면 내일 봅시다."

"좋고말고요. 대단히 좋습니다. 고맙습니다, 데이브."

이제 아까 걸려 넘어진 문턱을 조심하며 넘으며 나가려는데, 데이브가 부르는 소리가 들렸다.

"아, 토미. 그게 누구였어요?"

"누구요?"

"'더 홀'에 대해서 말해준 사람이 누구였냐고. 혹시 여기에서 일했던 사람이려나?"

토미는 걸음을 멈췄다.

"몇 년 전에 만난 애였어요. 이름은 기억이 안 나네요."

하지만 토미는 그 애의 이름을 잘 기억하고 있었다. 조시가 토미의 이름을 기억하지 못해서 그렇지. 아니, 그런 생각은 무의미했다. 토미가 다시금 조시와 우정을 쌓으려면 냉정하게 행동해야 했다. 지금은 말이다.

데이브는 어깨를 으쓱였다.

"못 한다면 괜찮아요. 좋아, 그러면 내일 5시에 봐요. 늦지 말고."

토미는 미소를 지으며 약속했다.

"실망하시는 일 절대로 없게 하겠습니다."

토미는 숙소로 가면서 가게를 몇 군데 더 들렀다. 처음 간 곳은 앞 유리창에 벗겨져 가는 페인트로 이름을 써둔 작은 가게였다. 그 안에서는 옷을 팔았는데, 선반이 아닌 커다란 철망으로 만든 통에 옷을 담아놓고 옆에다 가격을 휘갈겨 적어놓았다. 토미가 들어서는 걸 보자 진하고 덥수룩한 눈썹에 돈 가방을 허리에 달고 있는 노인이 고개를 끄덕였다. 토미는 셔츠 여섯 벌을 골랐다. 술집에서 데이브가 입었던 딱 달라붙는 셔츠와 최대한 비슷해 보이는 것을 찾으려고 했다. 그리고 거기에 어울리는 바지도 몇 벌 골랐다.

그렇게 해서 모아둔 돈이 더 줄어들었다. 두 번째로 들른 곳은 슈퍼마켓으로 칫솔과 치약, 면도기를 샀다. 그러다 뱃속이 항의하며 꼬르륵대는 소리가 들렸다. 수프캔과 건파스타면 봉지에 둘러싸인 가운데, 토미는 끼니를 때우는 일이 이미 준비된 음식이 있는 식당에 방문하는 것만큼 간단한 일이 아니라는 걸 실감했다.

자신에게는 식료품이 있어야 했고, 그걸로 어떻게든 해야 했다. 토미는 처음으로 고민했다.

'혹시 내가 너무 섣부르게 움직인 건 아니었을까.'

건물을 통째로 벗겨내고, 페인트칠하고, 가구를 고치고, 정원을 가꾸는 건 독학했지만 한 번도 요리해 본 적 없는 재료들로 가득한 부엌을 떠올리자 너무 힘들어졌다. '괜찮겠지' 하고 토미는 생각했었다. '재시작'과 같은 특별한 상황에서는 허점을 찾아낼 수 있었던 그였다. 그러나 엄마와 아빠가 가르쳐 주었어야 할 일상생활이 닥쳐오자 속수무책이었다.

15분 후, 토미는 비닐 쇼핑백을 들고 허덕이며 거리를 터덜터덜 걷고 있었다. 호스텔에 도착했을 즈음에는 두 팔이 타는 듯이 아팠고 손가락에는 새빨갛게 팬 상처가 생겼다. 그는 식료품을 들고 주방으로 가서 커다란 샌드위치를 두 개 만들었다. 그리고 빈 선반 구석에 봉지를 둔 다음, 다른 투숙객이 안에 든 걸 훔쳐 갈까 봐 봉지 손잡이를 단단히 묶었다.

토미는 샌드위치 접시를 들고서 방으로 돌아왔다. 스튜나 다른 사람과 대화할 수 있지 않을까 하는 마음에서였다. 하지만 호스텔 방에는 아무도 없었다. 침대에 혼자 앉은 그는 삐걱대는 얇은 비닐 매트리스 위로 해진 시트를 깔고는 그 위에 앉아 홀로 식사했다. 그리고 새로이 살게 된 곳을 둘러보자, 불과 몇 시간 만에 인생이 확 달라졌다는 생각이 들면서 피로가 물결처럼 밀려왔다. 배까지 든든히 찬 상태로 홀로 앉아 자그마한 창문으로 비쳐오는 오후의 햇살을 받으며 꾸벅꾸벅 조는 토미를 막을 것은 아무것도 없었다.

호스텔 방 안으로 신이 난 목소리가 울려 퍼지자, 토미는 벌떡 일어나 앉았다. 그러다 위층 침대 바닥에 머리를 그만 찧을 뻔했다. 창문 너머로 보이는 좁은 하늘 한 자락은 완전히 어두워졌고, 방 끝 편에 하나씩 달린 머리 위 형광등이 깜빡이는 가운데 스튜는 사람들을 끌고서 안으로 들어왔다.

"오늘 생일 맞은 녀석! 일어났네!"

스튜는 벌써 맥주를 들고서 소리쳤다.

"응, 나 때문에 방에서 못 놀았으면 미안해."

토미는 소심하게 대답했다.

"신경 쓰지 마, 친구. 오늘 밤을 위해서 미리미리 자두는 줄 알았어."

그는 씩 웃었고, 앞으로 무슨 일이 벌어질지 알 수가 없던 토미는 불안한 마음이 살짝 스쳤다.

"다른 사람들은 아직 안 만나봤지?"

토미는 고개를 끄덕였다. 스튜 옆을 보니 또래로 보이는 남자 한 명과 여자애 두 명이 있었다.

"얘는 피트야. 우리 둘 다 잉글랜드 출신이지. 아니, 여행을 같이 하진 않았어. 그래, 얘는 자기가 술 살 차례가 되면 없어진다고."

피트는 스튜를 째려보면서 꺼지라고 말했다.

스튜는 어깨를 으쓱였다.

"왜, 내가 틀린 말 했냐? 피트."

그는 이렇게 말하더니 피트 옆에 있는 여자애들을 바라보았다.

"얘는 카테리나고, 얘는 알렉스야. 나랑 피트와는 다르게, 애네는 진짜 같이 여행하는 사이지."

토미는 알렉스와 먼저 악수를 한 다음, 카테리나에게 손을 내밀었다. 그들은 거의 똑같아 보이는 옷을 입고 있었다. 민소매 상의에 길고 매끈한 다리를 내보이는 반바지였다. 하지만 비슷한 점은 거기까지였다. 알렉스는 짧은 진갈색 머리에다 최근에 햇볕에 잘못 탄 것처럼 살갗이 붉은 빛을 띠었다. 카테리나의 머리는 밝은 색이었고 뒤로 묶은 포니테일이 길게 늘어졌다. 그녀의 피부는 적당히 햇볕에 그을린 금빛이었고, 토미를 향해 미소를 짓자 치아가 눈부시게 빛났다.

"안녕. 넌 어디서 왔어?"

토미는 살짝 수줍은 기색으로 물었다.

"독일에서 왔어. 뮌헨 출신이야."

카테리나의 억양은 강했지만 분명하고 자신감 있는 말이 흘러나왔다.

"네가 창문 고쳤어?"

그가 고개를 끄덕이자, 카테리나는 감동한 기색으로 한쪽 눈썹을 치켜뜨더니 극적인 어조로 말했다.

"너는 첫날부터 우리 목숨을 구해줬어."

토미는 얼굴을 붉히면서 무어라 할 말을 찾아보았다. 빨개진 자신의 얼굴에서 남들의 시선을 돌릴만한 말이면 뭐든 좋았다.

"스튜. 있잖아, 나 오늘 일자리를 구했어."

"잠깐만, 너는 그럼 오늘 일자리를 구했는데 생일이기도 하고 게다가 창문도 고친 거구나! 얼른 옷 입어. 축하하러 나가자. 밖에서 기다리고 있을게."

토미는 재빨리 새 셔츠를 입었다. 값싼 옷 더미 속에서 건진 셔츠였다. 그리고 거울에 비친 자신의 모습을 살폈다. (사실, 토미는 태어나서 처음으로 자신의 머리 모양이 어떤지 신경 쓰는 중이었다.) 그는 무심코 손을 다시 주머니에 넣었다. 돈이 그대로 있다는 걸 확인한 토미는 새로운 룸메이트들에게 갔다.

술집 바닥은 끈적거렸다. 내부가 조용했다면 신발이 카펫에서 떨어질 때마다 쩍 소리가 들렸을지도 몰랐다. 하지만 그 안은 사람들이 서로 어깨를 맞닿아 서있어야 할 만큼 붐빈 데다, 머리 위 천장에 내장된 스피커에서 저음이 끊임없이 쿵쿵 울려대서 너무 시끄러웠다. 하지만 조용했다 해도 토미는 발바닥 소리 따위는 듣지 못했을 것이다. 지금 그는 전에 단 한 번, 바로 어퍼 리치의 놀이터 미끄럼틀 아래에서 경험했던 음주 상태로 착실하게 들어가고 있었으니까. 물론 그때보다는 나이도 많아졌고 혈류에 스며드는 알코올을 흡수할 만한 체격도 더 갖춘 상태였다. 맥주 예닐곱 병에다가 뭔지 발음도 못할 이름의 술 두 잔까지 마셨다. 게다가 지금은 기분도 좋았다. 그는 사람들이 옹기종기 모여 선 테이블에 몸을 기대고 앉아있다가, 이제 그만 돌아가자는 피트의 말을 듣고 자신도 모르게 실망했다.

"아니, 왜 이래? 아직 시간이 많은데!"

토미가 음악을 뚫고 피트에게 소리쳤다. 하지만 피트는 부정적으로 대꾸했다.

"아니야, 토미. 나는 8일 연속으로 술을 마셨더니 지쳤다고. 내일 또 오면 돼. 금요일 밤은 항상 더 많이 모이거든."

그때, 카테리나가 피트에게 윙크하며 말했다.

"그러면 나랑 한잔 더 해, 토미."

그녀는 알렉스의 귀에 입을 대고는 무어라 말했다. 알렉스는 처음에 어리둥절한 표정을 지었지만 이내 어깨를 으쓱이고는 자리에서 일어났다. 알렉스와 피트, 스튜는 사람들을 헤치고 떠났다.

"여기 있어. 내가 네 생일이니까 특별한 선물을 줄게."

카테리나는 이렇게 말하고는 잠시 후 갈색빛이 도는 술 두 잔을 가지고 돌아왔다. 위에는 얇게 크림 층이 떠있었다.

"에스프레소 마티니야. 내가 제일 좋아하는 술이지."

카테리나는 미소를 지으며 말했다.

"생일 축하해, 토미."

그들은 잔을 부딪쳤다. 토미의 잔이 옆으로 미끄러져 바닥에 액체가 고였다.

토미는 카테리나에게 여행은 어떠냐고, 고향에서는 어떻게 살았느냐고 물었다. 그녀의 외국 억양이 섞인 영어가 시끄러운 음악과 뒤섞여서 들리는 바람에 알아들을 수는 없었지만, 말이 들려올 때마다 토미는 미소를 지으면서 고개를 끄덕였다. 카테리나가 말할 때마다 포니테일이 흔들리는 모습이 좋았다. 그녀는 말할 때 요점을 강조하기 위해 정신없이 손짓을 했다. 토미가 질문하는 중간중간 술을 홀짝이다 보니 금세 그들의 잔이 비었다.

"자, 토미. 이젠 갈 시간이야."

카테리나가 결정을 내리자 토미는 순순히 그녀를 따라 술집을 나와 거리에 섰다. 바깥 밤공기의 고요함이 귓가를 울렸다. 갑자기 머리가 띵해지면서 훔친 술에 잔뜩 취해 어퍼 리치 도로를 마구 달리던 자신의 모습이 떠올랐다. 음, 그 후에 떠오르는 건 없었다. 그저 아팠을 뿐이었다.

하지만 둘이 함께 인도를 걷자 그 기억도 흐릿해졌다. 도시는 밤에 더 차분했지만 그럭저럭 생동감이 들 만큼 여전히 차들과 보행자들이 있었다. 토미는 자기도 모르게 이 밤거리와 낙농장의 밤을 비교하게 되었다. 낙농장에서 들리는 소음이라고는 가끔 인근 농장주들이 토끼를 잡을 때 쏘는 산탄총 폭음뿐이었다. 그는 자신의 생각을 카테리나에게 말해주고 싶었지만, 아무리 자제력이 무너진 상태라 해도 그녀가 자신을 이 대도시에 풀려난 소심한 시골 남자애라고 생각할까 봐 신경이 쓰였다.

토미와 카테리나는 나란히 서서 걸었고, 가끔 다른 사람과 마주치면 지나가라고 서서 비켜주었다.

"그런데 알렉스는 왜 그래? 걔는 날 별로 안 좋아하는 것 같던데."

토미가 불쑥 묻자 카테리나는 웃었다.

"아니. 아니야, 그런 거. 걔는 영어를 잘 못해. 내가 보기엔 뭐라고 말해야 할지 몰라서 그런 거야."

"음, 너는 영어 완벽해."

토미의 말에 카테리나는 손을 뻗어 그의 손을 잡았다. 그러자 토미의 팔을 타고 전율이 확 퍼졌다. 그들은 인도를 계속 걸었고, 호스텔에 도착하자 그는 카테리나에게 문을 열어주었다.

그들의 호스텔 방은 이미 어두웠고, 같이 방을 쓰는 세 사람은 모두 깊게 잠들어 리드미컬한 숨소리가 들려왔다. 피트는 나직하게 코를 골았는데, 그의 코에서 휘파람 소리가 나자 토미와 카테리나는 웃음을 억지로 참아야 했다. 카테리나는 문 근처에 있는 침대에 핸드백을 던졌지만 침대로 가지는 않았다. 오히려 토미를 방 맨 끝에 있는 그의 침대로 데려갔다.

"앉아, 토미. 너 취했어."

그녀는 속삭이듯 단호하게 말했다.

"너도 취했잖아."

토미는 이렇게 대꾸했지만 어쨌든 순순히 말을 들었다. 하지만 매트리스 위에 앉으려다가 뒤통수를 침대 프레임에 세차게 부딪쳤다.

"괜찮아?"

카테리나가 걱정 어린 목소리로 물었다.

토미는 고개를 끄덕였다. 사실 살짝 멍한 느낌이 있기는 했지만 그게 머리를 찧어서인지, 술 때문인지, 아니면 예쁜 여자가 자기를 침대로 데리고 와서인지 알 수 없었다.

카테리나는 토미의 옆에 앉더니, 그에게 얼굴을 바짝 대고 속삭였다.

"정말 괜찮아?"

그는 멍하니 고개를 또 주억거렸다. 그러자 카테리나의 입술이 그의 입술에 닿았다. 그녀는 토미에게 키스하면서 그 입술을 부드럽게 물었고, 토미도 입맞춤에 응했다.

'맙소사, 나 이제 어떡해야 하지?'

머릿속으로 이런 생각을 하는데, 그녀가 토미의 마음을 읽었던

지 나직하게 말했다.

"누워있어. 곧 돌아올게."

토미는 그녀의 지시를 고분고분하게 따라 베개에 머리를 대고 누웠다. 그리고 문을 향해 살금살금 다가가는 카테리나의 모습을 흐릿한 시야로 지켜보았다. 눈을 감자 어느새 살짝 후회가 들었다. 이토록 술에 취하지 않았으면 좋았으련만. 그러면 내일 아침 이 순간을 좀 더 또렷하게 기억할 수 있었을 텐데.

카테리나는 바깥 복도에 서서 공용 화장실 순서를 초조하게 기다렸다. 드디어 문이 열리고 커다란 금발 남자가 밖으로 나오더니, 카테리나 옆을 지나가며 미안하다는 듯 어색한 미소를 지었다. 그녀는 위산의 악취가 확 끼쳐오자 눈살을 찌푸렸다. 그날 호스텔에 묵는 사람 중 과음을 한 건 토미만이 아니었던 것이다.

이윽고 카테리나는 화장실에서 나와 방으로 돌아갔다. 지금 들어가면 토미는 어떤 상태일지 그녀는 궁금해졌다. 문을 닫고서 조심스럽게 귀를 기울이자, 휘파람처럼 들리는 피트의 나직한 코골이 말고는 그저 조용했다. 그녀는 자신의 침대를 지나쳐 토미가 누운 침대로 갔다. 그리고 매트리스 끝에 앉아, 열광적인 반응을 기대하며 키스를 하려고 몸을 숙였다.

하지만 그런 반응은 없었다.

토미는 금방 잠들어 버렸으니까.

토미는 눈앞에 보이는 위층 침대의 바닥을 올려다보며 여기가

어딘지 애써 생각했다. 입안은 텁텁하고 메말랐다. 입에 감도는 신 우유 맛을 없애려는 마음으로 침을 삼켜보았지만 허사였다. 그는 가만히 누워서 전날 밤에 있었던 일을 떠올려 보았다. 숙소로 오는 동안 카테리나가 그의 손을 잡았다. 그녀가 키스했다는 생각까지 들자 미소가 절로 나왔다. 그의 첫 키스였다. 하지만 그다음엔 무슨 일이 있었는지 알 수가 없었다. 분명히 무슨 일이 있기는 있었는데. 그 키스는 분명히 수많은 가능성을 약속했는데. 하지만 아무것도 기억나지 않았다. 그러니 카테리나에게 물어봐야 했다.

토미는 자리에서 일어나다가 다시금 머리를 부딪쳤다. 전날 밤 뒤통수를 찧었을 때는 아무렇지도 않았건만. 지금은 관자놀이에 죔쇠를 끼우고 핸들을 돌린 기분이었다. 얼굴을 찌푸리고 있자니 건너편 2층 침대 위에서 스튜가 인사를 건넸다.

"잘 잤어?"

그는 앉은 다리를 한 채로 책을 읽고 있었다. 그리고 토미에게 장난스럽게 씩 웃었다.

"어젯밤에 너희 둘이 뭐 했어?"

토미는 겸연쩍은 미소를 지었다. 뭐라 대답할지 몰라서이기도 했다. 그리고 카테리나가 아직도 침대에 있는지 방 저편을 바라보았다. 그녀는 침대에 없었고, 그 위에서 자던 알렉스도 없었다. 사실, 여자애들의 옷과 가방도 사라진 상태였고, 침대 시트도 벗겨둔 상태였다. 그저 갈색 비닐 매트리스의 겉면만이 보였다.

"여자애들 어디 갔어?"

토미는 애써 아무렇지 않은 목소리로 스튜에게 물었다.

"일찍 퇴실했어. 아마 새벽 6시쯤 나갔던가."

"뭐라고? 카테리나는 여기에 몇 주 더 있을 거랬는데. 왜 갔대?"

토미의 질문에 스튜는 어깨를 으쓱였다.

"나야 모르지. 나한테는 아무 말 안 하던데. 그냥 가는 걸 봤어. 틀림없이 더 좋은 데를 알아서 간 거겠지. 어딘가 태워준다는 제안을 받았을 수도 있고. 그런 일 종종 있어."

토미가 저도 모르게 당황한 표정을 지었는지, 스튜가 덧붙여 말했다.

"기운 내라. 걔 때문에 네가 속상할 건 아니야. 걔랑 알고 지낸 지 몇 시간밖에 안 됐잖아."

"그래, 그렇지. 몇 시간 재밌게 논 거지."

"그래. 어젯밤 재미있었어."

스튜는 책을 덮고서 덧붙였다.

"오늘 아침 속은 좀 어때?"

"나아졌어."

토미가 순순히 말하자, 스튜가 조언했다.

"가서 토스트 좀 먹어. 물도 마시고. 마실 수 있으면 커피도 마셔. 그러면 훨씬 나아질 거야. 진짜로. 다 내 경험에서 나오는 말이야. 그리고 옷 갈아입고. 어젯밤에 너 술을 좀 흘린 거 같더라."

토미는 옷을 내려다보았다. 그는 어젯밤 술집에 갔던 차림 그대로였다.

그는 깨끗한 셔츠로 갈아입은 다음 바지를 벗으려다가 현금 뭉치를 떠올렸다. 그걸 반바지로 옮겨 담아야 했다.

그래서 주머니에 손을 꽂았다. 그런데 텅 비어있었다. 다른 편 주머니를 보았지만 술집에서 받았던 찢어진 도화지 술 받침 말고는 아무것도 없었다.

2분 후, 정신없이 매트리스를 뒤집어 보고 가진 옷가지를 죄다 샅샅이 뒤진 끝에, 토미는 처음에 퍼뜩 들었던 생각에 다시금 도달하고 말았다. 돈이, 1달러도 남기지 않고 모두 사라졌다. 그리고 사라진 시점은 새벽 6시쯤이었다는 생각이 들었다.

11

토미는 길게 이어진 차량 행렬에 틈이 나기를 기다렸다가 교차로를 잽싸게 뛰어 건너갔다. 더 홀까지는 꽤 먼 거리였고, 첫날부터 늦을 수는 없었다.

'지금 모습은 괜찮지 않나?'라고 그는 생각했다. 의외로 상태가 괜찮았다. 그러니 고용될 수 있다는 확신이 들었다. 그는 전날 봤던 데이브의 모습과 거의 똑같은 셔츠를 입었고(그 셔츠는 데이브보다 토미 또래의 남자에게 더 잘 어울리는 스타일이었다), 머리도 단정히 빗고, 면도도 했다. 코가 살짝 휘어있는 얼굴에 전날의 숙취가 좀 남긴 했지만 지금 모습은 최선이었다.

겉으로 보기에 토미는 차분해 보였다. 처음으로 근무를 앞둬서 조금 긴장한 기색 정도가 보인달까. 하지만 속에서는 성질이 부글부글 끓고 있었다. 카테리나 때문만은 아니었다. 스스로에게도 너무 화가 나서였다. 어쨌든 술을 너무 많이 마신 건 자신의 잘못이었다. 카테리나가 자신에게 관심이 있다고 생각한 것도 잘못이었다. 애초에 그 돈을 주머니에 넣고 다니다가 성인이 되자마자 첫날에 잃어버릴 만큼 순진한 것도 잘못이었다. 그는 프런트에 있던 여자, 그러니까 브리짓에게 모든 사실을 이야기했고, 그녀는 토미 대신 경찰에 전화를 걸어주어 도난 신고를 했다. 그러나 일단 모든 변명거리가 사라진 후에는 자신의 말이 얼마나 멍청하게 들리는지 깨닫게 되었다.

"주머니에 3,000달러를 넣고 술집에 갔다가 술에 취해 여자랑 같이 돌아와서 정신을 잃었어요."

경찰관은 딱히 동정심을 보이지 않았다.

"그렇군요. 호스텔 공용 침실에 묵는다는 거죠. 거긴 문에 잠금장치도 없고. 그러면 그 여자가 돈을 가져간 걸 어떻게 알았어요?"

"그게…… 정확히는 몰라요. 하지만 돈은 분명 사라졌다고요."

토미는 자신의 신고 내용이 경찰관의 수첩에 적히지도 못했을 것이라고 생각했다. 특히 경찰이 자신에게 신분증을 요구했지만 아무것도 줄 수가 없었으니까. 자신에겐 도서관 카드조차 없었다. 그러니 토미는 이걸 어떻게든 해결해야 했다.

몇 시간 전에 피트가 준 진통제를 먹은 덕에 두통은 사라졌다. 하지만 더 홀에 가까이 다가가면서 드는 긴장감에는 진통제의 약효가 소용없었다. (턱에 걸려 넘어지지 않도록) 조심스레 들어가자, 안에는 벌써 손님이 열두어 명 넘게 있었다. 대부분 퇴근하고 온 사람들이었지만, 적어도 테이블 셋 중 하나는 점심 식사 후 술을 마시러 왔다가 계속 죽치고 앉아있는 사람들인 것 같았다.

데이브는 바 뒤에 서있다가 토미를 보자 고개를 끄덕였다.

"일찍 왔네. 시작이 좋군요. 내가 안내해 주지요. 하지만 오래는 못 해요. 곧 손님들이 밀려올 거라서.”

안내는 정말 짧게 끝났다. 데이브는 술집 뒤쪽 거울 앞으로 도시의 빌딩처럼 쭉 늘어선 술병들이 있는 바 자리와 아케이드 게임기들을 가리키며 설명했다.

“트와일라잇 존(핀볼 게임의 이름—옮긴이)이 또 말썽이야. 월요일에 수리 기사가 오기로 했는데 손님들은 신경 안 써요. 사실은 다들 이 기계가 고장 나기를 바라거든. 그것도 일종의 색다른 경험이니까.”

마지막으로 그는 주방을 보여주면서 토미가 대개는 여기서 있게 될 것이라고 했다.

“15분마다 뒤쪽부터 앞까지 안을 쭉 돌면서 잔을 수거해요. 떨어뜨리지 않게 조심하고. 한두 잔 정도야 괜찮아요. 사고야 일어날 수 있는 거니까. 하지만 석 잔째부터는 물어내야 할 거예요. 주방으로 가져온 맥주잔은, 그래, 그거, 식기세척기에 넣으면 되고. 세척기가 다 찬 다음에 돌리도록 해요. 맥주잔이 아닌 거, 그러니까 칵테일 잔이랑 접시는 손으로 직접 설거지하고. 알겠죠?”

토미는 고개를 끄덕였다.

“좋아요. 질문은?”

토미는 ‘네, 조시는 어디 있죠?’라고 묻고 싶었다. 하지만 다른 대답을 했다.

“없습니다.”

“그래요. 자, 그러면 저기서 테이블 닦던 르네를 봤는지 모르겠는데…….”

토미는 르네를 분명히 보았다. 그녀는 30대 후반의 매력적인 금발 머리 여자였다.

"르네는 서빙도 해요. 그리고 뭐든 말하면 시키는 대로 하면 돼요. 제이미는 음식 담당이고."

데이브는 주방 반대편에 있는 젊은 아시아 여자를 가리켰다. 그녀는 토미에게 손을 흔들어 보였다.

"우리는 그냥 치즈랑 올리브 정도만 내거든요. 칵테일은 저녁 8시부터 주문이 폭주해서 그때 바텐더가 한 명 더 올 겁니다. 그럼 잘해봐요."

데이브는 급히 매장으로 들어갔다. 토미는 업소용 식기세척기와 텅 빈 커다란 싱크대 앞에 혼자 남겨졌다. 그는 심호흡을 한 다음, 무언가 설거지할 것이 있는지 찾으러 나갔다.

두 시간이 지나자 비눗물에 전 손끝에 자글자글 주름이 지고, 한 자세로 오래 서있다 보니 다리가 아팠다. 하지만 토미는 지금 이 시간을 즐기고 있었다. 특히 느릿느릿해도 돈을 벌고 있다는 게 좋았다. 지금은 주머니에 구멍이 나서 채워야 했으니까. 그와 제이미는 대화를 조금 나누었을 뿐이었다. 제이미는 친절하게도 과자가 담긴 접시를 그에게 내밀었다. 그녀는 좋은 사람 같았고, 토미가 어디 출신인지 같은 걸 꼬치꼬치 캐묻지 않았다.

사실을 말하자면 제이미는 토미가 자신에게 추근대지 않아서 그저 만족했다. 토미 이전에 설거지를 맡았던 남자는 온 지 30분 만에 그녀에게 혹시 동료랑 섹스하면 안 되는 규칙이 혹시 있냐고 물었다. 그래서 제이미는 데이브에게 불만을 제기했지만, 그는 씩 웃으며 그건 칭찬으로 받아들여야 하는 말이라고 대답했다.

토미는 테이블에 놓인 유리잔을 수거하려고 어떤 손님 옆으로 몸을 기울이고는 손에 들고 있던 잔 더미에 올려놓았다. 주방에 있어도 괜찮긴 했지만, 그는 벌써 홀에서 일하는 게 더 마음에 들었다. 손님들을 볼 수 있고, 그들과 잠깐 웃을 수도 있었으며, 그들의 일과 돈과 섹스를 비롯한 온갖 종류의 이야기들, 그러니까 어퍼 리치에서는 절대로 들을 수 없는 이야기를 들을 수 있었기 때문이었다.

왼손에서 어깨까지 아슬아슬하게 쌓은 유리잔 탑의 무게중심을 살짝 옮기고 있던 순간이었다. 뒤쪽 테이블에서 왁자하게 웃음이 터졌다. 토미는 화들짝 놀라 뒤를 휙 돌다가 그만 맨 위에 쌓인 컵 두 개가 탑에서 떨어지고 말았다. 잔들은 깔끔하게 호를 그리며 날아가더니 반질반질한 콘크리트 바닥에 연이어 부딪혔다. 잔 깨지는 소리는 마치 총소리처럼 와글와글한 소리를 뚫고 퍼졌다. 순간 내부에는 정적이 흘렀지만 그도 잠시, 어두운 술집 곳곳에서 끊어졌던 대화가 다시금 시작되었다. 토미는 나머지 잔을 바 자리로 옮겼고, 데이브는 그에게 빗자루를 건네주며 말했다.

"벌써 두 개 다 찼네."

토미의 얼굴이 귀 끝까지 새빨개졌다. 그는 깨진 유리잔 옆에 쪼그려 앉아 흩어진 조각들을 살펴보았다. 유리 조각은 폭발의 파편처럼 사방에 흩어져 있었다. 유리를 쓸기 시작하자, 땡그랑대는 조각 소리는 술집의 대화 소음에 묻혀 거의 들리지 않았다. 토미는 쪼그려 앉아있다는 사실에 내심 안심했다. 적어도 여기서는 아무도 자신을 보지 못할 테니까. 하지만 그 순간, 신발 한 켤레가 그의 옆에 나타났다.

"네가 새로 온 애로구나. 데이브는 걱정하지 마. 잔 같은 건 우리 모두 깼다고."

토미가 고개를 들자, 이곳 매니저인 데이브가 말끔하게 면도한 젊은이라면 이렇게 생겼겠구나, 싶은 사람이 앞에 서 있었다.

'조시.'

토미는 자리에서 벌떡 일어나 조시와 좀 열렬하다 싶을 정도로 악수했다. 그건 오랜 친구들이 서로를 반가워하는 방식이었다.

조시는 재밌다는 기색으로 물었다.

"신입, 이름이 어떻게 돼?"

"난 토미야."

토미는 조시가 자신을 처음 만나는 자리라는 걸 떠올렸다. 병원에서 처음 만난 후로 두 번의 '재시작'이 있었다. 그는 조시에게 어렴풋한 기억 속 인물조차 아니었다. 생판 모르는 사람이었다.

"만나서 반가워, 토미. 나는 조시야. 그리고 네가 묻기 전에 대답해 주는 건데, 데이브는 우리 아빠야. 최상급 연줄이지."

토미는 친구를 유심히 바라보았다. 병증이 깊어 보였던 누런 기색은 사라지고, 평범하고 건강한 안색이었다.

조시는 깨진 유리 더미를 가리키며 말했다.

"이거 누가 밟기 전에 얼른 치워야겠다. 첫날부터 이것 때문에 가게가 고소당하면 아빠가 버럭버럭 난리를 칠 거라서."

토미는 다시 쭈그려 앉았지만, 뒤죽박죽이던 때와 달리 머릿속은 맑게 가라앉아 있었다.

'날 찾아와.'

조시는 그렇게 말했다. 자, 토미는 그를 찾아내었고, 이제부터 병원에서 수없이 이야기를 나누었던 바로 그 장소에서 같이 일하게 되었다. 물론, 조시는 지금 토미가 누구인지 모르는 상태였지만, 토미 입장에서 보자면 그건 별일이 아니었다. 세상에는 처음부터 친구가 될 운명인 사람들이 있는 법이니까.

○

토미는 다음 날 밤에도 근무했다. 그다음 주에는 사흘을 근무하게 되었다. 그리고 월말이 되자 데이브는 토미가 이제껏 유리잔을 깬 일이 두 건밖에 되지 않는다는 점을 좋게 보고 그를 정규직으로 전환했다.

"애가 손이 빨라. 조심성도 있고, 손님한테도 사근사근하고. 내가 보기에는 원하는 만큼 일을 시켜도 될 것 같은데."

데이브는 마감 시간에 매장을 청소하면서 아들에게 말했다.

"토미는 르네 일도 대신할 수 있을 거야."

조시는 아빠의 옆구리를 팔꿈치로 슬쩍 찌르며 대답했다. 데이브와 금발 웨이트리스의 사이는 이 거리에서 모두가 다 알고서 혀를 차는 비밀이었다. 조시는 신경 쓰지 않았지만, 그래도 데이브가 몸을 숙이고 테이블을 닦는 르네를 바라보는 모습을 포착할 때는 신경이 쓰였다.

'남들 다 보는 데서 아빠가 저렇게 다른 여자한테 더러운 눈길을 던지는 걸 아들 된 입장에서 봐야 한단 말이야?'

조시는 속으로 생각했지만, 그래도 아빠가 눈길을 던지는 여자가 딱 한 명이라는 말이기도 했다. 여기 오는 여자들한테 죄다 추파를 던지지 않는 게 어디인가. 아빠가 엄마만을 바라보고 살았다면 얼마나 좋았을까, 하며 조시는 내심 아쉬워했다.

"얼른 벤치 좀 치워. 그래야 가게를 닫지. 네가 내 아들이긴 하지만, 그래서 해고를 못 하는 건 아니라고. 그리고 이것도 계속할 거야."

데이브는 지폐를 세어 현금을 봉투에 넣으면서 대답했다.

"아빠, 제발 좀 이러지 마! 지금이 무슨 80년대인 줄 아냐고. 곧바로 계좌에 입금해도 되는 거 알잖아."

데이브는 조시가 르네 같은 소리를 하기 시작했다고 보았다. 르네는 같이 자는 남자에게서 봉투에 담긴 돈을 받으니까 기분이 더럽다고 말했다. 하지만 데이브는 매니저로서 언제나 이런 식으로 일했다. 게다가 그는 임금 일부를 장부에 올리지 않고 비공식적으로 처리했는데, 가게 주인들은 그러는 걸 좋아했다. 덕분에 데이브와 다른 직원들까지 모두 여기서 일할 수 있는 것이었다.

마지막 손님들은 10분 전에 떠났다. 그들은 여섯 명쯤 되는 술고래들이었는데, 어찌나 축하 파티를 성대하게 하던지 급기야는 본인들이 뭘 축하하고 있는지도 싹 잊고 말았다.

"내일 약속 잊지 않았지?"

조시는 주방에서 나온 토미에게 물었다.

"응, 당연하지."

토미가 대답했다. 그 둘은 내일 근무가 없는 날이라 함께 술을 마시기로 했다. 이건 조시의 제안이었고, 토미는 그 의견을 듣고는 조용히 환호했다.

토미는 일주일 치 급여를 주머니에 넣고 숙소로 향했다. 이제는 씻지 않은 여행자의 냄새도 거슬리지 않았다. 토미 역시 그런 이들 중 하나가 되었으니까. 그가 더 홀에서 일을 시작한 첫 주에는 배가 매우 고팠다. 이제껏 모은 돈을 다 도둑맞았기에 첫 급료를 받기까지 버텨야 했으니까. 토미는 나흘째 되는 날 호스텔 주방에 사두었던 식료품을 다 먹어버렸고, 그 후로 이틀 동안 심한 허기에 시달리다 몇 킬로그램이나 살이 빠졌다. 그때 스튜가 도와주었는데 음식을 조금씩 나눠 먹으며 둘은 좋은 친구가 되었다. 하지만 결국 스튜도 짐을 싸서 떠났다. 할인 티켓을 얻어 북쪽으로 가는 장거리 그레이하운드 버스의 창가 자리에 앉아 가버렸다. 그때 토미는 생각했다.

'그래도 쟤는 인사 한마디 없이 가진 않았잖아. 그리고 남의 물건을 훔쳐서 떠난 것도 아니고.'

데이브에게서 봉투에 넣은 첫 급료를 받은 날, 토미는 술집에서 슬쩍한 종이와 연필을 가지고 자리에 앉았다. 두 블록 떨어진 빵집에 가면 1달러 50센트에 빵 한 덩이를 사서 이틀을 버틸 수 있었다. 호스텔 주방에는 작은 비스킷이 놓여있었다. 정말 퍼석퍼석해서 그걸 혀에 대는 순간 수분이 쫙 빨리는 기분이 들었지만 어쨌든 먹을 수는 있었다. 그리고 티백과 쓴맛 나는 인스턴트커피 봉지도 있고 말이다. 솔직히 극빈자보다도 못한 생활이었지만, 토미는 현금을 모아야 했다. 그저 호스텔에서 살려고 이 도시에 온 건 아니었으니. 토미에게 이곳은 목적을 이루기 위한 수단이었다.

그에겐 계획이 있었다.

이미 '재시작'의 허점을 하나, 아니 둘을 발견했고 조시도 찾아냈다. 이제 남은 일은 캐리를 찾아내 그녀의 기억 속에 자신을 남기는 방법을 찾는 일뿐이었다.

어려울 것 없었다.

12

선라이즈 백패커스 호스텔은 낙농장과 비슷한 점이 많았다. 일단 화장실이 공용이었고, 다들 기다란 식탁에 앉아서 식사를 했다. 휴게실도 있었는데, 어딘가 축축하고 다 해진 소파가 있다는 점도 같았다(물론 이곳 소파는 낙농장에 있던 소파보다 훨씬 고약한 냄새가 났고, 토미는 냄새의 원인이 뭔지 생각하고 싶지 않았다). 그리고 좀처럼 켜지지 않는 작은 텔레비전도 있었다. 방 한쪽 벽을 따라 파란 비닐이 씌워진 의자들도 있었는데, 앉아있으면 그렇게 불편할 수가 없었다. 하지만 토미는 종종 그 의자에 앉아 쉬는 호스텔 투숙객들이 자주 있다는 걸 알게 되었다.

세계 각국 사람들이 뒤섞인 공간이었다. 버벅대거나 억양이 심한 영어와 속사포처럼 빠른 이탈리아어, 독일어, 프랑스어를 비롯한 뭔지 모를 언어가 정신없이 한데 모여 들려왔다. 그 속에서 혼자만 현지인인 상황은 토미에게 낯설었다. 그래도 소파가 좀 이상한 것만 빼면, 썩은 냄새가 달라붙어 떨어지지 않는 공용 침실보다는 휴게실이 훨씬 나았다. 이곳 창문이 더 큰 데다, 휴게실에서는 취침이 금지되었기 때문이다. 그래서 토미는 호스텔의 모든 공간 중 휴게실을 단연 좋아했다. 거기서는 아주 신기한 여행객들을 만나기도 했다. 한번은 자신이 골프 선수라는 사람을 만났는데, 그는 부정행위를 저질렀다는 이유로 유럽 리그에서 퇴출당했다고 말했다. 토미는 그가 거짓말을 하는 것이라고 생각했지만, 남자의 목소리에 일말의 나직한 수치심이 배인 걸 들으면 또 아닌 것도 같았다. 하지만 이런 이야기 때문에 토미가 휴게실을 좋아하는 건 아니었다.

토미가 선라이즈 백패커스 호스텔의 휴게실을 좋아하게 된 이유는 다름 아닌 컴퓨터 두 대 때문이었다. 두툼한 휼렛패커드 컴퓨터 위에는 예약 시스템과 요금(시간당 1달러 50센트)이 자세히 안내되어 있었다. 그는 예약표의 오전 11시 칸에 자신의 이름을 적었다. 심야 근무를 마친 후에 잠깐 눈을 붙일 수 있었고, 무엇보다 사람이 별로 없는 시간이라 사생활을 지킬 수 있어서였다. 여행객들은 그 시각에 숙취로 잠을 자지 않으면 해가 뜨겁지 않은 틈을 타서 해변에 갔다가, 이런 날씨에 익숙하지 않은 피부가 붉은색으로 반질반질하게 탄 모습으로 느지막이 돌아왔다.

11시가 되자 토미는 자리에 앉아서 화면을 응시했다. 전날 밤 침대에 누우면서 앞으로 어떻게 될지 그려보기는 했다. 자신의 상황을 검색해 보는 상상이었다. 이걸, 그러니까 뭐라고 해야 하지? 고통? 저주? 어쨌든 토미가 태어날 때부터 타고난 이런 이상한 현상을 연구해서 박사 학위를 받은 전문가를 어디선가 찾아내는 것이다. 그래서 장거리 통화를 하면 그쪽 학자는 자신의 연구를 뒷

받침해 줄 사례를 찾아냈다며 기뻐하지 않을까. 그 전문가는 이유가 뭔지, 어떻게 이런 일이 일어나는지, 이걸 멈추려면 어떻게 해야 하는지 알려주지 않을까. 하지만 그건 다 꿈에 불과했다. 현실은 그저 컴퓨터로 알아봐도 결과 없는 화면만 나온다는 것이었다.

토미는 검색 엔진을 열었다. 하지만 무어라 쳐야 할지 알 수가 없어서 손가락이 키보드 위를 배회하기만 했다. 그는 이것을 자신의 '재시작'이라고 생각했지만, 그건 뭐라 설명할 수 없는 현상에 스스로 붙인 별명일 뿐이었다. 토미는 컴퓨터 앞에 앉아서 이렇게 설명할 수 없는 증상을 검색했던 사람들이 많았으리라고 생각했다. 하지만 대부분 그런 증상은 그저 술과 마약, 섹스의 조합 때문이었을 것이다.

'이런 걸 검색해 본 사람은 분명 아무도 없을 거야.'

토미는 생각하고서 다시 키보드를 쳤다.

'왜 사람들은 나를 계속 잊어버릴까?'

인터넷 연결이 잘되지 않으면서 컴퓨터가 윙윙대었다. 마침내 검색 결과가 나와서 스크롤을 하고 읽어본 순간, 토미의 가슴이 철렁 내려앉았다. 모든 페이지마다 도와주겠다는 말이 나왔지만, 정작 그에게 필요한 도움은 없었다. '첫인상이 중요해요!', '더욱 재미있는 사람이 되는 방법', '남보다 단연 돋보이는 세일즈의 기술.' 심지어 잊지 못할 만남을 보장한다는 데이트 매칭 사이트도 있었다.

토미는 고개를 젓고서 다시 키보드를 쳤다. '매년 일어나는 기억상실.'

첫 번째 검색이 무언가 실마리를 던져둔 듯, 검색 결과는 좀 더 빨리 나왔다. 하지만 페이지를 읽어본 토미는 자신이 검색을 잘못했다는 걸 알아차렸다. 자신은 분명 알츠하이머병을 앓고 있지 않았다. 하지만 이제는 어떤 증상을 치면 안 되는지 알게 되긴 했다. 그래서 다시 한번 검색했지만, 키보드를 치면 칠수록 좌절감만 들 뿐이었다. 첫 번째 결과는 카드 게임 '메모리'가 있다는 온라인 도박 사이트였으니까. 한 시간 예약한 컴퓨터를 12분 만에 끄고 토미는 휴게실에서 나왔다. 이건 시간 낭비였다. 자신이 찾는 것은 없었다. 자신은 사람들 속에서 눈에 띄지 못해 힘든 것도 아니었고 어디서 일하는지 기억을 못 하는 것도 아니었다. 토미의 문제는 1년에 한 번, 온 세상이 그를 잊어버리는 것이었다. 그건 의학 조언 사이트인 'WebMD'나 자립 생활 사이트 같은 게 해결해 줄 수 있는 문제가 전혀 아니었다.

이제 한 가지 아이디어가 더 있긴 했지만, 그러려면 먼저 넘어야 할 작은 장애물이 있었다.

수요일 밤에는 가게가 언제나 오후 10시에 문을 닫았다. 물론 단체 손님이 계속 술을 마시길 원하면 예외였고, 데이브는 그런 결정은 쉽게 내릴 수 있다고 했다. 만약 나랏돈으로 놀러 다니는 정장 차림의 단체 손님이 위스키 리스트를 보여달라고 하면, 그날은 더 홀에 있는 걸 그들이 전부 마시게 될 때까지 직원들은 집에 갈 수 없다는 뜻이었다.

"법인카드가 나올 때까지 계속 따라주라고."

어느 날 밤, 데이브는 직원들에게 이렇게 지시했다고 했다. 그리고 세 시간 후, 스카치위스키와 일본위스키를 마신 손님은 술에 취해 덜덜 떨리는 손으로 거의 1,500달러짜리 계산서에 서명했단다. 하지만 그건 오래전, 토미가 오기 훨씬 전이었고, 이번 주 수요일에는 그런 특별한 단체 손님은 없었다. 지금은 딱 두 테이블이 남았을 뿐이었는데, 하나는 마티니를 홀짝이며 데이트 중인 젊은 커플이었고(그들이 마티니 맛을 싫어한다는 게 다 보였지만 그런 티를 내고 싶어 하지 않았다), 나머지는 진토닉 세 잔과 올리브 두 그릇을 앞에 둔 친구 셋이었다. 그들은 첫 잔을 마신 후에는 할 말이 없어진 모양이었다. 언젠가 이런 조용한 밤 근무 시간에 토미는 서빙 담당으로 승진했다. 사실 말이 좋아 서빙 담당이지 테이블을 닦는 업무를 하게 되었다는 뜻이다. 그리고 조시는 아버지로부터 수석 바텐더 자리를 물려받았다. 데이브는 어쨌든 본인이 지배인 자리에 더 어울린다고 생각했다.

“야, 조시. 나 부탁 하나만 해도 될까?”

토미는 나지막하고 은근한 목소리로 물었다.

“그럼, 당연하지. 뭔데?”

“나 신분증이 필요해.”

“뭐? 혹시 가짜 신분증?”

조시는 토미를 신기한 눈빛으로 바라보더니 계속 물었다.

“너 열여덟 살 아니었어?”

“아니, 맞아. 하지만 증거가 없어. 말하자면 사연이 긴데.”

조시는 별로 놀라지 않았다. 토미는 자신이 보육원 출신이고 부모를 모른다고 말했기 때문이었다.

"출생증명서도 없고, 운전면허증도 없어. 아무것도 없다고. 하다못해 은행 계좌도 없어."

토미의 말에 조시는 놀란 기색으로 물었다.

"은행 계좌가 없는 사람이 어딨어? 나는 다섯 살 때부터 있었는데. 유치원 가면 만들어야 했다고."

"진짜 없다니까. 한 번도 가졌던 적이 없어."

이건 반쯤은 거짓말이었다. 토미도 조시와 비슷하게 초등학교 다닐 때 계좌를 만들긴 했다. 하지만 조시와는 달리 토미의 계좌는 사라졌다는 게 문제였다.

"면허증이나 여권 같은 걸 만들어 줄 사람이 필요해. 내가 열여덟 넘었으면 불법은 아니잖아?"

"공식적인 신분증을 받을 수는 없어? 출생증명서가 없는 사람들도 항상 그런 요구를 하니까 뭔가 길이 있을 거라고. 노숙자 아이들 같은 경우도 있을 거 아냐."

"벌써 해봤어. 안 되더라고."

그러려면 10년 동안 자신을 알고 지낸 사람을 신원보증인으로 세워야 했다. 학교에서 서명한 편지를 받을 수도 있었겠으나, 루이스 선생님을 비롯한 모틀레이크 고등학교 사람들에게 토미는 이미 존재하지 않는 학생이었기 때문에 막다른 골목에 있는 것이나 마찬가지였다.

"그러면 신분증이 왜 필요한데? 이런 술집에 오기 위해서는 분명 아닌 거 같은데? 내가 술집 경호원이라 해도 네 신분증을 검사할 거 같진 않거든."

그는 토미를 빤히 바라보며 나이를 가늠했다. 그리고 아마도 20대

중반일 것이라는 결론을 내렸다. 모래빛 금발과 휘어진 코 때문에 토미는 좀 더 나이 들어 보였기 때문이었다. 조시가 보기에 토미는 고등학교 다닐 적 인기가 많았을 듯했다. 그 또래 애들에게는 맥주와 담배를 쉽게 살 만큼 나이가 많이 들어 보이는 친구가 필요하니 말이다.

토미는 주저하다가 말했다.

"음, 듣고 웃지 마. 도서관 책을 빌리고 싶은데 신분증이 없으면 안 돼서."

조시는 당연히 웃었다. 배를 움켜쥐고 고개를 뒤로 젖히며 낄낄대기까지 했다. 토미가 병원에 있을 적, 조시가 침대에서 베개에 얼굴을 묻고 웃었을 때와 똑같은 소리였다.

"진짜야?"

조시는 숨을 고른 후에 물었다.

토미가 고개를 끄덕였을 때, 시끄러운 소리를 들은 데이브가 주방에서 나오더니 물었다.

"뭐해? 수다나 떨라고 월급 주는 거 아니다. 토미, 여기 일 다 끝났으면 가서 제이미랑 교대해. 제이미는 일찍 가라고 하고. 걔는 너보다 시급이 높으니까."

토미가 주방으로 돌아서자, 데이브는 뒤쪽 창고로 들어갔다. 그때, 조시가 나직한 목소리로 물었다.

"토미."

토미는 다시 돌아섰다.

"도와줄 사람을 알긴 해. 하지만 돈이 들어. 200달러. 괜찮아?"

그는 고개를 끄덕였다.

"좋았어. 그러면 내일 가져올래? 여권 사진이랑 같이."
"고마워, 조시."
토미가 속삭였다.

◔

다음 날 오후, 토미는 주머니에 50달러짜리 지폐 네 장을 접어 여권 사진 두 장과 함께 주머니에 넣었다. 그다음에는 사진관에 가서 사진을 찍었고, 이 과정이 너무 비싸다는 생각을 애써 눌렀다. 그리고 카운터 근처를 서성이면서 조시에게 돈과 사진을 건네줄 기회를 노렸지만 그 순간은 좀처럼 오지 않았다. 근처에서 데이브가 어슬렁거렸고, 오늘은 대학생 이벤트가 있어서 일이 바빴기 때문이었다. 대학생들은 주류 2+1 증정 이벤트 날만큼은 그 누구보다도 술을 많이 마셨다. 이런 밤이면 토미는 홀에 나가 자기 또래 애들과 어울리는 걸 좋아했다. 그러면서도 이런 상황이 아니었다면, 자신 역시 저들 중 하나가 되어 호스텔이 아닌 학생 기숙사에 살면서, 더 홀의 싸구려 술잔을 닦는 게 아니라 여기서 파는 싸구려 술을 마시고 놀았을지도 모른다는 생각이 자꾸만 들었다. 또 마음 한구석으로는 밤에 나와 놀려고 맵시 있게 차려입은 채, 짧은 치마에 머리를 쫙 핀 예쁜 여자 중에 혹시 캐리 프라이스가 있는 건 아닌지, 만약 있다면 어떡해야 하는지 생각하기도 했다.

그래서 계속 찾아보았지만 캐리 프라이스는 없었다.

자정 무렵, 댄스 플로어가 있는 곳을 찾아 마지막 학생들 무리가 모두 나가자, 토미는 마침내 조시에게 돈과 사진을 줄 수 있었다.

조시는 돈을 주머니에 넣고서 사진을 보더니 멈칫하고서 웃었다.

"왜 그래?"

토미가 묻자, 조시가 대답했다.

"너 똥 씹은 얼굴이잖아! 신분증에 딱이네."

그는 이 사진을 친구에게 주겠다고 토미에게 말했고, 운이 좋다면 일주일 내에 토미의 이름으로 운전면허증이 나올 것이라고 했다.

"그 친구는 유효기간도 길게 적을 거야. 그러니 앞으로 5년간은 괜찮겠지. 그런데 부탁 하나만 하자. 이걸로 진짜 운전하지는 마."

◗

그 주는 토미에게 느릿느릿 흘러갔다. 매일 저녁 희망을 품고 조시를 바라보았지만, 그때마다 조시는 고개를 저었다.

"도서관 가려고 이토록 안절부절못하는 사람은 처음 본다. 뭐 때문에 이렇게 초조한 거야? 예쁜 사서라도 봤어?"

조시가 이렇게 물으며 윙크하자 토미는 고개를 저었다.

"아니야. 그냥 조사할 게 좀 있어서 그래."

조시가 이쯤에서 그만 물어보기를 바랐지만, 그는 그러지 않았다.

"조사라고? 무슨 조사?"

토미도, 조시도 미처 몰랐지만 지금은 보기보다 훨씬 더 의미심장한 순간이었다. 만약 훗날 이 순간에 대해서 누가 물었더라면, 토미는 어떤 큰 섭리에 이끌려 대답을 한 것이었다고 생각했을지도 모른다. 어쩌면 (어마어마한 숫자와 시내버스 시간표는 얼마든지 기억하면서 정작 자신의 아들은 잊어버린) 레너드 파머라는 남자에게서 물려받은 것일지도 모른다. 그게 아니라면 토미가 막막한 가운데서 여기저기 흩어졌던 점들을 다 모아낸 것일 수도 있었다. 둘이 병원 침대에 누워 같이 술집을 경영해 보자던 대화에서부터, 그걸 목표로 모으려고 하는 목돈에 이르기까지 말이다. 어쩌면 토미는 씨앗을 심을 기회를 발견하고, 지금 이 순간 붙잡았을 수도 있었다.

그도 아니라면, 그저 머릿속에 드는 생각을 아무거나 말한 것일지도.

"아니, 별것 아니라니까. 그냥 사업에 대해 조사하려고."

마침내 토미가 한 말에 조시는 생각에 잠긴 표정이 되었다.

"네가 사업에 관심이 있는 줄 몰랐어. 전에는 왜 우리가 이런 이야기를 한 번도 안 했을까?"

'아니, 했어. 병원에서 이미 했다고. 그래서 내가 널 찾아냈고, 여기 이렇게 있는 거야.'

토미는 말하고 싶었지만 그 대신 어깨를 으쓱이기만 했다.

"그럼 내가 가끔 너랑 아이디어 이야기를 해도 될까? 알겠지만 나한테 계획이 좀 있어. 그러니 책에 파묻혀 사는 사람의 조언을 들어도 괜찮을 것 같은데."

조시의 말을 들은 토미는 혹시 얘가 나를 놀리나 싶었다. 그래서 친구의 얼굴을 바라보았지만, 조시의 얼굴에는 장난스러운 기색이 없었다.

"좋아."

토미는 이렇게 대답하며 속으로 생각했다.

'맙소사, 일이 이렇게도 흘러간다고?'

이건 운명 같았다.

◔

다음 날 저녁, 조시는 대형 싱크대에 팔꿈치가 잠기도록 몸을 푹 숙이고 있는 토미 뒤로 슬그머니 다가왔다. 그리고 주머니에 뭔가를 슬쩍 집어넣으며 속삭였다.

"잘 만든 거 같아. 집에 가서 확인해 봐."

그리하여 토미는 선라이즈 백패커스의 문 앞에 와서야 처음으로 자신의 공식적인 신분증을 바라보았다. (물론 토미의 부모님이 아들이 태어난 그해에 받았던 출생증명서가 있긴 했지만, 부모님의 좁디좁은 아파트에서 그의 존재가 싹 지워지면서 함께 사라졌다.) 조시는 혹시 신분증이랍시고 그냥 두꺼운 도화지 조각 같은 걸 주는 게 아닌가 싶었지만, 걱정했던 것과는 다르게 신분증은 진짜 같았다. 가로등 불빛에 들고 비춰 보자 제아무리 눈썰미 좋은 사람이라도 그냥 넘어갈 듯한 워터마크까지 보였다.

조시가 절대로 말해주지 않을 점이 하나 있었으니, 이걸 만들어준 사람은 실제 운전면허를 다른 사람들에게 합법적으로 발급해주는 공무원이었다. 그리고 이 겸손한 공무원은 사무직으로 받는 연봉 4만 달러에 더해 가끔 이렇게 편의를 봐주고 현금을 꿀꺽하곤 했다. 게다가 이 공무원은 아버지인 데이브의 친구였으며 오랫동안 데이브의 편의를 봐주었다. 사실을 말하자면 더 홀의 지배인이 뒷돈을 준 덕분에 그는 현금으로 할리데이비슨을 사서 차고에 넣어둘 정도였다. 하지만 조시는 이 모든 것들을 절대로 털어놓을 마음이 없었다.

　토미는 그런 비밀을 알 리 없었다. 가로등 불빛 아래에서 운전면 허증을 들여다보며 워터마크까지 그럴듯하게 달려있으니 아무리 깐깐한 사람이라도 속을 것이라고 생각했다. 물론이다. 그 워터마크는 경찰조차 의심하지 않을 만큼 정교한, 진짜 워터마크니까.

　토미의 돈은 그 값을 했다.

　토미 루엘린 대 우주. 1대 0.

◐

　토미는 도서관 책을 대출하려고 신분증을 산다는 소리를 비웃었던 조시가 사실은 옳았던 게 아닌가 싶었다. 10대들은 대개 가짜 신분증을 이용해 술집이나 클럽에 들어가고, 심하게는 외국으로 나가기도 하니까. 그런데 토미는 지금 시립도서관 앞에 서있지 않은가. 무시무시할 정도로 커다란 사암 덩어리와 거대한 아치형 창문으로 이루어진 도서관은 150년 전만 하더라도 상당히 볼만한 건물이었을 것이다. 하지만 지금은 하늘 높이 치솟은 고층 빌딩에 둘러싸인 게 마치 나이트클럽 구석 자리에 선 노인처럼 못 올 곳에 와있듯 서글픈 모습이었다.

　도서관 내부는 영화에서 본 도서관과 비슷했다. 책이 가득 꽂힌 벽과 스탠드가 놓인 탁자들, 숨소리가 너무 크다며 본인 엄마에게도 조용히 하라고 눈치를 줄 것처럼 생긴 사서 무리가 보였다. 영화와 유일하게 다른 점은 책꽂이에 기대어 놓은 바퀴 달린 높다란 사다리가 없다는 것이었다. 그런 사다리는 모틀레이크 학교 도서관에도 없었고 어퍼 리치 도서관에도 없었다. 토미는 할리우드 영화 제작자들에게는 세상에 없는 것도 만들어 내는 시적 허용의 권리가 있는 게 아닌가 생각했다.

3층에 가보자 의학 서적과 참고도서가 쭉 꽂힌 서가가 나왔다. 첫 번째 책에는 얇게 먼지가 덮여있어서 기침이 나왔다. 먼지가 있든 없든 그 책은 별 소용이 없었고, 다음으로 본 책 여섯 권도 마찬가지였다. 얼마 안 되어 토미는 선라이즈 백패커스의 휴게실 컴퓨터 앞에 앉아 느꼈던 절망을 다시금 느꼈다. 그는 도서관 장서 목록 시스템에서 인쇄해 온 책 목록을 살펴보았다. 마지막으로 찾아볼 책은 바로 앞 서가에 꽂혀있는 두꺼운 책이었다. 그는 책을 꺼내 목차 부분을 넘겨 읽어보았다.

두 시간 후, 한창 책을 보던 토미는 퍼뜩 놀라 고개를 들었다. 지금 당장 나가지 않으면 가게에 늦고 말 테니까. 그는 책을 집어 들고 정문 근처의 대출 창구로 서둘러 향하다가 조시를 떠올렸다.

'제길.'

토미는 다시 논픽션 서가로 돌아가서 가장 먼저 눈에 들어온 경영·경제 책을 꺼냈다. 마케팅 입문서였다. 이 정도면 되겠지.

안내데스크에 새 신분증을 건네며 회원 가입을 요청하면서 토미는 낯선 감각에 휩싸였다. 거기에는 사서가 있었다. 단단히 묶어 깔끔하게 틀어 올린 머리에 안경을 쓰고 더없이 부드러운 컴퓨터 키보드 자판 소리를 내는 모습은 마치 영화에서나 나올법했다. 물론 맨 꼭대기 서가까지 닿는 이동식 사다리는 하나도 없었지만 그래도 영화 같았다. 어쨌든 사서가 정식으로 발급받은 것처럼 보이는 신분증으로 자신의 정보를 입력하고 있다니. 컴퓨터에 입력한 정보는 몇 달 후면 또 사라지겠지만, 적어도 지금은 자신이 실제로 존재한다는 걸 체감할 수 있어 좋았다.

토미는 사서에게 감사의 말을 남긴 후 (놀랍게도 사서는 전형적인 모습에서 벗어나 친근한 미소를 지었는데, 거의 작업이라도 거는 수준이었다) 옆구리에 책 두 권을 끼고서 문밖으로 성큼성큼 달려 나갔다.

토미는 침대에 책을 턱 내려놓고서 출근 복장으로 갈아입었다. 같은 방을 쓰는 젊은 여자는 그 모습을 신기한 듯 쳐다보았고, 토미는 그녀가 인사할 새도 없이 다시금 방을 나섰다. 더 홀로 뛰어가는 그의 머릿속이 휙휙 돌았다. 그는 도서관에서 빌려온 의학 교과서에 깊숙이 빠져들었고, 한낮의 햇살을 받으면서도 자신이 찾아낸 정보 때문에 온몸이 오싹해졌다.

처음에 토미는 죽은 사람이 이러저러한 식으로 사형선고를 받고 삶이 흔적도 없이 지워져 버리는 방법에 대해 읽으며 전율을 느꼈다. 이게 고대 로마 황제들이 마음에 들지 않는 사람이 생겼을 때 명령을 내려 발생한 일이라는 건 상관없었다. 다만 한 사람에 대한 기록을 역사에서 싹 지울 수 있다는 관념이야말로 이제껏 찾아낸 것 중 현재 토미가 처한 상황과 가장 비슷한 것이었다. 하지만 계속 책을 읽다보니, 그는 이조차 실은 잘 들어맞지는 않는다는 사실을 깨달았다. 이게 옳다면 자신이 물려받은 것 자체가 사형선고를 받은 것이란 말인데, 과연 그럴까? 일단, 토미는 아직 죽지 않았다. 그리고 또, 그가 이제껏 저지른 가장 나쁜 범죄라고 해봤자 그저 위스키 한 병을 훔쳐다가 미끄럼틀 아래에서 마시고 취했다는 것뿐인데, 이게 역사에서 지워질 만한 범죄일 리는 없었다.

게다가, 이런 일은 토미가 어릴 때부터 매년 일어났다. 갓난아기일 때 대체 무슨 끔찍한 죄를 지었기에 이런 복수를 당해 마땅하단 말인가? 머릿속에서 아무리 짜 맞추어 봐도 들어맞지 않았다.

헌트스트리트 신호등 앞에서 초조하게 신호가 바뀌기를 기다리던 중, 토미는 뭔가 다른 이유가 있을 것이라고 생각했다. 그리고 더 홀에 (천만다행히도 2분 일찍) 도착했을 때는, 자신이 처한 난감한 상황을 해결하는 방법은 시립도서관에서 빌려 호스텔 방에 두고 온 교과서에서 찾을 수 있는 게 아니라는 결론을 내렸다.

그는 싱크대에 세제를 뿌리고는 김이 모락모락 나며 소용돌이치는 수면 위로 보글보글 솟아오르는 거품을 응시했다. 그리고 거품을 찔러대며 그게 터지는 걸 보던 순간, 어쩌면 답 따위 전혀 없을지도 모른다는 생각이 들었다. 하지만 여전히 읽은 부분에서 마음에 걸리는 게 있었다. 읽으면서 정말로 소름이 끼쳤던 부분이었다. 너무 불공평한 것 같아서였다. 죽은 희생자는 복수할 방법도, 자신의 유산을 보존할 방법도 없었으니까. 하지만 토미는 수돗물을 잠그면서 그 점에서 자신은 유리하다고 생각했다.

매년 1월 5일이 되면, 토미에 대한 기억이 사라졌다.

토미는 그런 일이 어떻게 일어나는지, 언제 일어날지 알고 있었다. 그리고 그 후에도 자신이 여전히 존재하리라는 사실도 알았다. 왜 그런지 이유는 모르겠지만, 이유 따위는 필요하지 않은 것일지도 모른다.

그는 이미 몇 가지 허점을 발견했다. 그러니 또 다른 허점도 찾을 수 있다.

설거지 담당, 토미 루엘린은 기억되리라.

$$*$$

13

토미가 시립도서관에서 집으로 가져온 묵직한 책, 그러니까 기억에 관한 책은 2주 동안 침대 끝에 놓여있었다. 하지만 토미도 책을 건드리지 않았고 책 도둑이 있었다 해도 별 관심이 없었을 것이다. 대신 그는 빌려온 다른 책을 읽기 시작했다. 도서관을 급히 나오며 집었던 경영 원칙에 대한 책이었다. 제4장까지 읽자 그는 책에 푹 빠져들었다. 그리고 대출 기간이 끝날 무렵에는 다시 책 두 권을 도서관에 반납했는데, 한 권은 펼치지도 않은 채였고 다른 한 권은 처음부터 끝까지 다 읽은 채였다. 그것도 두 번이나. 이제 토미는 책을 네 권 더 빌렸다.

현재 토미 루엘린은 열 달째 선라이즈 백패커스 호스텔에 살면서 이곳의 최장기 입주자이자 가장 재미없는 입주자라는 평판을 얻었다. 다른 사람들이 1인당 5달러를 내면 소시지와 와인을 무제한 즐길 수 있는, 새 가족 맞이 바비큐 파티를 벌이면서 웃고 떠들며 서로 눈이 맞는 동안, 토미는 (소파에서 나는 묘한 냄새가 더는 신경 쓰이지 않게 된) 휴게실 소파에 앉거나 자기 방 침대에 누워 책을 읽었다. 읽으면 읽을수록 그는 영업과 광고, 장시간 근무와 고된 노동, 직원과 스프레드시트의 세상에 더욱 깊숙이 빠져들었다. (레오 파머가 아들을 기억했더라면 아주 자랑스러워했을 일이었다.) 책 속에는 자그마한 기업으로 시작해서 대기업이 된 사례가 가득했다.

토미는 일주일에 5일 밤을 더 홀에서 일했다. 일요일과 월요일에는 가게가 문을 닫기 때문에 모든 직원은 하루 늦게 주말을 즐길 수 있었는데, 이제는 새벽에 잠드는 게 익숙해진 토미는 그 이틀 밤도 자지 않고서 책에 파묻혀 살았다. 마치 다음 날 시험을 앞두고 벼락치기를 하는 학생처럼 그는 공부했다. 실제로 화요일 아침쯤의 토미는 무슨 시험이든 통과할 수 있을 정도로 많은 정보를 훅 빨아들인 기분이 되었다. 그리고 운 좋게도, 토미가 도서관에 처음 간 지 약 6주 후인 화요일, 조시가 점심을 먹자고 했다.

"주말 잘 보냈어?"

더 홀에서 한 블록 떨어진 카페의 야외 테이블에 앉은 조시가 물었다. 근처 테이블에도 손님이 몇 사람 앉아있었는데, 가장 가까운 테이블에 혼자 앉은 남자가 담배꽁초를 입가에 달랑달랑 물고 있었다. 그리고 그 꽁초로 새 담배에 불을 붙인 후, 깊이 들이마시고서 연기를 내뿜었다. 연기는 토미와 조시가 앉은 자리까지 부드럽게 날아왔다.

"조용히 보냈어. 주로 책을 읽으면서."

토미는 담배 연기 냄새에 얼굴을 찌푸리고서 대답했다. 조시는 웃었다.

"이야, 지루하기도 하지. 호스텔이 왜 너는 안 쫓아낼까? 너 같은 건 분위기에 안 좋은데.”

토미는 고개를 저었다.

“지금쯤이면 쫓겨나겠구나 싶긴 했어.”

호스텔 프런트에 붙어있던 수많은 안내문 중 하나에는 ‘숙박 최상 3개월까지’라는 경고문도 있었다. 하지만 토미는 CCTV 촬영 중이라는 경고판처럼 그 역시 장식에 불과한 것이라고 여겼다.

“하지만 내가 계속 돈을 내니까 말이 없더라고. 돈은 돈이라 그런가. 게다가 난 별 말썽을 안 부리니까.”

그는 호스텔에 묵은 첫날 밤을 떠올렸다. 바로 카테리나라는 독일 배낭여행자를 만났던 때였다. 언제나 예외는 있기 마련이니까.

“아니, 그런데 너 왜 거기서 사는 거야? 호스텔이 싸서 그래? 아니면 여기 새로 온 사람들한테 먼저 다가가서 안내라도 해주고 싶어?”

조시는 목소리를 낮추더니 이어 말했다.

“뭐 이렇게 말이라도 걸어? ‘내가 술집에서 일하거든. 너희 같은 여자애들한텐 술 싸게 줄게’라고 말 붙이려고? 제길, 그러면 여자애들이 좋다고 달려들겠지. 하지만 네가 설거지 담당이라는 걸 아는 순간 끝일걸.”

토미는 웃었다.

“나 그런 거 아니야. 첫날 밤에 실수를 저질렀거든. 그래서 돈이 많이 깨졌어. 게다가 난 다른 사람이 있고…….”

그는 말꼬리를 흐리면서 생각했다. 조시에게 캐리 이야기를 하는 게 좋을까. 하지만 이내 그만두었다. 말을 꺼냈다가는 질문이 너무 많이 이어질 테니. 게다가 토미를 약간 소름 끼친다고 생각할 수도 있었다.

"뭐, 아니야. 그런데 넌? 누구 만나는 사람 있어?"

조시는 고개를 저었다.

"진지한 상대는 없어. 요즘 같을 때는 제대로 된 여자 친구를 사귀기가 힘들지."

토미는 조시가 생각하는 '제대로 된' 여자 친구는 어떤 사람일지 궁금했다. 그러면서 병원에서 나누었던 대화와 조시의 버킷 리스트를 떠올렸다.

"알지, 기회는 많아. 내가 몇 시에 일이 끝나는지 물어보는 여자애들이 얼마나 많은지 넌 모를 거야."

조시가 덧붙이자, 토미는 장난스럽게 말했다.

"그런데도 그 좋은 기회를 마다하다니, 참으로 신사답네."

"장난해? 당연히 기회는 마다하지 않지. 하지만 일할 때는 아니라 이거야. 내가 손님이랑 그렇고 그러는 걸 아빠한테 들키기라도 하면 당장에 날 쫓아낼걸. 그런데 좀 어처구니없지 않냐? 솔직히 자기가 한 짓거리를 반만 생각해 보라고."

조시는 한숨을 쉬고서 계속 말했다.

"말이 나왔으니 말인데, 어쨌든 아빠는 날 자르긴 할 거야. 본인 자식을 옆에다 두고 일하다 보니 많이 지쳤나 봐. 특히 내가 나름의 아이디어가 있으니 더 그렇겠지. 무슨 말인지 알지?"

토미는 자세한 이야기를 듣고 싶은 마음이 간절해져서 몸을 숙였지만, 때마침 젊은 여자 직원이 수첩을 들고 점심 주문을 받는 바람에 기다려야 했다.

직원이 떠나자, 토미는 곧바로 본론으로 들어가 재촉했다.

"말해봐. 아이디어가 있다며. 다 털어놓으라고."

조시는 미소를 지었다. 그는 토미를 들뜨게 했다는 게 좋았다. 가끔 보면 토미는 너무 차분했다.

"좋아. 내가 가게에서 일하는 거 참 좋아하잖아. 알지?"

토미는 고개를 끄덕였다.

"학교생활은 좀 망하다시피 했어. 난 병원에서 오래 입원해 있었거든. 내가 이 말 했던가? 나 간에 문제가 있었어. 그래서 술 안 마시는 거야. 어쨌든, 더 홀에서 일할 거라는 생각으로 투병 생활을 버텼어. 거긴 뭔가 특별한 게 있잖아? 핀볼 게임기 때문인가, 모르겠다. 거기 특유의 향기나, 어두운 분위기 그런 거 말이야. 거기 직원들이 정말로 거기 있고 싶어 한다는 느낌이 들어서 그런가 봐. 슈퍼마켓 같은 데서 일하는 거랑은 다르잖아. 누가 식료품을 팔고 싶어서 슈퍼에서 일하냐? 화장지나 바나나 같은 걸 사러 가는 사람도, 솔직히 슈퍼에 있고 싶어서 사러 가지 않잖아. 하지만 더 홀은 달라. 사람들은 거기 있고 싶고, 거기서 즐거운 시간을 보내고 싶어서 오는 거거든. 영혼을 위한 안식처, 뭐 그런 게 아닌가 싶다."

이건 조시답지 않게 상당히 심오한 말이었다. 토미는 흠뻑 빠져들었다.

"나는 아빠가 일하는 방식을 쭉 봐왔어. 아빠는 바텐더 일은 잘하지. 진짜로 잘해. 칵테일 이름만 들으면 바로 만들 수 있거든. 매뉴얼 이런 거 전혀 없이 오로지 기억만으로 말이야. 어쨌든, 아빠는 내가 퇴원하면 본인 하는 일을 보여주겠다고 했어. 한 번은 진짜로 약속을 지키기도 했지. 나한테 칵테일 만드는 법을 가르쳐

준 다음 손님들 앞에서 연습도 시켰어. 난 아직 어린애였기 때문에 그러면 불법이었지만, 그래도 했다고. 나한테 자전거를 사주고 타는 법을 알려준 후로 제대로 된 일을 해준 건 그때가 처음이었던 거 같아. 음, 자전거는 내가 여섯 살 때였던가. 여하튼 아주 오래전이었고."

조시는 말을 멈췄다. 이야기를 계속해야 하나 말아야 하나 심각하게 고민하는 것 같다가, 그는 이내 말했다.

"그런데 솔직하게 말하자면, 아빠는 가게 경영은 진짜 더럽게 못해."

토미는 솔직한 평가에 살짝 놀라서 눈썹을 치켜떴다.

"야, 토미, 그러지 마. 나를 멋대로 판단하지 말라고. 알았지? 가게가 좀 더 나아질 수 있다고 말하는 게 배은망덕한 일은 아니잖아. 금요일 밤을 생각해 봐. 네가 보기엔 얼마나 붐비는 것 같아?"

토미는 늘 퇴근한 사람들 사이를 오가며 잔을 수거하던 자신을 떠올렸다.

"꽉 차기는 하잖아. 바에 남은 의자도 한두 개밖에 없고. 테이블도 한두 개밖에 안 남아. 그것도 작은 걸로."

"그래. 그런데 그건 꽉 차는 게 아니야. 꽉 찬다는 건 의자 없는 테이블만 남는 거야. 밖에 대기 줄이 있어야 한다고. 가게가 꽉 찬다는 건, 사람들이 여기 오려고 일찍 퇴근한다는 뜻이야. 하지만 더 홀은 금요일 밤에도 꽉 차지 않아. 꽉 차야 정상인데. 그래서 나는 가게가 더 잘되지 않는 건 아빠 탓이라고 생각해."

조시는 주문한 햄버거가 나오자 다시 말을 멈췄다. 토미가 그를 바라보자, 조시는 대화를 하면서 받은 스트레스로 얼굴이 핼쑥해졌다. 조시는 햄버거 옆으로 흘러 녹아내린 체더치즈 줄기를 들어 올렸다.

"그런데 가장 힘든 게 뭔지 아냐? 아빠한테 이야기는 벌써 해봤다는 거야. 아빠랑 아들이랑 같이 술집을 경영한다고 생각해 봐. 얼마나 멋있어?"

토미는 병원에서 나눈 대화를 떠올렸다.

'그래, 친한 친구와 경영하는 것도 멋지고 말이야.'

"나한테 생각이 있거든. 내가 봐도 좋은 아이디어가 있단 말이야. 그런데 아빠가 안 들으려고 해. 음, 정확히 말하자면 안 들으려고 하는 건 아니고, 듣긴 듣는데 어쨌든 아무것도 안 하고 싶어 해. 나한테 그러더라. 진짜로 뭐라 했냐면, 망하지 않았는데 뭐 하러 건드리냐고. 그게 무슨 멍청한 말이야? 날 그저 어리게만 보는 건지, 아니면 내가 아빠 아들이니까 나한테 약한 모습을 보이고 싶어 하지 않는 건지 모르겠어. 뭐가 됐든 헛소리긴 마찬가지야."

그는 말을 멈추고는 빵에서 치즈를 떼어다 입에 넣었다.

"그래서 네 생각은 뭔데?"

호기심이 생긴 토미가 물었다. 토미에게도 나름 하고 싶은 제안이 있었기 때문이다. 그는 자기 몫의 버거를 들어 한 입 먹고, 또 한 입 먹으면서 조시가 이야기를 계속하기를 기다렸다. 조시는 계속 생각을 정리하느라 집중하다가, 몇 분 후 다시 이야기를 시작했다. 이번에는 아주 오랫동안 끊기지 않고 말이 이어졌다.

그렇게 20분이 지나자, 토미는 버거를 다 먹어 치우고 같이 나온 두툼하고 기름기 많은 감자튀김으로 접시를 싹싹 긁어먹었다. 하지만 맞은편의 조시는 버거를 먹지도 않고 그대로 두었다. 물론 버거 위쪽 번은 조시가 이야기하다가 흥분해서 마구 짓이기는 바람에 엉망이 되긴 했다. 흥분한 건 조시만이 아니었다. 토미 역시 더 홀을 바꿔보자는 계획에 휩쓸려 자기 아이디어를 보탰다. 둘은 마주 앉아서 온갖 걸 다 이야기했다. 간단히는 메뉴 변경부터 시작해서 이제껏 아니었으나 앞으로는 더 홀이 반드시 갖추어야 할 모습으로 변모시킬 마케팅 전략까지 말이다.

"그러면 우리 이제 어떻게 할까?"

토미가 물었다. 방금 자신이 '우리'라고 말했다는 것도 깨닫지 못한 참이었다. 하지만 조시는 그 점을 알아차렸다.

"이제 다 이해가 가네. 그래. 이건 좀 최악이다 싶지. 어딜 봐도 난 결국 같은 결론이 나오더라. 아빠는 20년 전에 했던 대로만 계속하면 다 잘될 거라고 생각하거든. 토미, 장부를 봤었거든? 손익분기점을 겨우 넘겼더라고. 내가 보기엔……."

조시는 다시 입을 다물었다. 토미는 잠자코 기다렸다.

"내가 경영을 맡으면 사정이 더 나아질 거라고 봐."

"어떻게? 네가 지배인이 되면 너희 아버지는 잘리는 거잖아."

"나도 알아."

조시는 퉁명스레 대답했다가 곧바로 소심해졌다.

"미안해. 그냥 기분이 좀 더러워서. 이해하지? 아빠가 나 때문에 일자리를 잃게 된다면, 내가 장담하는데 아빠는 다시는 나랑 말도 안 할 거야. 게다가 어떤 개새끼가 자기 아빠를 잘라? 제아무리 우리 아빠 같은 쓰레기라도 그런 짓은 안 할 거잖아?"

군이 대답할 필요는 없는 질문이었다. 하지만 토미가 고개를 들자 조시는 답을 기대하는 눈치였다.

"어, 음…… 혹시 아버지랑 다시 말해볼 생각은 없어? 이번에는 가게에서 얼마나 돈을 더 벌 수 있는지 보여주면서 말해보면 어때?"

"벌써 해봤지. 결과는 똑같더라. 아니, 더 나빴다고 봐야 하나. 아빠는 자기를 깎아내리고 있다며 날 비난하더라니까."

조시의 눈에 좌절감 어린 눈물이 글썽이자 토미는 깜짝 놀랐다. 조시는 손바닥으로 눈을 훔쳤다. 토미는 두 손을 들며 말했다.

"음, 그러면 나도 모르겠다. 그건 그렇고, 가게를 인수한다면 어떻게 하려고 했어?"

"일단 주인들한테 가봐야겠지. 주인은 세 명이야. 20년 전에 술집을 열겠다며 돈을 대고 운영은 아빠한테 맡긴 사람들이지. 가끔 가게에도 와. 다음에 보면 너한테 알려줄게. 하지만 너도 분명히 알아볼 수 있을 거야. 노인네들 셋이 아주 여기가 우리 거라는 분위기를 엄청 풍겨대거든."

조시는 자기가 한 말에 키득키득 웃으며 말을 이었다.

"내 아이디어가 좋다고 그분들을 설득할 수 있을 거야. 어쨌든 돈 벌려고 사업하는 분들이니까. 시작했을 때는 다른 목적이 있을 수도 있었겠지만, 지금은 은퇴한 다음의 수입원이지, 뭐. 하지만 우리 아빠랑 헤어지게 된다면 그분들이 어떻게 생각할지는 모르겠어. 의리란 게 있잖아. 내가 말할 처지는 아니지만."

둘 다 다시 침묵했다. 조시는 드디어 자기 몫의 버거를 들고서 한 입 먹었다. 하지만 음식은 돌덩이처럼 차가워져 있어서 그는 햄버거를 내려놓았다.

"다른 선택지가 있긴 있어."

토미가 말하며 속으로 생각했다.

'우리가 몇 년 전에 같이 이야기했던 방법이지.'

"그래? 그게 뭔데?"

"네 가게를 따로 차려서 시작하는 거지. 혼자 독립해. 그리고 더 홀에서 해야 한다고 생각하는 걸 거기서 전부 다 해. 사장이 돼서 말이야. 그러면 너희 아빠와 계속 잘 지낼 수 있을 거야."

조시는 고개를 저었다.

"야, 난 열여덟 살이거든. 그래, 더 홀 주인들을 설득해서 나를 매니저로 쓰게 할 수는 있다 쳐. 그분들은 날 알고, 또 아빠도 아니까. 하지만 새 가게를 차린다는 건 돈이 엄청 많이 들어. 세상에 어떤 은행이 10대가 술집을 차리는 걸 지원해 주겠어? 분명히 내가 술이나 마시려고 차린다고 생각하겠지."

토미는 천천히 입을 열었다. 지금이 기회였다.

"음……. 너한테 동업자가 생긴다면?"

"누구? 너?"

토미가 고개를 끄덕이자, 조시가 미소를 지었다. 그 미소에는 웃기지 말라는 기색은 없었다. 있다면 약간의 서글픔이었다.

"고마워, 토미. 그거 재밌는 말이네. 하지만 혹시 모를까 봐 말해주는 건데, 넌 나랑 동갑이잖아. 열여덟 살짜리 애가 은행에 가서 대출해 달라는 것보다 더 어처구니없는 일이 또 뭐가 있겠냐? 게다가 우린 둘 다 열여덟 살이라고. 그리고 잊지 마. 난 네가 얼마 받는지도 알고, 네가 호스텔에서 사는 것도 알아. 우리한테 쓸만한 신탁자금이 있을 거 같지도 않다고. 혹시 내 말에 틀린 점이 있다면 말해. 제발. 나도 내가 틀렸으면 좋겠는데, 맞는 거 같거든."

"나도 네가 틀렸으면 좋겠어."

토미의 대답에 둘 다 웃었다. 몇 달이 아니라 몇 년은 족히 알고 지낸 친구들이 낼법한 편안하고 기분 좋은 웃음소리였다. 토미는 조시를 바라보면서 놀라웠다. 우정을 이토록 빠르게 회복할 줄이야. 이건 마치 잃어버렸다가 다시 찾아올 날만을 기다렸던 것 같지 않은가.

문득 토미의 머릿속에 자신이 썼던 이야기가 떠올랐다. 목적 없이 화만 내던 열다섯 소년으로 썼던, 캐리 같은 여자애의 이야기. 수업 시간에 그 이야기가 참고 자료로 돌려지는 모습을 보았었다. 제목도 없고 글쓴이가 누군지도 모르는 이야기였지만 분명 자신이 쓴 것이었다. 토미는 어리둥절한 채로 눈살을 찌푸렸다. 이제는 세월도 한참 지났고, 모틀레이크 고등학교에서 수십 킬로미터는 떨어진 곳에 와있는데 왜 지금 갑자기 이게 생각났을까? 당시 수업 시간에 이걸 읽어보라는 이야기를 들었을 때 토미는 아주 큰 희망을 얻었다. 이건 이 세상 어딘가 자신이 존재할 수 있다는, 그래서 '재시작'에서 살아남을 수 있다는 증거를 하나 발견한 것이니까. 낙농장을 새로 칠하고 정원을 가꾸었던 일도 역시 증거였다. 토미가 했다는 사실을 아무도 모른대도, 자신이 한 일은 '재시작' 이후에도 여전히 유효했으니까.

'재시작 이후라.'

그거다.

조시는 1월 5일이 되면 토미를 잊게 될 운명이었다. 하지만 토미는 친구를 통해 무언가를 남길 수도 있을지도 몰랐다. 몇 가지 변화, 몇 가지 아이디어는 순수하게 토미가 낸 것이었다. 바로 그 아이디어를 조시가 실행하면서 '재시작'을 통과해 내는 것이다. 그래서 자신이 쓴 이야기처럼, 자신의 흔적이 어느 정도 없어진다면, 존재가 싹 말소되는 상황에서도 아이디어는 살아남을지도 몰랐다. 그렇다면 모든 게 말끔하게 사라진대도 자신의 아주 작은 부분은 사라지지 않을 수도 있다. 그러면 그만둔 부분부터 다시 그 사실을 토대로 시작할 수 있지 않을까.

토미는 좀 더 똑바로 앉아서 말했다.

"그래. 하지만 우리가 뭐 영원히 열여덟 살이겠냐. 그러니까 너는 계속 아빠랑 이야기해 봐. 우리가 바꿀 수 있는 건 조금씩 바꾸자고. 너희 아빠가 눈치 못 채는 일이나, 아니면 눈치채더라도 반대할 수 없는 것부터 말이야. 그러니 몇 년 후에 달라지는 게 없다고 해도, 우리가 할 수 있는 건 다 해봤다 싶을 때 넘겨받자. 그리고 동시에 우리 최대한 돈을 아껴보자. 주인들을 설득할 수 없거나, 그분들이 가게를 넘기는 걸 원하지 않는다면 우리가 모은 돈이랑 20대 두 명이 대출받을 수 있는 돈을 합쳐서 사업을 시작해야겠지. 어찌 됐든 우리는 해낼 수 있을 거야. 시간이 걸릴 뿐이야. 그리고 참을성도 좀 필요하겠고."

토미가 이야기를 마쳤을 때 조시는 눈을 감고 있었다. 어찌나 오랫동안 움직임도 없이 그러고 있었던지 토미는 혹시 조시가 자나 싶었다. 그러다 조시가 눈을 번쩍 떴다. 그리고 일어서서 손을 내밀었다.

"나랑 계약하자. 우리가 더 홀을 인수하든지 아니면 우리끼리 하든지, 둘 중 하나를 하자고. 그러니까, 같이 하자."

토미와 조시가 악수하자, 직원이 다시 나타나서 테이블에 계산서를 올려놓았다.

"우리 이제부터 현금을 아껴야 하잖아. 그냥 뭘까?"

둘이 각자 지갑을 꺼내자 조시가 웃으며 말했다. 이제는 당분간 카페에서 점심을 사 먹는 일은 없으리라는 걸 알았다.

토미도 웃었다. 하지만 이 계약 때문에 그의 생활 방식이 크게 바뀔 필요는 없었다.

두 사람은 근무하러 더 홀로 걷기 시작했다. 둘 다 사실은 근무 시간이 되려면 아직도 멀었지만 상관없었다. 그리고 토미는 방금 친구와 맺은 계약을 생각했다. 더 홀은 둘이 함께 도전하는 과제가 되겠지. 하지만 '재시작'은 자신만의 몫이었다.

◑

여름으로 접어들자 더 홀에도 손님이 늘기 시작했다. 하지만 제일 정신없는 금요일과 토요일 밤을 보니 조시의 말이 옳다는 걸 알게 되었다. 언제나 드문드문 빈자리가 보였고, 사람들이 노는 소리로 가게 안이 시끄럽긴 했지만 그렇다고 문밖에서 기다리는 사람들이 줄을 서는 일은 없었다. 그래도 토미와 조시는 계약을 하지 않았던가. 그들은 시간을 아끼고, 열심히 일하고, 돈도 모으기로 했다. 데이브는 여전히 일주일마다 지급하는 봉급을 하얀 봉투에 담아 직접 건네주었다. 조시는 21세기에 걸맞도록 가게를 바꾸기 위해 여러 가지 변화를 꾀하면서 그 관행 역시 바꾸기를 바랐지만, 현재 토미에게는 현금을 받는 게 딱 맞는 방식이었다. 토미는 거의 모든 돈을 모아서 숙소 사물함에 있는 철제 상자에 넣어두었다. '재시작'을 할 때 돈을 지키려면 현금이 있어야 했으니까.

이윽고 호스텔 복도가 크리스마스 반짝이 줄로 장식되기 시작하자, 토미는 다시 휴게실에 가서 컴퓨터를 썼다. 일요일 오전 11시면 대개 토미는 낡은 휼렛패커드 컴퓨터 앞에 앉아서 화면을 들여다보곤 했다. 바로 자료 조사였다. 가끔은 업무상 조사를 하기도 했지만 (예를 들어, '스크루드라이버 + 칵테일' 또는 '톰콜린스 + 칵테일' 같은 단어 조합을 검색해 봤는데, 그렇게 검색한 것 중 십중팔구는 처음 들어봤다는 걸 인정하기엔 너무 창피할 만큼 기본적인 것들이었다) 대부분은 업무와는 전혀 상관없는 검색이었다.

그는 이제껏 캐리 프라이스라는 이름을 수십 번도 검색했고, 그때마다 뭔가 다른 정보가 나오기를 바랐다. 많은 걸 바라는 게 아니었다. 그저 캐리가 어느 도시에 살고 있는지, 지금 직장에 다니는지 아니면 공부를 하는지, 그것도 아니라면 그럭저럭 지내는지 얼마간의 정보가 있기를 바랐다. 하지만 결과는 항상 똑같았다. 검색 결과 맨 위 페이지는 '드루 캐리 쇼 DVD 최저가 판매!'라는 광고가 떴다. 토미는 궁금한 게 두 가지였다. 첫째, 내가 뭘 잘못했을까? (그리고 첫째보다 훨씬 중요한 질문인) 둘째, 혹시 캐리가 이 나라를 떠난 것이라면 어떡하지? 생각만 해도 마음이 허전했다. 이 도시에서 캐리를 찾을 수 없다면, 캐리가 영영 떠나버렸다면 자신에게는 무슨 희망이 있나? 토미는 길거리에서 그녀를 우연히 마주치는 꿈을 꿨지만, 실제로 그렇게 된다면 그땐 어쩔 건가? 연애는 토미가 그다지 잘하는 분야가 아니었다. 게다가 자신이 오랫동안 사랑해 온 여자, 그런데 그쪽은 정작 자신이 있는 줄도 모르는 여자와 연애라니 말할 것도 없었다.

다행히도 일요일 오전 11시는 호스텔 여행객들의 숙취가 가장

심할 시간이었다. 그래서 다들 아무리 빨라도 정오나 되어야 슬그머니 나타났다. 그래서 컴퓨터 모니터에서 2~3센티미터 정도 위쪽 지점을 멍하니 응시하며, 거리나 더 홀에서 캐리를 우연히 마주치는 상황을 상상하는 토미의 퀭한 눈빛을 알아보는 사람은 거의 없었다. 그러다가 토미가 완전히 방심하던 그때, 프랑스 여자애 하나가 갑자기 나타나 컴퓨터 앞에 앉은 토미의 옆자리에 앉았다. 그녀는 자기 앞의 컴퓨터를 켜는 대신 토미를 바라보았다.

"뭐 하고 있어?"

그녀는 프랑스 억양이 강한 영어로 물었다.

토미는 너무 놀라서 급히 브라우저를 클릭해 껐다. 20대 중반쯤 되어 보이는 여자였다. 숱 많은 갈색 머리와 도톰한 입술이 조화롭게 어우러져 한눈에 봐도 예뻤다. 하지만 토미는 카테리나 이후로 여행객들을 모두 경계했다. 특히 예쁜 여자라면 더더욱 조심했다.

"별거 안 해. 그냥 업무 내용을 찾아보고 있었어."

토미는 거짓말을 하며 내심 그녀가 이 대답을 심드렁하게 여겨주길 바랐다. 대체 이 여자애는 왜 다른 사람들 다 자는 답답한 방에서 자고 있지 않는 걸까. 이 시간에는 모두 모공에서 보드카를 땀으로 뿜어내며 잠들었는데.

"아, 너 여기서 직장 다녀? 무슨 일 해?"

그녀의 질문에 토미는 빌미를 준 스스로에게 욕했다.

"난 술집에서 일해."

그는 다시 화면으로 시선을 돌리며 대답했다. 여자애는 끈질기게 물었다.

"어느 술집? 내가 아는 덴가? 여기서 몇 군데 가봤거든. 어젯밤은 안 갔지만. 오늘 아침에 해돋이를 보고 싶었는데, 정말 볼만하더라."

마음과는 다르게 토미는 그녀가 '볼만하더라'라고 말하는 방식이 마음에 들었다. 프랑스 억양이 단어의 모음을 따라 부드럽게 구르는 듯한 소리였다. 이 애가 말하는 방식은 어쩐지 매혹적이라 그 소리를 좀 더 듣고 싶었다. 그래서 여자애 쪽으로 살짝 몸을 돌리자, 그 모습이 기회임을 알아본 여자애는 더 많은 질문을 쏟아내었다.

"이름이 뭐야?"

"토미."

"나는 클렘이야. 있지, 토미. 너 정말로 뭐 하고 있었어? 브라우저를 엄청 빨리 숨겼잖아. 누구한테 메일 썼어? 여자 친구?"

"아니. 나 여자 친구 없어."

토미는 심장 박동이 조금씩 빨라지는 기분이었다.

"정말 신기하네. 여자 친구한테 메일 쓰는 게 아니라면 이런 아침에 여기서 뭘 하는 거야?"

토미는 무어라 답해야 할지 몰랐다.

"가서 식사하자. 토미, 너 아침 먹지?"

"음, 그렇지."

그는 이 순간 조시가 지닌 매력을 조금이라도 지닐 수만 있다면 뭐든지 내놓을 수 있을 것만 같았다.

"그러면 컴퓨터 끄고 같이 가자."

토미는 브라우저를 닫으려고 화면으로 몸을 돌렸다. 그 순간, 자신이 검색했던 마지막 단어 조합을 다시 읽게 되었다. '캐리 프라이스 + 변호사 + 어퍼 리치'. 그러자 죄책감이 따끔하게 느껴졌다. 그는 속으로 생각했다.

'아니, 이런 마음은 틀렸어. 캐리가 날 기다리고 있을 리 없잖아? 내가 있는 줄도 모르는데.'

그런데도 토미는 고개를 저었다.

"미안해. 나 이거 꼭 마무리해야 해."

"아, 그러지 말고."

클렘은 그에게 몸을 숙이며 마우스에 손을 뻗었다.

토미는 그녀의 팔을 쳐냈다.

"내가 안 된다고 했잖아. 못 들었어?"

클렘의 얼굴이 급격히 어두워졌다. 도톰한 입술을 굳게 다물며 그녀는 일어섰다.

"아, 토미…… 재수 없어."

그녀는 각 단어를 고통스러운 말투로 완벽하게 발음했다(물론 그렇지 않았다 해도 토미는 그 뜻을 다 알아들었겠지만). 그러더니 자리를 박차고 나갔다.

토미는 의자에 털썩 몸을 기댔다.

'이게 옳은 선택이길 바라야지. 한동안은 긴가민가하더라도 말이야.'

자신의 돈을 들고 도망친 카테리나는 지금쯤 독일로 돌아갔을 것이다. 어느 날 밤 호스텔에서 돈 많은 남자애를 만나 털었던 일은 기억조차 제대로 못 하겠지. 그때를 제외하면 지금 있었던 클렘과의 다소 쌀쌀한 일화가 올해 토미 루엘린에게 찾아온 연애 경험이라 할 수 있었다. 그는 이제껏 조시가 더 홀에서 만나 번호를 교환한 여자들과의 일화를 들으며 대리 만족을 느껴왔다. 그런데 이제는 토미의 차례가 온 것이다. 클렘은 오전 11시에 와서 실패했지만, 토미는 그보다 더 좋은 때에 다가온 여행객들과 몇 번 짧게 만남을 가지곤 했다. 하지만 그래봤자 호스텔 공용 침실에서 옆 사람이 코 고는 소리가 들리는 가운데 어색하게 서로를 더듬으며 하룻밤 또는 이틀 밤을 보내면 끝나버리는 관계였다. 예외 없이 그건 어설픈 관계였고, 토미 역시 그 순간엔 마지못해 빠져들었다가 끝나면 후회를 반복했다. 하지만 선라이즈 백패커스의 휴게실에서 심하게 화를 내며 민망해하는 모습으로 나가는 프랑스 여자애를 바라보자, 토미는 자신이 캐리 프라이스를 찾으려는 게 헛된 노력만은 아니었음을 깨달았다.

캐리를 인터넷으로 찾을 수는 없을 것이다.

하지만 반드시 그녀를 찾아낼 것이다.

◖

캐리가 토미의 삶으로 불쑥 들어오는 상황보다 더 시급한 문제가 있었다. 날짜는 점점 1월 5일을 향해 빠르게 흘러갔고, 토미는 '재시작'이 되고 나서도 자신의 일자리를 놓치고 싶지 않았다.

하지만 더 홀에서 숙소까지는 걸어서 30분이었기 때문에, 그는 이 장점을 십분 활용하여 오래 생각할 수 있었다. 그래서 1월 2일 새벽에 집으로 어슬렁어슬렁 가다가 문득 중고 물품 가게 앞에서 걸음을 멈췄다. 가게 문은 당연히 닫혀있었고, 앞 유리창에는 보안 창살이 쳐져있었지만 창문 너머로 중고 의류를 우아하게 걸친 마네킹이 말없이 이쪽을 바라보고 있었다. 토미는 사람들로 붐비는 낮에 이 가게 앞을 여러 번 지나갔다. 이 가게는 돈이 넉넉하지 않은 사람들도 제대로 차려입어 보려고 할 때 자주 찾는 가게였다. 토미도 이런 생각을 몇 번 한 적이 있었다. '더 홀에서 잔을 닦는 일을 계속할 방법을 찾지 못하면 나도 여기에 와야 할지도 모르겠군' 하고 말이다. 하지만 그날 밤, 토미는 가로등의 하얀 불빛을 받은 자기 모습이 가게 창문에 비치는 걸 보았다. 자신이 가게 안에 들어가 기부 물품 선반을 뒤지는 모습이 눈에 선했던 순간, 갑자기 퍼뜩 떠오르는 생각이 있었다. 직관과 반대되는 생각이었지만, 일을 계속하고 싶다면 당장은 그 일을 내려놓아야 한다는 뜻이었다.

이제껏 알아낸 모든 것을, 바로 '재시작'에 대해 알고 있는 점을 모두 시험해 볼 때였다.

$$*$$

$$14$$

열세 살이 되던 날 밤, 토미는 덫을 놓았다. 다들 아는 진짜 덫은 아니었고, 그의 생각으로는 실험에 가까운 행동이란 의미였다. 그는 낙농장 책상 위에 지난 1년 동안 모아온 소지품을 쌓아 작은 무더기를 만들었다. 모아놓고 보니 좀 서글펐다. 신발 한 켤레, 교과서 두 권, 속옷 세 장과 그 위로 흩어지지 않게 올려둔 종이 여섯 장. 종이마다 토미는 그림을 그리고 글자도 조금 적어둔 다음 거기에 이름을 썼다. 이건 내 것이라는 표식이었다.

그리고 침대로 올라가서 지켜보았다.

자정이 가까워질수록 토미는 저 물건 무더기가 눈앞에서 사라질 것이라고 철석같이 믿었다. 신데렐라의 마차가 호박으로 변하는 것처럼, '펑' 소리를 내며 사라질 거라고. 아니면 아예 아무런 소리가 안 날 수도 있었다. 어쩌면 눈 한 번 깜짝하자 싹 지워질지도 몰랐다.

하지만 낙농장 현관에 있는 괘종시계가 열두 번 울렸어도 신발은 움직이지 않았다. 책과 운동화, 종이 모두 그대로였다.

토미는 침대에서 내려와 물건들을 쿡 찔렀다. 혹시 이 손가락은 그림자를 찌르듯 저 물건을 뚫고 쑥 들어가지 않을까 싶은 생각도 반쯤은 들었다. 하지만 교과서들이 바닥으로 주르르 미끄러져 한밤중에 쏜 대포처럼 바닥에 쾅 소리를 내며 부딪히자 토미는 숨을 멈췄다. 다행히 아무도 깨지 않았다.

한 시간 후, 토미는 마침내 고개를 끄덕였다. (마법 같은 일이 벌어지면 보고 싶었던 마음에) 실망도 들었지만 희망도 뒤섞여 있었다. 무슨 이유로든 '재시작'이 일어나지 않았으면 좋겠다는 희망이었다. 이제 12년이 지났으니 뭔가 그만 될 때도 되지 않았을까.

하지만 자고 일어나 보니 물건 더미는 사라진 상태였다.

자정에 '재시작'이 일어날 것이라고 여긴 토미의 예상이 아예 틀리지는 않았다. 보통은 자정에 발생했으니까. 거기에는 확실히 깔끔하고도 단순한 면모가 있었다. 하지만 또 생각해 보면, 토미가 깨어있으면서 움직이고 사람들과 이야기하며 무언가 여파를 일으킬 때는 '재시작'이 좀처럼 일어나지 않았다. 그럴 때는 움직임이 멈출 때까지 지연되었다.

바로 토미가 잠들 때까지.

더 홀에서 계속 일하려는 토미의 계획은 타이밍 싸움이었다. 때를 잘 잡아야 했고, 운도 조금은 따라줘야 했다.

현재 토미는 전반적으로 습관의 동물이 되어있었다. 똑같은 길로 일하러 갔다가 다시 돌아오기를 거의 열두 달 동안 했으며, 본인은 모르고 있지만 그건 아버지에게서 물려받은 특징 때문이기도 했다. 그런데 1월 4일, 토미는 그 습관을 깼다. 일단 그는 침대 끝에 있는 사물함으로 가서 안에 든 작은 철제 상자를 꺼냈다. 손에 묵직하게 들리는 상자 속에는 지난 1년 동안 고되게 일하고 절약해서 모은 달러가 한 장도 남김없이 들어있었다. (토미가 제아무리 습관의 동물이라지만 매일 지나는 식료품점에서 할인하는 과일과 값싼 빵, 공짜 비스킷이나 먹고 사는 게 이제는 너무나 지겨워졌다.) 지금 그의 눈앞에는 1년 전 이 도시에 왔을 때 지녔던 돈보다 훨씬 더 많은 돈이 있었다.

"이런 대박! 그거 어디서 찾았어?"

뒤편에서 커다란 목소리가 들렸다.

토미 또래의 남자 한 명이 눈을 휘둥그레 뜨고 현금을 바라보았다. 토미는 뚜껑을 쾅 닫으며 대꾸했다.

"어디서 찾다니. 이건 내 거야."

"야, 어밀리아. 이것 좀 봐! 무슨 보물 상자 같다."

남자의 여자 친구가 옆에서 나타나더니 물었다.

"뭐야? 뭐가 들었는데?"

"돈이야. 엄청 많아. 수천 달러는 되겠어. 얘가 찾았어."

"찾은 거 아니라니까!"

토미가 다시 외쳤다. 맙소사, 아직 숙소에서 나가지도 않았는데 벌써 망했네. 그는 커플을 밀치고서 화장실에 들어가 문을 잠갔다.

그리고 2분 후, 그는 지폐 뭉치와 위조 신분증이 든 속옷을 입고 어기적거리며 밖으로 나왔다. 빈 철제 상자는 변기 옆 타일 바닥에 두었다.

지금 토미는 모래가 가득 든 수영복을 입은 것처럼 불편한 기분이었다. 게다가 이제 새벽 2시까지 일해야 했다. 자신이 잠들고 나서야 '재시작'이 일어난다는 건 알고 있지만, 그래도 조금의 위험도 감수할 수는 없었다. 특히 머리가 엉겨 붙은 남자애와 그 애 여자 친구가 자신이 돈을 숨겼다는 사실을 알아버렸으니까.

다음으로 향한 곳은 휴게실이었다. 그는 벽에 테이프로 붙여놓은 안내문(흑백 인쇄 한 장에 10센트. 카운터에 지불)을 슬쩍 올려다보고는 글자를 몇 개 친 페이지를 딱 한 장 인쇄했다.

"10센트 빚졌네요."

그는 딱히 듣는 이 없는 말을 중얼거리고는 호스텔을 떠났다.

더 홀에서 토미가 맡은 근무는 4시에 시작됐다. 하지만 그전에 데이브와 이야기해야 했다. 그는 걸어가면서 할 말을 반복해 보고 이어질 대화를 예상하다가 문득 깨달았다. 열두 달 전, 바로 이 순간에도 자신은 낙농장에서 대탈출을 할 준비를 하고 있었다. 그때는 어린애였지만 지금은 주머니에 (아니, 정확히 말하자면 가랑이가 찢어질 정도로) 돈도 있고, 직장도 있고, 절친도 있고, 미래에 대한 계획도 있었다. 오늘 밤 바라는 대로 모든 게 순조롭게 이루어진다면, 내일도 그걸 대부분 갖게 될 것이다.

"일찍 왔구나, 토미."

안으로 들어서자 바 뒤에서 데이브가 인사했다.

토미가 바 쪽으로 다가가 몸을 기대자, 손때 묻은 나무 상판이 데이브가 매일 반짝반짝 닦은 보람이 있게 빛났다.

"잠깐 시간 있으세요, 데이브?"

토미는 갑자기 초조해졌다.

"어, 무슨 일이야?"

데이브는 바에서 나와 토미 옆자리에 앉았다. 예전에 데이브가 그를 고용했을 때도 둘은 같은 자리에 앉아있었다. '재밌는 우연이네'라고 토미는 생각했다.

"데이브. 정말 죄송한데요, 일을 그만둬야 할 것 같아요."

데이브는 놀라서 토미를 바라보았다.

"뭐? 왜? 일을 좋아하는 거 아니었어?"

"좋아해요. 정말로요. 하지만 내지로 이사 가기로 했어요. 일자리 제안을 받아서요. 돈을 많이 주더라고요."

데이브는 턱수염을 문지르며 눈을 가늘게 뜨더니 말했다.

"모르겠구나, 토미. 이건 좀……. 뭐랄까? 은혜를 모른다고 봐야 하지 않나? 술집 일을 하나도 몰랐던 애였는데 내가 널 훈련시킨 거라고. 내 사비를 써가면서."

하지만 데이브는 토미에게 술잔을 수거해 씻는 일 말고는 아무것도 가르친 게 없었다.

"정말 죄송해요, 데이브. 그리고 진심으로 절 위해 해주신 모든 일에 감사한 마음이에요. 그래도 몇 주는 더 있을 거예요. 후임을 찾는 것도 도와드릴게요. 오늘 밤 근무가 끝나면 앞에다 붙여놓을 구인 공고문도 만들어 왔어요."

데이브는 그저 고개를 끄덕이고는 토미가 호스텔 휴게실에서 출력해 온 종이를 휙 낚아채고 돌아섰다.

데이브에게 거짓말하는 일도 힘들 것이라고 생각했지만, 가장 힘든 부분은 곧 닥쳐왔다.

"이게 무슨 개소리야, 토미?"

바로 조시였다. 그는 몇 시간 후 얼굴이 시뻘게진 채로 주방 문가에 섰다. 성나고 상처받은 얼굴이었다.

"아빠한테 방금 들었어. 나한테는 언제 말하려고 했냐? 우린 계획이 있잖아. 아니야? 계약을 했잖아!"

"그래, 알아. 내가 설명할게."

토미는 친구를 진정시키려 했다.

"아냐. 설명 따윈 집어치워. 다른 좋은 데 가서 일한다면서. 아빠는 네가 몇 주 더 일해도 좋다고 했지만 내가 싫다고 했어. 오늘 밤에 내보내라고. 아빠가 진짜로 내 조언을 들어준 건 이번이 처음이네."

"무슨 소리야?"

토미가 어리둥절한 채로 물었다.

"다른 데 가고 싶은 '직원'이 여기 있어봤자 뭐해."

토미를 굳이 '직원'이라고 부르는 조시의 말을 듣자 둘 사이의 관계가 변했다는 게 여실히 드러났다. 둘은 이제 더는 동업자가 아니었다.

"오늘 밤 근무가 끝나면, 넌 나가."

그 말을 끝으로 조시는 떠났다.

상황이 나빠질 수도 있다고 예상은 했건만, 이건 상상했던 것보다 훨씬 더 심각했다. 생전 처음 토미는 진심으로 '재시작'을 바라게 되었다. 스스로 저지른 피해를 복구하고 싶은 마음이 간절했다.

남은 근무 시간 내내 토미는 괴로웠다. 홀에 나가서 손님들 주위를 돌며 빈 잔을 수거할 때마다 바 안쪽을 바라보며 조시의 기분이 좀 나아졌는지 살폈다. 이마 위에 솟았던 핏줄은 겨우 가라앉았고, 병들이 사납게 내리꽂히는 소리도 수그러들긴 했다. 하지만 조시는 여전히 상처받은 얼굴이었다.

새벽 2시가 되자 토미는 손을 닦고서 마지막 잔을 치웠다. 가게의 메인 홀에 나와 보니 마지막까지 남은 술꾼들이 알아들을 수 없는 노래를 흥겨운 기색으로 고래고래 부르고 있었다.

데이브는 토미에게 손짓하고는 흰 봉투를 건네주었다.

"마지막 급료다."

그는 음울하게 말하고는 다시 바 상판을 닦기 시작했다. 토미는 가게 뒤편에 있던 르네에게 손을 흔들고는 조시 옆을 지나갔고, 조시는 그를 무시했다.

그러다 문을 막 나서려던 순간, 친구가 뒤에서 부르는 소리가 들렸다.

"야, 토미."

조시의 입가가 살짝 뒤틀렸다.

"생일 축하한다. 멍청한 놈이라도 축하는 받아야지."

토미는 미소를 지어 보이고는 밖으로 나갔다. 그러면서 더 홀을 돌아보고는 자신이 타이핑한 공고문이 문 옆에 붙은 걸 보았다.

'사람 구함. 들어와서 문의하세요.'

데이브가 저녁 시간에 붙인 모양이었다. 모든 게 거의 착착 맞아떨어져 갔다.

한 시간이 채 되지 않아 토미는 호스텔의 공용 침실로 들어왔다. 그리고 몇 겹씩 옷을 껴입자 덕지덕지 서툴게 포장한 선물 같은 꼴이 되었다. 그는 부디 상쾌한 공기가 들어와 주기를 기도하며 침대 옆 창문을 열었다.

날씨는 덥고 온몸이 끈적거렸지만 상관없었다. 이렇게 해서 옷도 지키고, 바지에 넣어둔 현금도 지키고, 앞주머니에 꽂아둔 운전면허증까지 지킬 수 있게 되었으니까. 그는 자신이 점점 잘하게 되고 있다는 걸 깨달은 채로 잠이 들었다.

다시 일어났을 땐 얼굴에 따스하고 부드러운 바람이 느껴졌다. 창문은 여전히 열려있었다. 그가 1년 전 고쳐놨던 창문은 밤새 살아남았다. '재시작'은 토미가 손댄 흔적을 모두 지우려고 볼트를 부러뜨리고 창문을 꽉 닫아버리지는 않았던 것이다. 그건 이해가 되었다. 창문을 고친 일은 그에게 한정된 일이 아니었고, 그가 창문을 고친 사람이라는 걸 아무도 몰랐으니까. 그리고 '재시작'에는 해결해야 할 더 큰 문제가 있었다. 더 홀에서 토미가 엉망으로 만들어 버린 상황 같은 것 말이다. 어쨌든 최종 결과는? 선라이즈 백패커스 호스텔에 앞으로 묵게 될 사람들을 위해 토미 루엘린이 이바지한 무언가가 살짝 남았다.

'고맙다는 말은 받은 걸로 치지, 뭐.'

그는 이렇게 생각하고서 미소를 지었다.

토미가 셔츠 네 벌을 벗는 동안 맞은편 침대에 있던 젊은이가 잠에서 깨었다. 그리고 토미가 바지 세 벌을 벗는 모습을 말없이 지켜보았다. 그러다 자신이 아직 술이 덜 깼구나 싶어서 (사실 그랬다) 눈을 문지르더니 몸을 돌려 도로 잠을 청했다. 토미는 그의 움직임을 알아차리고는 화장실에 간 뒤 속옷에서 돈을 꺼냈다.

아래층 체크인 데스크는 전날과 다른 게 하나도 없어 보였다. 사실을 말하자면 토미가 현금을 주머니에 넣고 셔츠로 옷 보따리를 만들어 들고서 여기에 들어왔을 때와 모든 게 다 똑같아 보였다. 팔찌를 찬 브리짓은 오늘도 데스크 뒤에 서있었다. 토미는 지난 1년 동안 브리짓에 대해 꽤 많이 알게 되었다. 그건 브리짓이 끊임없이 오가는 여행자들 사이에서 항상 익숙하게 존재하는 토미가 반가워서였을 수 있겠지만, 어쨌든 토미가 숙박비를 내러 갈 때마다 그녀는 매번 이야기를 나누고 싶어 했다. 이 호스텔은 브리짓 할아버지의 소유였고, 전대 지배인이 그만두겠다고 통보하고서 한 시간 만에 떠나버린 이후부터 (브리짓은 "뭔 놈의 통보가 그래"라고 씁쓸하게 말했다) 그녀가 지배인이 되었다. 사실 브리짓은 침대 시트 가는 것도 싫어하고 토사물을 치우는 일도 혐오했지만, 예전에 사무직으로 일했던 때보다는 이 편이 훨씬 낫다고 했다.

브리짓은 토미를 마주치면 반갑게 인사하곤 했다. 하지만 그날 아침에는 계단을 내려오는 토미를 보고서 평소의 미소는 사라지고 찌푸린 얼굴이 드러났다.

"계산 안 한 사람은 들어올 수 없어요. 누구랑 같이 왔어요?"

그녀는 대뜸 물었다. 토미는 뒤쪽 벽에 붙은 '비 숙박객 출입 금지' 경고문을 보고서 이미 예상해 둔 참이었다.

"죄송합니다. 어젯밤에 술집에서 사람들을 만났는데, 여기 빈방이 있다고 하더라고요. 그 사람들이 들여보내 줬어요. 밤이 너무 늦었거든요."

브리짓은 미심쩍은 표정을 풀지 않았다. 공짜로 하룻밤을 자려던 여행객들에게 그런 변명을 들어왔기 때문이었다.

"어젯밤 숙박비를 낼게요. 그리고 가능하면 한 달 더 묵고 싶은데요."

그 즉시 브리짓은 꾹 다문 입술에서 힘을 풀고는 카운터로 오라고 손짓했다. 이번에 신분증 요구를 받았을 때 토미는 아무것도 없는 상황을 눈감아 주는 대가로 돈을 찔러주는 대신 운전면허증을 꺼냈다.

'이것만으로도 벌써 돈값은 했구나.'

토미는 속으로 생각했다.

사물함을 빌리면서 화장실 바닥에 두고 온 철제 상자가 떠오르자 욕이 나왔다. 지금쯤은 없어졌겠지. 하지만 그 정도 손실이 최악의 상황이라면야, 얼마든지 감수할 수 있었다.

토미는 더 홀이 점심 메뉴를 판매한다는 게 좀 어처구니없다는 생각을 종종 했다. 일단 파는 음식이 거의 없기 때문이었다(이건 토미와 조시가 고쳐야 할 점 제8번이었다). 그나마 가장 마음에 드는 점심 메뉴라 해봤자 영국 맥주 스타우트였다. 11시 59분, 현재 토미는 길가에 서있었는데 어두운 유리문 너머로 데이브의 그림자가 점점 더 가까워지고 뚜렷해졌다. 이윽고 잠금쇠가 달칵 열리자, 토미는 앞으로 걸음을 옮겼다.

"실례합니다. 잠깐 이야기 가능하실까요?"

데이브는 토미를 위아래로 훑어보았다. 이토록 이른 아침에 불쑥 찾아와 놀란 모양이었다.

"물건 팔려고 그러는 거 아니죠?"

들려온 대답이었다.

"아뇨. 팔 것은 저뿐인데요."

토미는 미소를 지으며 대답했다가, 이게 얼마나 이상하게 들릴 소리인지 깨닫고는 얼굴을 붉혔다. 시작부터 왜 이러냐.

"저것 때문에 이야기를 드리고 싶어서요."

그는 문 옆에 붙은 '구인 공고'를 가리키며 말했다.

데이브는 토미를 안으로 들였다.

그로부터 7분 후, 토미는 그날 저녁에 있을 첫 근무를 생각하며 더 홀에서 나왔다. 혹시 이 모든 상황이 어제 그만둘 때 데이브에게 구인 공고문을 건네서 일어난 일에 계속 영향을 받는 걸까? 왜 사람을 구하고 있는지 데이브에게 물어봤으면 좋았을걸. 하룻밤 새 자신에 대한 기억이 무엇으로 바뀌어 있었을지 궁금함이 샘솟았다.

데이브 손더스는 새로 구한 직원이 나가는 모습을 지켜보았다. 공고문을 인쇄해다 붙인 지 겨우 하루밖에 안 지났는데 사람을 이토록 빨리 구하다니, 운이 좋다고 생각했다. 이곳은 점점 더 바빠지고 있으니까. 아들의 생각과는 달리 이게 데이브의 입장이었다. 새로 설거지 담당을 고용하면 이곳 책임자가 실제로 누구인지 조시가 다시금 깨닫는 계기가 되겠지. 또한 르네가 주방에만 박혀 있지 않고 홀로 좀 더 나올 수 있으니 기뻐할 터였다. 그러면 르네에게서 끊임없이 잔소리를 듣지 않아도 되어 본인도 기쁠 것이다. 그렇지, 얼마나 좋아. 오후 12시 7분이 되자 데이브 손더스는 스스로 내린 결정에 아주 뿌듯했다. 조시와 르네라는 두 가지 반항 분자들을 처리했으니까. 그는 자신이 우주와 토미 루엘린의 손아귀에서 놀아나고 있다는 생각은 추호도 하지 않았다.

세상에는 서로 친구가 될 운명을 타고난 사람들이 있다. 이건 토미가 스스로 만들어 믿는 이론이었다. 조시 손더스는 그날 밤 더 홀의 주방에서 토미를 처음 만났다. 스물네 시간 전, 토미가 자신을 배신했다며 화를 냈던 바로 그 자리에서. 토미는 조시와의 사이를 어떻게 헤쳐 나갈지 정말 걱정이 많았다. 둘의 우정이 땅속 깊은 곳에 묻힌 금덩어리 같기를, 지구는 돌더라도 변하지 않을 단단한 덩어리 같기를, 그래서 언젠가 발견될 날을 기다리는 것이기를 그는 바라고, 아니 그렇다고 믿고 있었다. 병원에서 시작된 둘 사이의 유대감은 더 홀에서 같이 일하면서 다시 불이 붙었고 강력해졌다. 어찌나 강력하던지, 토미는 자신과 조시가 한두 달 안에 다시 우정을 쌓을 수 있으리라 믿게 되었다.

하지만 그렇게 생각한 토미조차도 깜짝 놀라도록 그와 조시의 관계는 아주 빠르게 회복되었다. 그래서 2주도 채 되지 않은 어느 날, 둘은 가게가 쉬는 날 다른 술집에 가서 커다란 탁자에 딸린 바 의자에 올라앉았다. 조시는 별말이 없었었지만, 그 시간 대부분 토미의 이야기를 들으며 무언가 심각하게 고민하는 것처럼 뺨 안쪽 살을 깨물어 댔다. 마치 토미를 믿어도 되는지 가늠하는 모양이었다.

마침내 조시가 말했다.

"나 뭐 하나 말해도 돼? 그리고 이건 절대 비밀이야."

토미는 고개를 끄덕였다.

"나 더 홀을 그만둬야 할 것 같다."

"뭐?"

토미가 소리쳤다.

"그래, 알아. 넌 이제 막 들어와 일한 사람이니까. 그리고 너 때문에 그런 거 아니야. 진짜야."

조시는 씩 웃더니 다시 진지한 표정이 되었다.

"아빠 때문에. 데이브가 우리 아빠인 거 알지?"

토미는 다시 고개를 끄덕였다.

"좋아. 너한테 이런 말 해도 되는 건지 모르겠는데……. 우리 아빠는 가게를 망치고 있어. 가게 수익도 더는 안 나는데, 아빠는 도통 말을 안 들어. 나한테 좋은 아이디어가 있다고. 알지? 우리 모두 일자리를 지킬 수 있는 아이디어란 말이야. 아빠도 지킬 수 있고."

토미는 놀란 척을 했지만 정말 놀라웠던 건 딱 하나, 바로 조시가 몇 주 만에 자신에게 이토록 마음을 터놓게 되었다는 점이었다. 이건 진짜 노다지 같았다.

"우리가 점심 식사부터 말이야, 응? 제대로 된 점심을 내놓는다면 그 사람들을 점심부터 밤까지 쭉 가둬둘 수 있지 않겠어? 그러다 자정이 되어서나 나가게 되겠지. 우리는 떼돈을 벌 거라고. 내가 다른 부분도 몇 가지 생각했는데……."

조시가 이것저것 늘어놓는 아이디어를 들으며 토미는 미소를 지었다. 그건 '재시작' 전에 그가 직접 조시에게 대략 설명했던 것들이었다.

두 시간이 몇 분인 양 순식간에 지나갔다. 토미는 속으로 계속 되뇌어야 했다. 조시가 알기에는 우리 둘은 만난 지 얼마 안 된 사이라는 걸 말이다. 하지만 그렇게 느껴지지 않았다. 토미도 그랬지만 조시도 그랬다.

마침내 토미는 1년 전에 이미 체결했던 것과 똑같은 계약을 제안했다.

"같이 돈을 모아서 더 홀을 인수하든지, 독립해서 우리 가게를 차리자."

조시는 동의했고, 토미는 순간 데자뷔를 강하게 느꼈다. 물론 속으로는 이걸 정말 데자뷔로 봐야 하는지 의문이 들긴 했다. 자신은 과거의 순간을 고의로 재현하고, 같은 사건이 일어나도록 씨를 뿌렸으니까. 하지만 중요한 건 그게 아니었다. 중요한 건 토미가 해냈다는 것이다. 그는 일자리를 되찾았고, 절친을 되찾았다. 그리고 이제는 그 친구와 미래를 다시 계획하고 있었다.

토미는 한층 더 용기를 얻었다. 그해 말, 사람들이 새로 살 집을 구하러 다니기 시작했을 즈음이었다. 엘리베이터가 없는 건물 원룸에 들어가 살 수도 있고, 아니면 대학생 둘을 룸메이트로 두고 집을 구해서 집세를 나눠 부담하고 냉장고 두 칸을 할당받아 살 수도 있었다. 하지만 토미는 그냥 선라이즈 백패커스에서 살기로 했다. 그는 어릴 적부터 수많은 사람과 공간을 함께 쓰며 자라났고, 세계 각지에서 온 낯선 이들을 만나는 걸 좋아했다. 게다가 일과가 정해져 있었기 때문에 날씨가 좋든 나쁘든 근무 시간 10분 전에 도착하려면 정확히 몇 시에 출발해야 하는지 잘 알고 있었다. 무엇보다도, 이러니저러니 해도 호스텔이 가장 저렴했다. 지금은 사물함 바닥에 쌓여가는 현금 더미를 불리는 일이 최우선이었다.

하지만 곧 돈 더미가 너무 불어나 버리자, 토미는 자신이 만들어 두기 시작한 '평범한 삶' 목록에 또 새로운 경험을 들이게 되었다. (토미는 '평범한 삶'을 살고 있지 않기 때문에, 이 목록은 평범한 게 아니라 새롭고 도전적인 과제였다.) 은행 창구에 선 토미의 손바닥이 땀으로 끈적해졌다. 은행원은 뿔테 안경을 쓴 30대 여자로, 그 안경 때문에 실제보다 더 나이 들어 보이는 얼굴로 토미의 운전면허증을 빤히 바라보았다. 그러고는 신분증을 복사하러 돌아섰고 토미는 그 모습을 보며 숨을 참았다. 이윽고 복사를 마친 은행원은 카운터 너머로 운전면허증을 스르륵 넘겨주었다. 토미는 현금 봉투를 건네주었다. 은행원은 그걸 받으면서도 눈썹 하나 까딱하지 않았다. 잠시 뒤 토미는 은행 카드 한 장과 잔액 증명서를 손에 쥐고 있었다. 또 하나의 신분증을 손에 넣은 그는 자신이 평범한 사람이라도 된 듯 들뜨고 말았다.

계좌 잔액은 계속 불어났다. 토미는 데이브가 고집스레 현금으로 지급하기를 원하는 급료를 들고서 매주 예금을 하러 은행에 갔다. 선라이즈 백패커스에 두는 것보다 자신의 은행 계좌가 더 안전하다는 걸 토미는 알고 있었다. 그러나 1월 4일만큼은 달랐다. 그는 은행 문이 열리기도 전에 그 앞에 서서 초조하게 기다리고 있었다. 이번에는 지난번과 다른 직원으로 나이에 걸맞은 안경을 낀 여자였다. 그녀는 안경 너머로 토미를 지그시 바라보았다.

"전부 다 현금으로요?"

그녀는 토미가 한 말을 반복해 물었다.

"전부 다 현금으로요. 100달러짜리로 주세요. 없으면 50달러짜리도 괜찮아요."

그보다 더 작은 액수의 지폐를 받으면 속옷에 넣기에는 너무 많았다. 그녀는 토미를 계속 노려보았고, 토미는 눈도 깜빡이지 않고서 그 시선을 받아쳤다. 여기서 아주 잠깐이라도 눈길을 돌린다면 모아왔던 돈을 모두 몰수당하고 자기 돈은 저 은행 깊숙한 곳에 영원히 묻힐 것만 같아서였다. (물론 그날 밤 싹 사라지거나 다른 사람의 돈이 되기도 하겠지만.) 마침내 직원이 먼저 눈길을 돌렸고, 토미는 속으로 말없이 승리를 선언했다.

나머지 하루는 그가 작년에 이미 연기했던 대본대로 이루어졌다. 제1막은 극적인 장면이 많았다. 더 홀을 그만둔다고 하고, 마음 다친 조시의 기세를 그대로 받아내야 했으니까. 제2막에서 토미는 옷을 여러 겹 껴입고 주머니마다 돈을 가득 담은 채 등장했다. 제3막에서는 낯선 사람이 되어 더 홀에 돌아가서 토미가 원래 자신이 맡고 있던 자리를 달라고 말하는, 일종의 구원 서사가 이루어졌다. 모든 배우는 각자의 역할을 아주 완벽하게 소화했다.

일주일 후, 토미 루엘린이 다시금 더 홀에서 일하고 있었을 때, 조시는 다시금 토미의 절친이자 동업자가 되었다. 그리고 토미가 쌓아둔 현금 무더기 덕분에 그들은 뭔가 해볼 자금을 거의 다 모으게 되었다. 두 사람은 술잔을 부딪치면서 미래를 위해 건배했다. 둘 다 이 시도가 잘될 것이라고 추호도 의심하지 않았다.

✳

15

250달러는 토미에게 어마어마한 돈처럼 보였다. 실제로 큰돈이기도 했다. 운전면허증을 만드느라 쓴 돈보다도 훨씬 많았으니까. 하지만 조시는 토미에게 휴대폰을 사야 하는 이유를 줄줄이 설명했다.

"너도 여자애가 거기로 전화해서 너 바꿔달라고 하는 건 싫을 거 아냐. 그리고 그냥 일반 전화번호를 주면 여자애들이 뭐라고 생각하겠냐? 걸어봤자 너희 엄마가 받을 거라고 생각하겠지."

'거기'란 바로 선라이즈 백패커스였다.

조시의 말은 토미에게 그다지 설득력이 없었다. 바에서 만난 그 누구에게도 전화번호를 준 적이 한 번도 없었으니까. 솔직히 설거지하는 동안은 여자를 마주칠 일은 거의 없었다.

하지만 조시는 다시 설득했다.

"학교 친구들한테 문자 보낼 수도 있잖아. 그 애들은 너한테 연락을 어떻게 해? 뭐, 편지라도 써?"

토미는 그 물음에 대답하지 않았다. 말해줘도 조시는 믿지 않을 테니까.

'학교 친구들은 아무도 나한테 편지 안 써. 날 기억 못 하거든.'

"음, 그러면 교대 근무가 취소되면 어떡할래? 아니면 네가 일찍 출근할 일이 생기면?"

조시의 눈이 반짝 빛났다. 설득할 말을 찾아냈다는 걸 알았다.

"추가 근무 기회는 온다고, 친구. 그만한 가치가 있어."

그리하여 토미는 마지못해 팔을 이리저리 뒤틀면서 이제껏 써본 적도 없는 거액의 현금을 내고 휴대폰을 얻게 되었다. 하지만 토미에게 문자를 보내는 사람은 오로지 조시뿐이었다.

—오늘 밤에 맥주 한잔?

—그래.

—가게 닫을 때까지 있을래?

—그럴게.

—점심?

—싼 거 먹을 거면.

토미는 그 휴대폰이 돈 낭비라고 생각했다. 그리고 다시는 조시 말을 듣고 넘어가 물건을 사는 짓은 하지 말자고 맹세까지 했다. 그런데 난데없이 문자가 한 통 날아왔다. 토미가 전화기에 쓴 돈이 전혀 아깝지 않을 일을 첨부하고서.

그때 토미는 침대에 누워 책을 읽고 있었다. 위쪽 침대에 머물던 여자애가 소설 한 권을 두고 가서 그는 남는 베개를 집어다 오후 내내 자리에 누웠다. 출근까지는 몇 시간 남았으니까.

처음에는 주머니에서 울리는 진동을 무시했다. 조시에겐 이 장을 다 읽고 나서 연락하면 되니까.

그런데 진동이 또 울렸다.

토미는 한숨을 쉬고서 휴대폰을 꺼냈다.

조시가 보낸 첫 문자는 무슨 말인지 알 수가 없었다.

—도플갱어가 이렇게 많나?

두 번째 문자도 이해가 되지 않았다.

—진짜야. 이거 이상해.

토미는 답장을 하기 시작했다.

—무슨 소리야? 나는…….

그 순간, 화면에 사진이 한 장 떴다. 더 홀의 어두운 조명 아래에서 찍은 사진이라 상당히 흐렸다. 남자 여럿과 여자 두어 명이 테이블에 둘러앉은 모습이었는데 입을 벌린 사람, 눈을 깜빡이는 사람 등등 모두 이야기를 나누고 있었다. 사진은 홀 저편에서 찍은 것으로 초점이 살짝 빗나간 게, 찍은 사람이 촬영하고 있는 걸 숨기려고 애쓴 티가 났다.

이어서 문자가 또 왔다.

—어때???? 어떻게 생각해???

토미는 사진을 확대해 보면서 조시가 무슨 뜻으로 한 말인지 알아내려 했다. 그리고 눈을 가늘게 뜨고서 흐릿한 얼굴을 하나하나 살펴보았다.

그러다 그 남자가 눈에 들어왔다.

흐릿한 픽셀로 된 얼굴이지만 마치 거울을 보는 듯했다. 하지만 보통 거울이 아니라 수십 년 후의 모습을 보여주는 거울이랄까. 하얀색 와이셔츠에 짙푸른 색 넥타이를 맨 남자는 같이 앉은 사람들과 더할 나위 없이 잘 어울렸다. 하지만 그의 머리카락은 토미가 매일 아침 손으로 빗어 단장하는 헝클어진 모래빛 더벅머리와 똑같았다. 그의 코도 토미의 코와 똑같았지만 토미처럼 차에 치여 부러진 적은 없어서 훨씬 곧았다. 토미가 보기엔 그의 입매도 자신과 똑같았다. 사진을 더 확대할 수 있었다면, 사진 속 중년 남자의 눈매도 자신의 눈과 닮았다는 데 전 재산을 걸었을 것이다.

토미는 숨을 죽였다.

사진은 초점도 없고 먼 거리에서 찍은 데다 어두웠다.

하지만 그는 의심할 여지 없이 알아차렸다. 지금 보는 남자가 자신의 아버지라는 것을.

●

"그분들은 술 한잔하러 들린 거야."

조시는 어깨를 으쓱이며 말을 이었다.

"처음에는 여기 계속 있을 거 같았는데, 내가 너한테 문자 보내고 2분 뒤에 나가더라. 내가 너한테 말하려던 게 그거였어! 우리가 점심 식사를 팔았다면 더 있었을 텐데."

토미는 지금 숨을 헉헉 몰아쉬고 있었다. 선라이즈 백패커스에서 더 홀까지의 거리를 열다섯 살 이후로는 달려본 적 없었던 속도로 질주했기 때문이었다. 바로 조니워커로 배를 잔뜩 채우고서 어퍼 리치 수영장을 향해 달려갔던 때 이후로 처음이었다.

"그분들 예약하고 왔었어?"

간신히 묻자, 조시는 고개를 저었다.

"아니, 갑자기 나타났어. 한 여덟아홉 명쯤 되었던가. 제대로 된 점심 메뉴만 있었어도 몇 백 달러는 거뜬히 벌었을 텐데. 그런데 얼마를 쓰고 갔더라?"

그는 계산대에서 영수증을 꺼내어 읽었다.

"겨우 69달러 쓰고 갔네. 팁은 별도고."

토미는 영수증을 가리켰다.

"혹시 신용카드로 결제했어?"

조시는 토미를 신기한 눈으로 바라보았다.

"당연히 카드로 결제했지. 경비 처리해야 하잖아?"

토미는 영수증을 낚아채어 자세히 바라보았다.

"그게 무슨 뜻인지 보이지? 거기 회사 이름이 적혀있다고. 그러니 우리가 그 망할 놈의 올리브 말고 다른 걸 내놨더라면……. 야, 어디 가?"

토미 루엘린은 이미 영수증을 쥔 채 밖으로 향하는 중이었다.

　

토미의 휴대폰은 문자를 받고 전화를 거는 기능밖에 없었다. 그래서 다른 걸 하려면 휴게실에 있는 컴퓨터를 써야 했다. 하지만 이번에는 운이 좋아서 휴게실이 비어있었고, 컴퓨터 두 대 모두 사용할 수 있었다.

가슴이 미칠 듯이 쿵쿵거렸다. 여기까지 뛰어온 데다 기대감까지 더해져서 그랬다. 검색 엔진에 회사 이름을 입력하자 세련되고 전문적인 분위기를 자아내는 회계법인의 홈페이지가 떠올랐다.

'팀원 소개'라는 탭이 뜨자 토미는 그곳을 클릭했다. 흐릿한 사진 속 사람이 이곳의 팀원일까. 만약 아니라면 이젠 어떡해야 할까.

세련된 흑백 사진이 줄줄이 나왔다. 이름은 무시한 채 얼굴을 쭉 넘겨보았다.

'여기 있다.'

사진과는 달리 머리가 길었지만 확실히 그 남자였다. 레너드 파머, 감사팀장, 내부감사 및 민간감사.

레너드 파머…….

'맙소사. 우리 아빠 이름이 레너드 파머구나. 난 토미 파머가 돼야 했었구나.'

갑자기 이름이 낯설게 들렸다. 모르는 사람의 이름처럼.

그 순간 토미는 누군가 휴게실에 들어와 주길 바랐다. 그래서 여기서 뭘 하냐고 물어봐 주길 바랐다. 그러면 대답하고 싶었다. "아빠를 찾았어!" 하고. 조시에게 전화해서 말해주고 싶었다. 미셸 선생님에게, 캐리에게 달려가고 싶었다. 이 순간을 누군가와, 누구라도 좋으니 제발 나누고 싶었다. 토미 루엘린이, 모두가 잊어버리는 남자애가, 드디어 아버지를 찾아냈노라고. 그러면 분명히 같이 기뻐해 줄 텐데.

하지만 소파에는 아무도 없었고, 그 누구도 문을 열고 들어오지 않았다. 미셸 선생님은 토미의 존재를 전혀 모른 채로 낙농장에 있었다. 캐리 역시 토미를 몰랐고, 토미는 캐리가 어디 있는지조차 몰랐다. 전화기를 들고서 조시에게 연락하고 싶었지만 대체 뭐라고 말한단 말인가? "아빠가 나를 잊어버렸거든. 하지만 괜찮아. 지금 내가 찾았으니까. 이제 나를 기억하도록 만들면 돼"라고 말한단 말인가?

아니, 조시는 이해하지 못할 일이었다. 어쩌면 토미는 이걸 이해해 줄 사람을 찾고 있는 걸지도 모른다. 이 모든 일이 시작되었을 때 그 자리에 있었을 남자의 흑백 사진이 나타났으니까. 누군가는 처음으로 토미를 잊어야 했고, 이제 토미는 그 이유를 직접 물어볼 기회를 얻게 되었다.

우아한 백발의 노부인은 눈을 가늘게 뜨고서 토미를 수상쩍게 바라보았다. 그리고 다이아몬드 귀걸이를 햇살에 반짝이며 그의 옆으로 운전해 지나갔다. 그녀는 거의 한 시간 전부터 위층 창문으로 거리를 서성이며 주택을 응시하는 토미를 보아왔다. 그는 무언가를 기다리고 있는 듯했다.

'가게에 갔다가 돌아오는 길에도 있으면 경찰에 신고해야겠어.'

그녀는 이렇게 마음먹고서 최대한 위협적인 눈빛으로 그를 노려보았다.

토미는 노부인을 인식하지 못했다. 사실 그녀의 차도, 집도 보지 못했다. 다만 인명별 전화번호부에서 찾은 주소로 L. 파머 씨의 소유인 집 밖에 서있었을 뿐이었다. 전화번호부에는 L. 파머라는 이름이 열네 개 있었지만 루크 파머, 링컨 파머 그리고 루 파머까지 거친 다음에 운 좋게 찾던 이를 발견했다.

"레오입니다."

토미는 얼어붙었다. 남자는 계속 말했다.

"여보세요? 안 들리십니까?"

무슨 말을 해야 할지는 여전히 알 수가 없었지만 그래도 토미는 무어라 말을 시작하려 했다. 하지만 나오는 소리라고는 목이 콱 막힌 듯 쿨럭대는 소리뿐이었다.

"여보세요?"

레오는 다시 묻더니 이내 전화를 끊었다.

토미가 바라는 건 별것 아니었다. 정말로 레너드를 (지금 생각해보니 레오를) 만나게 된다면 그래도 말을 좀 잘 걸어보고 싶다는 것뿐이었다. 아니, 적어도 말이란 걸 할 수 있기를 바랐다.

하지만 그전에 먼저 길을 건너 그 집으로 다가갈 용기를 내야 했다. 그곳은 듀플렉스하우스로 포장된 진입로와 현관으로 이어지는 길이 매끈했고 주택 양편으로 자그마한 울타리가 끝을 뾰족하게 세우고 둘러섰다. 높이가 고르도록 깔끔하게 자른 잔디 위로 아침 이슬이 아직 남아 반짝였고, (위층과 아래층 모두) 앞쪽 창문을 활짝 열어두었다. 창 앞쪽 덧창은 모두 깨끗하고 선명한 흰색 페인트를 칠했다. 토미는 정말 오랫동안 집을 쳐다보고 있었기에, 누가 해보라 한다면 이 깔끔한 집과 정원의 모든 부분을 속속들이 묘사할 수 있었다. 그는 그 집으로 무작정 걸어가 노크하고 싶었다.

하지만 그럴 수가 없었다. 레오가 무어라 할지 너무너무 무서웠으니까. 결국 토미는 레너드 파머가 자신을 싹 잊어버렸던 것이라고 가정하고 있었다. 토미 본인이 기억조차 못할 정도로 어렸을 때 말이다. 하지만 만약 자신의 생각이 틀렸다면? 토미가 누군지 레오가 정확하게 기억하고 있다면? 그런데 아기를 그냥 버렸던 것이라면? 키울 형편이 안 되어 내다 버린 것이라면 어떡하나? 아니면 더 나쁜 가능성도 있었다. 뭔가 자신이 '잘못되었기' 때문에 버린 것이라면? 부모님이 자신을 사랑하지 않았기 때문에 버린 것이라면?

순간 토미는 저도 모르게 길을 따라 집으로 다가가고야 말았다. 기다리다 지겨워진 몸뚱이가 이제는 알아내야 한다는 듯이 저절로 움직이고 있었다.

초인종 소리가 울리자 토미는 너무 속이 울렁거려 문 옆에 있는 수국 위에 토할지도 모르겠다고 생각했다. 그냥 돌아서서 도망치고 싶었지만, 두 다리가 따라주지 않고 계속 서있기만 했다.

이윽고 발소리가 들리더니 부스럭대는 소리와 함께 문이 휙 열렸다.

문가에 커다란 남자가 서있었다. 숱 많은 모래빛 머리 사이가 희끗희끗하고, 헤이즐넛빛 눈동자가 상냥해 보이는 사람이었다. 바로 더 홀에 왔던 남자, 웹사이트에서 본 남자, 레너드 파머였다. 레오가 토미를 바라본 순간, 토미는 자신의 직감이 옳았음을 깨달았다. 이 사람이 자신의 아빠였다.

레오는 눈을 휘둥그레 떴다. 그래서 아주 잠깐, 토미 안에서 희망이 확 솟구치는 놀라운 순간이 찾아왔다. 무릎이 후들후들할 지경이라 몸을 가누려고 문손잡이라도 잡아야 했다.

"우리가…… 우리가 서로 아는 사이입니까?"

레오가 물었다. 그의 목소리에는 확신이 없었고, 심지어 좀 흔들렸다.

"저는, 어…… 저를 아실 거라고……."

토미가 말을 더듬거리다가 이내 얼버무렸다. 필요한 순간에 나와주길 바랐던 말은 온데간데없었다.

레오는 이맛살을 찌푸렸다.

"이거 혹시 몰래카메라 같은 겁니까?"

그의 눈길이 토미를 지나 거리 이쪽저쪽을 훑었다. 혹시 카메라맨이나 깜짝 파티 일행이 있는지, 누군가 불쑥 나타나서 "당했지!"라고 소리치지는 않는지 찾아내려는 듯했다. 토미는 고개를 저었다.

"아뇨, 저는……."

그는 스스로를 꾸짖었다.

'왜 이래, 토미! 정신 차리라고!'

"몰래카메라가 아니라면야……."

어리둥절한 기색으로 찌푸렸던 레오의 이맛살이 펴지면서 그가 받은 충격이 수그러지며 자그맣게 미소 띤 기색이 나타났다.

"이거 이상하네요. 당신 나랑 똑같이 생겼잖아요. 아니, 30년 전 내 모습과 똑같다는 거죠."

그는 믿을 수 없다는 듯 고개를 젓더니 덧붙였다.

"어쨌든, 무슨 일입니까?"

그의 목소리는 친절하면서도 어딘가 사무적이었다. 현관 앞에 찾아온 외판원을 대하는 점잖은 남자의 태도 같았다.

이건 처음 보는 사람에게 말하는 태도였다.

토미가 품었던 희망이 풍선에서 빠져나오는 바람처럼 새어 나갔다. 결국 레오는 이쪽이 누군지 몰랐다.

"괜찮아요?"

레오가 묻자, 토미는 서글프게 고개를 끄덕였다.

"쉬시는 데 방해해서 죄송해요. 제가…… 잘못한 것 같네요. 집을 잘못 찾아왔어요."

나를 기억도 못하는 사람과 말을 이어간들, 얻을 것은 아무것도 없었다. 토미를 잊어버렸다는 사실조차 모르는 사람이라면, 토미를 왜 잊었는지는 더더욱 알 수 없을 테니까.

답은 없고, 상처만 더해졌다.

"그래요. 그러면 주말 잘 보내고."

레오는 당황한 채로 대답했다. 토미는 어깨를 축 늘어뜨리고 다시 터덜터덜 마당의 오솔길을 걸어갔다.

레오는 문을 열어둔 채 떠나는 젊은이를 바라보았다. 어쩐지 문을 닫을 수 없었다. 누군지 알아볼 것 같아서도 아니었고, 무언의 유대감이 있어서도 아니었다. 그런 게 아니라 정말로 그는 저 젊은이가 누군지 전혀 몰랐다. 20년 전에 이미 기억이 지워졌으니까.

그래서 레오 파머가 열린 문을 닫지 않고 기다린 이유는 따로 있었다. 젊은이의 걸음걸이에 뭔가 패배한 기색이, 큰 슬픔이 배어 있어서였다.

"저기요!"

그가 부르는 말에 토미는 뒤를 돌아보았다.

"방금 차를 끓이려던 참이었는데, 같이 마실래요?"

토미가 가장 먼저 강렬하게 느낀 건 냄새였다. 상쾌하고 깨끗하면서도 동시에 묘하게 익숙한 냄새. 아늑하고 따스한 거실에서 오는 느낌이 이럴까. 책이 가득히 꽂힌 서가와 생활감이 가득한 부드러운 소파 두 개가 놓인 공간을 보자 한 살까지 살았던 집 냄새의 기억이 토미의 무의식으로부터 올라오는 듯했다. 레오와 엘리스 파머 부부는 그때보다 더 크고 좋은 집으로 이사 왔지만 그래도 변하지 않는 점은 몇 가지 있었다. 이 거실 냄새는 잉글비의 거실에서 나던 걸 그대로 병에 담아 가져왔던 것이 아니었을까.

"우리 친구분은 이름이 뭡니까?"

레오가 물었다.

"토미입니다."

"난 레오라고 합니다."

토미의 아버지가 손을 내밀었다. 토미는 그 손을 잡아 악수하며 한 줄기 전율을 느꼈다.

'이분이 내 아빠야. 난 지금 아빠랑 악수하고 있어.'

"주방으로 가죠."

그는 토미를 데리고 복도를 따라 걸었다. 열린 문 옆을 지나며 토미는 다른 방을 언뜻 보았다. 이부자리가 흐트러진 싱글 침대, 바닥에 흩어진 옷가지와 모형 비행기가 적어도 열두 개는 꽉꽉 들어찬 진열장이 보였다. 모형 비행기가 호위하듯 반원으로 진열된 가운데에는 레고 밀레니엄 팔콘이 있었다. 아들 방이었다. 토미는 다음 방도 슬쩍 엿보았다. 그곳은 문이 살짝만 열려있었다. 방 안 침대는 단정하게 정리되어 있었고, 천장에는 손으로 짠 드림캐처가 달렸다. 구석에는 교과서가 높다랗게 쌓인 책상이 보였고, 그 위에는 금빛 트로피가 위풍당당하게 놓였다. 토미는 그 트로피가 무슨 상인지 알아볼 수 없었다. 책상 옆으로는 신발 세 켤레가 가지런히 열을 맞추고 있었다. 학교에 신고 가는 것이었다. 반짝반짝 빛나는 메리제인 슈즈, 그 옆으로 운동화 두 켤레였다.

'아이가 둘이구나. 딸 하나, 아들 하나……. 맙소사, 나 형제자매가 있었어.'

"토미, 직업이 뭡니까?"

레오가 주전자에 물을 채우며 물었다. 지금 두 사람은 주방에 있었다. 밝고 널찍한 공간에는 넓은 벤치와 커다란 식탁이 놓였고, 그 둘레로 의자 네 개를 고르게 두었다. 식탁 위로 밝은 분홍색과 크림색 꽃이 담긴 꽃병을 놓고 옆으로 과일이 가득 든 대접을 둔 모습이 마치 잡지에 나오는 사진 같았다. 하지만 주방 역시 정감 있어 보였다. 의자에는 흠집이 났고, 식탁 근처 벽에는 한쪽으로 기울어진 책 더미가 보였는데, 읽던 사람이 책을 다 읽고 아무렇게나 위에 던져놓은 다음 책을 읽은 것 같았다. 책 더미 옆으로는 (무너지기라도 하면 그대로 깔릴 각오를 한 채로) 커다란 얼룩 고양이 한 마리가 잠들어 있었다. 문틈으로 비쳐 드는 햇살을 받으며 잠든 고양이는 가끔 귀를 쫑긋거려서 아직 살아있다는 신호를 확실히 주었다.

"저는 시내 술집에서 일해요."

토미가 대답하자 레오는 진심 같은 관심을 보이며 말했다.

"아, 정말요? 나도 시내에서 일하는데. 술집이 어딥니까? 사실 술집은 잘 몰라요. 그런 데 다니기엔 좀 나이가 많잖아요? 하지만 지나가다 봤을 수도 있으니까요."

"더 홀이요. 헌트스트리트에 있어요."

토미의 말에 레오의 얼굴이 확 밝아졌다.

"어제 거기 갔었는데!"

그러다 레오가 말이 없어지자 토미는 내심 궁금했다. 혹시 어제 술집 방문과 오늘 자신이 이 집에 찾아온 걸 연관 지어 생각하고 있을까. 그랬다 해도 그는 아무 말이 없었다. 들리는 소리라고는 주전자에서 물이 느릿하게 보글보글 끓어오르는 소리 그리고 바깥에서 들리는 물장구 소리뿐이었다.

레오는 열린 문 너머로, 단정하게 잔디를 깎아놓은 마당을 가리키며 빙긋 웃었다.

"쟤는 이선입니다. 토미, 당신이 어렸을 때는 어땠는지 모르겠는데, 이선은 사실상 수영장에서 사는 거나 마찬가지예요. 설탕 넣을까요?"

토미는 고개를 끄덕이고서 물었다.

"이선은 몇 살인가요?"

"열두 살이에요. 케이티는 열네 살이고요. 오늘 아내가 딸애를 하키 경기에 데려갔죠. 케이티는 지역 팀에서 활동하거든요."

그는 자랑스럽게 덧붙였다. 토미는 저 트로피가 어떤 건지 짐작되었다.

"운동은 좀 합니까, 토미?"

토미는 고개를 저었다.

"그래요. 나도 안 해요. 대체 케이티는 누굴 닮았는지 모르겠다니까. 그 애 엄마도 운동은 못하거든요. 엘리스, 아, 내 아내는 언제나 달리기보다는 책을 고르는 사람이라서요. 아내를 소개해 주지 못해 안타깝군요."

그건 거짓말이었다. 레오는 엘리스를 깊이 사랑했고, 엘리스 역시 온 힘을 다해 남편을 사랑했다. 하지만 집에 들어와 보니 남편과 똑같은 모습의 젊은이가 식탁에서 차를 한 잔 들고 있는 모습을 보면 과연 무어라 할까. 레오는 알 수 없었다. 물론 숨길 것은 없었다. 엘리스와 처음으로 키스한 날 후로 다른 여자에게 눈길을 준 적은 없었으니까. 하지만 제아무리 레오가 정절을 지켰다 해도, 앞에 떡하니 보이는 증거가 있으니 의심받을 것이다. 자신조차도 문 앞에 선 젊은이를 보고 잠깐 의심하지 않았던가.

그는 차 두 잔에 설탕을 넣고 저은 다음 한 잔을 토미에게 주었다.

차는 달콤하고 우유 맛이 진했다. 그러자 토미는 미셸 선생님이 떠올랐다.

두 사람은 식탁에 마주 앉았다. 그리고 레오가 젊은이를 찬찬히 살펴보는 동안, 토미의 눈길은 주방 안을 바라보다 벽에 걸린 액자 속 사진에서 멈췄다. 그 사진은 사진관에서 전문가가 찍은 가족사진 같았지만, 정식 사진을 찍고 나서 몇 초 후에 가볍게 찍은 사진으로 보였다. 억지로 미소를 지은 사람도 없고, 뻣뻣하게 등을 세운 모습도 없었다. 레오와 엘리스 그리고 케이티는 모두 이선을 보며 입을 크게 벌리고 눈빛을 반짝이며 웃고 있었다. 분명 이선이 뭔가 말했거나 무슨 행동을 했던 듯했고, 그래서 순간의 순수한 기쁨을 포착한 것이 바로 이 사진이었다. 토미는 그 사진에서 눈을 뗄 수 없었다. 눈을 깜빡이면서 마음 한구석으로는 저 사진 속 가족이 넷이 아닌 다섯이 되기를 바랐다.

레오는 차를 꿀꺽 마시고는 가족사진을 보는 토미를 바라보았다.

"토미, 오늘 여기 왜 온 거죠?"

토미는 사진에서 마지못해 눈을 돌려 레오를 빤히 바라보았다. 눈을 휘둥그레 뜬 그는 애써 대답할 말을 찾아보았다. 하지만 밑

을만한 답변이 생각나지 않았다. 별다른 걸 찾을 수 없었던 토미는 결국 진실에 가까운 대답을 했다.

"더 홀에 있던 선생님 사진을 봤습니다."

레오는 잠자코 이어질 이야기를 기다렸다.

"그래서 혹시 선생님이 제 아버지가 아닌가 생각했어요."

레오 파머는 미소를 지었다. 조롱기 같은 건 전혀 없는 상냥하고 부드러운 미소였다.

"그래요. 왜 그런지 알겠군."

그가 찻잔을 식탁에 내려놓는 동시에 토미는 자신의 찻잔을 들었다. 뭔가 집중할 것이, 손에 쥘 것이, 보고 있을 것이 필요했다. 뭔가 앞을 가려줄 것이 있어야 했다.

"미안합니다, 친구. 하지만 무슨 말을 해야 할지 모르겠네요. 나는 아닙니다."

"정말…… 확신하세요? 무슨 일이, 뭔지는 몰라도, 그런 게 있었을 수도 있잖아요?"

토미는 필사적으로 물었다. 레오에게서 무슨 대답을 듣기를 바라는 건지 스스로도 몰랐다. 바람피웠다는 말? 아니면 엘리스와 상의한 끝에 감당할 수 없는 아이를 포기했다는 말? 그것도 아니라면 갑자기 무릎을 치면서, "아, 맞다. 우리는 아들이 또 있기는 했어요. 그런데 완전히 잊고 살았죠. 그 애는 어떻게 됐을까요?" 같은 말이 나오기를 바랐나?

레오는 토미를 지그시 바라보았다. 이 젊은이는 자신이 줄 수 없는 무언가를 찾고 있었다.

"확신합니다."

그는 나직하게 말했다. 그건 불가능한 상황이라는 말도 덧붙이고 싶었다. 레오는 아내 말고는 같이 잔 여자가 없으며, 그들 사이에서 태어난 첫 번째 아기는 케이티였다. 이제껏 '계획'을 고수해왔으니까. 하지만 토미가 자신을 바라보는 모습을 보자, 아무 말 하지 않는 게 낫겠다는 생각이 들었다.

그렇게 1분이 흐르고 2분까지 다다랐다. 토미는 벽에 걸린 사진을 보았다. 이선의 짓궂은 웃음과 다른 가족들의 눈빛에 담긴 기쁨을.

"토미, 내가 말해주고 싶은 게 있는데 듣겠습니까?"

레오는 대답을 기다리지 않고 계속 말했다.

"내가 어릴 적에 교통사고가 난 적이 있습니다. 심한 사고였지요. 나랑 엄마랑 아빠가 다 당한 사고였어요. 트럭이 우리 차를 들이받았거든요. 아빠는 괜찮았고, 나는 팔이 부러졌는데 엄마는 세상을 떠났습니다."

"아."

토미는 외마디 소리를 내고서는 더듬더듬 덧붙였다.

"그…… 유감입니다."

레오는 손을 내저었다.

"벌써 오래전 일이에요. 나는 오랫동안 팔에 깁스를 하고 있었죠. 몇 달은 하고 있었던 것 같아요. 하지만 언젠가는 깁스를 풀 거고, 그러면 내 팔은 다시 괜찮아져서 모든 게 정상이 되리라고 생각했어요. 왠지는 몰라도, 그러면 엄마도 돌아올 거 같았고요."

그는 자신이 그토록 어리석었다는 걸 믿을 수 없다는 듯 고개를 저었다.

바깥에서 다시 물장구 소리가 들렸다.

"그런데 막상 깁스를 풀어봤더니, 내 팔이 제대로 낫지 않았더라고요. 이쪽 손가락은 아직도 제대로 안 펴집니다. 보이죠? 그리고 엄마도, 음, 여전히 돌아가신 상태였고요. 그야 당연하죠. 맙소사, 그때 난 정말 화가 났어요. 의사한테도 화가 났고, 트럭 운전사 놈한테도 화가 났어요. 그런데 사실 그 사람 잘못도 아니었죠. 신호가 오작동해서 모두 초록 불을 봤었던 거니까. 난 아빠한테도 화를 냈어요. 믿을 수 없을 만큼 엄마가 보고 싶었거든요. 그런데도 난 아빠 역시 엄마가 보고 싶을 거라는 생각을 한 번도 못했어요. 참 바보 같죠?"

레오의 눈빛이 살짝 멍해졌다. 두 눈망울은 말라있었다. 이젠 돌아가신 엄마를 두고 우는 일은 없었으니까. 하지만 지금 그의 모습은 마치 정신을 다른 데 두고 온 것 같았다. 이윽고 그는 한숨을 쉬었다.

그때였다. 뒷문에 소년이 나타났다. 머리카락이 젖어서 머리에 딱 달라붙었고, 서핑용 반바지에서 뚝뚝 떨어진 물방울이 발치에 고인 모습이었다.

"아빠! 나랑 수영하기로 했잖아."

이선의 말에 레오는 미안하다는 듯 토미에게 미소를 지었다.

"이선, 녀석아. 예의 바르게 행동해야지. 이쪽은 토미란다. 토미, 얘가 이선입니다."

"안녕, 이선."

토미가 인사하면서 속으로 덧붙였다.

'내가 네 형이야.'

“안녕.”

이선은 토미를 보는 둥 마는 둥 하더니 말했다.

“아빠, 약속했잖아!”

레오는 아차 싶은 미소를 지었다.

“그랬지. 5분만 기다려 줘.”

“알았어. 혹시 케이티도 집에 오면 수영하려나?”

이선이 물었다.

“나야 모르지. 안 할 수도 있고.”

케이티는 요새 들어 남에게 보이는 자신의 모습을 심하게 의식하게 되었다. 그래서 여름에 해변에 갔을 때는 한쪽 팔로 가슴을 보호하듯 가린 채 물에 뛰어들었다. 레오는 딸에게 지금도 아주 보기 좋다고, 몸을 가릴 필요 없다고 말해주고 싶었지만 그렇게 말하면 민망해하리라는 사실도 알고 있었다. 그래도 케이티는 아직 수영장에서 수영은 좀 하곤 했다. 여기라면 더 안전할 것이라고 생각할 수도 있었다.

“어쨌든 5분 후에 갈게.”

이선은 다시 사라졌고, 몇 초 후 커다랗게 풍덩 소리가 들렸다.

“미안합니다. 내가 선약이 있었던 모양이네요. 어쨌든 토미, 하던 이야기를 다시 해주겠습니다. 문제는, 내가 다시는 돌아오지 않을 걸 바라면서 너무 많은 시간을 보냈다는 거예요. 아빠는 나에게 그런 말을 해주려던 것 같았죠. 하지만 엄마를 보고 싶어 하는 아이에게 이제는 다 잊고 계속 살아가야 한다고 말했던 겁니다. 그리고 아빠는 모든 걸 다시 잘해보려고 너무 심하게 몰아붙인 나머지 그만……”

"아아아아빠아아아아."

이선이 뒷마당에서 레오를 불렀다. 레오는 투덜거렸다.

"아직 5분 안 됐는데. 미안합니다, 토미. 나가봐야겠군요."

"시간 내주셔서 감사합니다, 레오."

토미는 자리에서 일어섰다. 그의 이름을 부르니 기분이 묘했다.

"내가 선을 좀 넘은 이야기를 했다면 미안합니다. 설교를 늘어놓으려던 건 아니었는데."

레오는 뺨이 살짝 붉어진 채 말했다. 토미는 고개를 저었다.

"아닙니다. 전혀 그렇게 생각 안 해요."

"좋아요. 자, 바래다주겠습니다."

토미와 레오는 주방에서, 어쩌면 토미의 것이 되었을 수도 있는 삶이 가득히 보이는 널찍하고 환한 공간에서 나왔다. 그들은 토미에게는 없었던 어린 시절의 일면이 보이는 두 아이의 방을 지나쳤다.

그렇게 돌아서서 레오와 다시 악수하려던 순간, '여기가 내 집이구나' 싶은 향기를 풍기며 책이 가득한 거실의 문지방에 선 순간, 토미는 깨달았다. 자신은 이선이나 케이티를 질투하고 있는 게 아니었다. 생일이 되어도 사라지지 않을 장난감과 옷가지가 가득한 방이 부러운 게 아니었다. 그는 이제 아이가 아니었고, 이곳은 자신의 집이 아닌 그들의 집이었으며, 이건 그들의 삶이었으니까. 토미가 여길 찾아냈다 한들, 가족의 삶 속으로 스며들 수는 없었다. 앞으로 1월 5일이 되면 레오 파머는 자신을 찾아온 젊은이를 까맣게 잊을 테고, 이선은 자기가 본척만척한 낯선 사람이 식탁에서 차를 마셨다는 걸 전혀 기억하지 못할 터였다.

토미는 다시금 생각했다. 그래, 정말 부러웠던 사람이 있다면 바로 레오였다. 그가 이루어 낸 것이 부러웠다. 레오가 만든 성스러운 공간, 바로 이 집이 부러웠다. 바깥세상 일이 살짝 덜 중요해 보이는 곳, 세상과는 조금 떨어진 이 장소. 어쩌면 레오가 어릴 적 잃은 어머니를 그리워했기 때문에, 바로 엄마 때문에 이런 장소를 일궈낸 것일지도 모른다. 어쨌든 그게 중요한 건 아니었다. 이 공간, 이 삶은 토미에게 열려있지 않았으니까.

하지만 토미는 자신만의 공간을 이뤄낼 수 있었다.

레오의 집까지 찾아와 답을 얻으려 했던 게 어리석었을지도 모른다. 막상 와보니, 자신을 도와줄 전지전능한 안내자 같은 사람은 없고 그저 아들을 잊어버린 아빠만 있을 뿐이었으니까. 하지만 대신 토미는 어떤 아이디어를, 정확히 말하자면 감을 얻었다. 바로 나 자신을 위한 성스러운 장소를, 아늑한 은신처 같은 곳을 똑같이 지을 수 있다는 생각이었다. 그리고 그 은신처 안에서는 상황이 달라질지도 모르는 일이었다.

어쩌면 자신을 기억해 주는 이가 있을지도 모른다.

레오는 울타리 사잇길로 나가 인도를 걷기 시작하는 토미를 바라보았다. 저 젊은이는 아까 처음 봤을 때보다 키가 조금 더 커 보이는 것도 같았다.

"저기, 토미! 버스 타고 갈 겁니까?"

그가 외쳐 묻자 토미는 고개를 끄덕였다.

"그러면 이스트로드에서 오는 415번 버스를 타요. 이 시간에는 그게 25분 더 빨리 갈 겁니다."

"고맙습니다."

토미가 대답하자, 레오가 덧붙였다.

“하지만 뛰어가는 게 좋을 거예요. 2분 후에 출발하거든요.”

젊은이는 손을 흔들고는 뛰기 시작했다.

토미가 모퉁이를 돌아 사라지자, 레오는 방금 자신이 특별한 사람을 만났다는 기묘한 느낌을 받았다.

만약 다른 생에서라면, 토미 같은 아들을 두어도 좋았으리라.

16

겨울이 끝나갈 무렵은 언제나 장사가 안 되곤 했다. 헌트스트리트를 따라 쭉 늘어선 커피숍과 레스토랑의 야외 테이블은 매일 오후마다 대로를 따라 휘몰아치는 바람에 시달려 텅 비었고, 궂은 날씨에도 아늑하고 안전해 보이는 가게 안도 한산했다. 당연히 더 홀도 예외는 아니었다. 매년 이맘때쯤이면 더 홀은 분위기가 축 처지는 듯했는데, 그건 날씨 탓도 좀 있지만 그보다는 너무 조용해져 버린 가게에 대한 걱정 때문이었다. 게다가 매년 손님이 줄어드는 것 같다는 느낌 역시 우울함을 보탰다.

토미는 8월 18일에 있었던 사건을 생각하면서 이 모든 요인을 따져보았고, 아마도 그 요인들이 영향을 끼친 게 분명하다는 결론을 내렸다. 하지만 또 생각해 보면, 연애 관계는 이유 없이 그냥 끝나버리는 일도 있었다. 참 안타깝게도, 연인 사이가 끝날 때는 만천하에 공개적으로 끝나기도 하고, 폭력이 수반되는 일도 있기 마련이다. 이 경우는 둘 다 해당하였다.

더 홀에는 붙박이 직원 세 명이 있었다. 데이브는 선반에 있는 병의 먼지를 떨고 또 터는 일을 맡았고, 르네는 더럽지도 않은 테이블을 닦았으며, 토미는 주방에 갇혀있다시피 했다. 하지만 가게에는 불안이 감돌았다. 처음 더 홀에 들어왔을 때보다는 훨씬 세상물이 많이 들었지만, 그래도 또래 사내 녀석들에 비하면 아직도 순진한 토미마저도 르네가 언짢은 기분임을 알아보았다. 아이라이너와 마스카라가 번져있는 데다, 눈에는 눈물이 글썽했으니까.

"괜찮아요?"

토미는 가게에 들어서면서 그녀에게 물었다. 그러자 르네의 반질반질한 눈동자가 무의식적으로 바 쪽을 훑었다. 토미도 같은 곳을 바라보자, 데이브가 막 탁자 아래로 몸을 숙인 참이었다.

"아, 싸우셨어요?"

토미가 불쑥 묻자, 르네는 입술을 꾹 다물더니 이야기를 시작했다.

"오늘 아침에. 심하게 싸웠어. 정말이지 여기 더는 있고 싶지 않아. 하지만 아프다고 병가를 낼 수도 없잖아?"

데이브는 일어서서 그 둘을 바라보았다. 르네는 입을 다물었고, 토미는 데이브에게서 주방으로 들어가라는 무언의 기색을 읽었다. 아무도 말할 사람 없이 그저 물을 가득 받아놓은 싱크대를 마주하며 오후를 보내는 동안, 토미는 저도 모르게 데이브와 르네가 왜 싸웠는지 궁금해졌다. 사실, 그는 연인들이 무엇 때문에 다투는지 잘 몰랐다. 돈? 섹스? 자녀 문제? 토미는 그제야 자신이 여자를 만난 적이 참 없다는 걸 다시금 깨달았다. 싱크대에 유리잔을 첨벙 빠뜨리고서 기름이 둥둥 뜬 설거지물 아래로 사라지는 그릇이 보였다.

‘그런 주제에 나만의 아늑한 은신처를 만들겠다는 생각을 다 했다니.’

온라인에서 주기적으로 캐리 프라이스를 검색해 보는 일은 지금껏 진전이 없었다. 인터넷에서는 아무리 찾아도 없었고, 더 홀의 계산대 아래에 비치한 전화번호부에도 이름은 없었다. 캐리는 아예 이 나라를 떠나 멀리 있을 수도 있었다. 그렇게 우울한 생각이 들었고, 어떻게 찾아야 할지도 알 수가 없었다. (실은 바로 이 순간, 캐리는 토미에게서 800미터 떨어진 곳에서 책상에 앉아있었다. 하지만 토미는 그 사실을 알 수가 없었다. 아직까지는.)

주방에 혼자 있었으니 토미의 업무를 방해하는 건 아무것도 없었다. 퇴근 후에 밀려드는 손님들이 있었느냐 하면, 말해 무엇 하겠는가. 가장 붐빌 시간에도 홀에 나가보니 세 테이블에 손님이 열두 명뿐이었다. 오후 6시 반쯤에는 딱 한 테이블만 남았다. 30대 후반의 남자 손님 둘이 위스키를 한 잔씩 홀짝이기만 했다.

오후 7시가 다 되었을 무렵, 가게 앞에서 유리 깨지는 소리가 들렸다. 토미는 빗자루를 들고서 주방 문을 밀어젖히고 나갔다가 그만 우뚝 멈춰 섰다.

가게에는 정적이 흘렀다.

위스키를 마시던 두 남자는 여전히 그 자리에, 그러니까 주방과 출입구 중간쯤에 있는 테이블에 앉아있었다. 그런데 둘 다 눈을 휘둥그레 뜨고서 바 자리를 바라보았다.

데이브는 평소에 있던 바 뒷자리에서 분노로 시뻘게진 얼굴을 하고 서있었다. 바 테이블 반대편인 손님용 의자 사이에는 르네가 기대어 있었다. 그녀의 기다란 금발이 앞으로 흘러내려 얼굴을 가렸지만, 반질반질한 나무 상판 위로 르네의 손이 보였다. 깨진 위스키 잔의 뾰족한 유리 조각을 여전히 쥔 그녀의 주먹에서 피가 흘러내렸다.

"맙소사, 르네! 괜찮아요?"

토미가 소리쳐 물었지만 그녀는 대답하지 않았다. 데이브도 마찬가지였다. 둘은 그저 가만히 선 채로, 르네는 바 테이블만 쳐다보았고 데이브는 숨을 가쁘게 몰아쉬었다.

유리 파편에 누군가의 얼굴이 찔리거나 다른 사람의 살갗이 베이는 장면이 떠오르자 토미는 더럭 겁이 났다. 그는 르네의 옆으로 달려가 한쪽 팔로 그녀를 감쌌고, 동시에 다른 쪽 손으로 평소에는 흘린 맥주와 녹은 얼음물을 닦을 때 쓰는 수건을 집어 들었다. 그리고 바에서 르네의 손을 조심스럽게 들어 올리다가, 손바닥의 부드러운 피부 깊숙이 박혀있던 위스키 잔 반쪽이 같이 딸려 올라오는 걸 보고서 속이 뒤집힐 뻔했다.

"주방으로 돌아가, 토미. 우린 괜찮아."

데이브가 조용히 말했다.

토미는 데이브를 바라보았다. 그런데 마주 본 시선이 너무나 차가워서 심한 충격을 받았다.

"구급차를 불러야 할 거 같은데요."

"르네는 괜찮다니까. 그냥 사고였어."

데이브는 여전히 소름 끼칠 정도로 차가운 목소리로 대답했다.

"웃기지 마."

토미의 뒤편에서 누군가의 목소리가 들렸다. 술 마시던 남자 중하나였다.

"당신이 뭐라 해서 여자가 화난 거잖아. 내가 봤어. 구급차를 안 부르겠다면 내가 부를 거야."

그는 청바지 주머니에서 휴대폰을 꺼냈다.

이제 데이브는 손님을 빤히 노려보았지만, 남자는 데이브를 무시하고 귀에 휴대폰을 댔다. 토미는 덜덜 떠는 르네를 더 홀 뒤편 어두운 탁자 자리에 앉혔다. 그러자 데이브의 태도가 달라졌다. 이제껏 팽팽하게 힘이 들어갔던 근육에서 힘이 죄다 풀리는 모습에 토미는 데이브가 곧 쓰러지겠다는 생각마저 들었다. 하지만 그는 쓰러지지 않았다. 토미와 르네를 따라가려고 하지도 않았다. 다만 아무 일도 없었다는 듯이 바 자리 아래 냉장고를 정리하기 시작했다.

"르네, 괜찮아요? 무슨 일이었어요?"

토미는 피가 흐르는 그녀의 손을 수건으로 눌렀다. 아직도 그녀의 손바닥에 박혀있는 유리 조각은 피해서 지혈했다.

"아무것도 아니야."

슬프게 흘러나온 목소리는 지쳐있다시피 했다. 그녀 역시 투지가 싹 사라진 모습이었다.

"그냥 난 제정신이 아니었어. 유리잔으로 저 멍청한 얼굴을 때리고 싶었는데, 그냥 바닥에 내리쳐 버렸어. 나도 이렇게 될 줄은 몰랐어."

그녀는 다친 손을 들어 올리다가 살짝 움찔했다.

그러다 누군가 토미의 어깨에 손을 대는 느낌이 들었다. 위스키를 마시던 손님이었다. 그는 구급차가 오고 있다고 알려주었고, 자신과 친구는 이제 갈 거라고, 이건 너무 좀 심하다고 말했다. 토미는 아직도 바 뒤에서 바쁘게 움직이는 데이브를 바라보고서, 손님을 향해 고개를 끄덕였다.

르네는 이제 조용히 울고 있었다.

"그이가 내 휴대폰 문자를 봤어. 정말 아무 말도 아니었어. 맹세해. 그냥 친구가 보낸 거야. 같이 학교 다닌 친구. 그런데 오늘 아침에 출근 준비를 하면서 데이브가 갑자기 그러는 거야. 내가 바람을 피웠다고. 난 진짜 바람 같은 거 안 피웠는데."

그녀는 성한 손으로 테이블에서 휴지를 집어다 눈물을 닦았다. 번져있던 마스카라가 눈가를 한층 더 얼룩지게 했다.

"데이브는 오후 내내 속을 끓였어. 그러더니 나랑 헤어지고 싶다는 거야. 매춘부랑 사귀고 싶지 않다면서."

르네는 잠시 말을 멈췄다가 이었다.

"제길. 죽여버릴 수 있었는데."

그건 마치 깨달음처럼 들렸고, 이어서 다시 눈물이 흘렀다.

토미는 구급차가 올 때까지 르네와 함께 앉아있었다. 구급대원들은 상처를 재빨리 확인했다.

"그래요. 깊이 박혔네요. 힘줄을 건드린 거 같은데 수술하셔야겠어요."

그들은 르네를 가게 밖으로 데리고 가서 대기하던 구급차에 태웠다. 토미는 르네가 잔이 든 쟁반을 들고 가다가 넘어졌다고 설명하는 소리를 들었다. 이윽고 그녀가 떠나자, 토미는 데이브와 둘만 남게 되었다.

홀 안은 먼지 하나 없었다. 다만 르네가 잔을 깰 때 흘렸던 끈적한 피가 고여있었을 뿐이었다. 토미는 걸레를 들었다.

“우린 문제 없는 거지, 토미?”

데이브는 바 반대편 끝에서 아무렇지 않게 말했다.

“무슨 말씀이세요?”

“좋지 않은 모습을 보인 건 알아. 하지만 연인끼리 싸울 수도 있는 법이잖아. 너한테 못 볼 꼴을 보여줘서 미안하다.”

토미는 열심히 상판을 닦았다. 이미 피가 나무 상판 위로 말라붙었다. 방금 르네가 구급대원에게 상황을 거짓말로 둘러대는 걸 들었다. 다른 사람에게 알리고 싶지 않아서였을 것이다. 토미는 마른침을 꿀꺽 삼켰다. 르네를 위해서 상황을 나쁘게 만들고 싶지는 않았지만, 그렇다고 데이브가 아무 일도 없었다는 듯이 일을 계속하도록 놔둘 수도 없었다. 그건 안 될 말이었다.

“제가 보기엔 평범한 싸움처럼 보이진 않았어요, 데이브. 평범하게 싸우다가 여자 친구가 병원에 실려 가는 일이 어딨는데요?”

“네놈이 뭘 안다고 그래? 넌 여자 친구 사귀어 본 적은 있냐?”

데이브가 쏘아붙이는 말에 토미는 아무 말이 없었다.

“야, 그냥 가만히 있어. 어차피 르네랑 나는 끝이야.”

데이브는 계수기의 돈을 세었다. 동전을 하나하나 가방에 던져 넣을 때마다 날카롭게 땡그랑 소리가 났다. 그는 설명하듯이 덧붙였다.

“걔는 딴 남자를 만나고 있었어.”

땡그랑. 땡그랑. 땡그랑.

“정말로 확신하세요?”

토미가 물었다.

“아, 당연하지. 의심할 여지 없어. 내가 문자를 봤다고. 같이 학교 다녔던 놈이라던데."

땡그랑. 땡그랑. 땡그랑.

"전 모르겠어요, 데이브. 르네는 아주 화가 났던데요. 손을 심하게 다쳤고요."

아무 소리도 들리지 않았다.

토미는 고개를 들었다. 데이브는 그를 노려보고 있었다.

"잘 들어라, 토미. 그건 걔가 직접 그런 거야. 다들 봤어. 걔가 제정신이 아닌 상황에서 제 손을 벤 거라고. 내 잘못 아니야."

토미는 눈도 깜빡이지 않고 데이브를 마주 보았다.

"가게 일찍 닫아야겠다. 나가."

토미는 말없이 자리를 떴다.

집으로 가는 길에 토미는 조시에게 전화해서 모든 걸 말했다.

"이런 제길. 엄마한테도 그러더니 또 이러네. 제길, 불쌍한 르네."

"무슨 소리야?"

"말 그대로야. 아빠는 질투가 좀 심해. 엄마랑 헤어지기 전에도 이런 일이 있었어. 정작 바람을 피운 건 아빠 쪽인데도."

데이브는 한숨을 쉬며 말을 이었다.

"내가 지금 르네한테 전화해 볼게. 알려줘서 고맙다, 친구야. 네가 감당하게 해서 미안해. 아빠 상대하느라 힘들었을 거란 뜻이야."

그 후로 르네는 더 홀에 돌아와 일하지 않았다. 손의 신경을 살리기 위해 네 시간 동안 미세수술을 받고서 (그리고 동시에 조시는 보험회사에 전화를 해놓고서) 상처를 봉합한 다음 치료비를 받았다. 그 후로 그녀는 데이브를 다시는 보지 않았지만 그래도 데이브의 아들을 만나기는 했다. 그리고 조시는 그녀에게 마침 여직원을 찾고 있는 친구를 소개해 주었다. 조시가 생각하기에는 이게 자신이 해줄 수 있는 최소한의 일이었다.

마침내 겨울이 끝나갈 무렵이 되자, 점심을 먹으려는 사람들과 퇴근 후 한잔하려는 사람들이 돌아오기 시작했다. 하지만 더 홀에는 여전히 냉랭한 기운이 감돌았는데, 그건 전적으로 지배인 때문이었다. 데이브 손더스는 그 사건 이후로 토미에게 열 마디 이상 말을 걸지 않았고, 그래서 토미는 매번 근무하러 올 때마다 오늘이 마지막으로 일하는 날이라고 마음의 준비를 했다. 조시는 그 일을 두고 아빠와 대화를 시도했지만 데이브는 듣는 척도 하지 않았다. 그는 아들을 당장 해고할까도 생각했다. 하지만 조시와 술잔 닦는 코흘리개 녀석을 잘라버리면 자기는 정말로 혼자서 일을 다 떠맡아야만 했다. '망할 놈의 새끼들' 하고 생각했지만 데이브는 여전히 두 사람이 필요했다.

"저렇게 심했던 적이 있었어?"

어느 월요일 오후, 가게가 쉬는 날 토미는 조시와 함께 어떤 술집에 앉아서 물었다. 이제 솔로가 된 데이브는 손님에게 계속 추파를 던져댔다. 하지만 본인 나이는 생각 안 하고 자기가 실제 나이보다 스물다섯 살은 젊은 줄 착각하는 천박한 바텐더에게 조금이라도 관심을 보이는 사람은 없었다.

조시는 맥주를 홀짝거리며 솔직히 말했다.

"아니, 없어. 언제나 좀 변태 같긴 했지만 솔직히 지금처럼 군

적은 처음이야."

그는 맥주를 쭉 마시고는 등을 털썩 기대앉았다. 조시의 주량은 맥주 한 잔이었고, 그마저도 도수가 약한 것만 마셨다. 어쨌든 그는 남의 간을 이식받아 살고 있었고, 병원에서 간 관리에 대한 주의 사항을 몇 장이나 건네받은 처지였다.

"토요일에 아빠가 어떤 여자한테 하는 짓 봤어?"

토미는 고개를 저었다.

"서빙하는 내내 가슴만 보더라. 그리고 공짜 술을 주더라니까. 어우, 너무 민망했어. 게다가 딱 봐도 여자 쪽에서도 싫어했고."

"그러면 우리 어떡하냐?"

토미가 물었다.

"아, 모르겠다. 아빠랑 다시 얘기해 볼게. 제발 가만히 좀 있으라고 말이야. 그러면 아빠가 날 자르려고 할까?"

"응. 넌 당연히 잘리겠지. 있잖아, 조시…… 이제는 주인들이랑 이야기할 때 아닐까?"

토미의 말에 조시는 한숨을 쉬었다.

"그런 거 같다. 들어봐. 이번 주에 집에서 아빠한테 이야기해서 들나 볼게. 아빠가 말을 안 들으면, 아니면 얼버무리려고만 하면 너랑 같이 주인들을 찾아가려고. 그런데 그것도 안 풀린다면…… 뭐, 우리끼리 알아서 해야 하겠지."

토미는 현재 자신의 은행 계좌에 얼마가 있는지 정확히 알았다. 저렴한 식비(사실 토미는 브리짓이 호스텔 주방에 비스킷을 갖다 놓는 걸 언제든 그만둘 거라고 생각하고 있었다. 왜냐하면 토미가 '비스킷은 하루에 두 개까지'라는 경고문을 계속 무시하고 먹어대었기 때문이다)

를 유지하며 사는 건 정말 힘들긴 해도 참 좋은 절약 방법이었으니까. 토미와 조시는 이제 독립해서 본인 가게를 차릴 여유 자금을 거의 모은 참이었다.

그런데 예상치 못한 일이 벌어지고 말았다. 데이브는 내리막길을 걷다 못해 조시가 자신과 이야기할 기회를 잡기도 전에 나락으로 떨어졌다. 대학생 이벤트가 열리는 목요일 밤은 데이브 손더스가 가장 좋아하는 시간이었지만 동시에 매니저의 꼴을 지켜봐야 하는 직원들에게는 제일 싫은 시간이기도 했다. 데이브가 더 홀 정문 앞에 10달러짜리 마르가리타 광고지를 붙이는 걸 보자 토미는 몸서리가 쳐졌다. 마치 포식자가 먹이를 유인하는 꼴 같아 보였다.

"내가 감시할게."

조시가 말했고 토미 역시 돕기로 했다. 지금은 르네가 없어서 홀에 나와있는 시간이 좀 더 많았기 때문이었다.

그 후, 둘 다 그 일이 벌어진 정확한 순간을 알아챌 수 있었다. 쿵쿵 울리는 음악과 수십 명의 대화 소리가 뒤섞인 사이로 날카로운 목소리가 찌를 듯 들려왔으니까.

"그래, 너 새끼가 그랬잖아. 내가 봤어!"

여자의 고함에 조시는 그쪽을 향해 고개를 휙 돌렸다. 토미 역시 게임기 근처에서 잔을 잔뜩 들고 있다가 얼어붙었다. 둘 다 간절한 마음으로 데이브가 문제의 원인이 아니기를 빌었다. 하지만 속이 울렁이는 불길한 느낌은 그 예감이 옳다는 걸 알려주었다.

여자 둘이 바 자리에 서있었다. 둘 다 20대 초반이었다. 그중 한 명이 눈을 부릅뜨고 데이브를 향해 손가락질을 해댔다.

데이브는 마르가리타를 거의 다 만든 상태였다. 끈적한 테이블 상판 위로 소금 결정이 묻은 잔 두 개가 나란히 놓여있었는데 그중 한 잔만 술이 들어있었다.

"내 잔에 뭐 넣었잖아! 뭘 처넣은 거야?"

여자의 말에 음악이 여전히 들려오는 가운데서도 모인 손님들이 조용해졌다.

"아니, 아니에요. 잘못 본 거야."

데이브는 얼굴이 빨개진 채로 변명했다. 하지만 여자는 계속 주장했다.

"당신이 뭔가 넣는 걸 봤어. 누가 술잔 좀 봐주세요!"

그녀는 바 뒤에 선 데이브를 계속 바라보며 말했다.

"약 같은 거였어. 누가 좀 봐줘요!"

토미는 홀 뒤편에 서있었지만, 거기서도 데이브의 이마에 맺힌 땀방울이 보였다.

"아니, 아가씨. 그건 소금이었다고."

데이브는 아무렇지 않은 목소리를 애써 내며 말했다.

"헛소리 마."

"봐요, 내가 새로 한 잔 더 만들어 줄게. 공짜로."

데이브는 재빨리 잔을 들더니 뒤편 싱크대에 버렸다.

"지랄 마. 경찰 부를 거야."

여자가 말하자 조시가 옆으로 다가왔다.

"여러분, 잠깐 저와 밖에 나가서 이야기하실까요? 여기는 너무 시끄러우니까요."

조시는 음악 소리에 묻히지 않을 만큼 목소리를 높여 말했다.

"저 남자가 내 술에 약을 타려고 했어요! 내가 그 짓거리를 봤다니까!"

여자는 격한 목소리로 말했다. 조시는 두 손을 들어 보이며 대답했다.

"네, 알겠습니다. 밖에 나가서 저와 말씀하시죠."

"웃기지 말아요. 저 남자 편들려는 거잖아. 차라리 경찰을 불러서 처리하는 게 낫겠어요."

바 뒤에서 데이브는 눈을 흘기더니 말했다.

"진정 좀 해요, 예쁜 아가씨. 난 아무 짓도 안 했다니까."

데이브의 허세가 돌아오고 있었다.

"닥쳐요, 데이브."

조시가 명령하는 소리에 데이브는 아들에게 뺨이라도 맞은 듯 움찔했다. 조시가 그의 이름을 부르는 어조에는 무언가 의미가 있었다. 이제부터는 자신이 책임자라는 뜻이었다.

"가서 주방에서 기다려요."

데이브는 별말 없이 슬그머니 주방으로 들어갔다.

"토미, 바를 봐줘."

조시는 그에게 지시하고서 두 여자를 데리고 밖으로 나갔다.

잠시 후, 술에 취한 사람들이 흥분한 목소리로 방금 본 사건을 이야기하면서 홀은 다시 시끌벅적해졌다가 곧바로 다른 대화 주제가 이어졌다. 술기운으로 기억은 벌써 흐릿해지고 있었다.

토미는 출입구 너머로 바깥 인도에서 대화를 주고받는 생생한 장면을 볼 수 있었다. 데이브가 저지른 짓거리를 지적한 여자는 한 손에 휴대폰을 들고서 팔을 흔들어 댔다. 옆에 선 친구는 사람

들이 이쪽을 쳐다보지 않게 되자 좀 더 용감해져서 함께 따지기 시
작했다. 토미는 화가 난 사람들에게 말을 거는 조시의 모습에 놀
랐다. 그의 자세와 몸짓, 표정은 어딜 봐도 위협적이지 않았으며
사람들을 누그러뜨리게 했다. 그리하여 5분 후, 여자들은 갈 길을
갔고 조시는 가게로 돌아왔다. 그리고 토미에게 속삭였다.

"어휴, 하마터면 큰일 날뻔했어. 경찰에 신고하지는 않겠지만
아빠는 이제 일을 그만둬야 해."

"언제부터?"

"지금 당장."

'잘됐네.'

토미는 속으로 생각했다. 그 여자 말이 옳다면, 데이브는 그저
멍청하고 추접스러우며 추한 수준을 넘어서서 대단히 심각하고
나쁜 행동을 저지른 것이다. 토미는 여자의 말이 사실이라고 생각
했다. 술을 전부 싱크대에 쏟았다는 점도 토미가 보기에는 너무나
의심스러웠다. 만약 그 여자들이 자세히 보지 않았다면 무슨 일이
벌어졌을지 생각하니 소름이 끼쳤다. 그들이 데이브를 해고하라고
요구한 건 정당했다. 하마터면 경찰차 뒷좌석에 실려 구치소에 간
힐뻔했으니 그에게는 오히려 다행이었다.

이틀 후, 조시는 더 홀의 소유주들을 만나게 되었다. 세 남자 모
두 예순 후반이었지만, 옷차림만큼은 20년 전 이 술집을 처음 열
었을 때 그대로 멈춰있었다. 그중 한 명은 정장 재킷 안에 건즈 앤

로지즈 티셔츠를 입었고, 또 한 명은 오픈 넥 폴로셔츠 위로 희끗 희끗한 가슴털이 보란 듯이 삐죽 튀어나와 있었으며, 마지막 사람은 지금보다 12킬로그램은 덜 나가던 시절에 샀을 때부터 이미 꽉 끼었을 검은색 버튼 업 셔츠 차림이었다. 세 사람이 벽을 따라 배치된 부스에 앉은 모습은 마치 재결합 투어를 계획하는 그 옛날 밴드 같았다.

조시는 그들과 함께 앉았고 토미는 바 뒷자리에서 그들을 지켜보았다. 물론 친구가 나중에 이야기를 쭉 읊어줄 테지만, 입술 모양이나마 무슨 말을 하는지 알 수 있기를 바라는 마음이었다.

셋 중 한 명이 말하자, 나머지 주인들도 고개를 끄덕였다.

"난 데이브가 마음에 들어. 하지만 좀 골칫거리이긴 하지."

"그래. 좋은 말로 해서 골칫거리지."

세 번째 주인이 맞장구쳤다. 그들은 모두 진지한 얼굴로 중얼거렸다.

그 셋은 다함께 조시를 데이브의 후임으로 지명했다. 이윽고 첫 번째 주인이 말했다.

"어떻게 이 가게 기사가 안 나게 막았니? 도통 모르겠네. 하마터면 큰일 날뻔했어. 내가 네 나이 적에는 뭘 어떻게 해야 할지 몰랐을 텐데……. 그런데 너 몇 살이냐?"

그는 이렇게 말하다가 고개를 저었다.

"아냐, 아냐……. 상관없지. 그냥 여기를 잘 운영해라. 알았냐?"

"감사합니다. 사실 저는 여길 개선하려는 아이디어가 좀 있거든요. 저랑 토미가 목록을 만들었어요."

조시는 바 쪽을 가리키며 말했다. 그러자 꽉 끼는 검은 셔츠 차림의 주인이 말했다.

"얘야, 필요한 건 뭐든 해라. 그러면 오늘 할 일은 끝난 거지? 우리 맥주나 좀 할까?"

애초에 이 주인장들이 술집을 열었던 이유가 이거였다.

토미는 뛸 듯이 기뻤다. 이제 조시가 술집을 운영하게 되면서 토미는 바텐더로 승진했다. 조시가 지배인이 된 뒤 가장 먼저 내린 지시는 손님과 직원의 친목을 금하는 것이었지만 토미는 전혀 개의치 않았다. ("이 장사는 평판이 전부야, 토미. 아빠 때문에 모두의 기회를 막아서 미안해"라고 조시는 말했다.)

그래, 토미는 전혀 신경 쓰지 않았다.

물론 캐리 프라이스가 겨우 몇 블록 떨어진 곳에 있다는 걸 알았다면 조금 싫은 내색을 했을지도 모르겠다. 하지만 그 시점에서 술집에 간다는 건 캐리의 머릿속에 조금도 들어있지 않은 생각이었다.

17

토미는 캐리를 찾으려고 노력했다. 정말로 애썼다. 인터넷 검색을 수도 없이 해봤지만 번번이 허탕이었다. 신문에 광고를 내거나 벽에 전단지를 붙일 수도 없었다. '이 여자 보신 분 있나요? 그녀는 저를 모르지만 저는 그녀를 찾고 싶거든요'라고 쓸 수는 없는 노릇 아닌가. 낙농장에서 떠난 후로 캐리의 인생에 대해서 아는 게 하나도 없다는 점도 난관이었고, 그러던 어느 날은 이런 생각도 들었다. 어쩌면 캐리 프라이스라는 이름을 더는 쓰지 않을지도 모른다는 생각이었다.

결혼했을 수도 있겠다.

토미는 그렇게 생각하고 싶지 않았다. 차라리 캐리가 어디 멀리 이사를 했다고 생각하고 싶었다. 하지만 그는 계속 캐리를 찾아보았고, 매일 가게에 출퇴근할 때면 그녀의 꿀빛 금발이 앞에서 살랑이는 모습이 떠올랐다. 정작 만나면 무슨 말을 해야 할지 알지도 못하면서.

물론 캐리 본인이 드러나고 싶어 하지 않아 숨어 산 건 아니었다. 다만 그녀는 누가 본인을 찾고 있다는 사실을 몰랐을 뿐이다. 그리고 토미의 사람 찾기는 성과가 없었을지라도 그의 직감은 정확했다. 캐리 프라이스는 현재 캐리 '프라이스'가 아니었으니까. 그녀는 남편의 성을 따르고 있었다.

누군가 캐리를 채갔을지도 모른다는 사실을 토미가 깨달았던 바로 그날 아침, 캐리 '갤러거'는 거울에 비친 자신의 모습을 바라보며 혹시 능력 있는 척 사기를 친 게 들통나는 건 아닌지 걱정하고 있었다. 그의 절친인 레이철은 캐리에게 '성공할 때까지 그런 척해'라고 충고했다. 하지만 성공하기 전에 들키면 어떡하나? 레이철이야 얼마든지 쉽게 할 수 있는 일이었다. 사실 레이철은 사기 칠 필요가 없었다. 별 노력 없이도 알아서 기회가 척척 생기는 여자애가 바로 레이철이었다. 딱히 금수저는 아닐지라도 금수저에 가까운 사람. 말하자면 그 아랫급으로 만든 수저라고나 할까. 은수저나 동수저 정도? 캐리는 고개를 저으며 스스로에게 말했다.

'딴생각하지 말자. 문밖으로 나가자. 늦지 말자.'

그녀는 다시 방으로 돌아왔다. 그녀가 누웠던 자리는 거의 흐트러지지 않은 채였다. 하지만 에런의 자리는 달랐다. 그는 여전히 산더미같이 솟은 이불과 담요 어딘가에 파묻힌 채였다. 캐리는 이불을 하나씩 들어 올리다가 에런을 발견했다. 그는 아직도 곤히 잠든 채로, 벌린 입에서 흘러나온 침 한 줄기가 베개에 묻어났다. 캐리가 어깨를 살며시 흔들자 에런은 눈을 끔뻑여 떴다. 초점이 맞지 않은 눈은 게슴츠레했다.

"나 나갈게. 사랑해."

그녀가 속삭이자 에런은 무어라 중얼거리더니 담요를 머리에 뒤집어쓰며 돌아누웠다.

"잘하고 오라고 말 안 해줄 거야?"

그녀는 좀 더 큰 소리로 물었다. 그러자 담요 속에서 먹먹한 대답이 들렸다.

"뭘 잘해?"

"나 근무 첫날이잖아."

"으으, 잘해."

에런은 다시 중얼거렸다.

캐리는 그가 일어나서 잘 다녀오라며 키스로 인사해 줄까 싶어 잠시 더 기다렸다. 하지만 아무런 반응이 없었다. 그저 에런이 다시 잠들었다는 걸 뚜렷하게 알려주는 리드미컬하고 고른 숨소리만 들려왔다.

캐리는 3층에 있는 작은 아파트에서 급히 계단을 내려왔다. 가스 불에 냄비가 넘치듯 마음의 상처가 부글부글 끓어올랐다. 오늘의 노력이, 아니 어쩌면 그 부족한 노력이 잠기운에 묻혀 희미해진 탓일지도 몰랐다. 하지만 캐리는 사실 그게 아니라는 걸 알고 있었다. 에런을 누구보다 잘 아는 입장에서, 안타깝게도 그가 별로 좋은 사람이 아니라는 것을 그녀는 깨달았다.

캐리가 늦게 내려오긴 했지만 다행히 버스도 늦게 왔다. 그래서 정류장에 도착하자마자 버스 문이 쉭 열리고 있었다. 그녀는 안도의 한숨을 내쉬었다. 다른 날은 몰라도 오늘만큼은 늦어서는 안 되었으니까. 게다가 버스를 놓친다면 택시비를 낼 여윗돈도 없고. 도심에서 멀리 떨어져 사는 것의 단점 중 하나는 가끔 자신이 어퍼 리치로 되돌아왔다는 기분이 든다는 거다.

'제길, 어퍼 리치. 아, 맞다. 미셸 선생님 생일, 오늘이던가?'

캐리는 가방을 뒤져 다이어리를 꺼냈다.

'제길. 지난주였네. 제길.'

밤에 퇴근하면서 카드를 사야겠다고 생각했지만 버스가 빠르게 모퉁이를 돌면서 그 생각은 그만 사라져 버리고 말았다.

캐리는 미셸 선생님에게 생일마다 카드를 한 장 보내는 것만으로는 절대로 갚을 수 없는 커다란 은혜를 받았다는 걸 알고 있었다. 미셸이 아니었다면 헨더슨 부부를 만나지도 못했을 테고, 직장이나 학위도 얻지 못했을 것이며, 여기까지 성공하지도 못했을 것이다. 나만의 아파트를 얻어 문을 잠그고, (진부한 표현은 하고 싶지 않지만) 언제나 꿈꾸던 자리라 할 수 있는 곳에서 첫날 근무를 하기 위해 여기까지 달려오지도 못했을 것이다.

일라이와 올리브 헨더슨 부부는 캐리에게 잘해주었다. 미셸 채플린의 전화 한 통만을 받고서 캐리를 집에 들여준 분들이었으니까. 부부는 다른 집들 사이에 끼어있는 좁다랗고 낡은 2층짜리 테라스하우스에 살았는데, 그 집에 남는 방 두 개가 있었다. 그중 하나는 딸이 집에 돌아올 때를 위해 남겨둔 타임캡슐 같은 방이었다. 하지만 부부의 딸인 앤지는 충동적으로 1년짜리 해외여행을 갔다가 2년이 지나고, 3년이 넘었는데도 돌아오지 않았다. 일라이와 올리브는 이러다 딸이 영영 안 돌아오는 건 아닌가 걱정하게 되었는데 그게 벌써 20년 전이었다. 올리브는 가끔 한탄하듯, 그 후로 앤지를 본 건 단 세 번뿐이었다고 말했다. 이건 마치 본인들이 저지른 줄도 모르는 죗값을 치르는 것 같다고.

캐리는 두 분이 미셸 선생님과 어떻게 알고 지내게 되었는지 정확히 몰랐다. 하지만 그건 중요한 게 아니었다. 부부는 캐리에게 숙식을 제공했고, 캐리는 그 대가로 약간의 돈과 더불어 세탁과 빨래 개기, 화장실 청소를 도와주면 되었다. 캐리에게는 꽤나 괜찮은 조건이었다. 캐리는 헨더슨 부부의 삶에 생긴 공백을 메워주었고, 부부는 그녀가 살아가면서 앞날을 일구는 데 필요할 모든 것을 주었다. 사실 언젠가 캐리를 앉혀두고 그녀가 로스쿨에 가기까지 차근차근 밟아야 할 징검다리를 같이 계획해 준 이가 바로 일라이 헨더슨이었다.

첫 번째 징검다리는 미셸이 정해준 직장에서 열심히 일하는 것이었다.

"나도 처음엔 사무 보조로 시작했잖니. 내 말 믿어보렴. 사무 보조야말로 회사가 숨기는 기밀이 무엇인지 전부 알고 있다고."

일라이는 빙긋 웃으며 그녀에게 말했다.

두 번째 징검다리는 야간 과정에 들어가 고등학교 졸업장을 따는 것이었다. 이 단계는 상대적으로 쉬웠다. 캐리는 언제나 똑똑한 학생이었다. 그것도 아주 똑똑한. 학교 다닐 때처럼 그녀를 괴롭히는 애들도 없었기 때문에 캐리는 수월하게 과정을 마쳤다.

세 번째 징검다리는 로스쿨 입학이었다. 이 부분은 좀 어려워 보였다. 실제로 어려웠기 때문이었다. 하지만 몇 주 동안 일라이와 캐리는 새벽까지 테라스와 이어진 거실에서 불을 켜놓고 공부했다. 그는 계약과 불법행위와 양형에 관해 문제를 냈고, 그 수준이 로스쿨에 들어가기 위한 법학 지식을 훨씬 넘어섰다. 캐리는 입학 시험을 거뜬히 통과했다. 솔직히 말하면, 그 자리에서 바로 졸업

해도 될 정도였다.

그런데 로스쿨을 졸업하게 된 해, 캐리는 뭔가 변화를 느꼈다. 오랫동안 일라이와 올리브 부부와 함께 살아오지 않았더라면 제대로 못 보고 지나쳤을지도 모르는 미묘한 변화였다. 현재 70대 중반인 일라이 헨더슨은 매일 아침 30분은 족히 들여 몸단장을 했다. 면도한 다음 캘리포니아산 양귀비 씨앗 헤어 오일을 바르고, 손톱을 정리한 다음 또 면도를 하는 정교한 의식이었다. (언젠가 그는 캐리에게 "수염은 기묘한 거란다. 면도를 한 번, 두 번, 심지어 세 번을 해도 안 잘리는 수염이 있지. 몇 분 있다가 또 와서 보면 놀랍게도 남은 게 보인다니까"라고 설명한 적 있었다. 캐리는 그 말이 사실이라고 생각하지는 않았지만, 거기에 '아니지 않느냐'며 되물을 생각은 하지 않았다.) 올리브는 결혼 초기부터 매일 이런 과정을 보아왔다. 그녀는 언젠가 캐리에게 말했었다. 다른 남자들에게 오후 5시쯤 거뭇하게 올라오는 수염 그루터기를 일라이에게서는 한 번도 본 적이 없다고 말이다.

"턱수염은 뭔가 숨겨야 할 속내가 있는 사내들이나 기르는 거야."

그녀는 일라이의 쉰 목소리를 따라 하다가 부드럽게 웃었다.

그런데 변화가 생기던 그날, 캐리와 올리브는 주방에 있었다. 일라이가 곧 올 것이라는 신호로 캘리포니아산 양귀비 씨앗 향기가 풍겼다. 이윽고 일라이가 식탁에 앉자 올리브는 일어나서 남편에게 아침 식사를 가져다주었다.

"안녕히 주무셨어요, 일라이."

캐리는 인사를 건넸다. 그녀는 처음에 그를 헨더슨 씨라고 불렀지만, 일라이는 그 호칭이 너무 격식을 차리는 것 같다고 말했다.

캐리는 자신보다 50살은 많은 분을 이름으로 부르는 건 아니라고 생각했지만 일라이는 강경했다.

"잘 잤니, 얘야."

일라이는 언제나처럼 쾌활하게 대답했다. 그리고 아내를 향해 고개를 돌려 이야기했는데, 캐리는 그의 모습을 유심히 바라보았다. 무언가 이상했지만, 그 이상함 때문에 뭐가 문제인지 알 수 없었다. 그러다 일라이가 올리브의 말에 몸을 젖히고 껄껄 웃었을 때야 비로소 깨달았다. 주방 창문으로 비쳐 드는 한 줄기 햇살이 일라이의 턱에 닿으면서 눈처럼 새하얀 턱수염 그루터기들이 미세하게 반짝여 대었기 때문이다.

"일라이! 면도를 안 하셨네요!"

캐리는 짐짓 화가 난 척을 하며 소리쳤다.

일라이는 캐리를 바라보았다가 이어서 아내를 보았다. 얼굴에서 함박웃음이 서서히 사라지면서 어리둥절한 기색이 잠깐 스쳤다. 그가 손을 턱에 대자, 종잇장 같은 피부가 수염을 따라 바스락거리는 소리가 들렸다.

"오, 미안하군. 숙녀분들, 잠깐 있다 올게."

그 후 캐리는 강의가 있어서 자리에서 일어났고, 일라이 헨더슨이 면도를 깜빡했다는 사실을 곧바로 잊어버렸다. 하지만 그날 오후 느지막이 집에 돌아가 보니, 올리브 헨더슨은 그 사실을 잊지 않았다는 게 확연했다. 점심시간에 남편에게 아침 일을 물어봤지만 일라이는 손사래를 치며 화제를 돌렸다. 올리브는 걱정되었다.

"5월이면 결혼한 지 53년이 되는데, 그전에는 이런 적이 한 번도 없었단 말이야."

올리브가 조용히 말했다. 캐리는 당근 껍질을 벗겨 싱크대에 주황색 껍질 줄기를 길게 늘어놓으면서 그 이야기를 듣고는 올리브의 말에 고개를 끄덕였다. 이건 더할 나위 없이 특이한 일이었다.

그들이 본 건 말할 것도 없이 치매의 첫 외형적 징후였다. 하지만 이제 두 사람이 경각심을 갖게 되자, 위험 신호는 곧바로 더 많이 드러나고 말았다.

일라이는 다시는 면도하는 걸 잊어버리지 않았다. 그는 온 신경이 면도에 쏠려있었고, 매일 아침이면 가장 먼저 면도할 생각부터 했다. 하지만 그다음 주, 올리브와 함께 가게에 갈 때 일라이는 언제나 오른편에 있던 가게 방향이 아니라 왼쪽으로 모퉁이를 돌았다.

"거기가 아니야, 일라이."

올리브가 말했다.

"나도 알아, 여보. 그냥……."

그는 무어라 변명할 말을 찾아보았지만 아무것도 떠오르지 않았다.

올리브가 석 달 동안 남편을 어르고 달랜 끝에, 흠잡을 데 없는 옷차림에 세련된 예의를 갖춘 일라이 헨더슨은 병원을 찾았다. 그리고 의사는 올리브와 캐리가 두려워하던 짐작이 사실임을 알려주었다.

그 후 여섯 달이 지난 어느 날, 이제껏 우아하고 정중한 신사였던 일라이는 주방 바깥의 복도에서 캐리 옆에 멈춰 섰다. 캐리는 그의 눈빛이 자신의 무릎 위 치맛자락에 와 닿는 걸 보고 말았다. 잠시 후 일라이는 별다른 말 없이 그녀 옆을 지나갔다. 마치 무슨 일이 있었는지 싹 잊은 듯했다.

순간의 눈빛은 짧았지만 욕정이 서려있었다. 이상한 증오심이 가득했던 새아빠의 눈빛과는 전혀 달랐지만, 캐리는 다시 열여섯 살이 된 기분이었다. 다만 이번에는 엄마를 잃은 슬픔 대신 자신을 받아주고 이제껏 친절하게 대해준 노인을 향한 슬픔이 일었다. 진짜 일라이를 더는 볼 수 없게 되었다는 슬픔이었다.

그 주, 캐리는 레이철에게 같이 살지 않겠느냐고 물어보았다. 하지만 그런 제안을 한 진짜 이유는 털어놓지 않았다. 치매로 인해 일라이 헨더슨의 정신이 흐려지면서, 매 순간 드러나던 그의 상냥하고 정중한 성품이 조금씩 사라져 갔다. 그럼에도 캐리는 그분을 변태처럼 말하는 건 일라이 헨더슨에게 무례를 범하는 것 같았다. 캐리는 올리브 헨더슨과 어렵사리 대화를 나누었고(올리브는 딸을 또 잃은 듯한 상실감을 느껴야 했으며), 그 후 캐리는 로스쿨에서 사귄 친한 친구와 함께 교외에 있는 작은 임대 주택으로 이사했다.

버스가 모퉁이를 너무 급하게 도는 바람에, 캐리는 통로로 미끄러지지 않으려고 앞좌석을 붙잡았다.

'제길. 이러니까 왜 잉글비로 왔는지 또 떠오르네.'

캐리는 속으로 생각했다.

그녀가 잉글비로 이사한 이유는 레이철에게 남자 친구가 생겼기 때문이었다. 두 사람 모두 지금은 직장인이 되었는데, 레이철은 작은 로펌에서 일했고, 캐리는 예전에 사무 보조로 일했던 보험회사로 돌아가 이제는 법무 팀에 들어갔다. (일라이의 말이 옳았다. 캐리는 정말로 회사가 감추는 기밀을 전부 알고 있었다.) 이후 남자 친구들이 둘의 좁은 아파트에 차례로 들렀다 갔고, 결국 한 남자가 그곳에 눌러 앉았다.

"대니얼이 이사 오기로 했어. 걱정하지 마. 집세를 3등분해서 나누면 돈이 더 절약되는 거라고."

레이철은 당당히 말했다. 그녀는 캐리에게 좋은 조건이라고 말했지만, 실은 말도 안 된다는 걸 둘 다 알고는 있었다. 그렇게 몇 달 동안 자기 돈 내고 사는 집에서 꿔다놓은 보릿자루처럼 지내던 캐리는 이제 자신만의 집을 구할 때가 됐다고 마음먹었다. 그리고 지도를 보며 도심에서 조금씩 멀어질수록 집세도 그만큼 낮아지는 걸 알았고, 결국엔 들어본 적도 없는 교외에 정착하게 되었다.

잉글비는 그다지 볼 게 없는 동네였지만 괜찮았다. 여기는 잠시 머물 곳에 불과했으니까. 아파트는 방이 하나밖에 없었지만 문이 튼튼하게 잠겼고, 3층인데도 창문에는 금속 절단기로 잘라야만 열리는 방범창이 설치돼 있었다. 캐리는 안심했지만, 진짜로 안심하게 된 이유는 에런을 만나서였다.

에런은 레이철의 남자 친구인 대니얼의 친구였다. 연인 관계란 전염성이 있기에, 레이철은 남자 친구를 사귀자마자 캐리도 누군가를 만나야 한다고 생각했다.

"너희 둘이 아기를 낳으면 진짜 예쁠 거야."

레이철은 캐리를 팔꿈치로 쿡 찔렀다. 그게 꼭 '해봐, 밑져야 본전이잖아?'라고 말하는 것 같았다. 그저 에런의 굳센 턱선과 넓은 어깨만이 좋았던 게 아니었다. 에런은 치기 어린 유머 감각과 사람을 자석처럼 끄는 매력이 있었다. 캐리는 어느덧 에런에게 빠져들었다. 처음에는 레이철, 다니엘과 함께 더블데이트를 했던 날부터 그리고 캐리가 잉글비에 얻은 지저분하고 자그마한 아파트에 머무는 밤마다 그가 좋아졌다.

하지만 캐리의 아파트로 이사 온 뒤로 에런은 그런 매력을 보여주려 애쓰지 않았다. 마치 바깥에 있는 낯선 이들에게 매력을 발산하면 진이 쫙 빠진다는 듯 둘만 있을 때는 전혀 노력하지 않았다. 하지만 그래도 캐리는 에런이 함께 있어서 안전하다고 느꼈다. 그가 자신에게 그다지 애정을 보여주지 않아도 상관없었다. 그녀가 에런의 의견에 동의하지 않을 때마다 무시하고 비하하는 듯한 태도로 히죽 웃어도 괜찮았다. 하지만 마음속 깊은 곳에서 느꼈던 안전함이, 사실은 캐리의 직감에 반하는 충격적인 배신이었다.

에런이 처음 캐리를 때린 건 난데없이 벌어진 일이었다.

"우리는 6시에는 가야 한다고 생각했는데. 그래야 7시에 레스토랑에서 사람들을 만날 수 있잖아. 자기 갈 거지?"

캐리가 말하자, 에런은 시큰둥하게 대답했다.

"아니, 오늘은 안 가."

그러더니 냉장고 쪽으로 가서 뭔가 찾기 시작했다. 분명히 맥주일 것이다.

"아, 그러지 말고 가자. 재미있을 거야. 내가 지난주에 보여줬던 곳이란 말이야."

캐리는 그의 팔을 잡고서 자신을 마주 보게 하려고 했다.

"레스토랑 옆에 증류소가 있어서 직접 술을 주조하는 곳인데……."

그건 사실 진짜로 때렸다기보다는 사고일 것이라고, 캐리는 후에 혼잣말을 했다. 에런은 그녀를 확 밀쳤고, 팔꿈치가 캐리의 머리를, 왼쪽 귀 바로 위를 아프도록 강타했다. 멍이 들었지만 머리카락에 많이 가려졌다. 그리고 캐리 역시 그날 저녁 모임에 가지 않았다.

이 일화에서 가장 불길했던 점은 아마 에런이 후에도 그때 일을 전혀 언급하지 않았다는 데 있었다. 미안하다는 말도, 사랑의 고백도, 심지어 이건 다 캐리 때문에 일어난 일이라며 뒤집어씌우려는 시도조차도 없었다. 머리가 욱신욱신 아프지만 않았더라면 캐리 역시 그런 일이 실제로 있었던 걸까 스스로를 의심했을지도 몰랐다. 하지만 구타는 분명히 일어났다. 그리고 또 일어났다.

만약 생리 주기를 건너뛰지 않았더라면, 캐리는 에런과 헤어졌을 것이다. 캐리 프라이스는 아이를 갖게 된다는 생각에 너무나 겁먹고 말았다. 이유는 세 가지였다. 아이를 어떻게 키워야 할지 몰랐고, 겉보기와는 달리 문제가 너무 많은 남자와의 사이에서 아이를 낳고 싶지 않았으며, 마지막으로 자신의 직장 생활이 지금 막 시작되고 있었기 때문이었다.

"다른 선택지도 있는 거 알지? 원한다면 내가 병원에 같이 가줄 수 있어. 한번 생각해 봐. 응?"

캐리가 어떻게 해야 할지 묻자, 레이철은 조심스럽게 말했다. (물론 레이철은 에런 갤러거의 폭력적인 성향을 몰랐고, 캐리는 그 성향을 말하지 않았다.)

하지만 캐리는 레이철이 제안한 선택을 하지 않았다. 오히려 레이철과 대니얼은 순식간에 에런과 캐리가 관할 등기소로 혼인신고를 하러 갈 때 증인으로 불려 가게 되었다. 그렇게 캐리는 캐리

갤러거가 되었다. 어쩔 수 없이 결혼한, 어딜 봐도 끔찍한 남자의 아내가 된 것이다.

그러다 2주 후, 에런은 캐리를 흔들어 깨웠다.

"이런 씨발. 캐리, 너 오줌 쌌어?"

에런은 잠자리가 방해받으면 아주 불쾌해했다.

어둠 속에서 캐리는 시트가 흠뻑 젖었다는 걸 느꼈다. 그녀는 너무 깜짝 놀랐다.

"그…… 그런 거 같아. 그랬나 봐. 미안해, 에런."

하지만 손가락에 축축하게 닿은 액체에서는 구리 냄새가 났다. 알고 보니 피 냄새였다. 그날 캐리는 레이철 앞에서 몇 시간이고 울었다. (상실감은 예상보다 훨씬 더 심했지만) 아이를 잃어서만은 아니었다. 이제 손가락에 끼어버린 반지가 마치 족쇄처럼 느껴졌기 때문이었다.

그 반지. 그리고 그녀의 새로운 이름. (바로 그 이름 때문에 토미는 캐리를 아무리 찾아도 찾을 수가 없었다.)

버스 속도가 느려지며 길이 더 심하게 막히기 시작하자 캐리의 신경이 곤두섰다. 시내가 가까워질수록 몸이 점점 굳어갔다. 새로운 일을 하는 것만으로도 무서웠다. 게다가 그 일이, 실은 자신이 해서는 안 될 일처럼 느껴진다면? 글쎄. 그건 엄연히 또 다른 문제였다. 이틀에 걸친 면접을 가뿐하게 통과했다는 사실은 이제 안중에도 없었다. 에런은 그녀가 지금 자리에 지원했을 때 코웃음을 쳤지만, 채용 담당자들은 캐리 프라이스, 아니 이제는 새로이 캐리 갤러거가 된 그녀가 남편의 생각보다 훨씬 더 유능한 인재라는 것을 알아보았다.

캐리는 18층 안내데스크에서 자신의 새로운 상사를 기다렸다. 속마음으로는 그냥 엘리베이터를 타고 거리로 내려가서 시내를 나가는 버스를 잡아탄 다음, 아직도 에런이 자고 있을 좁은 아파트로 돌아가고 싶은 충동이 어마어마하게 밀려들었다. 하지만 시간이 조금씩 흐를수록 그런 충동은 점차 사라졌다. 그날 아침에 받았던 실망스러운 배웅 때문만은 아니었다. 사실, 퇴근하고 간 집에 제발 에런이 없기를, 계약직인 시공사 일이 다시 시작되어 어딘가 멀리 가버렸기를 어느새 그녀는 바라고 있었다. 그 생각에 긴장이 풀리면서, 드디어 상사가 눈앞에 나타났을 때 그녀는 얼굴에 반쯤 미소마저 띠고 있었다.

"안녕하세요, 캐리. 다시 만나서 반갑군요."

로즈가 인사를 건넸다. 그녀는 면접자로 들어온 변호사 셋 중 한 명으로 캐리는 그녀가 가장 마음에 들었다. 로즈는 권위와 자신감이 풍기면서도 어딘가 모성애적인 면이 있어서 부드러운 분위기를 자아내었다(물론 모성애적인 면이 약하다는 말은 당연히 아니다). 그녀를 보고 있으면 미셸이 살짝 떠오르기도 했다.

캐리는 일어서서 치맛자락을 매만졌다.

"안녕하세요, 로즈."

속마음은 아니었지만, 그래도 목소리는 덜 떨리게 나오기를 바라며 캐리가 인사했다.

로즈는 캐리를 데리고 18층과 19층을 돌며 인사를 시켰다. 그동안 캐리는 수많은 이름을 들었지만 기억에 남는 건 몇 되지 않았다. 반면, 캐리를 만난 사람들은 거의 다 그녀를 기억했고, 그중에는 옆 동료들을 쿡쿡 찌르면서 서로 무어라 속삭인 남자들도 좀 있었다. (그중 한 사람에게는 인사과에서 2주 정직 처분을 내렸다. 다행히도 캐리는 전혀 내막을 알지 못했다.)

캐리의 첫 주는 놀라우리만큼 빨리 흘러갔다. 그렇게 한 달이 되고 두 달에 접어들었다. 그때쯤 또 다른 신입 변호사가 입사하자, 순식간에 캐리는 신입이 아닌 그냥 캐리가 되었다. 근무 시간은 길어졌고, 사람이 몇 안 되는 심야 버스를 타고 집에 간 적이 셀 수 없이 늘어났다. 그때마다 그녀는 손마디가 하얗게 되도록 꽉 쥔 주먹 틈으로 열쇠 끝이 불쑥 튀어나오게 끼워 들고 다녔다.

"아가씨, 그걸로 뭘 하려고?"

어느 날 밤, 건너편에 앉은 할머니가 캐리에게 물었다. 그녀는 어깨를 으쓱이며 솔직히 대답했다.

"모르겠어요."

자신을 습격하려는 사람의 눈을, 아니면 뺨 같은 데라도 열쇠로 찌를 용기가 자신에게 있을까. 알 수는 없었지만 그래도 이러면 마음이 조금 편했다. 그리고 이 열쇠로 사람을 찌르는 상상을 하면서, 나쁜 놈이 항상 에런과 똑같은 턱선과 짧은 금발 머리로 떠오른다는 데 너무 큰 의미를 두지 않으려고 애썼다.

하지만 결국, 그 열쇠는 호신용 무기로 사용된 적이 없었다. 정작 열쇠가 꼭 필요할지도 모른다고 생각한 순간은 딱 한 번, 바로 집에 돌아와 보니 안이 텅 비었던 어느 날 밤이었다. 문손잡이를 돌리는 순간부터 뭔가 이상하다는 게 느껴진 순간이었다.

'제길, 도둑이 들었구나.'

캐리는 이렇게 생각하며 잠금쇠에서 열쇠를 뽑은 다음 손가락 사이로 비죽 튀어나오게 끼웠다. 하지만 거실을 둘러보자 현실이

들어왔다. 도둑이 턴 집 열쇠를 가지고 있을 리 없다. 따라서 떠날 때 문틈으로 열쇠를 밀어 넣고 갈 일 역시 없었다.

캐리는 휴대폰을 꺼내 친구에게 전화했다.

"그이가 떠났어, 레이철."

"떠나다니, 무슨 소리야?"

레이철이 물었다.

"날 떠났다고. 오늘 떠난 게 분명해. 아침만 해도 있었거든."

"아……."

레이철은 잠시 말이 없다가 다시 물었다.

"정말이야? 어쩌면 일이 있어서 며칠 나갔다 오는 걸지도 모르잖아."

"그놈이 텔레비전을 가져갔어. 그리고……."

캐리는 주방 조리대에서 무언가를 발견했다.

"결혼반지도 놓고 갔어."

"아."

레이철은 다시 탄식하더니 이어서 물었다.

"뭐, 그럼 확실한 거네? 넌 괜찮아?"

캐리는 이 질문을 가만히 생각해 보았다. 에런과 처음 만났던 때를, 처음으로 함께 있었을 때 그가 자신을 간절히 바라보던 눈빛을. 그리고 그와 함께 사는 게 어땠는지 생각해 보았다. 그에게 맞아서 멍들었던 순간을.

"좋은 거 같아. 미안해, 레이철. 그놈이 대니얼 친구라는 건 아는데, 이렇게 된 게…… 음…… 난 좋아."

사실을 말하자면 에런은 그날 아침 캐리가 출근한 지 몇 분도 되지 않아 집을 나갔다. 침대에 누워서 문이 닫히는 소리를 기다리다가, 소리가 나자마자 일어나서 옷을 입었다. 에런의 차에는 이미 대부분 옷가지가 옮겨져 있었고, 그는 떠나기 직전까지 아파트를 둘러보며 또 가져갈 게 있나 살펴보았다.

“제길. 이걸 보는 건 나뿐이니까.”

그는 욕설을 지껄이며 텔레비전 코드를 뽑아 자기 차에 실었다. 그런 다음 반지를 빼어 탁자에 올려놓고는, 문을 잠근 다음 열쇠를 현관 틈으로 밀어 넣었다. 6주 전부터 사귀기 시작한 여자와 같이 살 새로운 아파트까지는 여기서 30분 거리였다.

이렇게 결혼이 끝나버려서 캐리가 슬퍼할까 봐 레이철은 걱정했지만, 걱정할 필요가 없었다는 건 금방 드러났다. 캐리가 보기에 이 결혼은 처음부터 제대로 된 게 아니었고, 사망 선고를 받은 지도 꽤 되었기 때문이다. 아파트에서 에런이 나간 사건은 시신을 화장한 순서에 해당했다. 결혼 생활을 두고 이루어진 캐리의 애도는 이미 끝났고, 이혼은 그저 형식적인 절차에 불과했다. 화나는 점을 굳이 찾자면, 그가 텔레비전을 가져갔다는 것 정도였다.

하지만 레이철은 뭔가 본인이 나서야 한다고 생각했다. 그게 친한 친구의 도리 아니겠는가? 그리하여 돌아오는 금요일 오후, 정확히 5시 30분이 되자 캐리의 휴대폰이 울렸다. 그녀는 당연히 아직 일하는 중이었는데, 전화벨 소리가 커다란 방에 요란하게 울려 변호사용으로 설치된 파티션 안을 마구 떠돌았다. 집중하다가 방해받은 사람 몇몇이 고개를 들어 소리를 살피는 모습이 보였다. 캐리만 퇴근하지 않은 게 아니었다.

“여보세요?”

“언제까지 일할 거야?”

레이철이었다.

“곧 갈 거야. 한두 시간 있다가. 주말 전에 끝내야 하는 일이 좀 있어.”

“알았어. 그럼 내가 15분 후에 너희 회사 앞으로 갈게. 아래층으로 내려와. 아니면 난 너 없이 놀러 갈 거야.”

레이철이 전화를 끊자 캐리는 미소를 지었다.

15분 후, 캐리는 회사 건물 바깥에 섰다. 때는 따스한 1월 하순이라 보도에는 한낮의 열기가 그대로 머물러 있었다.

“다행이다. 나 정말로 너 안 오면 두고 가려고 했는데.”

레이철이 뒤에서 나타나 말했다.

캐리는 친구를 꼭 안아주었다. 두 사람은 어디 갈지 딱히 정하지 않은 채로 시내에서 붐비는 밤거리를 향해 걷기 시작했다. 그러면서 이런저런 이야기를 나누었는데, 캐리는 자신의 상처가 얼마나 큰지, 이혼 후 받아야 하는 정서적인 응급처치가 얼마나 되는지 진단받고 있다는 느낌이 들었다. 그래서 그녀는 줄기차게 주장했다.

“아니, 레이철. 나 괜찮다니까. 안 괜찮았다면 너한테 말했을 거야. 사실 있잖아, 에런은…… 음, 딱히 좋은 사람이 아니었어. 이제는 내가 아닌 다른 사람을 괴롭힐지도 모르지. 중요한 건 내가 아직 살아갈 아파트가 있다는 거야. 에런을 만나기 전부터 내 명의였다고. 그쪽이 소유권을 주장하려고 한다면, 어디 한번 해보라지.”

레이철은 그 말에 미소 지었다. 자신이라면 절대로 캐리와 법정에서 다투지 않을 테니까.

"깨끗하게 헤어졌어. 이제 에런은 안 봐. 남자도 더는 안 만날 거야. 당분간은."

캐리가 덧붙여 말했다. 이윽고 모퉁이를 돌자 카페와 레스토랑이 쭉 늘어선 거리를 슬렁슬렁 걷게 되었다.

"저녁 먹기 전에 한잔할까?"

레이철은 길 건너편 술집을 가리키며 말했다.

캐리는 고개를 끄덕였고, 두 사람은 건너편 가게 앞에 늘어선 줄 끝에 섰다. 줄은 금세 줄어들었고 앞으로 이동하면서 캐리와 레이철은 서로의 근황을 이야기했다.

"대니얼이 승진할 거야. 그런데 문제는 뭔지 아니? 면접을 세 번이나 봐야 한다는 거야. 세 번이라니! 내부 승진인데!"

레이철이 이야기를 하는 동안 그들 앞의 줄이 빠져서 둘은 안으로 들어갔다.

홀 안은 사람이 가득했다. 캐리는 어두운 공간을 훑어보며 앉을 자리를 찾았다.

"남자는 이제 안 만난다고?"

꽉 들어찬 사람들 사이를 이리저리 지나며 레이철이 물었다. 음악과 대화 소리가 너무 커서 그녀는 캐리의 귓가에 입술을 바짝 갖다 대야 했다.

캐리는 격하게 고개를 끄덕였다.

"아깝다. 우리가 여기 들어올 때부터 저 남자가 널 계속 보고 있었는데."

캐리는 고개를 돌려 레이철이 가리키는 곳을 보았다. 그러자 바 뒤에 가만히 선, 20대 후반 정도로 보이고 키가 큰 바텐더가 보였다. 숱 많은 모래빛 머리카락 아래로 코가 살짝 휘고 입을 멍하니 벌린 남자를, 캐리는 위아래로 훑어보았다.

토미는 캐리를 찾지 못했다. 하지만 캐리는 토미를 찾아냈다.

*

18

캐리가 그 여름밤에 더 홀에 들어가기 전부터 그날 밤은 나름 의미 있는 날이었다. 토미 루엘린과 조시 손더스는 아주 기름칠이 잘 된 기계 같은 사이였다. 물론 매년 1월 5일마다 부품을 다시 갈아 끼워야 했지만. 그래도 토미는 자신이 직접 만든 자리에 다시 지원하는 일을 완벽히 해냈고(그는 이제 '재시작'을 속인다는 생각을 하지 않았다. 오히려 이건 그걸 '뚫고 극복한' 사례였으니까), 수석 바텐더 자리에 가뿐하게 복귀할 수 있었으며 조시와의 우정도 중단된 시점에서 다시 시작되다시피 했다. 조시는 데자뷔를 느끼거나 토미를 어디선가 봤다는 생각을 전혀 한 적 없었고, 다만 자기 기술과 개성을 이토록 잘 보완해 줄 사람을 만나서 운이 너무 좋은 게 아닌가 싶어 신기해했다. 데이브가 나간 후로 몇 년 동안 두 사람은 주야장천 일하면서 오래전부터 계획했던 변화를 실행에 옮겼다. (가끔 데이브는 아들의 말을 듣지 않은 걸 후회했다. 그런 후회가 드는 시각은 아직 근무 시간의 절반밖에 지나지 않은 새벽 3시쯤, 공항 바에서 눈이 충혈된 여행객들에게 맥주를 뽑아줄 때였다.) 그리하여 레이철과 캐리는 더 홀 앞에 줄을 서게 된 것이다.

책을 보며 독학으로 가구를 고치고 페인트칠을 익혔던 토미는 가게 좌석 대부분을 개조해 이곳만의 매력을 그대로 간직하면서도 수용 인원을 늘렸다. 조시는 와인 리스트와 칵테일 메뉴를 새롭게 만들고 근처 레스토랑의 주방장을 설득해 데려온 다음 식사 메뉴를 개편했다. 그 주방장은 본인이 아는 최고의 종업원을 데려왔는데, 바로 르네였다. 르네는 고향으로 돌아온 셈이었다.

그래서 그들은 제대로 된 점심을 만들 수 있는 곳이 되었다.

더 홀의 소유주인 노인 셋은 상당히 흥분했다. 매주 금요일과 토요일 밤이 되면 가게 앞에 줄이 늘어섰고, 이틀에 한 번은 손님이 꽉 차서 넘쳐났으니까. 불과 몇 년 만에 더 홀은 그 도시에서 가장 인기 있는 명소가 되었다. 그만큼 확실히 활기가 넘쳤다.

캐리와 레이철도 한가롭게 걷다가 바로 그 활기에 휩쓸렸다. 그들은 전혀 몰랐지만, 지금 이 순간 토미의 세상은 순식간에 바뀌었다. 운 좋게도 그들은 사람들을 헤치고 안으로 들어가다가 홀 뒤편에서 젊은 커플이 막 일어선 테이블을 하나 발견했다. 커플은 자신들이 예매한 영화가 5분 전에 시작되었다는 사실을 (이제야) 깨닫고 서둘러 나갔다. 레이철은 그 테이블을 보고는 달려가면서 손짓으로 캐리의 주의를 끌었다. 캐리는 여전히 바 뒤에 선 남자를 보고 있었다.

"캐리! 여기야!"

레이철이 소리쳤다. 캐리가 고개를 돌리자 손을 흔드는 친구가 보였다. 그녀는 레이철이 있는 테이블로 다가갔다.

“어때?”

레이철이 물었다.

“여기 자리? 진짜 좋아.”

레이철은 눈을 흘겼다.

“무슨 말인지 알면서. 저 남자 어떠냐고.”

그녀는 머릿짓으로 토미를 가리켰다. 캐리가 다시 그쪽을 바라보자, 때마침 토미는 마침내 눈길을 돌린 참이었다. 그는 마지못해 바 자리에서 세 줄로 서서 기다리는 손님들을 바라보고 있었다.

“레이철, 나 진심으로 말하는 건데, 당분간은 정말 아무도 안 만나고 싶어. 맞다, 말하는 거 깜빡했네. 에런이 주중에 나한테 전화하려고 했다?”

그러자 레이철은 새로운 화제에 정신이 팔려서 이야기를 계속 들으려고 몸을 숙였다.

바 뒤에 선 토미의 심장은 방금 전력 질주를 한 것처럼 쿵쿵 뛰었다. 어찌나 깜짝 놀랐던지 멍해졌다가, 다시 또 놀라 멍해질 만큼 방금 본 걸 믿을 수가 없었다. 이제껏 수백 번을, 수천 번을 그려왔던 얼굴이었다. 그녀가 저 문을 열고 들어오면 어떻게 될까 상상하고 또 상상해 왔다. 그리고 오늘, 그녀가 왔다.

‘맙소사, 저기 있잖아.’

다른 것들은 싹 사라졌다. 손님도, 웃음소리도, 음악도, 지금 밟고 있는 맥주 웅덩이까지도 눈에 보이지 않았다.

‘캐리가 정말로 저기 있어.’

이윽고 그녀는 바를 지나쳐 친구와 함께 테이블에 앉았다. 토미는 눈을 뗄 수가 없어서 멍하니 그녀를 응시했다.

'마지막으로 봤을 때는 병든 것 같았었는데. 손목은 앙상했고 다리도 깡말랐고 쇄골이 움푹 튀어나왔었는데. 지금은…… 더 건강해졌네.'

토미는 이렇게 생각하면서 이런 마음이 혹시나 그녀에게 모욕적이지 않기를 바랐다.

"저기요?"

어떤 남자가 바 테이블에 신용카드를 초조하게 두드리며 말했다.

"바쁘신 건 알겠는데, 여기서 진짜 오래 기다렸거든요……."

"아, 예, 죄송합니다."

토미는 잠에서 깨어난 것처럼 머리를 흔들며 말했다. 그리고 남자의 칵테일을 만들기 시작했는데, 어렵지 않은 주문이었는데도 왜 그런지 두 번이나 망치고 말았다. 그 후로 30분 동안 토미는 캐리에게 무어라 말해야 할지, 아니 말을 하긴 해야 할지, 어떻게 할지 결정하기도 전에, 캐리가 이 가게를 떠나 자신의 삶으로 돌아가 버린다면 그땐 또 어떡해야 할지 생각했다.

그때였다. 조시가 옆으로 슬그머니 나타나 물었다.

"이런, 괜찮아? 방금 진토닉에 레모네이드 넣는 거 봤어. 그런 걸 자꾸 만들어 내면 내가 손님들한테 죄송하다며 공짜 술을 줘야 하잖아."

"어…… 미안해. 앞으로 안 그럴게."

토미가 대답했다.

"너 무슨 일 있지. 왜 그래? 안 좋은 일 있어?"

"그런 거 아니야."

토미는 이렇게 대답하고서는 캐리와 레이철이 열심히 대화를 나누는 테이블 쪽을 휙 쳐다보았다. 그러자 조시는 씩 웃으며 물었다.

"저 구석에 있는 여자?"

토미는 멍청하게 고개를 끄덕였다.

"야, 이제 너 잠깐 쉴 때 안 됐냐?"

조시의 말에 토미는 어리둥절해진 채 친구를 바라보았다. 자신은 교대 근무가 끝날 때까지 쉬는 시간 없이 일해야 했기 때문이었다.

"몇 분만 내가 대신할 테니까, 잠깐 쉬면 어때?"

조시는 토미에게 윙크했다. 손님과 직원 간의 친목 금지 규칙이 해제된 것이다.

토미는 손을 닦고서 조시와 다른 바텐더 두 명의 옆을 비집고 지나갔다. 그렇지 않아도 쿵쿵 뛰던 심장이었건만, 자신의 첫사랑(이자 유일한 사랑)이 앉은 자리로 다가가는 지금은 심장이 터질 것만 같았다. 머릿속에는 거기 가서 대체 무슨 말을 해야 하는지 하나도 생각나지 않았다. 토미가 다가오는 걸 본 레이철은 캐리를 팔꿈치로 살짝 치더니 화장실에 갔다.

그 순간, 사람들이 싹 사라지면서 토미는 어느덧 캐리가 앉은 탁자 앞에 서게 되었다. 지금 기분이란 마치 뜨겁고 환한 스포트라이트를 받으며 수천 명이 이쪽을 빤히 바라보고 있는 무대에 선 것만 같았다.

"안녕하세요."

그는 이렇게 말하고서 속으로 괴로운 신음을 흘렸다. 이제껏 온갖 생각을 다 했건만, 기껏 한다는 말이 겨우 '안녕하세요'라니.

"네, 안녕하세요."

캐리는 인사를 받더니 이내 미소를 지었다. 토미가 지금껏 본 것

중 가장 아름다운 미소였다.

"잠깐 앉아도 될까요?"

그가 묻자, 캐리는 고개를 끄덕였다.

혹시 그녀의 눈빛에서 자신을 알아보는 기색이 조금이라도 있을까. 물론 그런 기색은 없었다. 하지만 토미에게 용기를 북돋아 주는 다른 기색은 분명히 있었다. 표정은 당황했지만 상대를 너그럽게 보아 넘겨주는 태도는 자신의 말을 들어주겠다는 기색이었다.

"저, 보통은 제가 이런 식으로 말을 걸지 않습니다."

토미가 말을 꺼내자 캐리는 피식 웃었다.

"아니, 진짜로 평소엔 안 이래요! 손님과 친목이 금지라서요."

토미는 분한 마음에 목소리를 높이다가 말을 이었다.

"제 이름은 토미입니다. 토미 루엘린이요. 술 한잔 사도 될까요?"

에런이 떠난 날 이후로 캐리는 다시는 남자를 만나지 않겠다고 두 번이나 목소리를 높여 말했다. 하지만 토미에게는 뭔가 사람을 무장 해제시키는 분위기가, 좀…… 이쪽을 무력하게 만드는 뭔가가 있었다. 원래는 그를 무시할 의도였건만 어느덧 캐리는 마음이 약해지고 말았다.

"좋아요."

그녀의 말에 토미는 조시에게 손짓했다. (조시는 이제껏 최대한 안 그런 척하면서 이쪽을 바라보고 있었다. 하지만 그의 성격상 안 그런 척이 전혀 되질 않았다.)

"나는 캐리 갤러거라고 해요."

그녀가 손을 내밀며 하는 말에 토미는 숨이 멎을 것만 같았다. 결혼했구나. 그걸 깨닫자 기뻤던 마음이 쪼개지는 기분이었다. 하지만 캐리는 곧바로 단호하게 마음먹고 말했다.

"사실, 진짜 이름은 캐리 프라이스예요. 말하자면 이야기가 길지요."

토미는 그 이야기를 듣고 싶었지만 어쨌든 전달하는 바는 간단했다. 그녀의 손을 슬쩍 보자, 반지가 없었다.

조시는 캐리의 빈 잔을 집더니 가득 찬 새 잔을 놓으며 말했다.

"방금 만나셨다는 건 알지만요, 얘 좋은 놈입니다."

캐리는 조시에게 눈을 살짝 흘기다가 이내 웃었다.

"음, 캐리, 당신은 무슨 일을 해요?"

토미가 물었다. 그녀에게 물어보고 싶은 게 너무 많았다.

"난 변호사예요. 아직 어소시에이트지만요. 피터스 & 피터스에서 일해요."

토미는 피터스 & 피터스가 뭔지, 어소시에이트가 무슨 일을 하는지 몰랐지만 상관없었다.

'변호사구나. 캐리가 해냈구나.'

자신이 얼마나 그녀 때문에 뿌듯한지 말하고 싶은 걸 참느라 힘들었다. 소름 끼치는 소리 같을 뿐만 아니라, 뭐라 대답해야 할지 모를 어려운 질문을 어마어마하게 받게 될 테니까. 그래서 토미는 손목시계를 보았다.

"저는 다시 일하러 가야겠어요. 당신이 앞으로 무슨 일정이 있는지 모르지만, 혹시 여기 계속 계실 거라면, 전 11시에 끝나거든요. 아니면……."

그는 주저하다가 말했다.

"혹시 제 전화번호를 드려도 될까요? 그러면 언제 다시 만날 수 있으니까요.”

그는 숨을 멈추고는 그녀의 대답을 기다렸다.

“글쎄요, 생각해 볼게요.”

그녀는 가볍게 대답했다. 그는 맥이 빠져 한숨을 쉬었다.

“만나서 반가웠어요, 토미.”

캐리의 말이 떨어지고, 레이철이 슬그머니 자리에 돌아와 앉자 토미는 바 쪽으로 돌아섰다. 자신의 뒷모습을 바라보는 두 사람의 시선이 느껴지자 두 뺨이 빨개졌다. 몇 년 동안 느끼지 못했던, 그 옛날의 익숙한 홍조였다.

1분도 채 되지 않아 토미는 핀볼 게임기 뒤쪽 구석의 테이블을 쳐다보고 말았다. 이제 〈트와일라잇 존〉 테마 게임기는 없어진 지 한참 되었고(핀볼을 치는 부품이 떨어져 나갔는데, 수리 기사는 수리비로 1,000달러를 불렀다), 그 자리를 〈인디애나 존스〉 테마의 핀볼 게임기가 차지했다. 새된 전자음이 나오는 스피커에서는 가끔 채찍을 후려갈기는 소리와 더불어 인디애나 존스의 주제가가 몇 소절 흘러나왔다. 밤이 점점 깊어지자, 토미는 희망이 차오르기 시작했다. 어쩌면 캐리와 친구가 자신의 근무 시간이 끝날 때까지 있어 줄지도 몰랐다. 그러면 어릴 적부터 아무도 모르게 사랑해 온 여자와 연락하면서, 사랑이 멈추었던 그 자리부터 다시 시작하게 될 수도 있었다.

퇴근이 15분 남은 시간이었다. 인디애나 존스의 채찍질 소리를 듣고서 고개를 든 토미는 그만 가슴이 철렁 내려앉고 말았다. 샴페인 한 병을 거의 혼자서 해치운 레이철이 잠시 몸을 추스르더니 캐리와 함께 일어섰던 것이다. 그들은 어깨에 가방을 메고서 인파를 헤치고 출구로 향했다. 토미는 문가에 다다른 그들의 모습을 더는 볼 수 없게 되자 울음이 터질 것만 같았다. 두 사람이 떠났기 때문만이 아니었다. 캐리가 어디 있는지는 분명히 다시 찾아낼 수야 있다. 그녀의 바뀐 이름도 알고 어디서 근무하는지도 아니까. 하지만 캐리는 아무런 말도 없이 떠났다. 이것이 자신을 쫓아오지 말라고 캐리가 보내는 신호라면, 그걸 받아들인 토미는 그 의도를 너무나도 명확하게 이해하고 말았으니까.

하지만 이렇게 거절을 당하는 건 너무하지 않은가. 캐리의 입장에서야 이제껏 만난 적도 없고 다시는 만날 일도 없는 바텐더의 어색한 접근을 물리친 것뿐이겠지만, 토미에게는 반평생 간직해 온 희망이 한순간에 무너진 것인데.

토미는 아무 생각 없이 기계적으로 나머지 근무 시간을 마쳤다. 바쁜 시간은 끝나서, 다른 바텐더 두 명만으로도 남은 일을 다 처리할 수 있게 되자 토미는 어느덧 더 홀에서 나가고 싶은 마음뿐이었다. 정확히 밤 11시에 말이다. (토미는 퇴근 시간이 언제인지 시계만 보고 사는 사람은 아니었지만, 그날만큼은 아무려면 어떠랴 싶었다.) 그는 마지막 술을 따르고서 검은 버튼 업 셔츠 앞섶에 손을 닦았다. 이제껏 네 번의 '재시작'을 거치면서 조시와 함께 도입한 이 가게의 유니폼이었다. 이윽고 손을 흔들어 조시에게 떠나겠다고 인사하자, 조시는 그를 의아하게 바라보더니 손짓으로 불렀다.

"내가 11시 퇴근이라는 거 알잖아?"

토미의 말에 조시가 대답했다.

"응, 알지. 그런데 왜 집에 가려는지 모르겠어서. 기회를 날리고 있는 거 아니야? 여자분이 널 꽤 기다리는 것 같은데."

이제 의아해진 쪽은 토미였다.

"조시, 여자분은 15분 전에 떠났어. 기회를 날린 건 내가 아니야. 그쪽이 날 보고 싶어 하지 않았다고."

그러자 조시는 씩 웃어 보였다. 상당히 즐거운 모양이었다.

"아, 그러면 저기 있는 여자는 쌍둥이냐?"

"무슨 소리야?"

토미가 묻자, 조시는 캐리와 레이철이 같이 앉아있던 테이블을 가리켰다. 이제 캐리는 혼자 다리를 꼬고 앉아 휴대폰 사진을 하릴없이 넘기면서 기다리고 있었다.

바로 토미를 말이다.

세 시간 후에도 토미와 캐리는 계속 더 홀 뒤편의 작은 테이블에 앉아있었다. 핀볼 게임기가 제아무리 깜빡이며 듣기 싫은 전자음을 낸대도 둘이 이야기하며 웃는 데 방해되지 않았다. 캐리는 친구를 택시에 태워 집에 돌려보냈다고 했다. 저녁 내내 이 자리에서 즉석 데이트를 계속할지 말지를 저울질하다가 결국 '남는 쪽'의 손을 들어준 셈이었다. 그래서 지금 여기 있는 것이다.

"기다려 줘서 다행이에요."

토미는 수줍게 말했고 캐리는 미소를 지었다. 그녀는 자신의 인생사에 대해서 이야기했는데, 토미가 이미 알고 있는 부분도 있었고 모르고 있는 지점도 있었다. 캐리를 받아준 다정한 노부부의 이야기 그리고 최근 세상을 떠난 일라이 헨더슨 씨 일로 가슴이 무척 아프다는 이야기였다. 캐리는 곧 이혼하게 될 전남편의 이야기는 몇 문장으로 축약해 말했고, 법조계에서 일하는 게 참 즐겁다는 이야기는 길게 했다. 그녀는 왜 이렇게 계약서를 좋아하는지 모르겠다며 웃었다.

"대체 뭔지 모르겠어요. 아마도 난 허점을 찾아내서 메꾸는 걸 좋아하나 봐요. 내가 이상한 걸까요?"

토미는 이 도시에 도착한 날부터의 이야기를 시작했다. 물론 그도 몇 부분은 건너뛰기도 했다. 캐리는 그가 아직도 배낭 여행객용 호스텔에서 산다는 걸 좀처럼 믿지 않으려 했는데, 토미가 앞날을 위해 저축을 하고 있다는 설명으로 애써 변명하려다 보니 다음 질문은 무엇이 될지 예상되었다. 그래서 사업 이야기를 시작했고 캐리는 그 모습을 지켜보았다. 처음에 토미는 주저했지만, 일단 말문이 트이자 마치 댐이 허물어지듯 주저할 게 없어졌다. 토미는 자신이 만들어 낸 가게의 변화를 가리켰다. 바로 캐리가 둘러보면 눈에 들어오는 것들이었고, 눈에 보이지 않는 변화들도 말해주었다. 그때 캐리가 술을 마시지 않은 멀쩡한 정신이었다면, 토미가 더 홀에서 일한 지 한 달밖에 되지 않았다고 했는데도 그가 설명하는 개선 사항이 몇 년에 걸쳐서 일어난 것임을 알아차렸을지도 모른다.

마지막으로 토미는 일급비밀을 말해주듯 속삭였다. 자신의 궁극적인 계획은 조시와 함께 더 홀을 인수하려는 것이고, 그래서 그 첫 단계로 돈을 모으고 있다는 거였다.

그들은 대화하고 술을 마시며 음식을 먹었다. 토미에게는 그 시간이 어찌나 빨리 흘러갔던지, 그저 드문드문 떠오르는 몇 장면만 있을 뿐이었다. 토미는 가게의 가장 어두운 구석 자리에 캐리와 함께 앉아있었다. 그러다 결국 조시가 테이블로 다가와서 마지막 손님이 20분 전에 나가고 이젠 아무도 없다고 알려주었다. 그다음 떠오르는 장면은 서쪽으로 향하는 택시를 둘이 함께 타는 모습 그리고 캐리의 손을 잡고 계단을 올라 그녀의 아파트로 들어가는 순간이었다.

10년 전 이 도시로 이사 온 이래 처음으로, 토미는 선라이즈 백패커스의 2층 침대로 가서 자지 않았다.

그다음 날, 토미와 캐리는 대부분 함께 있었다. 더 홀의 근무는 늦은 오후에야 시작되기 때문에 서둘러 떠나야 할 이유가 없었고 그러고 싶지도 않았다. 참으로 오랫동안 꿈에 그리던 여자와 한 침대에 누워 눈을 뜨다니, 이보다 더 행복했던 적은 없었다. 하지만 행복한 만큼 토미의 마음속 깊은 곳에서 땡, 하고 작게 울리는 소리가 있었다. 캐리가 자신을 보며 미소 짓거나, 나직하고 예쁘게 웃음을 지을 때마다 그 소리가 울렸다. 토미는 안간힘을 쓰며 그 울림을 무시했다. 같이 샤워를 하고 옷을 입을 때도 들려오는 그 소리를 애써 밀어냈다. 캐리의 아파트 주방 의자에 나란히 앉아 느지막이 아침을 먹을 때도 계속 땡 소리가 들렸지만 그는 계속해서 못 들은 척했다. 이른 오후에 다시 캐리와 침대에 들어갈 때도 토미는 그 소리를 안 듣기로 했고, 캐리에게 잘 있으라며 키스하고서 택시를 타고 근무하러 갈 때가 되어서야 그는 비로소 머릿속에 울리는 땡 소리를 인식할 여유가 생겼다.

그건 완전히 틀이 잡힌 생각이라기보다는 아직 불길한 예감에 가까웠다. 그러나 택시가 호스텔 앞에 멈췄을 즈음, 그 예감은 이제 막 찾은 행복에 대항하는 아주 현실적이고 확실한 위협으로 굳어진 참이었다. 1월 5일이 되려면 아직도 몇 달이나 남았다. 하지만 '재시작'은 단두대의 칼날처럼 토미를 따라다니며 인생의 모든 게 그저 일시적인 것에 불과하다고 계속해서 알려주었다. 그리고 이제 토미는 잃을 게 너무나도 많아졌다.

5시가 되기 몇 분 전에 더 홀에 도착해 보니 조시는 이미 와있었다. 그는 기대하는 눈빛으로 토미를 바라보면서 대답을 기다렸다. 제 생각이 옳다는 확신이든, 아니라는 부정이든, 어쨌든 자세한 이야기를 말이다.

토미가 그를 보며 씩 웃자, 조시는 동료의 등을 철썩 치며 말했다.

"잘했어, 토미. 하지만 설마 그 여자를 호스텔에 데려간 건 아니겠지? 그 시궁창 같은 곳보다 훨씬 좋은 곳에 데려갔어야 할만한 여자였다고!"

토미는 조시에게 함께 캐리의 집으로 갔다고, 그리고 거기서 하루를 보냈노라고 말해주었다. (조시는 호시탐탐 계속 듣고 싶어 한다는 걸 알았지만) 자세한 이야기는 생략하고서, 그저 내일 아침에 다시 만나기로 했다는 말이었다.

"이런, 근데 너무 좀 진지하지 않아?"

조시는 이렇게 물었다가 토미의 표정을 보자마자 곧바로 후회했다. 딱 봐도 자신의 친구는 이 만남을 하룻밤으로 끝낼 일로 보지 않았으니까.

시내 저편에서도 이와 거의 똑같은 대화가 전화로 이어지고 있었다. 토미와 아파트에 함께 있는 동안, 캐리는 레이철이 보냈던 문자 여섯 통을 모두 무시했다. 그러다 마침내 전화 통화가 되자 레이철은 짐짓 안심한 시늉을 했다.

"나 있지, 토미가 널 토막 살인 하지는 않았을까 생각도 했다고. 잉글비에서는 일어날 법한 일이잖아."

레이철은 이렇게 놀려대었고, 이어서 캐리는 전날 밤 레이철을 택시에 태워 보낸 후에 일어난 일을 설명했다. 그러자 레이철이 물었다.

"내일? 정말 그럴 거라고? 에런이 떠난 지 2주도 안 됐잖아. 이거 약간 이별 후의……."

하지만 캐리는 말을 끊었다.

"그런 말 하지 마, 레이철. 그런 거 아니야. 에런이랑 나는 오래전에 끝났어. 에런은…… 뭐랄까, 룸메이트 같았어. 그것도 아주 재수 없는 룸메이트. 난 토미가 좋아. 토미는…… 착해."

그건 토미가 낙농장에 있던 캐리를 좋아했던 이유와 똑같았다.

"음, 그럼 혹시나 진짜로 토미가 널 토막 내서 죽인대도 내가 도와줄 거란 생각은 하지 마. 내가 잉글비까지 가는 길에 넌 이미 죽어있을 테니까."

토미와 캐리는 친구들의 우려가 틀렸다는 걸 증명했다. 다음 날에도 둘은 만났고, 그다음 날 밤에도 만났다. 그러면서 둘은 같이 있지 않을 때도 항상 서로를 생각하지 않은 적이 없다는 걸 알게 되었다. 그건 토미에게 전혀 새로울 게 없었다. 그는 이제껏 오랫동안 캐리를 생각하며 지냈으니까. 지금 그녀는 무엇을 하고 있을까, 그녀를 다시 만날 수 있을까 생각했던 시간이 그 얼마나 무수했던가. 둘이 조용히 시간을 보낼 때마다, 토미는 캐리가 뭔가 평소와는 다른 느낌을 받지는 않나 궁금했다. 둘이 침대에 함께 누워있을 때, 아침을 먹을 때, 하다못해 서로의 바보 같은 농담에 웃을 때마다 캐리가 혹시 더 깊고 큰 유대감을 느끼지는 않을까. 더 홀에서 만났던 그날 밤의 마음보다, 낙농장에서 함께 보냈던 나날과 이어지는 무언가가 있지는 않을까 하는 그런 것. 하지만 그런 게 있었다 해도, 캐리는 토미에게 절대로 언급하는 일이 없었다.

사실, 캐리는 아무것도 숨기는 게 없었다. 그들이 함께 지냈던 시간을 통틀어, 앞으로도 캐리는 할리우드 영화에서나 나올법한 전개로 주문이 깨지고 기억이 밀려와 되살아나는 순간 같은 걸 겪을 일은 없을 것이다. 어퍼 리치에서 보냈던 어린 시절 토미에 대한 기억은 이미 오래전에 지워졌으니까. 토미가 '재시작'에 얽힌 미스터리가 뭔지 알아낸다고 해도 이미 사라진 기억을 되찾을 방법은 없었다.

하지만 토미는 아버지의 집에 갔을 때 받은 느낌이 있었다. 마치 고향 집 같은 향기를 풍기는 기분 좋고 편안한 공간의 분위기 말이다. 어떻게 해야 하는지 설명서가 있는 건 아니었지만 그날의 느낌은 압도적이었다. 바로 자신도 그런 곳을 만들어 낼 수 있다는 느낌, 어딘가 '재시작'을 피할 안전한 곳을 만들 수 있다는 느낌이었다. 이미 잃어버린 걸 되찾을 수는 없겠지만, 마음속 깊은 곳에는 미래에 대한 자그마한 희망이 있었다.

그래서 토미는 딜레마에 빠졌다. 전에 자신이 캐리를 만난 적 있다고 밝혀야 하는지 말이다. 그는 우리가 친구였다고, 자신이 캐리의 목숨을 구했다고, 그 후로 쭉 사랑해 왔다고 알려야 하는지 고민했고 그런 생각 때문에 양심의 가책이 들었다. 캐리에게 그 사실을 숨기는 게 정직하지 못한 행동 같았지만, 이걸 어떻게 설명해야 할지 알 수가 없었다. 캐리는 자신이 속았다고 생각하거나, 토미를 범죄자로 신고하고 문 잠금쇠와 전화번호를 바꿔버릴 테니까.

몇 주 동안 저녁 늦게나 주말마다 데이트를 이어오다가 토미와 캐리는 서로를 찾아가는 여정에 지치고 말았다. 그래서 그들은 헤어지는 대신 동거를 선택했다. 조시와 레이철은 둘 다 걱정하긴 했지만 크게 놀라지도 않았다. 토미는 캐리에게 선라이즈 백패커스로 들어와 같은 방에서 살자고 농담을 던졌다. 그러자 캐리는 자기 집 열쇠를 주었다.

토미는 짐을 챙기면서 마지막으로 호스텔 공용 침실을 둘러보았다. 이사 날을 어찌나 잘 골랐던지 비가 억수로 쏟아져서 그가 몇 년 전에 고쳐놨던 자그마한 유리창을 마구 두드려 댔다. 그래도 비가 그치면 다음에 이 침대에 자는 사람은 다시 창문을 열어놓을 수 있을 것이다. 누가 이 자리에 오게 될까. 혼자 다니는 배낭여행자일까. 집에 가고 싶은 향수병에 괴로워하거나 몸이 아파서, 아니면 둘 다에 시달린 채로 열이 나서 덥고 비참한 마음으로, 대체 왜 이런 거지 같은 여행을 시작했는지 후회하는 사람이 들어올까. 하지만 밤새 앓다가 열이 내린 다음, 아침에 일어나 이 창문을 열고 상쾌하고 깨끗한 향기를 몰고 오는 바람을 맞으면 후회와 외로움도 사라지지 않을까. 토미는 미소 지었다. 여행객 중에서는 2층 침대 바닥에다 '여기 왔다 감'이라고 글씨를 새겨놓는 사람도 있었다. 그 역시 '토미 왔다 감'이라고 자신의 흔적을 새겨놓을 수 있었다. 어쩌면 이 창문이 그런 흔적이 되어줄 수도 있겠다.

토미는 이름을 새기는 대신 창문을 고친 것으로 만족했다.

이 도시에 도착한 첫날, 숙박 등록을 해주었던 브리짓은 언제나처럼 근무 중이었다. 처음 봤을 때 찼던 코 피어싱은 사라졌지만 손목에서 달랑거리는 팔찌는 그대로였다. 호스텔 방 안에 계속해서 울리던 과열된 천장 선풍기의 윙윙대는 소리는 이제 호스텔에서의 삶에 배경음악이나 마찬가지였다.

"퇴실하려고요, 브리짓."

토미가 말하자 브리짓은 고객 연락처가 담긴 낡은 서류철을 꺼냈다. 토미의 특수한 상황이 아니었다면, 몇 년 동안 살았던 손님이 떠나는 걸 두고 대단히 환호했겠지만 브리짓이 알기로 토미는 1월 5일에 들어와 석 달을 살았고 이제 숙박 만료까지 일주일을 남겨둔 시점에서 떠나는 것이었다.

"미안하지만 환불은 안 돼요."

브리짓이 말했다.

그리하여 호스텔의 최장기 손님이었던 토미는 브리짓에게 작별 인사를 한 다음, 빌려온 여행 가방에 소지품을 모두 넣고서 거침없이 문을 나섰다. 그리고 잉글비로 가는 버스를 탔다. 가는 길이 너무 오래 걸리는 것 같았지만 그건 토미가 조급한 탓이었을지도 몰랐다. 그리고 생전 처음 캐리가 준 열쇠로 아파트에 들어가,

그녀에게 왔다는 인사로 키스하고서는, 이제는 함께 쓰게 된 방에 여행 가방을 들였다.

✳

19

토미는 SNS에 가입하는 게 별 의미가 없다고 여겨왔다. 매년 다시 가입해야 했으니까. 게다가 언제나 문제만 생길 것 같았다.

"이것 좀 봐."

어느 날 오후, 입사 지원서를 훑어보고 있던 조시가 말했다. 그는 지원자의 이름을 페이스북에서 찾아보았다가 옛날 사진을 쭉 내려 보며 씩 웃었다.

"이게 그 사람 거야?"

토미가 묻자, 조시가 대답했다.

"응. 그리고 이 사진도 올렸네⋯⋯. 음, 7년 전에. 맙소사. 하지만 부메랑처럼 돌아와 발목을 잡을 줄은 전혀 몰랐겠지."

지원서는 곧바로 쓰레기통 행이 되었다. 토미는 지원자가 약간 안타까웠다. 저 사람은 옛날 사진이 온라인에 여전히 떠돌아다닌다는 걸 모르고 있을 텐데. 알았다면 삭제 버튼을 눌러서 과거를 다 없애버리고 싶었을 텐데. 자신이라면 저 사람과 기꺼이 자리를 바꿀 텐데.

그래서 토미는 굳이 SNS 가입을 하지 않았다. 귀찮을 일을 뭐 하러 하겠는가. 하지만 캐리는 몇 년 동안이나 레이철에게 압박받고 지친 나머지 SNS에 가입해 두었다. 그녀는 휴대폰에 올라온 소식을 쭉 훑어보며 토미는 모르는 사람이나 앞으로 만날 일이 없을 사람들의 근황을 즐거이 말해주곤 했다. 그러다 에런의 사진을 보고는 휙 지나쳤다. 서로의 친구가 올린 게시물에 미소 짓는 에런의 사진이 있었던 것이다. 토미는 캐리의 전남편이 얼마나 큰 상처를 주었는지 들을 만큼 들었고, 그 생각을 하면 전에는 느낀 적 없었던 분노가 확 차올랐다. 하지만 캐리는 모든 걸 잊기로 마음먹고서 에런의 금발과 초록색 눈동자 그리고 자신을 멍들도록 때렸던 손을 넘겨버렸다.

"있지, 내 친구 소피 만난 적 있지? 걔가 새 게시물을 올렸어."

토미는 소피가 누군지 몰랐고, 그녀가 올린 강아지 사진에도 별 관심이 없었다. 하지만 어찌 됐든 좋았다. 캐리와 함께 있으면서 그녀의 목소리를 듣는 게 좋았으니까. 캐리가 전화번호부를 읽어주었다 해도 토미는 그저 행복했을 터였다.

토미 루엘린과 캐리 프라이스가 편안한 일상생활에 적응해 가는 속도는 놀라우리만큼 빨랐다. 누군가에겐 지루해 보일 수도 있었겠지만 그 둘에게는 완벽한 삶이었다. 두 사람은 시간이 날 때마다 아파트에서 함께 이야기를 나누고, 영화를 보고, 책을 읽으며 시간을 보냈다(토미는 캐리의 책장 두 칸을 완전히 점령했다). 그러던 4월 말의 어느 날, 캐리는 토미에게 요리를 가르쳐 주며 여느 때처럼 조용하고 편안한 저녁 시간을 보내고 있었다(그날 토미는 쉬는 날이었다). 그런데 캐리의 SNS의 피드에 슬픈 소식이 올라왔다. 오로지 첨단기술로만 가능한 차갑고 비인간적인 방식으로 말이다.

"아."

캐리는 외마디 소리를 내더니 손으로 입을 가렸다. 얼굴에선 핏기가 싹 사라졌다.

"왜 그래?"

토미는 채소를 썰던 칼을 내려놓으며 물었다. 양파 한 개가 조리대에서 바닥으로 굴러떨어졌다. 하지만 주울 생각은 하지 못했다.

캐리는 여전히 충격에 잠겨 입을 가린 채로 메시지를 쭉 읽었다. 그러다 마침내 휴대폰을 내려놓고 토미를 바라보았다. 눈가에는 눈물이 글썽했다.

"내가 오랫동안 알던 분이 돌아가셨어."

그녀의 목소리는 속삭임이나 마찬가지였다.

토미는 한 팔로 그녀를 감싸 안고 꼭 껴안았다.

"그분은……. 그분은 사회복지사셨던 거 같아. 내가 어렸을 때 잠깐 살았던 곳을 운영하셨어. 하지만 그저 맡아 계시기만 한 분이 아니셨어. 모두의 엄마가 되어주셨던 분이야."

눈물 한 줄기가 그녀의 뺨을 타고 흘렀다.

그 순간, 토미는 배를 얻어맞은 것 같은 충격과 함께 깨달았다.

"그분 성함이 어떻게 돼?"

이렇게 물었지만, 토미는 이미 답을 알고 있었다.

캐리는 마른침을 삼키고 대답했다.

"우리는 미셸 선생님이라고 불렀어."

그 후로 몇 시간 동안 캐리는 낙농장을 거쳐간 사람들로부터 더 많은 정보를 모았다. 미셸 선생님은 그날 아침 모틀레이크의 병원에서 세상을 떠났다. 불과 2주 전, 건강 검진을 받으러 병원에 갔다가 치명적인 사실이 밝혀지고 만 것이다. 일주일 내내, 하루 스물네 시간 쉬지도 않고 아이들을 돌보는 시설을 운영하면서 휴가라고는 1년에 딱 한 번 언니를 보러 짧게 시간을 내는 삶을 살았기에, 그녀는 스트레스가 심해서 몸이 안 좋은가, 하고 생각했다. 하지만 의사는 미셸이 자의적으로 내린 판단에 동의하지 않고서 몇 가지 검사를 더 받으라고 지시했다. 결과는 분명했다. 미셸 채플린은 급성 백혈병에 걸렸으며, 몇 주 안에 세상을 떠날 것이란 진단을 받았다. 그런데 놀랍게도 미셸은 계속 보육원 일을 해나갔다. 밀크우드 하우스에서 사는 아이들과 직원들에게는 늙어서 아픈 것뿐이라고 설명해 두었다. 어린아이들은 그 말을 믿었지만 좀 더 큰 아이들과 동료 직원들은 믿지 않았다. 낙농장에서 가장 오랫동안 일한 직원이자 부드러운 말씨를 지닌 미셸은 언제나 본인 나이의 반도 안 되는 젊은이들보다도 건강하고 튼튼해 보였는데, 지금은 전혀 아니었으니. 결국 안 아픈 척하던 것도 며칠이 되지 않아 끝났다. 미셸은 아래층 식당에서 아침을 먹다가 쓰러졌고, 구급차를 부르고 나서야 진실이 드러났다. 그녀는 동료들과 아이들에게 이 소식을 주변에 알리지 말아 달라고 부탁했다. 죽기 전 마지막 남은 날을 슬픔으로 얼룩진 작별 인사를 나누며 시끄럽게 보내고 싶지 않았기 때문이었다. 다들 마지못해 동의했기에, 미셸의 죽음은 본인의 삶처럼 조용하고 소박하게 이루어졌다.

캐리는 그녀의 죽음을 알게 되자 그대로 울음을 터뜨렸고 그간 몰랐던 소식을 들을 때마다 더욱 더 울었다. 하지만 슬퍼하면서도 그녀는 토미의 반응이 어딘가 이상하다는 걸 눈치챘다. 토미는 분명 선생님을 만난 적이 없었다. 그러니 그분이 얼마나 참을성 있고, 친절하며, 아름다웠던 분인지 알 수 없다. 그런데 그는 미셸 선생님의 죽음을 본인의 지인이 죽은 것처럼 받아들이고 있었다.

지금 토미의 속마음은 아주 끔찍했다. 캐리에게 설명할 수는 없었지만, 이건 마치 친어머니가 돌아가셨다는 소식을 들은 것이나 마찬가지였다. 미셸 선생님은 토미에게 말하는 법과 걷는 법, 혼자 식사하는 법을 가르쳐 주었고, 책도 읽어주었으며 함께 놀아준 분이었다. 매년 우주가 토미를 갓 태어난 아기처럼 뱉어냈을 때도 계속해서 빠짐없이 받아주고 키워주었다. 게다가 토미를 알지도 못하는 상황에서 병원까지 데리러 와주었고, 그렇게 집이라고 부르는 유일한 장소로 다시 들여주었다. 토미 루엘린은 충격과 애도와 비밀이라는 소용돌이에 휩싸인 채로 어찌할 바를 몰랐다.

장례식은 다음 주에 어퍼 리치에서 있을 예정이었다.

"내가 데려다줄게. 같이 가."

토미가 곧바로 제안하자 캐리가 대답했다.

"그럴 필요 없어. 자기는 모르는 분이잖아. 장례식에 참석하지 않아도 되는데."

'아니야. 나도 아는 분이야. 당연히 참석할 거야.'

토미는 생각했다. 그래서 캐리를 돕고 싶다고 우긴 끝에 함께 어퍼 리치에 가게 되었다.

장례식 날 아침, 기차역에 일찍 도착한 토미와 캐리는 도착 시간을 가리키는 시계를 초조하게 바라보았다. 둘은 각자 속으로 생각했다. '어퍼 리치로 돌아가다니, 더군다나 이런 비극적인 상황에서 가게 되다니, 믿기지가 않네' 하고. 이윽고 둘이 오른 기차가 덜컹거리며 도시를 벗어나 저편 언덕 사이에 다다르자 토미는 캐리의 손을 잡았다.

"괜찮아?"

그가 묻자, 캐리는 고개를 끄덕였다. 그리고 무언가 말하려다가 그만두었다.

"말해봐."

토미가 권했다.

"내가…… 마지막 인사를 드릴 수 있었다면 얼마나 좋았을까. 선생님은 아무도 상상하지 못할 만큼 여러모로 날 도와주셨거든?"

토미도 잘 알고 있었다.

"그런데 이제 세상을 떠나셨으니까 고맙다고 말씀도 못 드리게 됐잖아. 하다못해 작별 인사 같은 거도 못 드리고. 이건…… 이건 정말 너무해."

그녀는 중얼거리다 창밖을 응시했다. 바깥으로는 얼룩덜룩한 초록색 잔상 위로 나무들이 휙휙 지나갔다. 그러다 기차가 터널로 들어가며 갑자기 배경이 새카매졌다. 캐리는 어느덧 차창에 비친 자신의 모습을 보고 있다가 나직하게 말했다.

"내가 이 말 한 적은 없었을 거야. 미셸 선생님이랑 같이 살았을 때 난 진짜 상황이 안 좋았어. 지금 생각해 보면 바보 같긴 한데, 그땐 아직 어린애라 세상이 온통 넘어설 수 없는 크기로 보였거든. 훨씬 더 나쁜 곳으로 말이야.”

그녀는 잠시 말을 멈추고는 생각을 정리하다가 이야기를 이었다.

“열일곱 살이 됐을 때 어퍼 리치에 와서 살게 됐어. 있잖아, 토미. 그 나이대는 전학을 가서 새로 학창 생활을 시작하기에 좋은 시기가 아니야. 우리가 살던 곳이 ‘낙농장’이라는 이름이었다고 말했던가? 음, 학교 애들도 그렇게 불렀지. 하지만 난 전학생이었고, 왜 그랬는지 모르지만 모두 날 미워했어. 그러니까, 여자애들이 날 싫어했어. 그중에는 나한테 ‘음매’ 하고 놀리는 애들도 생겨났지.”

그녀는 웃었다. 토미는 그녀의 손을 잡고서 가만히 앉아 듣기만 했다.

“지금 생각해 보면 너무 바보 같아. 하지만 그때 나는…… 그렇지 않아도 힘들었거든. 엄마는 막 돌아가시고, 그다음엔 새아빠가…….”

캐리는 잠시 한숨을 쉬었다.

“그런 기분에 싸여 사는 여자애한테……. 그러니까, 세상 사람들이 다 나만 쳐다보는 것 같은 기분에 둘러싸인 여자애한테 소 울음소리를 내면서 놀려대는 상황은 정말 최악이었어. 그 애들은 자기들이 그랬다는 거도 분명히 기억 못 하겠지.”

그래, 기억하지 못할 것이다. 토미는 그 여자애들이 싫었다.

캐리는 먹먹한 미소를 지었다.

“그래서 음식을 안 먹기 시작했어. 그때 날 봤더라면 정말 무시무시했을 거야. 그런데 시험도 봐야 했지. 집중이 안 되더라. 그리고…… 어쨌든. 그때 어떤 애가 있었어. 리치라는 애였는데, 날 찾아왔어. 그래서 내가 멍청한 짓을 하려던 걸 막아줬지.”

토미는 얼굴을 찌푸렸다. 그건 사실이 아니었으니까.

“그 후로 난 걔를 좋아하게 되었다고 생각했는데, 내가 어퍼 리치를 떠나는 순간 잊어버리게 되더라. 그런 다음엔 미셸 선생님이 계셨어. 그분이 아니었더라면 난 일자리도 얻지 못했을 거고, 헨더슨 씨 부부도 만나지 못했을 거고, 법학도 전공하지 못했겠지. 난…… 난 매년 선생님한테 생일 축하 카드를 보냈었는데, 그것도 나중엔 안 하게 됐어.”

그녀는 고개를 저으며 덧붙였다.

“다시 돌아가서 그분을 뵐 수 있으면 얼마나 좋을까. 고맙다는 말씀만이라도 드릴 수 있다면.”

‘나도 그래. 하지만 미셸 선생님은 내가 왜 고마워하는지도 모르셨겠지.’

토미는 생각했다.

두 사람은 말없이 손을 잡고 앉아있었다. 이윽고 기차는 터널을 확 빠져나와 찬란한 아침 햇살 사이를 달렸다.

그들은 어퍼 리치에 단 두 대밖에 없는 택시 중 하나를 잡아타고 성당으로 갔다. 미셸 채플린은 평생 독실한 신자는 아니었지만, 자신에게 남은 시간이 고작 한 달 정도라는 말을 듣자 비로소 신앙에 매달리기 시작했다.

토미와 캐리는 성당에 들어오는 조문객들 사이로 들어가 뒤편에 자리를 잡았다. 그곳에 앉은 두 사람의 눈에 제단 앞에 놓인 미셸 선생님의 관과 그 위에 놓인 꽃이 보였다. 옆에는 이젤에 사진을 얹어두었는데, 미셸이 행복하게 미소 지은 사진을 보자 토미는 가슴이 뭉클해졌다. 자신이 떠날 무렵에 찍은 것 같은 사진 속의 미셸은 토미가 기억하는 그대로였다. 목이 꽉 막혀왔다.

캐리는 그를 슬쩍 찔렀다.

"저 사람이 데클런 드리스컬인 거 같아. 낙농장 주인이지."

어떤 노인이 지팡이를 짚으며 복도를 비척비척 걸어가고 있었다. 한때는 완벽하게 반듯했을 자세는 이제 나이가 들어 구부러지고 뒤틀렸다. 노신사는 앞줄 쪽에 자리를 잡았고, 그의 앞으로 여자 셋이 쭉 앉아있었다. 토미는 그들이 선생님의 자매와 조카들이라고 생각했다. 그분이 언급한 유일한 가족들이었다.

토미는 낯익은 얼굴이 있는지 주위를 둘러보았다. 그래서 맥시와 메이지를 찾아냈고, 반갑게도 입이 걸걸했던 친구인 숀 역시 보였다. 토미가 도로에서 차에 치였던 그날, 미셸의 차를 훔쳐 토미와 같이 수영장에 갔던 장본인이었다. 숀은 예전보다 몸집이 훨씬 말라있었다.

캐리 역시 숀을 알아보더니, 그쪽을 가리키며 말했다.

"저 남자 보여? 숀이라는 애야. 만나보면 정말 재미있다고 생각하게 될 거야. 다시 만나 이야기를 나눌 생각하니 좋네."

이윽고 신부의 눈짓에 맞춰 연주자가 오르간을 연주했다. 잔잔한 곡조가 모인 사람들에게 울려 퍼지는 가운데 마지막으로 온 사람 몇이 자리를 잡았다. 그중 한 사람은 토미와 캐리가 앉은 자리 두 줄 뒤에 홀로 앉았다. 그가 입은 짙은 색 맞춤 정장은 그가 자란 마을을 떠나 성공했다는 걸 드러내 주었다.

리치 샤프는 이젤에 놓인 사진을 바라보면서 생각했다. '왜 난 굳이 여기까지 왔을까' 하고.

장례식이 끝나고 운구차에 미셸이 실려 나가자 그녀의 가족들은 어퍼 리치 외곽에 있는 묘지로 향했다. 나머지 조문객들은 미셸이 오랫동안 지냈던 밀크우드 하우스에서 고인을 추모하러 반대 방향으로 차를 몰았다. 그래서 차량의 행렬은 꼬리에 꼬리를 물고 이어졌다.

토미와 캐리는 숀과 그의 아내와 함께 차를 탔다. 캐리는 성당 밖에서 숀을 만나 토미를 소개해 주었고(사실 둘 중 한 명에게는 굳이 소개할 필요가 없었다), 토미는 매년 낙농장에서 숀과 친구가 되었던 이유를 다시금 떠올리게 되었다. 숀은 운전하는 동안 내내 캐리를 먼저 떠나보내고 나서 어떻게 살았는지 말해주었다. 그리고 일하던 자동차 대리점을 인수하고서 이제는 또 다른 대리점을 열 계획이라는 이야기도 했다. 상냥하고 소탈한 성격 덕분에 숀은 성공했지만 그 성공을 자랑하지 않고 겸손했다. 마을에서 점차 벗어나자 느릿느릿 이어지던 차량 행렬이 빨라졌고 숀은 자신이 좋아하는 주제로 넘어갔다. 바로 자랐던 시설에서 살던 이들에 대한 소문이었다.

"내가 성당에서 누굴 봤는지 알아, 캐리?"

숀은 룸미러로 그녀를 바라보며 눈썹을 치켜떴다. 그리고 곧바로 본인이 대답했다.

"리치 샤프를 봤다니까. 뒤쪽에 앉아있더라고, 그 질척한 똥 덩이 같은 놈."

"똥 같은 인간은 아니야! 걔는 나한테 잘해줬어. 좀 이상하긴 했지만 나쁜 사람 아니라고.”

캐리가 쏘아붙였다. (하지만 토미는 남몰래 숀의 편이었다.) 숀은 코웃음을 쳤다.

“그럼 다시 고쳐 말할까? 걔는 잘난 척이나 하는 거만한 애새끼였어. 제 방에서 나오는 법도 없고, 아무한테도 말 안 하고, 게다가 작별 인사도 없이 떠났다고.”

그는 전방을 바라보다가 룸미러로 토미와 눈이 마주쳤다.

“토미, 잠깐 기다리면 리치를 만나게 될 거야. 물론 그놈이 우리 중 하나라도 몸소 아는 척을 해주신다면 말이야. 리치랑 네 여자친구는 예전에 그렇고 그랬던 적 있거든!”

캐리는 장난스럽게 숀의 어깨를 때렸다. 그러자 숀은 핸들을 휙 꺾는 시늉을 했다. 캐리는 아니라며 우겼다.

“그렇고 그런 적 없어! 그래, 뭔가 있었을지도 모르겠는데, 그런데 뭔가 전부 이상했어.”

“그래, 그것도 리치답지.”

숀이 대꾸하자 모두는 웃었다. 하지만 토미의 정신은 다른 데 팔려있었다. 리치와의 만남에 대해서 생각하게 되자, 갑자기 다시 어린 시절로 돌아간 것만 같았다. 캐리가 작별 인사를 했을 때 낙농장 바깥에서 어색하게 반원형 대열의 한구석에 서있던 자신의 모습. 그때 캐리가 리치를 꼭 안고서 그의 뺨에 키스했었다. 하지만 짙은 색 곱슬머리를 한 소년은 캐리의 손길을 거부하는 듯 뚱한 표정으로 뻣뻣하게 서있기만 했다. 말 없는 외톨이었던 리치는 ‘재시작’을 통해 토미를 대신해 캐리의 삶으로 뚝 떨어졌던 것이다.

밀크우드 하우스의 진입로에 들어서게 된 토미는 목을 쭉 뻗어 낡은 건물을 바라보았다. 먼저 두 눈 가득히 정원의 화단이 들어왔다. 잡초가 약간 자라긴 했지만 토미가 심어놓은 초목은 여전히 무성했다. 그리고 페인트칠한 벽이 보였다. 먼지가 좀 끼긴 했어도 그가 벗겨내었던 오래된 페인트처럼 칠이 일어날 정도는 아니었다. 토미 루엘린은 자신의 손길을 닿은 곳을 둘러보며, 자신의 노고를 알아줄 사람이 전혀 없다 해도 내가 남긴 유산이라 자부할 수 있는 일종의 뿌듯함을 느꼈다.

모두는 숀의 차에서 내려서 현관 계단을 올라갔다. 토미는 캐리의 손을 잡았다. 이곳에 돌아올 것이라고는 전혀 예상하지 못했는데. 그의 생각을 캐리는 똑같이 입에 담았다.

"내가 여기 돌아올 줄은 정말 몰랐어. 특히 미셸 선생님이 이젠 계시지 않는 곳에 올 줄이야."

그녀가 속삭이자 토미는 그 손을 꼭 잡았다. 둘은 다른 손님들을 따라 식당에 들어갔다. 그곳은 오늘의 모임을 위한 자리를 마련하느라 낡은 식탁을 모두 치워둔 참이었다. 안에 들어선 낯익은 느낌이 너무나 압도적으로 토미에게 밀려들었다. 마치 '재시작' 다음 날 아침인 듯, 지금 막 자신이 쓰던 3호실에서 걸어 나온 게 아닌가 싶었다. 단순히 낙농장에 돌아온 것만이 아니라, 어릴 적부터 함께 자라온 사람들과 새로이 자기소개를 한 것도 예전과 똑같았다. 유일한 차이점이 있다면 캐리가 자신을 남자 친구라고 소개한 것뿐이었다.

잠깐 조용해진 틈을 타 토미는 캐리에게 부드럽게 물었다.

"기분은 좀 어때?"

"생각보다 괜찮아. 사실 다들 다시 보게 되니까 참 좋아. 선생님이 여기 계셨을 때 돌아왔더라면 얼마나 좋았을까."

이어서 캐리의 눈길이 토미의 어깨 너머로 옮겨가더니, 인사말이 나왔다.

"아, 안녕."

그녀의 목소리에는 불편한 기색이 있었다. 토미는 지금 그녀가 누구랑 인사하는지 단번에 알아챘다. 고개를 돌리자, 마지막으로 본 지 10년도 더 되었지만 틀림없이 알아볼 수 있는 사람, 바로 리치 샤프가 보였다.

"리치. 이쪽은 내 남자 친구야. 토미 루엘린. 토미, 이쪽은 리치 샤프야."

캐리의 소개에 토미는 손을 내밀었고, 리치는 그 손을 잡았다. 그의 손은 서늘하고 단단했으며, 짙푸른 눈동자는 토미를 꿰뚫어 보는 듯했다. 리치의 머리카락은 더 짧아졌는데, 그 헤어스타일부터 시작해 정장의 재단 선과 소매 안으로 언뜻 보이는 우아한 시계까지 모두 돈 냄새를 풍겨대었다. 낙농장 아이들 모두가 자라면서 썼던 돈보다 훨씬 더 많은 돈이라는 게 똑똑히 보였다. 토미와 캐리 둘 다 리치 샤프에게는 오만한 분위기가 있다는 걸 느꼈다. 그는 마치 자신은 어퍼 리치를, 밀크우드 하우스와 한때 가족이었던 사람들을 뛰어넘은 존재임을 증명하러 여기 온 것 같았다. 그리고 미셸 선생님조차 뛰어넘었다는 걸 증명하기 위해서.

"만나서 반갑습니다, 리치."

토미는 평소 사람을 대하던 자세로 돌아오며 말했다.

리치는 그를 빤히 바라보았고, 토미는 지금 그가 무슨 생각을 하는 건지 무척 알고 싶었다. 이러니저러니 해도 캐리는 낙농장을 떠나기 전, 리치에게 호감을 표한 적이 있었으니까. 물론 그런 다음 그를 싹 잊었지만. 그런데 이제는 다른 사람과 함께 여기에 다시 오지 않았나. 어쨌든 리치는 캐리에게 전혀 신경 쓴 적이 없었다. 그와 캐리는 아니라고 생각하겠지만, 실제로 헛간에서 캐리의 목숨을 구한 건 리치가 아니었다.

"나도 반갑네요. 어떻게 지냈어, 캐리? 아직도 보험회사 다녀?"

그는 토미에게서 관심을 거두고는 캐리에게 물었다.

"아니, 거긴 오래전에 그만뒀어. 지금 나는 변호사야. 피터스 & 피터스 사에서 일해."

캐리가 대답했다. 토미가 보기에 지금 그녀는 불안해하고 있었다. 캐리의 대답에 리치는 별 반응이 없었다. 감동했다 하더라도 그 마음을 잘 숨기는 모양이었다.

"거기 환경법 하는 데 아니야? 너 같은 풋내기는 절대로 안 뽑는 곳인데."

캐리는 얼굴이 빨개졌다.

"이제 풋내기 아니야. 어쨌든 일은 재미있어. 넌 어때? 무슨 일 해?"

"금융 쪽이야."

그는 히죽 웃더니 이내 말을 멈췄다. 자세하게 질문해 주기를 바라는 게 빤히 보였다. 실제로 캐리는 미끼를 물었다.

"두루뭉술하게 말하지 말고, 리치. 좀 더 구체적으로 말해줄래?"

"사모펀드를 해. 주로 기업을 사고팔지. 경영난에 처한 회사를 사서 회생시킨 다음 우리가 낸 돈보다 더 많이 받고 파는 거야."

그는 토미와 캐리가 둘 다 들어본 적 있는 회사의 이름을 몇 개 말해주었다.

"이야."

캐리는 저도 모르게 감탄하다가 덧붙여 말했다.

"토미도 사업하잖아."

"아 그래?"

리치가 물었다. 하지만 토미는 캐리가 아무 말도 하지 않아주면 좋겠다고 생각했다. 남자 친구를 자랑하고 싶은 마음이야 참 사랑스러웠지만, 사실 여기서의 대결은 그냥 리치가 이기게 두고 싶었기 때문이었다.

"사실 별거 아닙니다. 친구랑 같이 시내에서 바를 운영하고 있어요."

그가 말하자 캐리가 자랑스럽게 덧붙였다.

"아주 잘 되는 가게야. 매일 밤 줄이 늘어선다고."

"그래? 좋겠네요, 토미."

리치는 마디마다 특유의 빈정거림과 경멸을 섞어 말했다. 왜 그런지는 몰라도 그는 상대에게 상처를 주고 싶어 했다.

토미의 속에서 화가 치밀어 올랐다. 캐리도 그걸 느꼈던지 급히 덧붙였다.

"다시 만나서 반가웠어, 리치. 언젠가 시내에서 만날 날이 있을지도."

리치는 고개를 끄덕였다. 그의 차갑고 푸른 눈동자에 뭔지 모를 잔인함이 스쳤다. 마치 어렸을 때의 자격지심이 자라나 끔찍할 만큼 날카로워진 것 같았다.

'재시작'의 원인이 되는 게 우주인지 아니면 또 다른 무언가인지는 모르겠지만, 어쨌든 우주가 뭔가 소리를 낼 수 있었다면, 토미는 이 순간 우주가 삐걱대고 끼익 대며 '재시작'에 관여하는 소리를 들은 것만 같았다.

조각들이 맞추어지는 소리였다.

캐리는 토미의 팔을 잡고서 계단을 내려갔다. 그리고 건물 앞에 여전히 우뚝 솟아있는 고목으로 데려갔다.

"괜찮아? 리치 때문에 마음 상하지 않았으면 해. 차 안에서도 말했지만, 좀 이상하거든. 언제나 저런 식이었어."

그녀의 말에 토미는 대답하지 않았다. 그저 속이 부글부글 끓었다. 오랫동안 묻어두었던 리치를 향한 반감이, 기억도 나지 않는 시절부터 느껴왔던 악감정이 금방이라도 터질 것만 같았다. 만약 감정이 폭발해 버린다면 다른 것까지 모두 나오겠지. 이제껏 자신이 숨겨왔던 모든 게 드러날 것이다. 토미는 캐리에게 말하고 싶었다. 오래전부터 너를 알아왔다고. 그리고 훨씬 예전부터 리치를 미워했다고. 자신도 저 뒤편 건물에서 살았다고. 화단을 보면서 '이거 내가 심은 거야!' 하고 소리치고 싶었다. 누군가 자신을 기억해 주기를 바랐다. 입을 열었지만 말이 목에 걸려 나오지 않았다. 일단 말이 시작된다면, 멈추지 않았으련만.

캐리는 그를 바라보며 기다렸다. 하지만 아무런 말이 없자 그녀는 나직하게 말했다.

"집에 가자, 토미. 너무 피곤해."

택시 한 대가 진입로로 들어왔다. 차에는 묘지에서 오는 길인 미셸의 가족이 타고 있었다. 토미 루엘린과 캐리 프라이스는 그들이 내린 택시에 올랐다. 그리고 자갈 깔린 진입로 끝에 다다랐을 때,

토미는 뒤를 돌았다. 그렇게 마지막으로 밀크우드 하우스를 바라
보았다.

20

장례식이 있던 주와 그 다음 주까지, 토미의 마음속에는 계속 무언가가 걸렸다. 리치가 한 말이나 그의 말투 때문만은 아니었다. 옛 친구들을 캐리에게 다시 소개받아서도 아니었고, 자신을 길러준 분을 두고 슬픈 마음을 숨겨야 해서도 아니었다. 토미는 이미 그런 상황에 익숙했다. 태어난 후로 매년 겪어온 일 아니던가.

하지만 지금 가슴속 깊숙한 곳에 자리 잡은 느낌은 확실히 달랐다. 마치 누군가가 이쪽을 지켜보고 있는 것처럼, 마음을 불안하게 만드는 끈적한 느낌이었다. 어쩌면 이건 놀림감이 된 기분, 누군가 자신을 이상한 상황에 몰아놓고 구경하고자 일을 꾸민 느낌, 매년 '토미 루엘린 쇼'의 새로운 시즌을 준비하며 슬레이트를 싹 지워버리고, 토미가 인생에서 어쩔 줄 몰라 우당탕 넘어지는 모습을 보고 있다는 감각에 가까웠다.

하지만 토미는 똑똑했다. 그래서 이런 느낌도 실은 자신이 하고 싶은 일을 정당화하기 위해 스스로 지어낸 것일지 모른다는 사실을 깨달았다. 토미는 캐리에게 털어놓고 싶었다. 내 편을 갖고 싶었다. 하지만 그 무엇보다도 캐리를 옆에 두고, 자신에게 안식처가 되어줄 만한 공간을 만들고 싶었다. 그러려면 괴상하지만 엄연한 진실인 자신의 이야기를 캐리에게 들려주어야 했다. 그 이야기를 들으면 캐리는 심하게 겁을 먹고 달아날 것이다. 아니면 그녀 모르게 '재시작'을 함께 돌파할 방법을 찾아야 했다. 이젠 시간이 여섯 달밖에 남지 않았다.

이런 와중에도 삶은 계속됐다. 캐리는 피터스 & 피터스에서, 토미는 더 홀에서 계속 일했다. 그리고 두 사람은 (각자) 미셸의 죽음을 두고 계속 슬퍼했는데, 이어서 또 다른 사람이 죽을 때가 가까웠다는 건 아무도 예상하지 못했다. 레슬리 프리처드라는 이름의 노인이 자다가 심장마비로 세상을 떠난 것이다. 레슬리의 지인들은 그리 놀라지 않았다. 놀랐던 점이 있다면 단 하나, 그가 이만큼이나 오래 살았다는 것이다. 레슬리 프리처드는 담배는 물론이고 특정 불법 마약과 술을 무척 좋아했다. 특히 술을 너무 사랑했던 나머지 그는 친구 두 명과 술집을 하나 사기까지 했는데, 그 가게가 바로 더 홀이었다.

조시 손더스는 소유주 셋 중 한 명이 사망했다는 소식을 듣자마자 누가 죽었는지 알아챘다. 또한 이것은 기회라는 점도 알아챘기에, 그는 토미 루엘린에게 문자를 보냈다.

—일찍 올 수 있어? 점심 사줄게. 이야기 좀 하자.

"그분들은 더 홀을 팔 거야."

조시는 토미가 도착하자마자 말했다. 지금 만난 카페는 몇 년 전, 처음으로 동업자가 되자며 합의하고 악수를 나누었던 바로 그곳이었다. 그 후로 둘은 매년 비슷한 계약을 맺었고, 그때마다 조시는 자신과 사업에 대한 야망이 이토록 비슷한 사람을 운 좋게 만났을까 감탄하곤 했다.

"그래."

토미는 이렇게 대답하면서도 머릿속이 빙빙 돌았다. 그 역시 소유주 셋을 여러 번 만났기에 그들이 가게를 판다면 이유는 단 하나라는 걸 알고 있었다.

"누가 죽은 거야?"

"레슬리. 그건 놀랍지 않지."

조시가 대답했다. 그는 고인의 명복을 비는 것처럼 잠시 말이 없다가, 곧바로 본론에 들어가서 단호하게 말했다.

"우리가 그 지분을 살 거야. 그 노인네들은 항상 세 사람이 모두 소유주가 되지 않는다면 가게를 유지하지 않겠다고 했거든. 그러니 지금이 기회야, 토미. 그런데 문제는, 엄청 비싸다는 거지. 그건 다 가게를 잘 운영한 내 탓이겠지만."

토미는 미소를 지었다. 그 말이 전적으로 사실은 아니었으니까. 토미의 공도 확실히 있었다. 다만 그걸 주장할 수 없을 뿐이었다.

"얼마나 달라고 하려나?"

토미가 물었다. 그는 가게의 가치를 나름대로 알고 있다고 생각했는데, 조시가 견적을 알려주자 입이 떡 벌어지고 말았다.

"그렇게나 비싸? 맙소사."

제안을 해보기는커녕 승산이 없는 상황일 수도 있었다.

"그래. 그 정도는 될 거야. 너 은행에 현금이 얼마나 있어?"

조시가 불쑥 물었다. 다른 사람 같았다면 내숭을 떨었을지도 모르지만, 토미는 마지막 한 푼까지 정확하게 말했다. 그러자 조시는 눈썹을 치켜뜨더니, 씩 웃으면서 말했다.

"우리 가게가 너한테 그렇게 급료를 많이 주나? 좋아, 그럼 이렇게 하자."

조시는 배낭에서 공책을 꺼낸 다음 무언가를 적었고, 토미에게 액수를 보여준 다음 토미가 수정하자고 제안하면 숫자를 고쳐 썼다. 그렇게 한 시간이 지나자, 조시는 다른 사람이 기회를 탐내기 전에 얼른 해치우기로 결심하고는 전화를 걸려고 일어섰다.

토미의 근무 시간이 되려면 아직 두어 시간 더 있어야 했기에, 그는 생각에 잠겨 거리를 거닐었다. 함께 일하기로 한 약속은 그렇다 해도, 거액을 투자하는 어엿한 동업자가 되는 건 좀 복잡한 일이었다. 매년 동업자인 자신이 사라지게 될 테니까. 그렇게 정처 없이 걷다가 마침내 고개를 들자, 어느새 예전에 다니던 길을 그대로 걷고 있었다. 머리 위로 보이는 간판은 바다 위로 샛노란 태양이 떠오르는 일출의 모습, 바로 선라이즈 백패커스였다. 토미는 결국 혼자가 되어 씻지도 않는 빈털터리 여행자 일곱 명과 같은 방을 쓰고 싶은 마음은 없었다.

이제는 도움을 청해야 할 때였다.

◔

캐리에게 자신의 비밀을 털어놓기로 결심하자 토미는 마음이 한결 가벼워졌다. 하지만 마음 한쪽이 가벼워지자마자 다른 쪽이 무거워졌다. 과연 어떻게 그녀에게 말해야 할까. 이건 마치 청혼 같다는 생각이 들었다. 원하는 반응을 이끌어 내려면 순서에 맞춰 모든 타이밍이 완벽해야 했다. 하지만 이런 비밀을 고백하는 데 완벽한 타이밍이란 언제란 말인가? 아니, 어쩌면 이건 청혼이라 기보다는 바람피우는 남편이 아내에게 죄를 고백하는 것에 가까 울지도 몰랐다. 나쁘게 끝날 가능성이 컸고, 할 수 있는 일이라 봤 자 그저 최대한 충격을 받지 않도록 노력하며 최선의 결과가 나오 기를 바라는 것뿐이었으니까.

그날 밤은 기회가 오지 않았다. 더 홀 근무를 마치고 자정이 지 나서 집에 도착해 보니 캐리는 자고 있었다. 침대 옆 스탠드가 여 전히 켜진 가운데 그녀가 읽다가 졸면서 뒤집은 하드커버 책이 보 였다. 토미는 침대에 누워 천장을 바라보며 생각했다. '혹시 오늘 밤이 캐리 프라이스의 옆에서 보내는 마지막 밤이 되는 건 아닐까' 하고.

마침내 아침 햇살이 처음으로 어둠을 가르고 비쳐들 때도, 토미 는 몇 시간이나 할 말을 생각하느라 깨어있던 참이었다. 이제 몇 분 후면 대화를 해야 하기에 그는 침대에서 일어나 옷을 입었다.

"왜 그래, 토미? 자기 너무 뒤척이더라."

캐리가 부스스 일어나며 졸린 목소리로 물었다.

"미안해. 지금 이른 아침인 건 아는데, 우리 잠깐 이야기 좀 할 수 있을까?"

토미는 이렇게 말해놓고서야 자신의 말이 얼마나 불안하게 들릴 지 깨달았다. 캐리의 눈망울에 비치는 걱정을 보자 그녀 역시 불 길함을 느낀 듯했다.

"날 떠나려고?"

그녀는 이제 잠이 다 깬 기색으로 물었다.

"아니야! 당연히 아니지. 절대 그럴 일 없어."

토미가 외쳤지만 캐리는 똑바로 앉았다. 자다 일어나서 머리카락이 여전히 산발인 채로, 그녀는 경계심을 가득 담은 눈을 크게 떴다. 아름답고 사랑스럽지만 겁먹은 캐리를 보자, 그녀를 잃을지도 모른다는 두려움에 휩싸인 토미는 방금 한 말을 취소하고 싶었다. 아무 말도 하지 않으면 적어도 여섯 달은 더 있을 수 있을 텐데.

"무슨 일인데?"

그녀가 재차 묻자 토미는 다시 침대 위에 앉았다. 캐리가 자는 동안 연습했던 대사는 머릿속에서 죄다 사라졌다. 말을 해보려고 해도 아무것도 나오지 않았다.

"캐리, 사랑해."

결국 그는 한숨을 쉬고서 나직하게 말했다. 이제껏 자신의 비밀은 그 누구에게도 말한 적 없었다. 이윽고 캐리의 눈에서 두려움이 사라지더니, 미소가 피어올랐다.

"그 말 하려고 했던 거야? 나도 사랑해."

그녀는 몸을 내밀어 토미에게 키스했다.

토미는 그 키스에 응했지만, 이내 몸을 물렸다.

"그것 말고도 할 말이 더 있어."

이 말과 함께 그녀의 얼굴에서 미소가 사라졌다.

"이걸…… 어떻게 말해야 할지 모르겠는데."

그는 지금 높다란 다이빙 보드 위에 선 기분이었다. 저 아래에 과연 물이 있기나 한 건지 알 수 없을 정도로 까마득히 높은 곳, 일단 뛰어내리면 다시는 돌이킬 수 없는 곳에 선 것만 같았다.

"말해봐."

캐리가 다그쳤다. 그녀는 다시금 수상함을 느꼈다. 분명 뭔가 있다고, 아주 이상한 일이 있다고 생각했다.

"알았어."

토미는 이렇게 대답하고는 심호흡했다. 자, 이제 입수해야 한다. 머리부터, 거꾸로.

"우린 전에 만난 적이 있어."

캐리는 어리둥절한 채 이맛살을 찌푸리더니 물었다.

"정말? 언제? 왜 나한테 말 안 했어?"

"내 말이 좀……. 음, 말도 안 되는 소리 같을 거야. 우리는 어퍼 리치에서 만났어. 낙농장에서."

토미는 캐리의 눈을 똑바로 지그시 쳐다보면서 그녀의 반응을 살폈다.

"나도 거기 살았거든. 너랑 같은 시기에."

"아니야, 자기는 거기 안 살았어. 나는 거기 있던 애들 다 알아. 네가 있었다면 기억했을 거야. 아니면…… 혹시 일주일 정도 머물렀던 거야? 잠깐 왔다 갔어? 그 말이야? 얼마나 오래 살았는데?"

캐리의 물음에 토미가 대답했다.

"17년."

"아니야. 넌 거기서 안 살았어."

캐리는 고개를 젓더니 단호하게 덧붙였다.

"우리는 나이 차가 그렇게 많이 나지 않잖아. 그렇게 오래 살았다면 같이 산 시기가 분명히 있었을 거야."

그녀는 이제 눈을 가늘게 뜨고서 말했다.

"지금 뭐 하는 거야, 토미? 이거 장난치는 거야? 나 이해가 안 된다고."

토미는 무어라 대답하려고 했지만, 그녀는 더 큰 목소리로 그의 말을 끊었다.

"게다가, 장난이 아니라면 말이지, 자기한테 뭔가 문제가 있는 거야. 아니면…… 아니면 나한테 문제가 있다는 식으로 몰아가려는 거 아니야? 하지만 난 아무 문제 없다는 거 확실하다고."

토미는 그녀를 애써 안심시켰다.

"네 문제라는 거 아니야. 자기 말이 맞아. 나한테 뭔가 문제가 있어. 하지만 그게 좀 달라. 그러니까……. 설명하기가 어려운데."

"어떻게든 설명해 봐."

캐리의 어조에 서린 냉기를 들으니 마치 뺨을 맞는 기분이었다.

"사람들은 날 잊어버려. 그러니까, 그냥 누군가가 잊는다는 게 아니라, 온 세상 사람이 다 나를 잊어. 매년, 똑같은 날에. 마치 내가 존재하지 않았던 사람처럼, 모든 걸 다시 시작해야 하는 식이야. 분명 어제까지만 해도 나는 멀쩡하게 존재하면서 누군가의 친구였는데, 다음 날이 되면 나도 그대로고 다른 사람도 다 그대로인데, 다만 다들 내가 누군지 모르게 돼. 난 그 사람들한테 생판 모르는 사람이 된다고."

"토미."

캐리가 그의 이름을 불렀다. 이제 분노는 싹 사라지고 그 자리에는 대번에 진심 어린 걱정이 들어섰다.

"어젯밤 일하면서 무슨 일 있었던 거 아니야? 자기 혹시…… 뭔지는 몰라도, 약 같은 거 했어? 괜찮은 거 맞아?"

토미는 두 손을 캐리에게 뻗었다.

"내 말이 어떻게 들릴지 알아. 하지만 다 진실이야. 한 마디도 빼놓지 않고 다."

"그럼 증명해 봐."

캐리가 말했다.

"뭘?"

"나한테 증명해 보라고."

"어떻게?"

"나야 모르지, 토미. 이건 네 문제니까 네가 어떻게든 해봐야지. 우리가 전에 만났다면 너만 아는 사실을 뭔가 말해봐. 내가 말하지 않았던 걸로."

토미는 입을 다물었다. 자신의 말을 증명할 수 있는 게 딱 하나 떠올랐지만, 그 기억을 되살리고 싶은 마음은 전혀 없었다. 아니, 캐리에게 되살려 주고 싶지 않았다.

"캐리, 내 말 좀 들어봐. 날 믿어주면 안 될까? 네가 낙농장에 왔을 때 나도 거기서 살고 있었어. 그리고 네가 떠났을 때도 그 자리에 있었고. 그래서 그 사이에 일어난 일을 다 봤어. 다만 네가 날 기억하지 못할 뿐이야."

"그래, 난 기억 못 해. 너는 거기 없었으니까. 토미, 난 이런 걸로 장난치는 사람이랑 같이 살 수는 없어. 똑같은 실수를 반복하진 않을 거야."

그녀는 슬프게 대답하고서는 이불을 젖히고 침대 아래로 다리를 휙 옮기며 말했다.

"나 샤워해야겠어. 그동안 너는 나갔으면 해."

"나 정말로 장난치는 거 아니라니까……."

"토미! 제발! 그냥 나가라고."

캐리는 재빨리 방을 지나 욕실 문을 열었다.

"제초제 마시려고 했잖아."

토미는 조용히 말했다.

캐리는 그 자리에서 꼼짝 못 하고 섰다.

"그날 오후에, 창고에서, 제초제……. 너 다 마시려고 했잖아."

캐리는 창백한 얼굴이 되어 천천히 돌아섰다.

"뭐라고 했어?"

그녀의 목소리가 들릴락 말락 나직했다.

"정말 미안해, 캐리. 정말로 미안해. 하지만 그 자리에 내가 있었어. 리치가 아니라. 널 발견한 게 나였어. 문가에 있던 네 가방을 봤어. 널 막은 게 나야. 그 냄새, 아직도 그 냄새가 기억나. 떠오르면 구역질이 나."

캐리의 귓가가 갑자기 징징 울렸다. 그녀는 선 자리에서 휘청이다가 문을 잡았다.

토미는 얼른 그녀의 곁으로 달려갔지만, 캐리는 그의 손길을 뿌리쳤다. 머리가 핑글핑글 도는 가운데 그녀는 심호흡을 1분쯤 했다. 그날 죽으려고 했었던 건 맞다. 그래서 그걸 마시려고 했었던 것도 맞다.

그리고 토미가 한 말에는 뭔가 마음에 걸리는 게, 진실에 부합하는 무언가가 있었다. 그 일이 벌어진 후, 몇 년 동안 캐리가 미심쩍게 생각한 것이 엄연히 존재했다. 모두를 미워하던 리치라는 남자애가 나를 도와주다니. 동정심 따위는 없는 남자애가 날 구해주다니.

그런데 애초에 리치가 아니었다면?

"왜 나한테 이런 말을 하는 거야?"

캐리는 토미에게 대놓고 물었다.

"네 도움이 필요하니까. 널 사랑하니까. 그리고 1월 5일 후에도 네가 날 기억해 주기를 바라니까."

"난 자기를 분명히 기억할 거야, 토미."

캐리가 말했다.

"지난번엔 기억 못 했어."

○

토미와 캐리가 방에서 나왔을 때는 이미 해가 중천에 떠있었다. 토미는 몇 시간 동안 이어진 이야기를 통해 자신의 가감 없는 인생사를 들려주었다. 그것은 누구도 본 적 없는 영화의 시사회 같았다. 그동안 캐리는 대부분 그저 듣기만 했다. 가끔 질문을 던지긴 했지만 대개는 토미가 말하도록 두었다. 토미는 이야기를 하면서 변하기 시작했다. 긴장이 눈에 띄게 풀렸고, 수십 년간 말할 수 없는 비밀과 고립된 삶으로 쌓였던 스트레스가 서서히 잦아들었다. 도저히 있을 수 없는 이야기라고 생각하면서도, 캐리가 결국 그것을 사실이라 믿게 된 이유는 토미의 설명이 아니라 그의 몸에서 드러난 변화 때문이었다.

마침내 토미의 이야기는 현재에 다다랐다. 그는 더 홀 인수를 두고 조시와 나눈 이야기를 간략하게 들려주며 결론을 내렸다.

“그래서 문제는 이거야. 물론 문제가 여러 개이긴 한데, 나는 이걸 어떻게 해야 할지 모르겠다는 거야. 지금까지는 매번 다시 가게로 돌아갈 수 있었어. 하지만 이번에는 지분 절반을 되찾을 수 없을 거 같아.”

캐리는 땅콩버터토스트 한 조각을 씹으며 골똘히 생각에 잠겼다. 눈으로는 주방 창문 너머로 건너편 건물을 멍하니 응시했다. 그녀는 지난 몇 시간 동안 참 많은 것을 믿어달라는 부탁을 받았다. 이제껏 비판적인 거리를 애써 유지했고, 토미의 말에서 빈틈을 찾아내려고도 해보았다. 하지만 그는 모든 것에 전부 대답했다. 캐리의 생각은 결국 한 가지 사실로 계속 수렴되었다. 토미는 거짓말을 꾸며낼 이유가 없다는 것이었다.

그녀는 마치 자신에게 혼잣말하듯 대답했다.

“이걸 해결할 만한 방법이 있으려나. 그냥 사업 관련 문제만이라도?”

그녀는 토미를 바라보며 말을 이어갔다.

“이 현상의 원인이 되는 게 우주든 뭐든 간에, 네가 한 일을 없애버린다고 했지? 네가 개입한 지점을 모두 지우거나, 일어났던 일의 기록을 바꾸거나, 아니면 네가 한 일이 너무 많은 경우 그걸 다른 사람의 행적으로 교체한다고 했지?”

토미는 고개를 끄덕였다.

“응. 그렇다고 할 수 있지.”

“하지만 뭔가는 그 상황을 피할 수 있다 했고. 부차적인 것들, 그러니까 너한테서 살짝 비껴간 것들은.”

“그런 것 같아. 음, 그래, 맞아.”

토미는 모틀레이크 고등학교 영어 교사에게 남아있는 이야기를 들려주었다. 바로 캐리를 주제로 쓴 글 말이다. 그 글은 토미가 자신의 이름을 지웠기 때문에 삭제를 면할 수 있었던 것 같다고. 또 필체를 알아볼 수 있도록 손으로 쓴 것도 아니었고, 제출한 다음에는 까맣게 잊어버렸으니까. 게다가 그건 원본도 아닌 흐릿한 복사본이었다. 그래서 영어 선생님이 수업 시간에 나눠주기 전에는 있는 줄도 몰랐던 글이었다고 말했다. 그게 토미 루엘린의 글이었다는 걸 알아본 유일한 사람은, 사실 토미뿐이었다.

"왜 그렇지?"

캐리가 묻자, 토미는 어깨를 으쓱였다.

"몰라. 이 현상의 원인이, 여기서는 그냥 우주라고 할까? 여하튼 우주가 나한테 직접 초점을 맞추는 거 같거든. 나와 엮여있는 일에 말이야. 하지만 내가 한 소소한 일 중에서 별로 중요하지 않은 건 쓱 빠져나가는 거 같아. 나는 그걸 언제나 허점이라고 생각했어. 작은 허점이지."

캐리가 단호하게 말했다.

"그렇다면 그거겠다. 그게 문제를 해결하는 방법이야."

"무슨 소리야?"

"네가 더 홀의 절반은 조시 소유고 나머지 반은 네 소유라는 계약서를 가지고 잔다 해도, 조시는 동업자가 있다는 사실을 잊어버릴 테니까 계약서는 아무런 소용이 없겠지. 조시가 가진 계약서 사본에서 네 이름은 지워질 테고, 조시는 자기 혼자만 주인이라고 생각할 테니까. 네가 가서 권리를 주장한다 해도 사기죄로 걸릴 거야."

“그 말이 맞아. 조시가 날 잊어버리면, 우리가 반씩 가게를 나눠 소유했다는 사실도 잊어버리겠지. 그리고 조시의 계약서 사본에 내 이름이 적혀있다면, 우주가 그걸 싹 지워버릴 건 안 봐도 뻔해. 조시는 내 몫까지 가질 테고, 나는 쓸모없는 종이만 한 장 생기는 셈이지.”

토미는 한숨을 쉬었다.

“있지, 그럼 네가 직접 널 지우는 건 어때?”

캐리가 말했다.

“뭐?”

“동업 관계에서 네 이름을 없애라고. 가게 소유권을 아주 멀리, 아주 모호하게 만들어서 우주가 모르게 하라는 거야. 신경 안 쓰게 만드는 거라고나 할까.”

캐리는 먹던 토스트를 내려놓았다. 본인의 생각을 설명하는 그녀의 얼굴은 짓궂은 미소로 환하게 빛났다.

“네가 가진 더 홀의 절반 지분을 네 이름이 없는 회사에 넘겨. 그 회사는 또 다른 회사의 소유로 만들고, 또 다른 회사는 다시 또 다른 회사의 소유로 만드는 거야. 그런 식으로 계속 회사를 만들어 가다 보면, 새로운 소유권이 생길 때마다 네 존재는 약해지고 불분명해지게 되겠지. 그렇게 한 다음에 1월 4일에 잘 때는 맨 마지막 회사의 소유권 증서만 갖고 있으면 돼. 거기엔 아무런 의미도 없고, 네가 한 일과 연결고리도 없지. 하지만 ‘재시작’ 다음 날 일어나게 되면, 서류를 통해서 네 지분을 곧바로 추적할 수가 있어. 사람들은 세금을 피하려고 항상 이런 방법을 써. 그러니 이것도 안 될 이유가 없지.”

토미는 아무 말도 하지 않았다. 다만 몸을 숙여 그녀에게 키스했다.

"저기, 이게 잘 될지는 모르겠어. 우주인지 뭔지를 속이려는 건 전례가 없는 시도니까. 하지만 이젠 우리가 한번 해봐야 하지 않을까?"

캐리가 '우리가'라고 말해줘서, 토미는 참 좋았다.

그날 오후, 조시 손더스는 더 홀의 나머지 생존자 소유주 둘에게 뜻밖의 뜬금없는 제안을 했다. 그들은 (조시가 예상했던 대로) 대응했고, 조시는 빠르고 단호하게 입찰가를 올렸다. 그리하여 이틀 후, 레슬리 프리처드의 관이 묻히기 전의 오후, 조시와 토미 그리고 노인장 두 명은 악수로 계약을 체결하며 사상 처음으로 더 홀의 주인이 바뀌게 되었다. 이들은 레슬리와 가게를 위해 그리고 아무도 모르게 시내에서 가장 인기 있는 가게를 확보하게 된 새 주인들을 위해 건배했다.

2주 후, 가게의 매각이 알려졌을 때 그 소식은 언론에 한 번도 아니고 두 번이나 났다. 일단 SNS에서 처음으로 시선을 끌었다. 그렇지 않아도 이미 성공한 술집에 새로운 주인이 등장해 또 어떤 변화가 생길지 열렬하게 추측하는 기자들의 글이 가득 올라왔다. ("두고 보시죠"라고만 조시는 기자들에게 말했다. 조시와 토미는 많은 걸 준비하고 있었지만, 그래도 만일의 사태에 대비하고 싶었다.) 그리고 두 번째 언급은 신문의 경제면에 났다.

신문 경제면에서는 주로 수십억 달러 규모의 기업을 다루기에 비교적 작은 규모의 거래가 가치 있는 소식으로 언급되는 사례는 좀처럼 없었다. 하지만 더 홀의 매각은 이례적인 점이 많아 업계의 큰 관심을 불러일으켰다. 가게의 절반은 지배인인 조시 손더스 그리고 나머지 절반은 수석 바텐더인 토미 루엘린이 소유하게 되었다고 알려졌다. 하지만 토미를 후원하는 회사의 소유권을 계속 추적해 보니, 정교한 기업 구조 속에서 복잡한 관계도가 나타났던 것이다. 그래서 미국 최대 호텔리어 중 한 명이 더 홀을 인수했다는 소문이 퍼졌다. 그 호텔리어는 보도를 부인했지만 오히려 그래서 소문의 불씨는 더욱 커졌고, 결과적으로 (조시와 토미가 바 뒤에 당당하게 선 사진과 함께) 더 홀 이야기는 널리 보도되었다.

신문에 기사가 난 지 며칠 후, 조시가 토미에게 말했다.

"난 말이야, 네가 왜 이런 식으로 일 처리를 했는지는 아직도 정확히 모르겠어. 하지만 네가 그렇게 해서 다행이네. 우리가 돈을 뿌린다 해도 이런 홍보는 못 받았을 거야."

토미는 미소 지으면서 생각했다. 캐리가 옆에 있어서 얼마나 운이 좋은지 모르겠다고. 캐리는 계약을 사랑할 새로운 이유를 찾아냈고, 복잡한 기업 소유 관계를 정리하며 끝없는 서류 작업에 몰두했다. 마치 마트료시카 인형처럼 겹겹이 숨겨진 회사의 중심에는 토미 루엘린이라는 인물이 자그맣게 존재했다. 캐리는 바쁘고도 행복했다. 토미도 마찬가지였다. 더 홀에서 오랫동안 일하고 또 그 사이에 캐리와 짧게나마 같이 시간을 보내는 지금이야말로 그의 인생을 통틀어 다시없이 행복한 순간이었다.

하지만 여전히 단두대의 칼날은 허공에 매달린 채 토미를 캐리에게서, 또 그가 이룬 성공에서 떼어낼 준비를 했다. 두 사람은 그 이야기를 많이 하진 않았다. 둘 다 그날이 오리라는 걸 알고 있었고, 토미가 사업한 흔적을 캐리가 열심히 지워보는 것 외에는 그때까지 할 수 있는 건 없었다. 토미는 캐리에게 아빠 집을 방문했을 때 받았던 느낌을 애써 설명하려고 했다. 하지만 그는 안식처의 느낌을 설명하는 게 힘들어서 자꾸만 머뭇대고 말았다. 자그마한 아파트를 새로 페인트칠하고 책꽂이를 놓고서 '토미와 캐리의 집'이라고 문에 표지판을 붙인다 한들 그런 안식처로 만들 수 있을 것 같지 않았다. 그래봤자 '재시작'이 모든 걸 휩쓸어 없애는 상황을 막을 수 없을 테니까.

대신 두 사람은 연인의 소소한 즐거움을 열심히 누렸다. 토미가 쉬는 날마다 함께 소파에 앉아 영화를 보고, 주방의 긴 의자에 나란히 앉아서 식사하는 동안 책을 읽고, 슬그머니 도시를 벗어난 지방으로 내려가 민박에서 며칠 묵기도 했다(물론 어퍼 리치 쪽과는 반대 방향으로 갔다).

그러다 갑자기, 죄수의 사형 집행일처럼 그날은 엄숙하고 불가역적으로 다가왔다.

그해의 1월 4일은 토미가 이제껏 겪은 1월 4일과는 전혀 다른 날이었다. 도시에서 살게 된 후 처음으로, 그는 더 홀을 그만두지 않았다. 계획이 성공한다면 그는 일부러 일을 관두고 구인 공고를 문에 붙이는 방식을 쓸 필요도 없이 다시 일할 수 있었다. 심지어 그는 조시에게 몸이 안 좋다는 핑계를 대면서 예정된 근무를 바꾸기도 했다. 조시는 직원이 진짜로 아픈지 아닌지 보면 알 수 있었지만 신경 쓰지 않았다. 토미는 하룻밤쯤 휴가를 받을만했으니까.

그저 휴가를 더 쓰지 않은 게 놀라울 따름이었다. 캐리가 집에서 기다리고 있다면 더 쉬었을 텐데.

토미와 캐리는 손을 잡고서 저녁 식사를 포장 주문하러 나갔다가 집으로 천천히 돌아왔다. 동네의 허름한 건물 위로 태양이 지고 있었다.

"계획이 안 통하면, 아침엔 어떻게 되는 거야?"

캐리는 하루 종일 고민하던 질문을 했다. 하지만 토미는 짧게 대답했다.

"잘될 거야."

"그렇지만 안 되면 어떡해?"

그녀는 아파트 입구에 멈춰 서서 토미를 바라보며 고집스레 물었다. 결국 그는 솔직하게 말했다.

"사실은 잘 모르겠어. 그때마다 누가 옆에 있었던 적이 한 번도 없어. 하지만 잘못된다면, 네가 자고 일어났을 때 옆에 모르는 사람이 있겠지. 그러면 비명을 지르거나 날 때릴 테고. 아니면 간밤에 술을 얼마나 마신 건지 궁금해질 수도 있겠네. 그 편이 나한텐 좋고."

캐리는 장난스럽게 그를 때렸다.

"잘될 거야. 내가 보기엔 그래."

토미는 속마음보다 훨씬 더 자신감 넘치는 목소리로 말했다.

그들은 낙관적으로 생각하려 애쓰며 마지막으로 저녁 식사를 함께한 다음 잠자리에 들었다. 토미는 잠들기 바로 전에 바지를 입은 다음 주머니에 몇 가지 소지품을 넣었다. 신분증과 휴대폰, 캐리가 열심히 짜둔 연결고리 한가운데 있는 회사의 소유권이 적힌 증서의 봉투였다. 봉투는 하나 더 있었는데, 거기에는 얼마간의 현금이 들어있었다. 더 홀을 인수하고 남은 돈을 캐리에게 이체하고서 마지막으로 남은 소소한 액수였다.

그는 셔츠를 입고 또 입은 다음 캐리를 향해 빙긋 웃었다.

"오래된 버릇이야."

그의 말을 듣자 캐리는 마주 웃어주지 않았다.

"그럼 밤새도록 접촉한 상태면 연결이 유지되어서 남게 되는 거지?"

그날 밤 벌써 캐리가 세 번째로 던진 질문이었다.

"다른 것들은 다 잘 됐어. 너한테도 통했으면 좋겠어."

토미도 세 번째로 답해주었다. 그가 무엇보다도 간절하게 바라는 것이었다.

토미는 침대 위에 올라가서 캐리에게 다시 키스하고는 두 팔로 그녀를 감싸안았다.

잠은 예상보다 빠르게 찾아왔고 그는 몇 분 안에 잠들고 말았다.

21

토미는 '재시작'이 이루어지는 밤에는 꿈을 꾸지 않았다. 그런 적은 한 번도 없었다. 어쩌면 다행스러운 일이었을 것이다. 우주가 자신의 존재를 지우고 있다는 걸 알면, 무의식에서는 평화로운 꿈을 보여주지 않았을 테니까. 토미는 죽은 듯이 잠들었고, 이른 아침의 햇살이 방 안 커튼으로 비칠 때까지도 깨지 않았다.

그러다 퍼뜩 놀라 일어난 순간, 그는 본능적으로 주머니에 손을 넣었다. 그리고 익숙한 형태의 휴대폰과 신분증, 반으로 접어놓은 봉투를 꺼냈다. 하지만 실은 이것들에 별 신경을 쓰지는 않았다. 정말 중요한 건 자신 옆에 누워있는 사람이었다.

캐리는 벽을 보며 잠들어 있었다. 토미는 그녀의 자는 모습을 지켜보며 궁금해했다. 혹시 일어났을 때 침대에서 낯선 이를 보게 되는 건 아닐까. 밤새 그녀의 머릿속에는 간단한 이야기가 새로이 꾸며져 있는 건 아닐까. 그는 우주에게 간절히 빌었다.

'제발 이 사람만은 갖게 해주세요. 딱 한 번만요.'

마침내 캐리가 뒤척이며 일어나기 시작했다. 나직하고 규칙적이던 숨소리가 살짝 변하더니 그녀는 몸을 돌렸다. 이윽고 그녀가 눈을 깜빡이자, 토미는 희망과 공포에 휩싸인 채로 캐리에게 미소 지었다.

그녀도 마주 미소를 지었다.

"잘 잤어?"

토미는 부드럽게 말했다. 하지만 심장이 쿵쿵대는 소리가 귓가에 들릴 정도로 컸다. 기대감에 짓눌려 죽을 것만 같았다.

"잘 잤어."

그녀의 대답에 토미가 물었다.

"잘됐어?"

캐리는 그를 지그시 바라보았다. 토미는 그만 일이 잘 안됐다고 확신하고 말았다. '날 기억 못 하는구나. 이 남자를 전날 밤에 어디서 만났는지 생각하려고 열심히 머리를 굴리고 있구나. 내가 누군지 애써 떠올리려는 거구나'라는 생각이 스쳤다.

이제는 다 끝났다고 확신해 버리려던 순간, 캐리는 다시 미소를 지으면서 고개를 끄덕였다.

"잘됐어."

그녀의 말에 토미는 너무나 기뻤다. 그 어마어마한 기쁨만으로도 온몸이 터져버릴 것만 같았다.

'캐리가 날 기억하고 있어.'

그는 크게 소리치고 싶었다. 밖으로 나가서 마구 달리며 온 세상에 우리가 성공했다고 말하고 싶었다. 계획은 잘되었다고.

하지만 토미는 온몸이 터지지도 않았고 소리치지도 않았다. 그저 캐리에게 키스했을 뿐이었다.

캐리는 밤새도록 토미의 품에 안겨 꼼짝도 못 한 채 뜬눈으로 밤을 지새웠다. 마치 벼랑 끝에 달린 끈처럼 그의 손을 꼭 잡고서, 이 손을 놓으면 무슨 일이 벌어질까 두려움에 떨었다. 어찌나 손을 꼭 잡았던지 캐리가 결국 꾸벅꾸벅 잠들어 버린 후에도 두 손은 계속 얽혀있었다.

그들이 잠자리에 들었을 때, 서랍장 위에는 토미와 캐리가 함께 찍은 사진이 있었다. 주말에 시골 민박집에 놀러 가서 찍은 셀카였는데, 널따랗고 푸른 계곡 앞에서 와인을 한 병 나눠 마시며 행복하게 웃고 있는 모습이었다. 그런데 일어나 보니, 사진은 그대로였어도 토미는 사라져 있었다. 그가 있던 자리에는 캐리의 친구인 레이철이 들어섰다. 옷장에는 그의 신발과 옷이 싹 사라져 있었다.

하지만 토미는 신경 쓰지 않았다.

몇 시간 후, 캐리는 토미가 입을 새 옷을 사러 떠났다. 그녀가 집을 나서자, 토미는 휴대폰을 들어 익숙한 번호를 눌렀다.

"조시? 나는 토미 루엘린이라고 합니다. 갑자기 연락해서 놀라셨을 텐데요. 혹시 오늘 오후에 저와 만날 수 있겠습니까? 보여드릴 게 있어서요……. 그래요, 중요한 일이죠."

그날 오후, 더 홀에 있던 고객이 만약 가게의 가장 어두운 구석에서 오가는 대화를 들었다면 이걸 어떻게 받아들여야 할지 몰랐

을 것이다. 둘 중 한 사람은 희망에 찬 표정으로 초조한 에너지를 내뿜어 대었고, 다른 쪽은 가게 절반을 차지하려는 낯선 이를 노골적이고 차가운 눈빛으로 바라봤다.

하지만 토미가 캐리의 정성이 들어간 서류를 통해 토미를 핵심으로 하는 회사 관계도를 조시에게 보여주자 조시의 반발은 누그러지기 시작했다. 그는 마침내 고개를 끄덕였다.

"솔직히 인정해야겠군요. 이해가 되네요. 당신 변호사가 작년에 여기 와서 투자 펀드 대표라고 나한테 자기소개를 했을 때, 누군가 이 가게를 직접 손에 넣으려는 사람이 있다고 생각했어요. 그래서 거절하려고 했죠. 하지만 내가 그 돈을 받지 않았다면 가게를 아예 놓쳤을 테니 어쩔 수 없이 승낙은 했는데요. 그날 이후로 매일 누군가 내 어깨를 툭툭 치면서 날 밀어낼 거란 생각을 하며 살았거든요. 지금 아무 말이 없는 동업자라고 해서, 영영 가만히 있지는 않을 거잖아요?"

조시의 설명을 들은 토미는 놀라서 고개를 흔들었다. 이렇게나 간단하게 '나'가 처리되다니. 보이지 않는 힘이 자신을 이 삶의 공간에서 이토록 깔끔하게 지워냈다니. 혹시 전생에 남한테 심한 해코지를 해서 내가 지금 이런 일을 당하는 건 아닐까 하는 의문마저 잠깐 들었다. 하지만 그것도 잠시, 토미는 조시와 나누는 대화를 모두 기억하기로 마음먹었다. 이것은 앞으로 그가 오랫동안 두고두고 사용할 대본의 초안이었다. 일단 한 번 먹힌다면, 앞으로도 먹힐 테니까.

"음, 난 당신을 내쫓으려는 마음이 전혀 없습니다. 그냥 일하고 싶을 뿐이죠."

토미의 말에 조시는 얼굴이 찢어져라 함박웃음을 지었다. 그는 테이블에서 일어나더니 잠시 후 술 두 잔을 들고 돌아왔다.

"난 술을 많이 마시진 않지만, 이번만큼은 건배해야겠군요."

조시는 마주 앉은 남자에게 좋은 느낌을 받았다.

"지금 시작하는 동업이 오래도록 이어지길 바라며."

'음, 사실 시작은 아니지.'

토미가 이렇게 생각하고 있는데, 조시가 물었다.

"자, 그럼 바에서 일하는 건 어떻습니까?"

이제는 토미가 함박웃음을 지을 차례였다.

◔

그해 5월, 토미 루엘린과 조시 손더스는 함께한 사업에서 두 번째로 큰 성공을 거두었다. 오랫동안 고민한 끝에, 그들은 저벅저벅 은행으로 걸어가서 (그것도 운명처럼 토미가 처음으로 계좌를 개설한 바로 그 지점에 가서) 대담하게도 50만 달러 대출을 요청했다. 꽤 중대한 일치고는 생각보다 빠르고 간단하게 끝났다. 조시가 담보로 더 홀의 소유권 증서를 창구에 내미는 동안, 토미는 아무도 자신이 손을 떠는 걸 보지 못하도록 주머니에 손을 넣었다. 하지만 조시에게는 망설임이 전혀 없었다. 흔들림 없는 자신감이 어찌나 뿜어져 나오던지 옆에 있으면 옮을 지경이었다.

"이런 제길. 이제 하늘 아래 우리한테 한계는 없어, 토미."

조시는 신청을 끝마치고는 바깥 계단에 서서 소리쳤다.

그리고 세 달 후, 시내 반대편에 '더 핏'이라는 가게가 문을 열었

388

다. 더 홀의 자매점인 이곳의 이름은 토미가 지었다. 자신의 것이라 주장할 수 있는 자그마한 표식이 하나 더 생긴 셈이다. 토미와 조시는 새 가게에 기대감을 높이려고 온갖 방법을 동원했지만, 결국 성공은 저절로 난 입소문 덕분이었다. 젊고 잘생긴 남자 둘이 첫 번째 술집에서 어마어마한 성공을 거두고 두 번째 술집을 연다는 이야기가 신문사 SNS 계정을 떠들썩하게 만들었으니까. 이번에는 경제면에서 언급되지는 않았지만, 그래도 선라이즈 백패커스 호스텔에서 멀지 않은 곳에 있는 도심 업무 지구, 그러니까 고급 정장 차림의 남성들이 주로 근무하는 사무실에서 여전히 그들의 이야기는 화제였다. SNS를 열면 토미와 조시의 성공을 소개하는 이야기가 보인다는 건 우연의 일치였지만, 그런 가운데서도 온 우주의 조각들이 말없이 움직이며 서로 들어맞아가고 있었다.

더 핏의 그랜드 오프닝은 큰 행사였다. 조시는 모든 이들에게 초대장을 보냈다. 그리고 토미와 조시 모두 참가자의 규모를 보고 어안이 벙벙해지고 말았다. 사진기자들이 한데 모여 바깥을 배회하면서 도착한 손님들을 찍으려고 열을 올렸는데, 그중에는 이 도시의 시장과 정부 장관(장관은 자기 직원과 같이 택시를 타고 오다가 한 블록 떨어진 곳에서 직원을 내려주며 따로 오라고 했다. 장관의 부인이 다음 날 신문에 그 둘이 찍힌 사진을 보게 할 필요는 없어서였다), 서로 경쟁 관계에 있는 라디오 방송국의 진행자 세 명, 수많은 리얼리티 쇼 스타 무리가 있었다. (그랜드 오프닝 행사는 큰 인기를 끌었다. 홍보 담당자들 몇 명은 조시를 찾아와 자기 고객도 초대해 달라고 부탁할 정도였다.) 나머지 손님들로는 조시의 친구들과 캐리의 친구들(그리고 동료 직원 한두 명이 있었는데, 어소시에이트의 승진에 힘써

준 사람들이었다) 그리고 레스토랑과 호텔 업계에서 일하는 여러 사람도 있었다. 이들은 경쟁업체를 가까이서 조사해 볼 수 있어서 만족했다. 실은 초대 손님 명단에서 유일하게 나타나지 않은 사람은 바로 조시의 아버지 데이브였다. 더 홀의 전 지배인이었던 데이브는 자신의 자리를 차지한 아들에게 병적이다시피 만성적 질투를 앓았고, 나이가 점점 들면서 그 상태는 악화되는 중이었다. 하지만 데이브가 오지 않은 건 티가 나지 않았고(조시는 아빠가 오지 않았다는 사실을 눈치채지 못할 정도였다), 파티는 정말 대단했다는 게 전반적인 평이었다. 다음 날 언론에 나온 보도는 기대했던 것보다 더욱 좋았다.

하지만 파티가 끝난 후에도 토미는 계속 그 자리에 남아 세부 사항을 수정하고 조정했다. 그는 이 론칭을 발판 삼아 가게를 더 크게 성공시켜야겠다고 결심했다. 오프닝이 끝나고도 한참 지난 밤이 되어서야 토미는 비로소 긴장이 풀리는 느낌이었다. 그는 더 홀보다 훨씬 더 밝은 분위기로 사람들이 가득한 가게를 바라보면서 들려오는 소음에 무척 놀랐다. 가게 안은 계속해서 대화가 오갔지만, 주로 들리는 건 삼삼오오 모인 사람들의 웃음소리와 에밀리와 스콧의 약혼을 축하하는 열네 사람의 모임에서 터져 나오는 환호성이었다. 토미는 이제야 숨을 내쉬었다. 지난 5월 조시와 함께 은행에 방문한 이후로 참아왔던 한숨이었다.

그날 밤늦은 시각, 캐리가 그에게 말했다.

"너희 둘은 좋은 팀이야. 조시는 정말 똑똑하지, 확실해. 너희 둘이 함께라면 뭐든 해낼 거야."

그녀는 잠시 말을 멈추다가 이었다.

"네가 정말 자랑스러워. 알지? 이제껏 겪은 일을 생각하면, 또 지금 네가 선 자리를 보면, 정말……. 와, 너무 대단하고 특별해."

토미는 베개에 머리를 괸 채로 캐리를 바라보았다. 그녀를 바라보기만 해도 모든 생각이 멈춰버릴 때가 종종 있었다. 꿀이 폭포수처럼 흐르는 것 같은 머리카락을 한데 묶어 올린 모습이나, 티 하나 없는 부드러운 피부를 보면 그랬다. 한편 캐리가 토미를 마주 보는 모습에는 모든 걸 입 다물게 하는 힘이 있었다. 그 커다란 갈색 눈망울에는 오로지 신뢰와 추앙만이 그득했다.

"우리 결혼하자."

토미가 말하자 그 커다란 갈색 눈망울이 이제는 놀라움을 내비쳤다. 토미는 자신이 무심코 내뱉은 말이 뭔지 깨닫고 마른침을 삼켰다.

"캐리, 난 어릴 적부터 널 사랑했어. 내 삶은 매년 변했지만, 너는…… 그러니까, 너만은 유일하게 언제나 한결같았어. 아니, 정확히 말하자면 네가 안 변한 게 아니라, 내가 널 생각하는 방식이 변하지 않았다는 거야. 지금 반지도 준비 안 했지만, 곧 사서 줄게. 원한다면 같이 고르자. 기다릴 필요도 없어. 당장 하면 돼. 그러니까, 결혼 말이야. 반지 말고."

그는 빠르게 말했다. 아무런 반응이 없는 캐리를 보고서 말이 마구 튀어나왔다.

"저기, 캐리?"

그가 대답을 재촉했지만 캐리는 서글픈 미소를 지었고, 그걸 본 토미의 가슴이 철렁 내려앉았다.

"왜, 왜 싫은 거야?"

말이 더듬더듬 나왔다. 캐리는 그의 손을 잡았다.

"사랑해, 토미. 너도 알지? 하지만, 난, 난 모르겠어. 이게 다 그냥…… 너한테는 영원한 게 아닌 거잖아?"

"영원한 게 아니라고?"

토미는 들은 말을 반복했다. 그리고 잡았던 손을 툭 놓았다.

"내가 태어난 후부터 세상 모든 게 영원했던 적은 전혀 없었어. 캐리, 내가 뭘 하려는 건지 모르겠어? 난 계속해서 있어줄 무언가를 만들려는 거야. 난…….."

"토미."

캐리는 그의 말을 막았지만, 토미는 계속 말을 이었다.

"난, 다른 사람들이 갖는 걸 나도 갖고 싶을 뿐이야. 다른 사람들은 부지불식간에 갖게 되는 걸 말이야. 난 변화를 만들려고 애써왔어. 작은 것들이야 남겨둘 수 있었지. 사소해서 아무도 안 보는 것들이었어. 낙농장의 정원이랑, 직장에서 만든 변화 같은 거. 학교에서 썼던 바보 같은 이야기처럼, 내가 남겨놓았다는 걸 나도 모르는 것들 말이야. 하지만 그것만으로는 부족해. 더는 안 돼."

토미는 자기가 울고 있다는 걸 알아채고는 놀라고 말았다.

"우리가 이미 '재시작'을 함께 극복했다는 걸 알잖아. 너랑 내가. 그것만으로는 완벽하지 않았지만, 어쨌든 성공했어. 너랑 있으면 난…… 난 어쩌면 이제야 오래도록 이어질 삶을 만들 수 있을 것 같아. 이러면 우리 모두한테 도움이 될 거라고 봐. 나랑 결혼해줘. 부탁이야."

캐리는 고개를 돌리더니 한참 동안 벽만 바라보았다. 토미에게는 그 시간이 마치 영영 끝나지 않을 것만 같았다. 그러다 마침내 그녀는 토미를 다시 바라보고서 입을 열었다.

"내가 너 사랑하는 거 알지? 당연히 나도 너랑 결혼하고 싶어. 하지만 토미, 네가 안전한 곳을 만들 수 있다는 거, 일종의 은신처 같은 걸 만들고 싶다는 그런 생각은, 다 그저 느낌만으로 이루어진 거잖아. 토미, 나는 거기에 내 인생을 통째로 바칠 수는 없어. 넌 나한테 너무 많은 걸 바라는 거야."

"그런 것만이 아니라……."

토미는 입을 열었지만, 캐리의 말은 아직 끝나지 않았다.

"만약 실패하면 어떡해? 다음 '재시작' 때 무슨 일이 생기면 어떡해? 밤에 실수로 내 손을 놓아서, 다음 날 낯선 사람이 되어 침대에서 일어난다고 생각해 봐. 그럼 어떡해? 내 손에 낀 반지는 뭐라고 설명할 건데? 네가 사라지고 그 자리가 밤새 누군가로 채워진다면, 내가 혹시 다른 사람과 결혼해 버린 걸로 밝혀진다면, 그럼 난 너랑 바람피우는 셈이 되잖아? 아니면, 예전에 결혼했는데 남편이 끔찍한 사고를 당해 죽었고 난 계속해서 반지를 끼고 있는 사람으로 밝혀지려나? 난 알지도 못하는 사람과 사별한 슬픔을 떠안아야 하잖아. 네가 준 반지를 말이 되게 만들려고, 온 우주가 나한테 그런 고통을 밀어 넣게 되는 거잖아? '재시작'을 거치면서 무언가를 잃어버리는 건 너뿐만이 아니야, 토미. 우리 모두 다 그래……. 다만, 지금 당장 깨닫지 못할 뿐이지."

토미는 무어라 말해야 할지 알 수가 없었다. 캐리의 대답을 듣자 갈기갈기 찢기는 기분이었다. 언제나 캐리에게서 느껴지던 불꽃 같던 낙관주의가, 모든 일이 다 잘될 것이라는 감각이 사그라지고 있었다.

"하지만……."

이어지는 그녀의 말에 그 불꽃이 되살아나기 시작했다.

"나도 정말로 너랑 결혼하고 싶어. 그리고 네 말이 옳아. 우리는 함께 '재시작'을 극복해 낸 적이 한 번 있지. 하지만 그게 단순히 운이 좋아서가 아니라는 걸 알고 싶어. 그러니까 너랑 거래할래. 나한테 다시 청혼해 줘. 지금은 말고, 다음번에 말이야. 괜찮을 거 같을 때. 알겠지? 이게 영원하리란 느낌이 들 때. 우리가 운명이라는 걸 알게 될 때. 그때 다시 나한테 청혼해 줘. 네가 누군지 그때도 내가 알고 있다면, 청혼을 받아줄게. 그러면 넌 나랑 떼려야 뗄 수 없게 될 거야."

"그럼 약속한 거다?"

토미는 눈을 반짝이며 그녀를 바라보았다. 방금 한 말이 겁먹은 아이처럼 들렸겠지만, 지금만큼은 아랑곳하지 않았다. 오로지 캐리의 반응만이 중요했으니까.

"내 인생을 걸고 약속해. 그때까진 '재시작' 동안 손을 잡는 걸로 해. 그리고 네가 만약 손을 놓는다면, 음, 두고 봐. 내가 널 잡으러 갈 테니까."

◔

토미 루엘린은 셈에 능했다. 아빠에게서 물려받은 재능 덕분이었다. 그리고 말에도 아주 능했다. 그건 엄마 덕분이었다. 게다가 인생에 들이닥친 어마어마한 불이익에 대한 보상이라도 받은 듯, 세 번째 재능이 있었다. 바로 굉장한 기억력이었다. 물론 사진을 찍듯 기억하는 그런 비범한 재능은 아니었지만, 그래도 '재시작' 다음 날 모두에게 자신을 다시 소개할 때 그 기억력은 아주 쓸모 있었다. 그는 미셸 선생님에게 했던 말을 그대로 암기했고, 그 말 덕분에 미셸은 공무원들과 사회복지사들을 이리저리 쫓아다니다가 결국은 토미를 낙농장 붙박이 아이로 받아들여 주었다.

그로부터 20년쯤 지난 지금, 토미는 다시 그 기억력에 의지하고 있었다. 한 번, 두 번, 세 번에 이어 네 번째 '재시작'을 맞이하며 깨어날 때마다. 그때마다 토미는 캐리의 눈이 뜨이는 순간을 지켜보았고, 자신을 알아보며 미소 띤 인사를 건네는 모습을 보면서 전날 밤에 성공했다는 걸 알 수 있었다. 그리고 아침 9시 정각이 되면 조시에게 전화를 걸어 만남을 청했다. 그때 하는 말은 마치 노년 배우가 과거에 맡았던 역을 다시 연기하는 것처럼 되풀이되었다. 그리고 그때마다 조시는 만남을 수락했다.

처음 세 번의 만남은 더 홀에서 이루어졌다. 그들 주변을 둘러싼 사람들은 낮부터 술을 마시면서 나직하게 이루어지는 둘의 대화를 전혀 귀담아듣지 않았다. 토미는 대본을 그대로 외웠고, 곧 두 사람은 악수하며 몇 번이고 이루어졌다가 잊힌 동업을 체결했다.

그러다 네 번째 만남이 이루어지던 날, 조시는 거리 저편에 있는 카페에서 만나자고 했다. 몇 년 전에 점심을 먹었던 카페였다. 그때 조시는 미래 계획을 말하고 또 말하는 바람에 시켰던 햄버거가 차갑게 식어버린 적이 있었다. 그리고 더 홀을 인수하겠다고 말한 자리이기도 했다. 어쩌면 이건 토미에게 보내는 경고였을지도 모른다.

철컥, 철컥, 철컥.

우주가 마침내 제자리를 찾아 들어가고 있었다.

이전에 카페에서 이루어진 만남은 조시가 이야기를 주도했다면, 이번의 만남에서는 토미가 말을 꺼냈다. 둘이 함께 일구어 온 사업의 동업자가 자기라는 걸 설득하기 위해서였다. 그래서 대본을 충실하게 따랐다.

"그래서 이게 납니다. 맨 위의 회사를 소유한 사람이죠. 좀 복잡해 보이는 거 압니다. 하지만 내 변호사 말로는 이래야 한다고 했어요. 끈덕진 가족 문제 때문에요. 하지만 이것만은 알아두세요, 조시. 나는 당신을 내쫓으려는 마음이 전혀 없습니다. 그저 함께 일하고 싶어요. 쭉 50 대 50으로요."

토미는 안심하라는 미소를 조시에게 짓고서, 이제껏 그가 여러 번 들었던 주장을 받아들여 주기를 기다렸다. 곧 납득하는 표정으로 미소를 지어줄 거라 믿으면서.

그런데 이번에는 조시가 미소 짓지 않았다.

대본에서 벗어난 것이다.

397

는 가게. 그래, 그건 괜찮았어. 하지만 지금 생각해 보니까 나를 손님들한테서 떼어놓고 싶었던 거지. 그래도 목격자는 필요했을 테고. 안 그래?"

그는 다시 거실을 돌았다.

"왜 조시한테 목격자가 필요한 건데?"

캐리가 고개를 저으며 묻자 토미는 그녀를 바라보았다.

"조시는 내가 자기를 덮쳐서 털 거라고 생각하고 있어."

캐리는 눈을 둥그렇게 떴다.

"뭐라고?"

토미는 다시 한 바퀴를 돌았다.

"리치가 가져갔어, 캐리."

"뭘 가져가?"

캐리는 이렇게 물었지만 가슴이 철렁해졌다. 그의 대답이 예상되어서였다.

"내 절반의 지분 말이야. 어떻게 그럴 수 있었는지 모르겠는데 조시는 그렇게 확신하고 있어. 맙소사, 나도 납득이 가더라니까! 캐리, 조시의 계약서 사본을 봤어. 거기엔 온통 리치 이름이 있었어. 리치의 회사 그리고……."

토미는 고개를 젓고서, 다시 거실을 돌았다. 이야기는 계속 흘러나왔다.

"계약서에 날짜 말인데, 그게 4년 전이었어, 캐리. 우리가 모든 걸 준비했을 때, 바로 우리 기사가 신문에 났던 그때였다고. 너도 조시가 하는 말을 들었어야 했는데. 리치에 대해서 말하더라. 마치 그동안 내내 리치랑 동업했다는 듯이 말했어. 조시가 아는 건 그것밖에 없는 것처럼.”

“정말 미안해, 토미. 이건 다 내 잘못이야. 뭔가 실수했나 봐.”

“아니야, 오히려 그 반대지. 네가 너무 일 처리를 잘해서 우주가 그 연결고리를 알아내기까지 4년이나 걸린 거라고 봐. 모르겠어, 캐리. 장례식장에서 리치를 봤을 때부터 이런 날이 올 줄을 알아야 했다는 생각이 들어. 마치…… 리치가 우리 삶에 돌아온 거 같았어. 궤도로 돌아왔다고. 우주가 어떻게 할지 알아내자마자 리치가 다시 쓰이는 건 시간문제였다고.”

토미가 거실을 다시 한 바퀴 돌자 캐리가 앞에 보였다. 그녀는 토미를 두 팔로 꼭 안아주었다.

캐리는 그날 회사로 돌아가지 않았다. 토미의 옆에 있어야 한다는 생각이 들어서였다.

그녀의 생각은 옳았다. 토미는 소파에 말없이 앉아서 허공을 응시했다. 조시가 마지막으로 한 말을 떨쳐낼 수가 없었다.

“경찰에 신고하고 싶지 않아요. 그러니 안 할 겁니다. 다시는 내 앞에 나타나지 마요.”

이 말을 남기고 조시는 일어나서 자리를 떴다. 토미는 이제껏 일해왔던 모든 것이, 둘이 함께 이뤄낸 모든 것이 조시와 함께 사라지는 모습을 지켜보았다. 사업에 쏟아왔던 그 모든 시간이, 나날이, 세월이 이렇게 싹 사라지다니.

조시는 화를 냈었다. 그 모습은 토미가 다음 날 고용되려고 가게를 그만두었던 날 밤에 조시가 드러내었던 배신감, 부글부글 끓었던 성질과는 달랐다. 이건 더 차갑고 차분한 분노였다. 조시 손더스는 사업가로서 자신의 성공을 갈취하려는 타인에게서 자신의 성공을 지켜낸 것이었다.

자신의 절친이 떠나버리는 모습을 본 토미는 마음이 아팠지만, 처음의 충격을 받아들이고 보니 1년 뒤면 우정을 되살릴 기회가 있다는 걸 깨달았다. 다음번 '재시작'이 되면 오늘 아침에 있었던 조시의 기억은 지워질 것이고, 토미는 금덩이 같은 우정을 파내어 다시 닦을 수 있다는 희망이 생겼다. 하지만 이제부터 그들은 그저 친구로만, 술집에서 만나 술이나 한잔하는 사이로만 지낼 수 있을 것이다. 동업자 관계는 영영 사라졌다. '재시작'은 토미를 빼내고 그 자리에 새로운 동업자를 넣었으며, 그는 1월 5일이 되어도 기억에서 사라지지 않을 것이었다.

'하지만 리치는 그 자리를 받을 자격이 없는데. 리치는……'

토미는 씁쓸하게 생각하며 적합한 말을 찾아 생각을 이었다.

'리치는 그냥 우주가 선택한 들러리일 뿐이야.'

그걸 깨달은 순간 토미의 분노가, 리치를 향한 깊고도 순수한 증오심이 원치 않게도 아주 살짝 누그러졌다. 솔직한 심정으로는 분노를 삭이고 싶지 않았고, 리치에게 변명의 여지를 주고 싶지 않았다. 이건 모두 그의 잘못이라며 리치를 계속 미워하고 싶었다.

하지만 리치는 그저 들러리일 뿐이었다.

토미는 아무 말도 없이 한참을 앉아있었다. 머릿속에서는 그 생각을 하고 또 했다. 그러다 마침내, 그는 스스로에게 던졌던 질문에 답을 내놓았다.

"모르겠어……. 리치는 자기가 하는 일에 대해 별다른 책임감은 없을 거야. 거기서 이득을 보더라도. 그냥 내가 남겨둔 공간에 뚝 떨어져 버린 거지."

토미는 잠시 말을 멈추다가 이었다.

"맙소사, 걔는 그럼 뭐가 되는 거야?"

"토미, 설마 리치가 안쓰러워?"

캐리는 믿을 수 없다는 표정을 짓고 물었다.

"그럴지도. 아니, 그건 아닌데. 어, 아니야. 아니…… 음…… 아마도 그런 거 같아."

토미는 한숨을 쉬고서 다시 말했다.

"이런 식으로 생각해 봐. 지난 4년간의 내 인생은 잊혔어. 하지만 내가 잊은 것도 아니고 네가 잊은 것도 아니잖아? 그러니 우리는 내가 뭘 했는지 알지. 근데 리치는, 지금 자신이 4년간 술집의 동업자로 살았다고 생각하겠지. 그런 삶을 살지는 않았는데, 그냥 살았다고 생각만 하는 거야. 캐리, 그건 모두 꾸며진 거야. 그러니 얼마나 슬픈 인생이겠어? 그런데 가장 나쁜 건, 리치는 그걸 절대로 모를 거란 사실이야."

"그러면 이제 우리는 어떡해야 해? 조시와 다시 이야기할 이유가 있을까?"

캐리가 묻자, 토미는 고개를 저었다.

"그건 내년에. 그때 가서 다시 조시와 친구가 될 방법을 알아봐야지. 조시는 나를 없애지 않을 거야. 적어도 완전히 없애지는 않겠지."

캐리는 미소 지었다.

"좋아. 그러면 이제는?"

"오늘 밤? 아무것도 안 할 거야. 내일은 일자리를 찾아봐야지."

토미는 캐리의 표정을 보았다.

"아니, 술집에선 일 안 할 거야. 지금은 좀 일러. 아직 뭘 할지는 모르겠어. 하지만 알아볼게."

◐

　토미는 다음 날 아침 늦게까지 잤다. 그러다 일어났을 때 캐리가 있던 침대 옆자리는 서늘하게 비어있었다. 지금 그녀는 도심의 사무실 안 본인 책상에 앉아있었지만, 서류 더미를 앞에 두고 딴생각하는 중이었다. 그녀가 보기에 토미 루엘린은 특이한 사람이었다. 그것도 보이는 것 이상으로, 여러모로 그렇다고 캐리는 확신했다. 다른 사람이 토미의 입장이었다면, 이토록 열심히 일구어 온 걸 죄다 잃어버린 상황에 닥치고서 망가져 버렸을 텐데. 만약 자신에게 그런 일이 일어났다면……. 이 생각을 하다 캐리는 고개를 저었다. 도대체 토미는 어떻게 그토록 빨리 일어설 수 있는 건지 알 수 없었다. 그의 낙관적인 마음은 아무리 물을 퍼내도 계속 채워지는 내면의 우물 같았다.

　캐리는 그저, 토미가 너무 대단해 보였다.

　하지만 그렇게 대단한 토미가 지금 소파에 널브러져 있다는 것까지는 몰랐다. 샤워도 안 하고, 면도도 안 한 채 약간 맥 빠진 채로 말이다. 그는 딱히 갈 곳이 없었다. 리치와 '재시작' 덕분이었다. 토미는 음울하게 미소를 지었다.

　"리치와 재시작'이라. 무슨 50년대 밴드 이름 같군. 멤버들이 포마드로 머리를 뒤로 싹 넘기고 거기에 어울리는 블레이저를 입은 밴드겠지.'

그때, 옆에 둔 휴대폰이 울렸다. 멍하니 있던 토미는 퍼뜩 놀랐다.

"구직 활동은 잘돼가?"

캐리는 사무실에서 통화를 할 때 쓰는 나직한 목소리로 물었다. 동료들이 안 듣는 척하면서 몰래 엿듣기 쉬운 그런 목소리였다. 토미는 거짓말했다.

"잘돼가. 어…… 나는…….."

"지금 소파에 누워있지?"

그녀는 이렇게 말하고서 웃었다. 토미는 순순히 대답했다.

"응. 하지만 이제 알아보러 갈 거야."

"있지, 토미. 며칠 느긋하게 있어봐. 생각을 정리할 시간이 있어야지. 이제껏 많은 일을 겪었잖아. 텔레비전이라도 좀 봐. 방해받지 않고 책도 읽고."

그는 책상을 슬쩍 보았다.

"그래. 그러는 게 좋을지도."

"좋아. 하지만 너무 늘어져 있지 마. 버릇돼."

캐리가 미소를 지으며 전화를 끊는 모습이 토미의 눈에 선했다.

아파트에서 두 블록쯤 떨어진 곳에는 길 양편으로 쭉 늘어선 자그마한 상점들이 있었다. 말하자면 이곳은 잉글비의 상업 지구였는데, 토미는 이곳으로 중고책을 사러 왔다. (이미 아파트 책장에 있던 책은 다 읽은 참이었다. 캐리의 침대 옆 탁자에 법률협회 간행물이 있는 걸 봤지만, 그건 두 쪽 읽다가 바로 덮었다.) 여기에는 청과물 가게가 있었다. 가게 안은 어둡고 그늘졌지만 문 옆 나무통에는 오렌지와 사과, 멜론이 무더기로 쌓여있었다. 그 옆으로 담배 가게, 세탁소, 미용실에 이어 청과물 가게가 하나 더 있었다. (토미가 보기엔 이상했지만, 이렇게 경쟁업체가 있는 덕분에 가격이 낮아졌다.) 이발소와 케밥 가게, 부동산 중개업소도 보였다.

토미는 쉬지 않고 걸으며 약국을 지나쳤다. 30년도 더 전에 레오 파머는 퇴근하며 갓난 아들에게 줄 약을 이곳에서 샀다. 이윽고 다음 가게에서 토미는 걸음을 멈추었다. 창문에 손 글씨로 '자원봉사 구함. 주저하지 말고 들어오세요!'라고 팻말을 걸어놓은 곳이었다.

토미는 문을 밀고 안으로 들어갔다.

◐

다음 날 아침부터 토미는 중고 용품 가게에서 일을 시작했다. 그는 가게 뒤편에서 보물 창고 같은 곳을 발견했다. 바로 모서리가 접힌 책이 쭉 꽂힌 책꽂이였다. 그곳을 제외하면 사방에는 신발과 허리띠가 담긴 통, (세트 구성이 맞는 게 거의 없는) 그릇과 머그잔이 높다랗게 쌓인 진열대, 기부했다기보다는 버렸다는 표현이 더 어울리는 옷가지가 쌓인 선반이 있었다. 그리고 계산대 위에는 가끔씩만 작동하는 금전등록기 하나가 놓여있었다.

계산대 뒤에는 60대 초반의 그리스 여자가 서있었다. 흰머리가 희끗희끗한 갈색 머리는 숱이 적어서 사이로 듬성듬성 두피가 보였고, 친근하게 웃는 상인 얼굴은 그 미소 그대로 주름이 졌다. 주인장의 이름은 디였는데, 그녀는 가게를 거닐 때 부드러운 신발을 신고 해진 카펫 위를 소리 없이 지나다니며, 물건을 사고 싶어 이곳에 들어왔다기보다는 이곳에서밖에 살 수 없어서 들어온 손님들을 도와주었다.

가게는 좀 퀴퀴했지만, 토미는 조용하고 단순한 이 공간에서 어쩐지 위안을 느꼈다. 그건 기부 물품을 분류하고 선반을 닦는 일을 반복해서 그랬을 수도 있고, 옷더미를 뒤지는 손님들과 이야기를 나눠서일 수도 있었다. 혹은 디를 보면 미셸 선생님이 너무 많이 떠오르는 바람에, 가끔은 여기가 어딘지 잊어버릴 뻔해서일 수도 있었다. 이유야 어찌 되었든, 자원봉사 첫 주를 마쳤을 즈음에는 더 홀이 예전만큼은 떠오르지 않았고 리치는 더더욱 생각하지 않게 되었다. 그리고 일한 지 첫 달이 되었을 때는 더 홀도, 리치도 거의 떠오르지 않았다. 여전히 조시는 보고 싶었지만, 그 역시도 영원할 마음은 아니라는 걸 토미는 알고 있었다.

책들에 둘러싸여 지내는 생활 역시 도움이 되었다. 토미는 그중 수십 권을 집으로 가져갔다가 다 읽고 나면 다시 서가에 돌려놓곤 했다. 그러다 문득 좋은 생각이 떠올라, 어느 날 아침 그는 일찍 출근해서 디가 준 열쇠로 가게에 들어갔다. 이윽고 디가 출근했을 무렵, 토미는 볼품없는 옷을 걸친 마네킹들을 앞 유리창에서 치우고 새로운 진열대를 놓았다. 그리고 탁자 위에 책을 높다랗게 쌓고 지나가는 사람들이 책 제목을 볼 수 있도록 배치했다.

"사람들이 여기서 원하는 게 이거거든요, 디."

토미가 그녀에게 한 말은 옳았다. 그날 가게에는 평소보다 유독 손님들이 많았다. 다들 지나가다 어릴 적 이후 보지 못했던 알록

달록한 책 표지에 이끌려 들어온 사람들이었다. 디는 놀라서 고개를 흔들었다. 토미가 여기서 일한 지 한 달 반밖에 되지 않았는데, 벌써 이 보잘것없고 작은 가게에 존재감을 남겼으니까.

토미는 디에게도 깊은 인상을 남겼다. 그가 자원봉사를 시작한 지 얼마 되지 않아, 디는 그를 자기 딸에게 소개해 줄까 생각했다. 클라브디아에게는 이 똑똑한 젊은이가 딱인 것 같았다. 지나가다 불쑥 들어와서 아무 대가도 없이 일해주는 착한 남자 아닌가. 그녀는 이렇게 생각했지만, 토미는 곧바로 캐리 이야기를 하기 시작했다. 토미가 캐리를 두고 하는 말을 들어보면 마치 신을 숭배하는 신실한 신도 같았다. 참으로 순수한 사랑이자 흠모를 보고 있자니 디는 캐리라는 아가씨가 참 운이 좋다고 생각했다. 이어서 토미는 캐리의 사진을 보여주었는데, 그것까지 보자 토미도 운이 좋은 건 마찬가지라고 생각했다. 물론 캐리는 그저 예쁜 얼굴만 가진 게 아니라 훨씬 더 좋은 사람이었지만 말이다.

"디, 무슨 일이 생긴 줄 아세요?"

어느 날, 토미가 어마어마한 기세로 흥분하며 말했다. 때는 3월 중순이었는데, 현재 토미는 거의 매일 아침 가게 문을 여는 직원이 되었다. 그날도 그는 디가 어서 오기를 초조하게 기다리고 있었다.

"무슨 일인데, 토미?"

디는 기대에 부풀어 미소 지었다. 토미가 내뿜는 분위기에 살짝 옮아서였다.

"캐리가 승진했어요! 이제는 어소시에이트가 아니래요. 세상에, 그 자리로 올라서려고 정말 열심히 일했거든요. 저는요……. 와,

캐리가 너무 자랑스러워요."

"그것참 잘됐구나, 토미. 좋은 연인을 두었어. 절대 놓치지 마."

디는 어소시에이트와 지금 캐리가 올라선 알 수 없는 자리의 차이가 뭔지는 몰랐지만, 진심 어린 축하의 마음으로 대답했다.

"안 놓칠게요."

토미는 고개를 끄덕였다. 그는 기부 물품 상자를 옮기면서도 여전히 싱글벙글했다. 그러다 쓸만한 물건 중에서 (당연히 압도적으로 많은) 쓰레기를 골라내다가 문득 깨달았다.

이제 때가 됐다는 것을.

◑

캐리가 아무리 요리를 가르쳐 봐도 토미는 사람이 먹을만한 음식을 만들 수가 없었다. 그래도 그는 요리에 재능이 없는 걸 노력으로 극복해 보려고 했다. (이론적으로야 가능할 것 같았지만, 토미가 어찌나 재능이 없던지 먹을 수 있는 음식을 내놓는 적은 드물었다.) '재시작' 이후 매일 밤 그는 캐리가 퇴근하고 집에 들어오면 먹을 저녁 식사를 반드시 차려놓았다. 토미가 디의 가게에서 자원봉사로 일하면서 가계부에 적을 돈이 정확히 0달러인 것을 감안하면 집에서 직접 차려 먹는 게 소소하게나마 살림에 도움이 되었으니까. 캐리는 배달 음식 메뉴판이 가득한 주방 서랍 쪽으로 토미를 살살 꼬드겨 보았지만, 그는 똑똑한 것과는 별개로 그런 쪽에는 눈치가 없었다. 그래서 의도를 알아차리지 못하고 매일 밤 오븐과 사투를 벌이고는 했다.

　그러던 어느 날 밤, 집에 돌아온 캐리는 식탁 위에 중국 음식이 든 봉지가 세 개나 놓인 걸 보고, 평소와 다른 분위기를 눈치챘다. 그리고 가방을 내려놓자마자 그게 무슨 일인지 알게 되었다.

　"나 오늘 깨달은 게 있어, 캐리."

　토미가 그녀에게 말했지만, 캐리는 키스하며 인사부터 했다.

　"다녀왔어."

　"아, 잘 갔다 왔어?"

　그는 민망한 기색으로 대답했다.

　"그래서 뭘 깨달았는데?"

　캐리가 묻자, 토미는 심호흡을 하고서 말했다.

　"난 너를 잃어버리지 않았다는 거야."

　캐리는 어리둥절한 표정이 되었다.

　"무슨 소리야? 당연히 넌 나를 잃어버리지 않았지."

　"내 말은, 내가 모든 걸 다 잃어버렸어도 널 잃지는 않았다는 뜻이었어. 리치가 내 사업을 뺏어가고 조시와의 우정을 잃었지만 너만은 나한테 있잖아."

　"알아, 토미. 하지만 넌 나를 잃어버릴 리 없었어. 우리는 스카프로 손을 묶고 있었으니까!"

　캐리가 웃었다.

　"내 말은 그런 게 아니야. 음, 아니, 그런 거도 같긴 한데, 어쨌든 네가 어디 가버릴 거린 느낌이 전혀 들지 않았다는 거야. 널 잃어버릴 위험이 있다는 느낌은 없었어. 세상 모든 걸 다 잃어버렸어도, 난 널 지켜낸 거야."

　캐리는 말이 없어졌고, 토미는 계속 말을 이었다.

"다른 건 다 잊어버려. 더 홀도, 리치도, 전부 다. 그리고 우리 둘만 생각해 봐. 이제 다 해결한 거 같은 기분이 들지 않아? 이제 모든 게 다 쉬워진 것처럼. 네가 말했지. 이게 영원할 거란 느낌이 들 때 나와 결혼하겠다고. 음, 우리가 영원하지는 못할지도 모르 겠지만 그래도 상황이 수월해졌으니, 영원이랑 상당히 비슷하기 는 하잖아?"

캐리는 그를 빤히 바라보며 몇 년 전 나누었던 대화를 떠올렸다. 상황이 달라진 것 같을 때가 되면 청혼을 받아들이겠다고 약속했 던 그 대화를.

그리고 정말로, 지금은 상황이 달라진 것 같았다. 토미의 말대 로 모든 게 예전보다는 어렵지 않았다. 어쩌면 수월해진 지금이야 말로 그들이 바랄 수 있는 최선의 상황일지도 모른다.

캐리는 고개를 끄덕였다.

"그래. 결혼하자."

◗

다음 날 아침부터 두 사람은 본격적으로 계획을 세우기 시작했 다. 결혼식은 증인 몇 명만 둔 소규모로 하고, 신혼여행은 어디 섬 으로 가기로 했다. 둘 다 해외에 한 번도 가본 적 없기에, 그건 꽤 나 모험적인 발상이었다.

하지만 그 설렘의 이면에서 캐리는 아주 작디작은 걱정을 느꼈 다. 두 사람의 생각은 달랐지만, 모든 것이 한순간에 사라질지도 모른다는 불길한 그림자가 여전히 그들 위에 드리워져 있다는 건 부정할 수 없었다. 그녀는 토미와 결혼하고 싶었다. 둘만의 삶을 꾸리고 싶어 하는 토미의 꿈을 믿고 싶었다. 단둘만의 공간을, '재시작'을 견뎌낼 수 있는 자그마한 거품 같은 은신처를 이루고 싶었다. 하지만 토미에게는 자신이 성공할 수 있다는 증거가 없었다. 그저 하나의 아이디어이자, 검증되지 않은 감일 뿐이었다.

캐리는 '재시작'이 있던 그날 밤, 만약 토미의 손을 놓았다면 깨어났을 때 그가 낯선 사람이 되어있으리라고 확신했다. 그래서 지금처럼 모든 게 조금씩 제자리를 찾아가는 순간에도, 마음 한구석에는 여전히 이건 영원하지 않을지도 모른다는, 언제든 사라져 버릴 수 있다는 불안이 도사리고 있었다. 오랫동안 그 느낌은 캐리가 결단을 내리고 계획을 세우는 데 필터처럼 작용했다.

그래서 그 계획의 어느 단계에서도 아기는 해당 사항이 없었다. 하지만 때로는 사고처럼 일어날 수밖에 없는 일이 있기 마련이다.

그리고 결과도 마찬가지다.

✴

23

차가운 젤이 쭉 짜여 배에 닿자 캐리는 움찔 놀랐다. 간호사는 미안한 기색으로 미소를 지었다.

"죄송해요. 차갑다고 말씀드리는 걸 항상 잊어버리네요."

하지만 캐리는 그 말을 듣고 있지 않았다. 그저 초음파 화면에 나타난 아기를 신기한 눈으로 빤히 바라보았을 뿐이다. 그리고 토미를 슬쩍 쳐다보았다. 그의 얼굴에 두려움이 배어있으리라는 생각을 반쯤 하고 있었는데, 오히려 그는 살면서 이보다 더 신나는 일은 본 적이 전혀 없다는 듯이 얼빠지게 웃고 있었다. (실제로 이보다 더 신나는 일이란 없었다.)

"아들인지 딸인지 알고 싶으신가요?"

간호사가 물었지만, 곧 부모가 될 이들은 둘 다 고개를 저었다.

"우리는 깜짝 선물을 받고 싶어서요."

토미는 여전히 웃으며 말했고, 간호사는 고개를 끄덕였다.

"음, 다른 건 다 좋아 보여요. 출산 예정일은……."

411

간호사는 잠깐 계산을 한 후 말했다.

"음, 그렇게 되네. 새해에 태어나겠네요. 거의 그쯤이에요."

'그럴 줄 알았지.'

토미는 속으로 생각했다. 이로써 캐리가 임신 소식을 전한 뒤로 막연하게만 떠오르던 걱정이, 다시 한번 또렷해졌다. 아기가 '재시작' 직전에 태어날 예정이라니. 대체 아기를 안고서 어떻게 '재시작'을 통과할 수 있나? 마치 생각이 통한 것처럼, 캐리는 토미를 슬쩍 바라보았고 토미는 그녀의 손을 꽉 쥐었다. 제아무리 '재시작' 때문에 걱정이라고 해도 그의 얼굴에서 미소를 없앨 수는 없었다. 곧 부모가 될 테니까. 그것도 캐리 프라이스와. 바로 열네 살 적부터 사랑했던 여자와 함께.

중고 용품 가게 주인인 디는 캐리가 승진한 소식을 전한 토미가 참 행복해 보인다고 생각했었다. 하지만 정말로 행복한 토미의 모습은 이제야 보게 될 참이었다. 캐리가 초음파검사 후 임신이 확실하다는 걸 알려주자, 토미는 가게 문을 벌컥 열고 모래빛 머리카락을 휘날리며 들어와 숨도 쉬지 않은 채로 이 소식을 입 밖으로 전했다.

디는 입을 떡 벌리고서 토미를 와락 안아주었다. 그녀는 이 소식에 토미만큼이나 감격했다.

그때부터 디는 아기용품을 모으기 시작했다. 매장에 절대로 진열되지 않는 물품들이었다. 윤기 나게 닦으면 예쁠 황동 장식 달린 유모차나 아끼던 장난감 그리고 파란색이든 분홍색이든 모두 다 상관없이 모아놓은 수많은 아기 옷이 든 가방들까지 다양했다. 디는 이것들을 전부 모아 가게 뒤쪽 창고에 숨겨두었지만, 토미는 5분도 되지 않아 그게 뭔지 알아차렸다. 물론 그는 못 본 척했다. 아기가 태어나기 전에 디가 그걸 선물하지 않는다면 '재시작'이 이루어지고 나서도 그 자리에 그대로 있을 확률이 높았지만 말이다. '재시작' 다음 날 아침이면 디가 들어와서는 이 아기용품들이 왜 가게 바닥에 없는지 의아해할 테고, 점심시간 전에 주황색 가격표 스티커가 붙은 채로 쭉 진열되겠지. 하지만 창가에 진열되지는 않을 것이다. 그곳은 여전히 토미가 꾸며놓은 책 진열대가 있을 테니까. 그게 얼마나 현명한 조치였던지 디는 가게 앞 유리창에 책을 진열하지 않았던 시절을 거의 잊다시피 했다. 그리고 '재시작' 이후에는 언제나 가게 앞에 책이 있었다고 생각하게 될 예정이었다.

그래도 토미는 자신의 가게와 친한 친구를 잃은 다음 날, 곧바로 그 자그마한 중고 용품점에 들어가게 되어서 그저 감사했다. 지금에 와선 참 아득한 평행 우주처럼 보이는 곳에서는 그의 친한 친구가 동업자와 세 번째 매장을 열 준비를 하고 있었다. (그들의 관계는 엄격하게 사무적이었다. 리치 샤프는 친구를 많이 만드는 사람이 아니었고, 5년쯤 지난 후에야 그들이 함께 일한다는 생각을 하게 되었으며, 조시는 절대로 둘의 관계를 진전시키려 하지 않았다. 리치는 상황 대처 능력이 좋았지만 좀 이상한 사람이긴 했다.) 토미는 점점 커지는 제국 같은 사업이 자신의 것이어야 했음을 알고 있었지만, 그래도 예전처럼 사무치게 속상하지는 않았다. 지금은 그저 둔한 통증 정도라 그럭저럭 잊고 살 수 있었다. 게다가 이제는 그의 관심이 온

통 다른 일에 쏠려있어서 더욱 그랬다. 너무나 중요한 일이라서 결혼식조차도 당분간은 잊고 있을 정도였으니.

"5일에 해야 할 일에 대해서 이야기하자."

어느 날 밤, 캐리는 소파에서 불편하게 자세를 바꾸며 말했다. 이제 그녀의 배는 얇은 면 잠옷을 팽팽하게 당기고 있었다. 토미는 무릎 위에 책을 두고 읽다가 고개를 들고서 안쓰럽다는 듯 미간을 찡그렸다. 캐리의 몸이 금방이라도 터질 것 같아 보여서였다.

"그럴 필요 없어. 나한테 다 계획이 있어."

토미의 말에 캐리는 미소를 지었다.

"당연히 넌 계획이 있겠지. 그런데, 나도 좀 끼워줘."

"알았어. 출산 예정일은 12월 30일이잖아? 늦어도 1월 3일이면 퇴원하게 될 거야. 그러면 '재시작' 날 밤에는 교대로 자면 돼. 네가 잘 때, 내가 너랑 아기를 안고 잘게. 그리고 내가 자면 너는 아기랑 나를 안고 자. 우리가 아이랑 계속 접촉하고 있기만 하면 다 괜찮을 거야. 넌 자지 않아도 돼. 나만 자면 되니까."

캐리는 그 계획을 생각해 보았다.

"정말 그게 잘될까?"

"응. 그럴 거라고 생각해. 우리는 모든 규칙을 따를 거고, 어떤 위험도 감수하지 않을 거야."

캐리는 긴장을 살짝 풀었다. 토미는 캐리 옆을 주춤주춤 지나 주방으로 가며 말했다.

"하지만 혹시 모르니까…… 만약을 대비해서 병원에는 필요한 걸 다 가져갈 거야. 신분증 하고 돈이랑, 평소에 쓰던 거. 5일에도 우리가 거기 있을 걸 대비해서 말이야. 그리고 병원 침대에도 똑같이 해놓자. 최종 결과가 똑같도록. 그리고 만약 우리가…….”

그 순간, 토미는 거실 벽에 세워놓은 아기 침대에 발가락을 찧고서 불쑥 욕설을 뱉었다.

“아기가 태어나면 앞으로 그러면 안 돼.”

캐리는 짐짓 장난스럽게 그를 나무랐다.

“뭘? 발가락을 부러뜨리면 안 된다고? 알았어. 최선을 다해볼게.”

토미는 이를 악물고서 대답했다.

“무슨 말인지 알잖아. 우리 둘 다 말조심해야 한다고.”

“이 침대를 방에 둘 수 있으면 더 쉬워질 거 같지 않아? 방도 몇 개 더 있어야겠고. 잔디밭도 둬야겠지. 그래야 아이들이 뛰어놀지.”

“아이들이라고? 하나만 둘 게 아닌가 봐?”

“이미 한 번 생겼으니 또 생기지 말란 법은 없지. 난 그냥 준비를 해놓고 싶은 것뿐이야.”

이렇게 해서, 토미 루엘린은 자신만의 ‘계획’을 세우게 되었다. 그의 아버지가 알았다면 기뻐했을 일이었다.

●

인생에서 토미는 딱히 쉬웠던 일이 없었다. 그건 따지고 보면 캐리도 마찬가지였다. 그러니 둘의 아이가 탄생하는 일 역시 어렵다는 건 어찌 보면 당연한 일이었다. 새해를 축하하는 불꽃놀이가 온 도시에 퍼진 다음 날에도 둘은 집에서 기다렸다. 토미는 캐리가 움직이거나, 말하거나, 불편함을 느끼며 투덜거릴 때마다 심장이 두근댔다. 그러다 마침내 병원에 갈 때가 되어, 토미가 만약을 대비해 6주 전부터 문 앞에 세워둔 짐 가방은 느릿느릿 움직이는 택시 뒷좌석에 던져지게 되었다.

병원이 가까워져 오자 토미는 칙칙한 콘크리트 벽에서 나오는 자그마한 네모꼴 불빛을 멍하니 올려다보았다. 바로 병원 곳곳의 병실과 방에서 새어 나오는 창문 불빛이었다. 그중 한 병실에서 수술 후 입원해 있던 깡마른 10대 소년 토미는 처음으로 '재시작'을 거쳐도 이름을 간직할 수 있게 되었다. 그리고 그 병실에서 앞으로 수없이 다시 사귀게 될 친구인 조시를 처음 만났다. 또한 조금 있으면, 평범한 병원 건물 안 병실 중 한 곳에서 자신의 아이를 만나게 될 예정이었다.

●

아이 이름은 '플로렌스'라고 지었다.

정확하게 말하자면 그건 캐리가 지은 이름이었다. 토미는 촉촉한 분홍빛 살갗과 어쩜 이럴 수 있을까 싶을 정도로 섬세한 손가락을 지닌 자그마한 생명체를 바라보느라 여념이 없었다.

간호사가 미소를 지으며 말했다.

"예쁜 이름이네요. 플로렌스는 성인가요?"

"비슷해요. 말하자면 미들 네임인데요."

"예뻐요."

그녀는 다시 말하더니 표정을 바꾸며 덧붙였다.

"산모님은 이제 좀 쉬셔야 해요. 진통이 길었잖아요. 피도 꽤 많이 흘렸고요."

“으음.”

캐리는 중얼거렸다. 지금은 그저 아기를 안아보고 싶기만 했다.

“아빠가 안고 있으면 돼요. 그러니 좀 주무세요.”

간호사는 토미를 가리키며 말했다. 캐리가 마지못해 플로렌스를 넘겨주자 간호사는 자리를 떴다. 토미는 조용히 말했다.

“그냥 눈 감고 있어. 네가 일어나면 우리는 여기 있을 거야. 반드시.”

캐리는 졸린 기색으로 고개를 끄덕였다.

“아, 그런데 너희 가족 중에 플로렌스라는 분이 있는 줄은 몰랐어. 누구셨어? 어머니 쪽이야?”

토미의 물음에 캐리는 그를 보며 눈살을 찌푸렸다.

“지금 농담하는 거지?”

그는 고개를 저었다.

“플로렌스는 미셸 선생님의 미들 네임이야. 알면서.”

캐리의 말에 토미는 그저 웃어 보였다. 사실은 몰랐으니까. 하지만 상관없었다. 그 이름은 토미가 듣기에 더할 나위 없이 완벽했으니까.

캐리는 곧 잠이 들었고, 토미는 침대 옆에 둔 플라스틱 의자에 앉아서 딸을 두 팔로 안았다.

아기들이 으레 그렇듯 플로렌스는 잠이 들었고, 토미는 자신의 엄지를 꼭 쥐고 있는 이 앙증맞은 손가락들을 믿을 수 없다는 눈길로 바라보았다. 참 부드럽고 약한 손으로 잡고 있구나. 하지만 플로렌스는 그 상태로 두 시간 정도를 자다가 마침내 깨어 배고프다며 마구 울었고, 토미는 딸을 캐리에게 넘겨주었다. 그렇게 토미는 계속해서 사랑에 빠지고 또 빠졌다.

토미는 마음속 한구석으로 '재시작'이 다가오고 있다는 걸 인식했다. 하지만 그에게는 계획이 있었고, 그걸 정확히 따르기만 한다면 함께 극복하는 건 가능했다. 게다가 지금 그의 자그마한 가족에게는 더 급한 문제가 있었다. 캐리는 여전히 기진맥진한 채로 몸이 좋지 않았다. 그녀의 눈 밑에서 다크서클이 보인 건 낙농장의 불안했던 나날 이후 처음이었다. 제초제와 토사물의 악취가 심하게 풍기던 먼지투성이의 창고에서 하마터면 끝나버렸을 뻔한 나날들. '하지만 이번에는 다를 거야'라고 토미는 마음을 다잡았다. 지금은 그저 쉬면 되었다.

간호사 한 명이 플로렌스를 받아다 재우려고 신생아실로 데려갔지만, 몇 분 후에 아기를 데리고 다시 돌아왔다. 플로렌스가 우는 바람에 거기서 자고 있던 다른 아기들이 다 깨버린 것이다. 꼬마 플로렌스는 누군가의 품에 안겨야지만 잘 수 있는 것 같았다. 그리고 아기는 토미를 선택했다.

그리하여 가족은 나름 규칙적인 생활을 하게 되었다. 캐리는 자고 일어나서 아기에게 젖을 먹였고, 플로렌스가 배부르게 먹으면 다시 토미에게 건네주었다. 토미는 잠깐 오다가는 면회객용 플라스틱 의자에 앉아서 지냈다. 허리는 아프고 발에는 감각도 없으며 온몸이 피곤했다. 그것도 아주 심하게 피곤했지만, 플로렌스가 그 앙증맞은 손가락을 토미의 엄지에 감고 눈을 감는 순간이면 모든 불편함이 사그라지는 것 같았다.

"애 데리고 복도로 나가있을게."

토미는 캐리에게 속삭였지만 그녀는 말이 들리지 않는 것 같았다. 벌써 깊이 잠들어 가슴이 오르락내리락하는 중이었다. 플로렌스는 입을 오물거리며 토미의 품 안에서 조용히 코를 훌쩍였다. 젖은 배부르게 먹었지만 얌전하게 있을 마음은 아직 없는 모양이었다. 토미는 복도를 하염없이 거닐며 딸을 조용히 얼렀다. 딱히 무슨 말을 하는 건 아니었다. 그들 옆으로 어떤 간호사가 지나가며 가만히 미소를 지었다.

그렇게 복도를 열 번쯤 왕복한 다음 다시 뒤를 돌아보니 청소용 수레가 복도를 막고 있었다. 걸어 다니는 리듬을 바꾸고 싶지 않았던 토미는 산부인과 병동에서 나가는 문으로 들어갔다. 그곳은 사람이 더 많았지만, 그는 플로렌스에게 말을 걸면서 계속 걸었다.

"어? 플로시, 나 여기 어딘지 알 거 같아."

토미는 나직하게 속삭였다. 그의 앞에 바깥으로 이어진 문이 보였다. 어깨로 문을 밀어 여니 병원의 높다란 콘크리트 벽으로 둘러싸인 정원이 나왔다. 머리 위로 오후의 햇살을 막아주는 차양이 보였다. 세월이 흘러 이끼가 낀 차양은 회색이었다. 토미는 미소를 지었다.

"이것 좀 볼래?"

그는 나직하게 말하며 한쪽 벽에 있는 화분 앞에서 멈췄다. 싱그러운 녹색 이파리와 자그마한 흰색 꽃이 가득 핀 화분이었다. 옆으로 분홍색과 보라색, 주황색을 띤 커다란 꽃들이 옹기종기 큼직하게 모여있었다. 그러다 한쪽 구석에 있는 것이 눈에 들어왔다.

그건 선인장이었다. 작고 우중충한 색이었지만 여전히, 고집스레 그곳에 있었다.

"아빠가 저걸 심었어, 플로시. 조시 삼촌이랑."

플로시는 자그마한 손으로 토미의 엄지를 감싼 채 잠들어 있었다. 토미는 행복하게 숨을 내쉬었다.

그는 30분 동안 정원에 서서 자는 딸을 안고서 이리저리 몸을 부드럽게 흔들었다. 정원 화단을 바라보고 있자니 어릴 적 자신의 모습이 보였다. 멍든 몸이 서서히 회복 중이던 어린 토미는, 몸을 굽혀 자기보다 어린 아이들이 식물 주위의 흙을 다지는 걸 열심히 도와주고 있었다. 조시가 옆에 서서 어린애들은 이해 못 할 농담에 자신과 함께 키득키득 웃는 모습도 보였다. 그리고 간호사도 있었다. 아일랜드 말씨를 쓰던 예쁜 간호사 이름이 에이미였던가? 그녀는 본인이 어머니인 것처럼 뿌듯한 마음으로 그늘에서 아이들을 지켜보았다.

토미에게는 보이지 않았지만, 실은 그가 다시 이곳을 방문하기까지 수많은 사람이 바로 이 자리에 서있었다. 아이들이 안 보는 곳을 찾아 정원까지 와서는 혼자서 울었던 엄마들과 아빠들. 간호사들도 그렇게 울기는 마찬가지였다. 에이미 역시 오랫동안 이 정원을 종종 찾아와 앉아서 화사한 주황색 봉선화와 산뜻한 색깔의 자그마한 데이지를 바라보고는 했다. 하지만 구석에 있는 땅딸막한 선인장에는 눈길을 주지 않았다. 메마른 표면과 따끔따끔한 잔가시들은 봐도 마음에 위안이 되지 않아서였다. 에이미는 텅 빈 화단 둘레에 모여 섰던 아이들을 어렴풋이 떠올렸다. 그중에는 다른 애들보다 병이 심한 아이들도 있었다. 애들은 돌아가면서 구멍을 파고 묘목을 심었지만, 선인장을 심은 아이가 누구였는지는 떠오르지 않았다.

'저게 있는 걸 보면 누군가 심기는 심은 건데.'

에이미는 마음이 너무 안 좋을 때마다 이 정원으로 오고는 했다. 맡은 환자들이 계속해서 눈앞에 어른거릴 때마다였다. 핏기 없는 꼬마가 움푹 들어간 가슴으로 얕은 숨을 몰아쉬던 모습. 그녀는 눈물이 나기 전에 정원으로 오긴 했지만, 데이지와 봉선화를 봤어도 눈물은 그치지 않았다.

그러다 선인장을 보았다.

연분홍 꽃잎 한가운데 화사하게 박힌 노란색 하트 모양의 꽃이 피어있었다. 그게 어찌나 완벽한 모습이던지, 에이미는 잠시 누가 저 선인장 가시에 꽃을 꽂은 게 아닌가 싶었다. 하지만 꽃 옆으로 또 다른 봉우리가 하나 더 돋아있었다. 다음 날 에이미는 꼬마 환자를 휠체어에 앉혀 같이 꽃을 보러 나왔고, 몇 주 만에 처음으로 두 사람은 함께 미소를 지었다.

토미는 어린 딸을 품에 안고서 어르며 에이미의 목소리를 떠올렸다. 그분은 여전히 병원에서 일하고 있을까.

그녀는 여전히 이곳에서 근무 중이었다. 다만, 지금은 어린이 병동을 떠나 다른 곳에 배치돼 성인 환자를 돌보고 있었다. 그래서 우는 일은 예전보다 줄어들었다. 하지만 에이미는 이따금 자신이 돌보던 아이들을 떠올렸다.

토미를 떠올리는 일은 없었다. 그를 기억하지는 못하니까.

하지만 그 선인장을 생각하고는 했다.

"좀 빠듯할 거 같네."

캐리는 플로렌스에게 젖을 먹이면서 병원 침대 한쪽으로 몸을 꿈틀거렸다. 얼굴에 혈색이 돌아오기 시작하자, 의사는 이번 주말에 퇴원할 수 있을 것이라고 말했다. 이곳은 토미가 '재시작'을 하고 싶은 곳은 아니었지만, 그래도 어떻게 해야 하는지는 둘 다 알고 있었다.

"어떻게든 할 수 있어. 편안하게 있을 필요는 없잖아. 알지? 한 번에 한 명씩만 자면 되는 거야."

토미는 캐리에게 말했다. 그녀의 안색은 여전히 창백했고 머리카락은 헝클어져 있었지만, 그 모습을 한껏 눈에 담으며 토미는 캐리가 어쩌면 이토록 아름다울 수 있는 건지 다시금 놀라곤 했다(사실 그는 거의 매일 놀랐다). 그러다 토미는 하품을 했다.

"자기 엄청 피곤해 보여. 이 조그마한 울보를 거의 사흘 동안 안고 있었잖아. 가서 커피라도 좀 마시고 와."

토미는 싫다고 고집을 부렸다.

"아니, 나 진심이라니까. 넌 오늘 밤 준비를 해야 하잖아. 가서 바람이라도 좀 쐬고 와. 우린 괜찮으니까. 그리고 나도 커피 한 잔 가져다주고."

캐리는 이렇게 말하며 그를 발로 슬쩍 찼다. 그러자 토미가 물었다.

"정말 커피 마시려고?"

그들은 이미 카페인과 모유의 상관관계에 대해서 주의를 들은 참이었다.

"나한테 이래라저래라 하지 마. 그냥 가져오라면 가져와."

캐리가 명령했고 둘은 같이 웃었다. 토미는 캐리와 딸에게서 눈을 떼지 못하다가, 그녀가 시키는 대로 했다.

병원 카페에 줄을 서고 있으면서도 토미는 눈을 감고 싶은 충동이 심하게 들어 억지로 참았다.

"커피 좀 드셔야 할 거 같아 보여요."

뒤편에서 누군가 말했다. 간호사 복장을 한 젊은 남자였다. 토미는 고개를 끄덕였다.

"그래서 여기 왔어요."

간호사는 얼굴을 찌푸리더니 대답했다.

"그러면 여기서 드시지 마세요. 커피에서 흙 맛이 나거든요. 나가서 두 블록만 지나면 아주 맛있는 커피를 파는 집이 있어요. 좀 걸어야 하지만 그럴만한 가치가 있죠."

토미가 조금만 더 주의를 기울였더라면, 들었던 길을 더 또렷하게 기억했을 수도 있었다. 하지만 그는 왼쪽으로 꺾어야 할 길을 오른쪽으로 꺾었고, 다음에는 완전히 반대 방향으로 가버리는 바람에 한 시간 동안 거리를 헤매고 나서야 카페를 찾아냈다. 간호사가 한 말은 옳았다. 커피는 맛있었다. 흙 맛보다야 확실히 좋았다. 그는 어떻게 간호사에게 들키지 않고서 캐리에게 포장된 커피를 줄 수 있을지 고민하며 병원으로 향했다.

토미가 조금만 더 주의를 기울였더라면…… 앞으로 무슨 일이 벌어질지 감이 왔었으리라. 하지만 그는 피곤했고, 커피 잔과 간호사들과 '재시작' 생각을 하느라 정신이 없었다. 그래야 '재시작'이 이루어지는 동안 그의 작은 가족을 함께 지켜낼 수 있을 테니.

그래서 병원으로 돌아오는 길에서도, 그는 우주의 여러 조각이

제자리로 맞아 들어가는 과정을 본인이 방해하고 있다는 걸 전혀 깨닫지 못했다.

그날 오후는 차가 쌩쌩 달리는 도로에서 뿜어져 나오는 매연 탓에 공기가 탁했다. 토미는 앞서가는 중년 여성을 따라 병원 바깥의 산책로를 걸었다. 여자가 품 안에 든 환자용 꾸러미를 보니 아들인지 손자인지를 면회하러 가는 게 분명했다. 안에 든 건 파란 셀로판지에 싸인 잡지, 두툼한 초콜릿 한 개 그리고 플라스틱 용기에 담긴 수제 비스킷이었다. 토미는 뒤집힌 잡지의 표지를 슬쩍 읽어보려다가 길 건너편을 걷는 누군가를 무심코 보고 말았다. 일단은 그냥 보고 넘겼지만, 순간 마음 깊은 곳에서 경고음이 울렸다. 그것도 다급하고 시끄럽게.

경고음은 토미의 머릿속에서 이상한 소음을 냈다.

철컥, 철컥, 철컥.

토미는 걸음을 멈추었다.

도로 위로 자동차와 버스가 끊임없이 밀려오는 가운데, 길 건너편에는 신호가 바뀌고 차가 멈추기를 기다리는 사람들이 서있었다. 처음에 토미는 누구를, 아니면 무엇을 보려고 자신이 멈춘 건지 알 수 없었다. 길에 선 열두어 명의 사람들은 다급해 보였다. 간호사 몇 명, 의사 한 명, 아장아장 걷는 꼬마를 데리고 있는 엄마, 똑같은 지팡이를 짚고 있는 노년의 부부, 말없이 휴대폰을 응시하는 여자 여러 명이었다. 그리고 보이는 또 한 사람. 사람들 뒤로 토미보다 몇 살은 더 많아 보이는 남자가 지나가는 차들을 보고 있었다. 키가 크고 체격이 좋은 남자는 목 단추를 풀고 그 위로 보안 출입증 목걸이를 찬 말끔한 차림새였다.

토미는 언젠가 스치듯 그를 본 적 있었다.

저 짧은 금발과 초록색 눈동자. 캐리는 사진을 빠르게 넘겼지만, 토미는 여전히 저 눈과, 머리와, 턱선을 기억하고 있었다. 캐리를 해쳤던 남자의 얼굴을.

캐리에게 주려고 샀던 커피 컵이 바닥에 떨어졌다. 커피가 그의 팔에 튀었다.

옆에 있던 여자가 깜짝 놀라더니 화난 목소리로 소리쳤다.

"이봐요!"

하지만 토미는 아랑곳하지 않았다.

에런 갤러거가 저기 있었다.

캐리의 전남편인 에런이, 캐리와 같은 병원에 있었다. 그들의 아기와 같은 병원에 있었다.

'이건 우연의 일치가 아니야. 저 인간은 내 자리를 대신하려고 불려 온 거야. 오늘 밤에.'

그의 깨달음은 단호한 확신이 되었다.

토미의 속에서 분노가 치밀어 올랐다.

'리치처럼, 이제는 에런이 이용당할 차례로구나.'

'캐리의 궤도에 다시 끌려들어 왔구나. 그 틈으로 들어갈 준비가 됐구나.'

'플로시의 아빠가 될 준비가 됐구나.'

차가 멈추고, 사람들이 우르르 길을 건너기 시작했다. 토미는 병원 입구에 서서 이쪽으로 다가오는 에런을 지켜보았다. 토미에게는 아무런 계획이 없었다. 그저 본능이 그리고 분노가 있었다.

토미가 주먹으로 에런의 입을 치자, 그의 입술에서 피가 터져 나왔다. 뒤에서 누군가 비명을 지르고, 또 다른 누군가 보안 요원을 부르는 소리가 들렸다. 토미는 둘 다 듣지 못했다.

"씨발, 뭐야?"

에런은 손을 입에 대고는 손가락 사이로 흐르는 피를 보았다. 토미를 노려보는 초록색 눈동자가 번뜩였다. 순간 토미는 생각했다. 캐리가 에런에게 맞기 전에 저런 모습을 보았던 걸까. 이윽고 토미보다 덩치 큰 에런이 그의 셔츠를 움켜쥐고는 코에 주먹을 날렸다. 그렇지 않아도 휘어진 그의 코에 한 번 그리고 또 한 번 주먹이 정통으로 꽂혔다. 피가 뿜어져 나오면서 토미의 입에 비릿한 쓴맛이 가득해졌다.

이윽고 토미는 바닥에 쓰러졌고, 에런은 무릎을 굽히고는 토미의 가슴 위로 올라탔다.

"누가 경찰 좀 불러, 빨리! 이 새끼가 날 때렸어!"

에런은 지나가는 사람들에게 소리쳤다. 토미는 콘크리트 바닥에 누워 몸을 뒤척였다. 사람을 때려본 건 이번이 처음이었다. 하지만 그는 일어나서 계속 주먹을 날리고 또 날리고 싶었다. 그래서 에런의 얼굴을 부수고, 일그러뜨려 캐리와 플로렌스를 안전하게 지키고 싶었다.

"저리 꺼져!"

그가 끙끙대며 말했다. 어떤 여자가 거리를 유지한 채로 소리쳤다.

"경찰 불렀어요!"

토미는 자신을 깔고 앉은 에런의 무게를 애써 버텼다.

에런은 그를 노려보다가 몸을 숙이고는 물었다.

“너 이 자식 대체 누구야?”

그의 목소리는 굵고 걸걸했다. 토미는 질문을 무시하고 헐떡이며 물었다.

“왜 여기 왔어?”

얼굴도 아팠지만, 에런이 바닥에 짓누른 가슴이 훨씬 더 아팠다.

“뭐?”

에런은 어리둥절한 채로 물었다.

“왜 여기 왔냐니까?”

토미는 간신히 말하면서 머리를 살짝 움직여 병원 쪽을 가리켰다. 에런은 소리 질렀다.

“무슨 헛소리야? 나야 일하러 왔지!”

토미는 에런의 목에 걸린 신분증을 흘깃 보았다. 거기엔 그의 사진 아래에 ‘계약직’이라는 글자가 인쇄되어 있었다. 이제는 그 위로 빨간 선혈이 얼룩졌다.

“왜 날 때렸냐고, 이 새끼야!”

“여기에 있는 걸 어떻게 알았어?”

토미가 고집스레 묻자, 에런은 고개를 저으며 되물었다.

“무슨 개소리야? 여기에 뭐가 있는데?”

“캐리.”

토미는 힘겹게 대답하느라 가슴이 불타오르는 것만 같았다.

“캐리 프라이스.”

다시 나온 이름에 에런은 눈을 둥그렇게 떴다. 그는 놀란 표정이었다.

“캐리? 걔가 여기 있어?”

에런은 병원을 슬쩍 올려다보았다.

사이렌 소리가 거리에 울려 퍼지더니 건물 벽에 부딪혀 메아리 치며 점점 더 커졌다. 경찰이 오고 있었다.

그 순간, 앞으로 일어날 일이 토미의 눈앞에 펼쳐졌다. 에런은 병원에서 일하고 있고, 우주는 오늘 밤 최근에 내세운 들러리가 가까이 있다는 걸 확실하게 예고했다. 그리고 지금 토미는 경찰차로 끌려갈 위험에 처해있었다. 병원에서, 캐리에게서, 두 사람의 딸에게서 멀리멀리 떨어질 위험에. 그런데 토미가 '재시작' 순간에 여기에 없다면…… 그에게는 아무것도 남지 않게 되리라.

캐리는 에런과 살게 될 것이다. 매력적이지만 잔인하고 폭력적인 남자와.

토미는 도망쳐야 했다.

그는 신음을 흘리며 몸을 한쪽으로 살짝 굴렸고, 순간의 움직임에 균형을 잃은 에런은 비틀거렸다. 토미는 반대편으로 다시 몸을 굴리고는 힘센 에런을 밀치며 일어났다. 이윽고 토미가 두 발로 서자 에런도 급하게 일어섰다.

"저 사람 잡아요!"

근처에서 지켜보던 여자가 소리치자 에런은 토미에게 달려들었다.

하지만 토미는 겁에 질려 다급한 나머지 어깨를 붙잡는 손을 세차게 뿌리쳤다. 에런은 뒤로 비틀거리며 몸을 휘청이다가 그만 바닥에 쓰러질 뻔했다. 하지만 그러기 전에 멈추고 연석에서 몸을 가누었다.

리치 샤프와 마찬가지로, 에런 역시 자신도 모르게 '재시작'에서 한 자리를 받았다. 다만 적재적소에 있기만 하면 되는 일이었다.

토미의 이야기를 새로 쓸 때 벌어진 논리적 틈새로 들어가기만 하면 되었다. 하지만 이번 경우는 달랐다. 아마도 가장 잔인한 경우가 아니었나 싶은데, 그는 잘못된 장소에 있었던 것이다. 기껏해야 5센티미터, 아니 2센티미터 정도밖에 안 되는 아주 근소한 차이였지만, 그 차이만으로도 잘못되기엔 충분했다.

버스 사이드미러가 에런의 머리를 스치던 순간, 그의 두개골이 산산조각 나고 말았다. 나지막이 퍽 소리가 났지만 엔진의 굉음에 묻혀서 들리지 않았다. 버스는 커다란 소리를 계속 내었고, 3분이나 연착했던 운전기사는 무슨 일이 있었는지 전혀 깨닫지 못했다. 승객 한두 명만이 충격을 인지했고, 바닥으로 쓰러지는 에런이 마지막으로 본 사람은 버스 유리창 너머, 충격으로 입을 동그랗게 벌린 교복 차림 여학생이었다.

그 초록색 눈이 다시 한번 번뜩이다가 이내 감겼다.

다가온 것은 혼란이었다.

◐

"병원으로 돌아가야 해요!"

토미가 애원했지만, 경찰서의 접수창구에 앉은 경사는 고개를 저었다.

"안 됩니다. 아직은요. 나중에는 갈 수 있을지도 모릅니다만."

그는 산부인과 병동으로 돌아가려고 엘리베이터를 기다리던 토미를 붙잡은 그 경찰이 아니었다. 뒤늦게서야 토미는 자신이 도망쳤어야 했다는 사실을 깨달았다. 어딘가 안전한 곳에 숨었다가 나중에 병원에 왔어야 했다. 하지만 그때 토미의 머릿속에는 온통 캐리와 플로렌스에게 가야 한다는, 우리끼리 행복하고 소소하게 모여있어야겠다는 생각뿐이었다.

이건 어쩌면 자신이 저지른 최악의 실수가 아닐까 하고 그는 생각했다. 제발 아니기를 바랄뿐이었다.

토미는 에런의 죽음에 아무런 책임이 없었다. 물론 둘이 싸움을 벌이긴 했지만, 토미가 그를 죽인 게 아니었다. 그저 극단적으로 운이 나빴을 뿐이다. 하지만 경찰을 부른 여자는 병원 입구를 가리키며 경찰관들에게 말했다. 저기 누워있는 불쌍한 남자를 때린 사람이 방금 쏜살같이 안으로 들어갔노라고.

그래서 토미가 병원 앞으로 끌려 나왔을 때, 에런은 들것에 실려 안으로 들어가고 있었다. 토미는 그가 죽은 것 같다고 생각했고, 실제로 에런은 죽었다. 이제 경찰은 토미에게 어떤 혐의를 적용해야 할지 정하려는 중이었다. 그를 담당한 경사는 사실 경사라기엔 너무 어려 보였지만 그렇다고 현장을 뛰는 순경이라기엔 너무 허약해 보였다. 그는 토미의 인적 사항을 확인하고는 주머니에 든 물건을 모두 내놓으라고 했다. 휴대폰과 지갑, 얼마 안 되는 현금 뭉치 그리고 새로이 나온 플로렌스의 출생증명서가 모두 투명한 가방 속에 담겼다. 대신 토미는 인수증을 받게 되었다. ‘재시작’에 필요한 모든 것 대신 받은 인수증이었다.

“증거로 압수되지 않는 한, 석방될 때 가져가실 수 있습니다.”

경사가 토미에게 말했다. 토미는 그 깡마른 경사의 말이 이런 상황에서 으레 읊는 말이라는 걸 알았지만 불길하게만 들렸다. 그는 전화를 걸어도 좋다는 허락을 받고서 충격에 휩싸여 떨리는 손으로 번호를 눌렀다.

"캐리, 나 체포됐어."

토미는 그녀가 전화를 받자마자 말했다.

"뭐?"

"말하자면 길어."

토미는 잠시 말을 멈추다가 이었다.

"에런을 봤어."

"에런? 내 전남편 에런? 그 인간이 무슨 짓을 했어? 어디에 있었⋯⋯."

캐리가 물었지만 토미는 말을 끊었다.

"지금 그게 중요한 게 아니야. 에런이 죽은 거 같아."

캐리는 말이 없어졌다.

"그 남자랑 싸웠어."

토미의 말에 경사가 귀를 쫑긋 세웠다.

"난 에런한테서 도망치려고 했는데, 에런이⋯⋯. 캐리, 에런이 버스에 치였어."

토미는 몸이 흔들리도록 크게 한숨을 내쉬었다.

"가능한 한 빨리 여기서 나갈게. 오늘 밤에 나가게 해줄 거야."

"그래야지. 버스에 치여서 죽은 거라면 넌 아무런 잘못도 없는 거잖아."

캐리가 말했다.

"나도 알아. 하지만 만에 하나⋯⋯. 있잖아, 혹시라도 경찰이 날 여기에 가둬둔다면, 난 잠을 안 잘게. 밤 새울 거야. 아무 일도 안 일어나게."

"맙소사. 토미, '재시작' 말이야? 혹시라도 실패하면……."

"밤샐 거야. 약속해."

토미는 그날 구금 상태에서 풀려나지 못할 예정이었다. 캐리와 토미 모두 그 사실을 알고 있었다. 이 부분은 우주가 그들을 두고 꾸민 음모가 아니었다. 그저 한 사람이 죽었고, 거기에 토미가 연루되었다는 단순한 사실 때문이었다. 그는 다음 날 조사를 받게 되었고, 슬프지만 어쩔 수 없다는 마음으로 상황을 받아들였다.

그는 캐리와 플로렌스를 생각했다. 딸과 이만큼이나 오랫동안 떨어진 적이 없었는데. 그 애가 자신 없이 잘 수 있을까. 그 작고 부드러운 손가락으로 아빠의 엄지를 잡지 않고 잘 수 있을까. 부디 자기가 없어도 편하게 잠들기를. 아기를 위해서도 그렇지만, 캐리를 위해서라도. 그는 속으로 기도했다.

오늘 밤 잠자리가 되어줄 작은 방을 바라보니 피곤함이 온몸에 내려앉았다. 병실의 반 정도 되는 자그마한 유치장 한쪽에는 침대가 있었다. 날카로운 모서리 부분이 없는 철제 침대에는 8센티미터 정도 두께의 매트리스가 놓여있었다. 오른편에는 변기가 있었는데, 칙칙한 금속 재질 변기는 모서리가 둥그렇고 이음새는 보이지 않았다. 내부는 그게 다였다. 유치장 바깥쪽 반대편에는 그의 신발이 담긴 통이 있었다. 토미는 신발을 벗으라는 지시(아마도 신발 끈으로 자살 시도를 하지 못하게 하려는 조치였을 것이다. 그는 끈 없는 부츠를 신고 있었지만 어쨌든 규칙은 규칙이었다)와 더불어 주머니에 든 물건을 다 꺼내라는 지시도 받았다. 그의 소지품 인수증도 흘러나와 지금은 통 속에 던져져 신발 옆에 있었다.

그는 캐리와 플로렌스에게 돌아갈 수 있을 때까지 잠들면 안 됐다. 그곳으로 돌아가고 싶은 마음이 어찌나 간절한지 아플 지경이었다. 지난 사흘 밤 동안 짬짬이 한두 시간씩만 잤던지라, 눈 밑의 다크서클은 자주색이다 못해 검은색이 되었지만 그래도 잠들 수는 없었다.

'재시작'이 반드시 특정한 시각에 일어나는 건 아니었다. 어릴 적 실험을 통해, 또 더 홀에서 교대 근무했을 적의 경험을 통해 알게 된 사실이었다. 확실히, 토미가 자정에 깨어있으면 우주는 그냥 그가 의식을 잃을 때까지 기다렸다. 짜 맞출 부분도 줄어들고, 문제도 적어지니까. 그러니 토미는 그냥 밤새 깨어, 정신을 차리고 앉아 내일 아침 조서를 쓸 때까지 계속 움직이면서 기다렸다가 풀려나 떠나면 되는 것이다. 그리고 캐리와 플로렌스에게 돌아가기만 한다면, 우주가 마음껏 하고 싶은 대로 다 싹 지워버리든 말든 상관없다고 토미는 생각했다.

'하지만 그전까지는 안 돼. 제발, 그전까지는 안 돼.'

그는 속으로 다짐했다.

'깨어있자.'

그 다짐은 주문처럼 자정 전까지 수십 번이고 계속해서 그의 머릿속을 맴돌았다. 거기까진 쉬웠다. 낮 동안 뿜어졌던 아드레날린이 차츰차츰 체내로 녹아내렸기 때문이었다. 토미는 오히려 사방이 조용하고 고요하며 사람들이 대부분, 자신을 포함해 보통은 잠이 드는 새벽 시간이 더욱 걱정되었다.

'깨어있자.'

창살도 없고, 감시용으로 그저 강화 아크릴판이 쳐진 유치장 문에 얼굴을 바짝 붙이면 복도 아래 벽에 걸린 시계가 간신히 보였다. 지금은 새벽 1시 15분이었다. 피로가 파도처럼 밀려들었다. 주위가 너무 조용했다. 너무 고요했다. 하지만 잘 수는 없었다. 캐리를 위해서, 플로렌스를 위해서.

'깨어있자.'

유치장에는 토미 혼자였다. 말을 걸 사람도 없고 시간을 보낼 방법도 없었다. 책도, 텔레비전도, 잡지도 없었다. 갇힌 자들은 보통 잠을 잤다.

'깨어있자.'

시계가 새벽 3시를 향해 재깍재깍 움직이자, 토미는 다짐을 입 밖으로 내뱉었다.

나직하게, 또 큰 소리로 몇 번이고 반복했다.

"깨어있자, 깨어있자, 깨어있자."

학교에서 했던 것처럼 구구단을 외웠고, 이름이 기억나는 온갖 국가 이름을 읊었다. 국가들을 알파벳 순서대로 다시 외우고, 올림픽을 개최한 도시를 거꾸로 읊어 올라가다가 1952년도에서 기억이 떠오르지 않자 목소리가 점점 줄어들었다. 바닥을 이리저리 왔다 갔다 하며 생각이 나는 노래란 노래는 죄다 부르는 토미의 목소리가 유치장 바닥을 단조롭게 울렸다.

'깨어있자.'

그래야 했다. 캐리를 위해서, 플로렌스를 위해서.

새벽 4시 5분이 되었다. 마지막으로 시간을 확인한 지 겨우 15분이 지나있었다. 토미는 너무나 지쳐서 울고 싶었다. 다리가 아파서, 잠시라도 앉아서 쉬어야 했다. 하지만 잘 수는 없었다. 눈에 모래가 들어간 것처럼 까끌까끌했다. 눈을 비비면 상처에 모래가 들어가 갈리는 것처럼 아팠다. 잠시라도 눈을 감을 수만 있다면 얼마나 좋을까. 아주 잠깐이라도.

그는 매트리스 가장자리에 잠깐 앉았다가 화들짝 놀라 일어났다. 뺨을 세차게 내리쳐 억지로 정신을 깨웠다. 하지만 얼마 지나지 않아 정신이 다시 흐려졌고 저도 모르게 다시 몸을 벽에 기댄 채, 콘크리트가 드러난 벽에 머리를 가볍게 대고 있었다. 몸을 곧추세우고는 유치장 안을 두 번 왔다 갔다 했다가 아무 생각 없이 딱딱한 비닐 매트리스에 다시 앉았다.

그리고 잘린 나무처럼, 천천히 옆으로 쓰러졌다.

그렇게 눈을 감았다.

"거기서 뭐 하세요?"

모르는 목소리가 들려와 토미는 벌떡 일어났다. 조용하던 방 안에 갑자기 소리가 들려와 깜짝 놀란 그는 눈을 깜빡였다. 어떤 여자 경찰관이 유치장 밖에 서서 어리둥절한 표정으로 그를 빤히 바라보고 있었다.

토미는 아무 말 없이 앞으로 두 발짝 걸어가 투명한 아크릴 벽에 얼굴을 딱 붙이고 시계를 보았다. 오전 4시 15분. 겨우 몇 분 눈을 감고 있었을 뿐이니 잠든 것은 아니었다.

“누구시죠?”

경찰이 신원을 물었다.

“어, 토미 루엘린입니다.”

토미는 간절한 마음으로 바랐다. 저 경찰이 자신을 보고 당황한 건 교대 근무 때문이라 그런 것이라고.

경찰(명찰을 보니 그녀는 베넷 경사였다)은 유치장 옆쪽에 걸려있는 게시판을 보고서 고개를 저었다.

“잠깐 있어요. 금방 올 테니 어디 가지 마시고요.”

그녀는 자신이 한 농담에 빙그레 웃었지만 토미는 웃지 않았다. 심한 공포가 점점 커져서 입을 쩍 벌리고 그를 삼킬 듯한 블랙홀이 되어가고 있었다. 저 경찰은 토미가 누군지 알아야 했다. 이 유치장에 있던 사람은 그밖에 없었으니까.

이윽고 경사가 돌아왔다.

“술 좀 드셨나 봐요?”

“네?”

“조회해 봐도 안 나오던데요. 여기에 술 좀 깨려고 온 거 같은데, 맞죠?”

경사는 토미가 아니라 본인에게 말하는 식으로 덧붙여 중얼거렸다.

“기록이 있어야 하는데 없어서.”

“어, 네.”

토미는 이렇게 대답했지만, 더는 아무 말도 들리지 않았다. 블랙홀은 이미 그를 빨아들이고 있었다.

결국 일어나 버렸구나. ‘재시작’이.

잠시 후, 결국 토미는 길거리에 홀로 서게 되었다. 베넷 경사는 토미가 이제 정신이 들어 집에 가도 되겠다고 판단해 정식으로 석방했다. 유치장이 열리자, 토미는 제출해야 했던 소지품을 달라고 요청했다. 그러자 경사는 당연히 인수증을 달라고 말했지만, 그건 신발과 함께 방 저편 통 속에 들어있었다. 통은 텅 비어있었다. '재시작'이 전부 싹 쓸어갔기 때문이다.

토미가 어찌나 비참한 표정이던지 안쓰러워진 경사는 창고까지 들어가서 그의 소지품을 찾아보았다. 하지만 빈손으로 돌아왔다. 휴대폰이며 현금, 심지어 딸의 출생증명서까지 모두 사라졌다.

찌를 듯이 눈부신 경찰서 불빛을 피해 새벽녘 그림자에 선 토미 루엘린은 흠씬 얻어맞은 사람 같은 기분이었고 실제로도 그렇게 보였다. 이윽고 그는 맨발로 딱딱한 노면을 디디며 걷기 시작했다.

목적지는 병원이었다. 그래도 어떻게든 해봐야 했으니까.

보도에는 핏자국이 없었다. 토미는 그 자리가 어떤 모습일지 생각해 본 적은 없었지만, 그래도 에런이 죽은 자리에는 어떻게든 표시가 되어있으리라 여겼다. 하지만 아무런 흔적이 없었다. 마치 에런이 애초에 거기 있지도 않았다는 듯 철저하게 자취가 지워져 있었다.

마치 토미처럼.

건물 사이로 떠오르는 태양 빛이 비쳐들자 병원 정문 앞에 선 토미의 발아래로 그림자가 길게 드리워졌다. 그는 잠시 멈춰 서서

‘캐리한테는 뭐라고 하지? 내가 누구인지 어떻게 설명하지?’ 하고
생각했다. 등에 내리쬐는 이른 아침의 따스한 햇살을 느끼자 약간
희망이 생겼다. 대체 무슨 희망인지는 알 수 없었다. 어쩌면 이번
에는 무언가 다를 것이라는, 이번에는 캐리의 눈망울에서 자신을
알아보는 기색이 조금이나마 있으리라는 희망이었을까.

현관 근처를 지나가던 의사 한 명이 토미를 위아래로 훑어보았
다. 맨발은 도시의 길가에서 묻은 흙먼지로 새카맣고, 얼굴에는
마른 핏자국이 묻었으며, 몰골은 며칠이나 길바닥에서 잔 듯했다.
하지만 의사는 바빴기에 그냥 걸어갔고 토미도 그냥 걸었다. 그는
엘리베이터 버튼을 한 번, 두 번 누르고 또 눌렀다. 어서 산부인과
병동으로 올라가고 싶은 마음이 간절했다.

이윽고 땡 소리가 부드럽게 울렸고 토미는 7층으로 올라갔다.
엘리베이터가 계속 올라갈수록 손바닥에 땀이 차고, 간절함과 공
포가 함께 밀려와 심장이 마구 뛰었다.

그는 마침내 도착했다.

문이 열리자 안내데스크 뒤에 있던 여자가 눈살을 찌푸렸다. 그
사람은 플로렌스를 받아주었던 간호사였다.

“무슨 일이시죠?”

그녀는 토미를 알아보지 못했다. 그러잖아도 간신히 붙잡고 있
던 가느다란 희망이 더욱 얇아졌다.

‘내 딸을 보러 왔는데요’라고 말하고 싶었다. 하지만 그러지 않
았다.

“어……. 캐리를 보러 왔습니다. 캐리 프라이스요.”

간호사는 그를 수상쩍다는 눈빛으로 바라보았다.

"선생님은 누구시죠?"

그녀가 물었다. 앞에 보이는 이 남자는 엉망진창인 데다, 면회 시간은 이미 훌쩍 지난 참이었다.

"저는……."

토미는 알맞은 대답을 찾으려고 이리저리 주위를 둘러보았다. 동거인? 약혼자? 순간, 어퍼 리치로 돌아간 느낌이었다. 다시 낙농장으로 돌아가 방문 밖에 서서 미셸 선생님에게 말을 걸었던 그때로. 지워져 버린 인생에 자신을 다시 되돌리고자 해야 할 말을 찾았던 그때로 말이다. 어떻게든 통할 말을 찾아야 했다.

"캐리의 오빠입니다."

그러자 간호사의 표정이 환해졌다.

"그렇군요. 산모님이 오빠분을 보면 좋아할 거예요. 산모를 좀 쉬게 해주세요. 아셨죠? 아기가 잠을 잘 안 자고 있어서요."

토미는 잠자코 고개를 끄덕였다.

그렇게 한참을, 체감하기로는 몇 시간이나 지난 것처럼 아주 오랫동안 그는 캐리의 병실 문 앞에 서있었다. 다시금 레오 파머의 집을 마주 보고 길가에 선 기분이었다. 단정하고 자그마한 집을 바라보며, 용기를 애써 그러모아 문을 두드려 아빠에게 말을 걸어 보려 했던 때가 떠올랐다. 그 길을 건너기 무서워서 한참을 서성였었다. 그땐 뭐가 그렇게 무서웠을까? 지금과 비교하면 아무것도 아닌 것을. 따지고 보면 아주 오래전에 토미를 잊어버린 낯선 이의 집에 들어갔던 것뿐인데.

하지만 지금은 달랐다. 캐리가 있는 방, 자신의 가족이 있는 방 앞에 선 토미를 사로잡은 공포는 전적으로 달랐다. 그리고 훨씬 어마어마했다.

토미는 문을 열고 온 우주를 통틀어 가장 중요하고, 유일한 공간으로 들어갔다. 안으로 들어서는 다리는 그저 무겁게 느껴졌다.

방 안은 블라인드가 내려져 어두웠고 불빛이 약한 탓에 눈이 어둠에 익숙해지기까지 잠시 시간이 걸렸다. 이윽고 피곤함에 지쳐 침대 위에 누워 자는 캐리가 보였다.

공기 중에는 부드러운 우유 냄새와 더불어 다른 향이 뒤섞여 풍겼다. 맡아보니 아마도 베이비파우더 같았다. 거기에 뭔지 모를 향기가 하나 더 있었다. 깨끗하고도 위안을 주는 냄새, 안전한 냄새였다. 집에서 가져온 갓 세탁한 옷 향기, 캐리가 시간을 보낼 때 읽을 수 있도록 그가 챙겨온 낡고 마른 책장의 향기였다. 그들이 가족이 된 곳에서부터 가져온, 그들이 일군 삶의 조각에서 나는 향기였다.

다시금 레오 파머의 거실에 선 기분이라고 해야 할까. 아니, 비슷하지만 달랐다. 지금 이건 레오의 삶이 아니었으니까. 바로 토미 자신의 삶이었으니까.

그는 캐리를 바라보았다. 한쪽 뺨에 드리워진 꿀빛 금발을. 그리고 아직은 창백하지만 그래도 부드럽고 매끈한 그 피부를. 토미는 그녀를 더없이 사랑했기에 그녀가 푹 자고 있기를 바랐다. 그러나 마음 한구석으로는 그녀가 깨어나 자신을 보기를 원했다.

그래야 확실하게 알 수 있을 테니까.

그러다 다시 칭얼대는 소리가 들렸다. 방 저쪽에서 나는 소리였다. 토미는 캐리의 침대를 살금살금 돌아 그곳으로 향했다. 문 앞에서 온몸이 굳어버릴 만큼 피곤하고 두려웠던 마음이 녹아내리고 있었다. 방 바깥 복도도, 나머지 병원 공간도, 나머지 도시까지도 모두 저 멀리, 몇 시간이고 떨어진 다른 곳처럼 느껴졌다.

이곳은 그의 은신처였다.

플로렌스는 아기 침대에 누워 칭얼대었다. 팔을 허우적대며 이쪽저쪽 앙증맞게 움직이면서 두 눈을 꼭 감은 이 모습. 토미는 자신의 딸을 내려다보면서 벨벳 같은 살결과 머리를 덮은 가느다란 금발을 응시했다. 그리고 아기의 뺨을 부드럽게 쓰다듬자, 어느새 눈물 한 줄기가 주르르 흘렀다.

순간 아기가 눈을 뜨더니 초점이 맞지 않는 눈빛으로 앞에 있는 흐릿한 그림자를 이내 가느다랗게 찡그리며 바라보았다. 토미는 플로렌스가 울 것이라고 생각했다. 높다랗고 새된 아기 울음을 들으면 캐리가 일어날 것이다. 그러면 간호사가 달려올 것이고, 그렇게 세 사람을 감싼 소중한 공간은 거품처럼 터져버리겠지.

하지만 플로렌스는 울지 않았다.

오히려 토미가 딸애를 들어 올려 품에 안자, 플로렌스는 토미의 엄지를 손가락으로 감고서 잠들었다.

토미는 품에 안겨 평화롭게 자는 딸을 부드럽게 흔들었다.

그 뒤에서, 캐리가 눈을 떴다.

그리고 미소를 지었다.

"긴장돼?"

"아니."

토미의 대답은 이랬지만, 캐리는 식은땀으로 축축한 그의 손을 꽉 쥐고서 대꾸했다.

"거짓말."

토미는 빙긋 웃었다.

"왜 이러는지 나도 모르겠어. 어릴 적부터 항상 해온 일인데."

"지금은 다르잖아. 같이 하는 사람이 더 많은걸."

캐리는 이렇게 대답하며 그와 함께 정문으로 들어갔다.

잔디밭 위에는 이미 제법 많은 사람이 와있었다. 그들은 삼삼오오 모여 손에 음료수를 든 채 한담을 나누었다. 교실 외벽을 따라 달아놓은 꼬마전구는 정원 화단으로 구불구불 이어져 잔디밭 가장자리까지 빛을 냈다. 토미는 속으로 '잘했네' 하고 생각했다.

"아빠! 빨리 와!"

들려오는 소리에 캐리가 나직하게 말했다.

"먼저 가. 우리도 곧 따라갈게."

토미는 입을 꾹 다물고는 고개를 끄덕였다.

"있잖아, 토미. 긴장 풀어. 걔가 어떻게 해야 할지 알 거야."

캐리가 덧붙인 말에 토미는 다시 고개를 끄덕였다. 그리고 플로렌스가 서있는 곳으로 달려가기 시작했다. 딸아이는 허리에 두 손을 짚고 있었는데, 열 살 먹은 여자아이들이라면 본능적으로 능숙하게 지을 줄 아는 포즈였다.

"미안해, 플로시. 아빠는 준비됐단다."

토미가 대답하자 플로렌스는 아빠를 데리고 잔디밭으로 들어갔다. 그리고 모여 선 어른들과 몇몇 아이들을 이리저리 지나 누군가를 찾아다녔다.

"으, 아빠 손에 땀 찼어."

플로렌스는 속삭여 말하면서 사람들의 얼굴을 계속 훑어보았다. 그러다 이내 미소를 지었다.

"저깄다! 아빠, 따라와."

토미는 딸애에게 말해주고 싶었다. 네가 먼저 이 아빠 손을 꽉 잡지 않았느냐고. 그러니 당연히 따라갈 수밖에 없지 않냐고. 하지만 플로렌스는 벌써 걸음을 옮기고 있었다.

"안녕하세요, 하딩 선생님."

아이의 인사말에 담임선생님은 방긋 웃어 보였다.

"플로렌스! 크리스마스 잘 보냈니?"

하딩 선생님은 아이를 보던 눈길을 들어 옆에 선 어른에게 돌렸다.

"이분은 누구시니?"

“선생님, 이분은 우리 아빠예요.”

“토미 루엘린이라고 합니다.”

토미가 인사하자 플로렌스가 이어서 말했다.

“아빠는 해외에서 일해요. 아주 오랫동안 있다가 이제 돌아왔어요.”

‘흠잡을 데 없는 말이네.’

이런 생각에 토미는 약간 어깨가 으쓱해졌다.

‘조금만 더 하자, 플로시. 아주 조금만 더 하면 끝이야.’

아빠를 흘깃 쳐다보는 플로렌스의 눈에 언뜻 장난기가 번뜩이는가 싶더니, 이내 말이 이어졌다.

“아빠는 펭귄을 연구해요. 남극에서요.”

하딩 선생님의 눈이 휘둥그레지면서 토미는 어쩔 수 없이 웃고 말았다. 그리고 플로렌스를 향해 고개를 저었다.

“비슷하긴 하지만 아닙니다. 저는 남아메리카의 광산 회사에서 회계사로 근무했었어요. 하지만 펭귄을 연구하는 편이 훨씬 더 멋있긴 했겠죠.”

하딩 선생님도 웃었다.

“아, 오늘 밤에 와주셔서 정말 좋네요. 말씀으로만 듣던 분을 만나 뵈니 반갑습니다.”

이렇게 말은 했어도 하딩 선생님은 플로렌스가 아버지 이야기를 한 적은 한 번도 없었다고 확신하며 덧붙였다.

“새 학기가 시작되기 전에 다른 학부모님들과도 만나보실 좋은 기회예요.”

그때, 사람들 속에서 또 다른 여자가 하딩 선생님에게 손짓했다.

"저기 있는 트레이시 같은 분 말이죠. 트레이시는 아버님을 정원 관리 위원회에 모실 준비가 되어있을 거예요. 언제나 함께해줄 학부모님들을 찾고 있거든요. 잉글비를 이렇게 바꾸기까지 참 오래 걸렸답니다."

"기꺼이 도와드리겠습니다."

토미는 이렇게 대답하면서 생각했다.

'이 정원 화단에 누가 꽃을 심었겠어요?'

이윽고 하딩 선생님이 다른 사람과 대화를 하기 위해 자리를 뜨자 토미는 딸에게 물었다.

"플로시, 펭귄이 갑자기 왜 나와? 우리가 연습한 대본은 그런 게 아니었잖아?"

그러자 딸아이는 씩 웃으며 대답했다.

"미안해, 아빠. 하지만 작년에는 대본대로 해서 너무 재미없었어. 그래서 이번에는 뭔가 아빠한테 멋진 직업을 주면 어떨까 생각했다고."

"그렇구나. 하지만 다른 분들이 나한테 펭귄에 대해서 물어보면 어떡하라고? 난 펭귄 하나도 몰라! 그래도 회계사에 대해서 묻는다면 조금은 둘러댈 수 있단 말이야."

"알았어."

플로렌스는 눈을 흘기더니, 이내 새된 소리로 누군가의 이름을 외쳤다.

"아이비!"

잠시 후 플로렌스의 또래인 소녀가 이쪽으로 달려왔고 둘은 꼭 껴안았다. 아이비의 뒤로 여섯 발짝 떨어진 곳에 그 애의 부모가 있었다.

"안녕하세요. 저는 토미라고 합니다. 플로렌스의 아빠입니다."

토미의 말을 플로렌스가 받아 이었다.

"아빠는 오랫동안 해외에서 근무했어요. 아주 지루한 일을 하면서요. 하지만 이제 돌아왔어요."

"안녕하세요, 토미. 폴이라고 합니다."

아이비의 아빠가 하는 대답을 들으며 토미는 속으로 생각했다.

'압니다. 한 달 반쯤 전에 우리 집에 와서 저녁을 드셨죠. 바비큐 파티를 하면서 와인을 마셨고, 애들은 영화를 보다가 소파에서 잤잖아요.'

"만나서 반갑습니다, 폴."

"지금까지 해외에서 근무하셨다고요?"

폴이 물었다.

"네. 이제는 돌아왔고요. 직업을 바꿔볼까 합니다. 방금 가게를 하나 샀거든요. 여기에서 세 블록 떨어진 곳에요."

그는 손가락으로 방향을 가리켰다.

이건 반만 진실이었다. 그 가게는 캐리가 '간단하게 하자'라며 자신의 이름으로 산 것이었으니까. 그리고 그 가게를 실제로 사들인 시기는 플로렌스가 아직 어렸을 때, 다시 말해 그들이 막 결혼한 다음이었다. 그때 디는 자신이 얼마나 운이 좋은지 어안이 벙벙했다. 아름다운 아내와 플로시라는 참 귀여운 이름을 가진 예쁜 딸을 둔 잘생긴 젊은이가 가게에서 자원봉사를 한 지 얼마 되지 않았을 때 가게를 구입하겠다고 나섰으니까. 디가 자신의 딸인 클라브디아와 좀 더 가까운 곳에 살기 위해 지방으로 이사를 갈까 생각한다고 말한 지 1분 만에, 그 청년 부부는 디가 요구하는 금액보다 5,000달러나 많은 수표를 내밀었다. 후에 디는 클라브디아에게 말해주었다. 그건 모두 창가에 둔 책들 덕분이라고. 그 멋진 부부는 잉글비에 서점을 연다는 생각을 마음에 들어 했고, 심지어 젊은이 본인이 중고 서적을 계속 팔고 싶다는 말까지 했다. 잃어버리거나 기증된 것, 버려진 물건 사이에 있으면 어쩐지 고향에 온 듯한 편안함을 느끼는 것 같다고. '일이 이렇게도 되다니 재밌네' 하고 디는 생각했다. 자신이 책을 가게 앞으로 옮기려는 결정을 대체 언제 내린 건지는 기억이 나지 않았지만, 그렇게 해서 다행이었다.

"음, 올해는 서로 많이 보게 될 거 같네요, 토미. 애들이 떼려야 뗄 수 없는 사이라서요. 제 번호를 드릴게요."

토미는 이미 폴의 번호를 알고 있었지만 어쨌든 그의 번호를 받는 시늉을 했다.

폴이 자리를 뜨자 토미는 한숨을 내쉬었다. 왜 이렇게 긴장이 되는지 몰랐다. 모든 게 다 잘되고 있는데.

"자, 플로시. 또 나한테 소개해 주고 싶은 사람 있어?"

딸애는 다시 토미의 손을 잡았다. 그러자 문득 플로렌스의 첫 돌 때가 눈앞에 펼쳐졌다. 토미는 딸의 손을 꼭 잡았고, 캐리는 다른 손을 잡고 같이 밤을 새웠다. 둘 다 한숨도 자지 못하고서 창백한 얼굴로 심하게 겁에 질려있던 그 밤. 토미에게 대체 뭐가 있는 건진 몰라도, 토미의 부모가 한 살이 된 아들을 잊어버리게 한 그 무언가가 플로렌스에게 있을지도 몰랐기 때문이었다. 하지만 토미가 아침 식사를 준비하는 동안 아래층에 사는 노부부가 문을 두드렸다. 문을 열어보니 그들은 한 살배기 여자아이에게 줄 선물로 반짝이는 무지개 갈기가 달린 유니콘 인형을 들고 있었다. 그들은 달력에 생일을 표시해 두고서 플로렌스를 기억하고 있었다.

토미는 모인 사람들을 쭉 훑으며 익숙한 얼굴이 누가 있는지 보다가 문득 생각했다. 캐리가 예전에 살던 아파트 아래층에 그 다정했던 노부부가 아직도 살고 있을까. 새로 이사한 집에서 얼마 떨어지지 않은 곳이니, 학부모 모임이 끝나면 차를 타고 건물이 바뀌었는지 볼 수 있을 것이다. 다른 곳들은 모두 새로 페인트칠을 한 것 같았다. 심지어 토미의 가게가 있는 거리도 새 상점들이 들어섰다. 카페 몇 군데와 레스토랑 하나, 캐리가 플로렌스의 생일 때마다 데리고 가주는 네일아트숍 등이었다. 잉글비는 변화하고 있었다.

그때였다. 자그마한 손가락으로 누군가 바지를 잡아당겼다. 토미는 아래를 내려다보았다.

"아빠, 안아줘."

헤이미시의 요구에 토미는 시키는 대로 했다.

"너 여기 오려면 몇 년 더 있어야 해. 여기 오고 싶어?"

토미의 말에 헤이미시는 고개를 끄덕였다. 아장아장 걷는 아이답던 포동포동한 뺨은 이제 젖살이 조금씩 빠져있었다. 아들은 이제 어엿한 꼬마 소년이 되어가고 있었다.

"별문제 없지?"

그의 뒤에서 캐리가 조용히 다가와 물었다.

"응. 당신 말이 맞았네. 걱정할 거 없었어."

토미는 이렇게 대답했다. 그리고 플로렌스가 다시 사람들이 모인 곳으로 잡아끌자, 한 손으로 헤이미시를 안고 걸었다. 그 뒤를 캐리가 따랐다.

  저녁나절이라 따스했건만, 토미는 온몸에 감도는 전율에 부르르 떨고 말았다. 달라졌을지도 모르는 과거의 순간이 다시금 기억으로 덮쳐왔기 때문이었다. 그는 종종 그 순간을 생각하곤 했다. 이를테면 트럭이 차선을 변경하는 순간, 운전사가 취할 수 있었던 별다른 행동이란 게 무엇이 있었을지 생각하고 또 생각했다. 오로지 운명의 장난 덕분에, 바로 운전사가 핸들을 왼쪽으로 살짝 꺾었기 때문에, 토미와 가족은 모든 걸 잃을뻔한 상황에서 구원받았다. 토미에게 그 순간은 플로렌스가 태어난 지 며칠 되지 않은 아기였을 때 병원에서 이루어졌다. 운명의 장난은 바로 가만히 있지 않으려던 배고픈 아기로부터 비롯되었다. 캐리는 그날 밤 몇 시간이나 플로렌스를 안고 있었는데, 그 긴 시간 중에서도 아주 짧았던 한순간이 정말 중요했다. 토미가 경찰서 유치장에서 잠든 순간, 바로 '재시작'이 세상을 휩쓸고 지나갔던 그 순간에 캐리는 아기를 안고 있었으니까.

  그날 밤, 꼬마 플로렌스는 병원에서 토미를 대신한 것 같았다. 하지만 토미는 딸을 자신의 대리라고 생각하고 싶지 않았다. 물론 플로렌스는 토미의 유전자를 갖고 있었지만, 그보다 더 많은 걸 지닌 존재였다. 딸이 받은 건 그저 토미의 일부일 뿐이니까. 헤이미시도 마찬가지이고 말이다. 그 둘은 토미를 기억했다. 아이들은 그의 안식처였다. 그저 토미의 자녀로 존재한다는 사실만으로도 아이들은 '재시작'을 견뎌내야 하는 짐을 그와 나누어 지고 있었다. 토미와 두 자녀, 그렇게 세 사람 중 한 명만 '재시작' 동안 캐리와 접촉한다면, 캐리는 토미를 기억했던 것이다.

"아빠, 저길 봐! 젬이 있어!"

플로렌스는 마치 몇 년 만에 친구들을 만난 것처럼 꺅 소리를 질렀다. 실은 크리스마스 휴가를 보내느라 몇 주밖에 헤어져 있지 않았는데도.

"자, 가자!"

플로렌스는 잔디밭 위로 토미를 잡아끌어 젬과 그 애의 엄마가 선 곳으로 다가갔다. 마침 캐리는 정원 위원회장인 트레이시에게 잡혀버린 참이었다.

"저는 피오나라고 해요. 피라고 부르세요."

젬의 엄마가 말했다. 사실 토미는 5년 전부터 그녀를 피라고 불러왔지만 고개를 끄덕이며 미소를 지었다.

플로렌스는 이번에도 대본을 쭉 읊었다. 아빠는 해외에서 일했는데, 이제 돌아왔고, 가게를 사서 운영할 것이라고. 그러자 피는 토미에게 대뜸 말했다.

"아, 그러면 제 파트너를 만나보셔야겠네요. 그이는요…… 음, 이쪽 업계에서는 아직 신참이랍니다. 어쩌면 둘이 같이 맥주라도 한잔할 수 있지 않을까 싶네요. 바쁘지 않으실 때는 뭐든 같이 할 수 있지 않겠어요?"

그녀는 돌아서서 다른 부부와 정중하게 대화를 나누고 있던 남자의 팔을 잡더니 그를 돌려세웠다.

"조시, 이분은……. 아, 죄송해요. 성함을 그새 잊었네요."

"토미입니다. 토미 루엘린이요."

"안녕하세요, 토미. 조시 손더스라고 합니다. 만나서 반갑군요. 여기 있는 꼬마 신사분은 누구신지?"

조시가 일방적으로 헤이미시와 대화를 하는 사이, 토미는 사람들 사이에 있던 캐리와 눈길을 마주했다. 그리고 입 모양으로 '알고 있었어?'라고 물었다.

그녀는 고개를 저었다.

토미는 어깨를 으쓱였다. 보아하니 올해는 금덩이처럼 묻어두었던 우정이 약간 도움이 되는 것도 같았다.

저녁 행사가 다 끝날 때까지 토미는 수십 명의 사람들을 만났다. 플로렌스가 아이들과 어울려 축구하는 동안 사이드라인 바깥에 서서 지켜보던 부모들, 토미가 학교 식당에서 함께 봉사활동을 했을 때 함께했던 부모들, 토미의 가게에 들렀던 교사들이었다. 그들은 모두 플로렌스와 헤이미시의 아버지이자 캐리의 남편인 토미 루엘린을 알던 사람들이었다.

드디어 학교를 떠나게 되자 토미는 한숨을 쉬었다.

"괜찮아?"

캐리가 묻자, 그는 고개를 끄덕였다.

"응. 좀 피곤해서 그래. 알잖아, 나는 집에서 우리끼리 있을 때가 좋아. 우리랑 애들만 있으면 연기할 필요가 없으니까."

캐리는 토미를 한 팔로 감쌌다.

"나도 그래. 그래도 우리가 다 같이 있잖아. 기억하지?"

토미는 미소 지었다.

그래, 그는 더 이상 혼자가 아니였다.

소설 쓰기란 대부분 문을 닫고 혼자서 해야 할 때가 많은 것 같습니다. 적어도 저는 그렇습니다. 완전히 조용한 공간에서 글을 쓰고는 하지요. 하지만 전체 작업에 비하면 그 시간은 일부일 뿐이고, 실제로는 바깥에서 일어나는 온갖 일들을 통해서 지나치게 장황하고, 약간은 어설픈 워드 문서가 실물 책으로 만들어지게 되지요.

훌륭한 담당자이신 캐서린 드레이턴과 잉크웰 매니지먼트에서 함께 일하는 동료분들에게 감사합니다. 여러분은 제 작품에서 가능성을 발견하고 또 기회를 주셨습니다. 여러분의 따뜻한 지도와 믿음이 없었다면 지금의 저는 없었을 것입니다.

소스북스 담당자 분들에게 감사합니다. 처음부터 토미의 가능성을 알아봐 준 데브 워크스먼과 통찰력과 열정, 인내심을 갖고 제가 작품의 잠재력을 끌어낼 수 있도록 도와준 MJ 존스턴에게 아주 많이 고맙습니다. 소스북스 분들은 매번 놀라움을 만들어 내는 특별한 분들입니다.

알렌 & 언원 사 분들에게도 감사드립니다. 올바른 질문으로 이 책을 더 나은 방향으로 이끌어 주신 아네트 바로우, 이 모든 걸 정리해 준 톰 베일리-스미스, 40페이지 떨어진 곳에서 반복된 단어를 짚어낼 만큼, 초능력이라 부를만한 눈썰미와 편집 실력을 지닌 알리 라보에게 깊이 감사드립니다.

엄마와 아빠(두 분의 이름은 수와 크리스입니다) 그리고 형제자매인 세라와 앤디에게 감사합니다. 다들 저를 항상 지지해 주고 함께 신나서 좋아해 주죠. 그것도 아주 오랜 시간 동안, 지지와 열정이 식지 않았다는 게 정말 감사합니다. 마찬가지로 의학 관련 질문에 성실히 답해준 마즈와 팀에게도 감사합니다.

내 작품의 첫 독자가 되어준 엄마 그리고 나의 아내 샨에게 감사드립니다. 여러분의 격려는 제게 정말 큰 힘이 돼요. 부족한 부분은 솔직하게 짚어주고, 마음에 드는 부분은 아낌없이 좋아해 주시는 분들이니까요. 겉으로는 천천히 봐도 된다고 말했지만, 사실은 바로 세세한 피드백을 기대하고 있었다는 걸 알아주셔서 고맙습니다.

특히 샨에게 감사합니다. 제가 글을 쓰느라 사라져도 참아주고, 아이들을 키우고, 온갖 우여곡절 가운데서도 저를 지지해 주고, 제가 헛소리를 이것저것 떠들어도 들어주었죠. 한번은 이 책이 잘 팔릴 것이라고 장담해 주었습니다. 아내가 없었더라면 그리고 헨리와 메이브가 없었더라면 저는 이 책을 쓰지 못했을 겁니다. 고맙습니다.

옮긴이_심연희

연세대학교와 같은 학교 대학원에서 영문학을 공부하고 독일 뮌헨 대학교(LMU)에서 언어학과 미국학을 공부했다. 영어와 독일어 전문 번역가로 활동 중이다. 옮긴 책 중 대표적인 것으로 소설《북 오브 도어즈》,《새벽의 셰에라자드》,《또 다른 세상의 완벽한 남자》,《레슨 인 케미스트리》,《미드나잇 선》, 그래픽 노블《인어 소녀》,《티 드래곤 클럽》, 시리즈물《이사도라 문》,《마녀 요정 미라벨》 등과, 배우 톰 펠턴 에세이《마법 지팡이 너머의 세계》가 있다.

내가 없는 나의 세계

초판 1쇄 인쇄 2026년 1월 5일
초판 1쇄 발행 2026년 1월 21일

지은이 | 마이클 톰프슨
옮긴이 | 심연희
발행인 | 강봉자, 김은경

펴낸곳 | (주)문학수첩
주소 | 경기도 파주시 회동길 503-1(문발동 633-4) 출판문화단지
전화 | 031-955-9088(마케팅부) 031-955-9532(편집부)
팩스 | 031-955-9066
등록 | 1991년 11월 27일 제16-482호

ISBN 979-11-7383-025-9 03840

*파본은 구매처에서 바꾸어 드립니다.